JN319647

二見文庫

恋の訪れは魔法のように

キャサリン・コールター／栗木さつき＝訳

Midsummer Magic
by
Catherine Coulter

Japanese translation published by arrangement
with NAL Signet, a member of Penguin Group(USA) Inc.
through Tuttle-Mori Agency, Inc., Tokyo

恋の訪れは魔法のように

セアラ・バトラー・ウィーンに。ゴードンとカリフォルニアに越してくればいいのに。一緒にあのタコスにぱくつけるわよ。

この物語は父から息子へと語り継がれるであろう。

――シェイクスピア

登場人物紹介

フランシス・キルブラッケン	リヴェン伯爵家の次女
フィリップ・ホークスベリー（ホーク）	ロザミア伯爵
アレクサンダー・キルブラッケン	リヴェン伯爵。フランシスの父
クレア	リヴェン伯爵家の長女
ヴァイオラ	リヴェン伯爵家の三女
ソフィア	リヴェン伯爵の後妻
チャールズ・ホークスベリー	シャンドス侯爵。ホークの父
ネヴィル	ホークの亡兄
ベアトリス	ホークの姉
エドマンド・レイシー	チャーマーズ子爵
アマリー	ホークの愛人
デンプシー卿	アマリーの愛人のひとり
デラコート卿	厩舎を持つ貴族
グランニョン	ホークの従者
オーティス	〈デズボロー・ホール〉の執事
ミセス・ジェーキンズ	〈デズボロー・ホール〉の女中頭
アグネス	フランシスのメイド
マーカス・カラザーズ	〈デズボロー・ホール〉の家令
ベルヴィス	調教師
バウチャー夫妻（ジョン、アリシア）	ホークの友人夫妻
ライオネル・アシュトン	セイント・リーヴェン伯爵
レディ・コンスタンス	良家の令嬢

1

結婚は宿命だ。絞首刑もまた然り。

――ジョン・ヘイウッド

一八一〇年　イングランド

ロザミア伯爵ことフィリップ・イーヴリン・デズボロー・ホークスベリーは、侯爵の執事を務めるシッピに手袋と乗馬用マントを手渡すと、〈シャンドス・チェイス〉邸の広々とした玄関にずらりと並んだ従僕たちを一瞥《いちべつ》し、落ち着いた声で言った。「父上のお加減は?」

若き主《あるじ》と同じくらい長身のシッピは、その長身が示している以上の価値が自分にはあることを自覚しており、ロザミア伯爵の目に懸念《けねん》の色を認めると、背筋をわずかに伸ばし、応じた。「いまは、おやすみになっておられます。閣下のご到着を、いまかいまかと待ちわびておいでかと」

ホークはうなずき、墓地のように静まりかえった広大な玄関に目をやった。揃いの仕着《しき》せ姿の従僕たちも彫像のように見える。まるで、もう死が訪れたようじゃないか。そのぞっとするような考えを断固として振り払い、シッピのほうを振り返った。「馬車に旅行かばんがある」

「すぐに確認いたします、閣下」

「従者のグランニョンの面倒も見てやってくれ。疲れきっている」ホークの瞳に微笑が浮かんだ。「爽快な旅を楽しんだあとにしちゃ、ご機嫌ななめでね」

「かしこまりました、閣下」

ホークは向きなおり、どこまでも伸びているような玄関を颯爽《さっそう》と歩きはじめた。イタリア産の大理石にあたるたび、ヘシアンブーツが軽快な音をたてる。彼は幅の広いオーク材の階段を一段置きに上がっていった。子どものころの記憶がよみがえる。この階段を駆けあがっちゃまた下りてきて、落ちた拍子に右腕を骨折したっけ。あとから追いかけてきたネヴィル兄さんが階段のいちばん上で立ちどまり、声をあげて笑っていた。その思い出に、ホークは思わずかぶりを振った。兄さんにはもう、笑うことはおろか、なにもできない。あの世に逝《い》ってしまったのだから。それにしても、えらく静かだな。彼はそう考えると、階段の壁に掛かっているホークスベリー家代々の侯爵たちの巨大な肖像画をちらりと見やった。十数枚はある。そこに描かれた全員が、三百年を越えて由緒《ゆいしょ》あるシャンドス侯を継承し、この〈シャンドス・チェイス〉に暮らしてきた。ぼくがここを訪れるのは四カ月ぶりだ。そしていま、父は病に伏し、死にかけている。そう思うと、恐怖のあまり心臓の鼓動が速まるのがわかった。

　階段を上がりきると、東棟へと曲がり、絨毯《じゅうたん》が敷きつめられた回廊を歩いていった。その先にある父親の寝室の大きな二重扉はあいていた。彼は手袋をはめた手を上げ、ノックしようとしたが、思いなおし、そっと室内に足を踏みいれた。父親の寝室は広漠としており、暑いくらいにあたたかく、薄暮のなか、陰鬱《いんうつ》な長い影が室内全体に伸びている。

　窓辺の金色の紋織のカーテンはすべて閉められていた。ホークは閉塞《へいそく》感を覚え、呼吸がいっそう速まるのがわかった。やがて彼の目は、高さ三フィートほどの台座上の豪華絢爛《けんらん》なベッドの陰影をとらえた。父親がそこに寝ていることはわかったものの、ろうそくの薄暗い光では、表情までは読みとれない。

「閣下、おかえりなさいませ」進みでてきたトレヴァー・コンヨンが小声で言った。コンヨンは長年、ホークの父親の秘書を務めており、細身である父とは対照的に丸々と太っており、温厚な人柄ながら鋭敏な頭脳の持ち主だ。頭髪のない頭がかがり火のように輝き、汗でてらてらと光っている。ホークはかねてから、父親にたいするコンヨンの不断の忠誠心に感心していたが、同時に、コンヨンがネヴィルのことを嫌っていたことも察していた。だとすれば、ぼくのことはどう思っているのだろう？　早いもので、ネヴィルが亡くなってから一年と三カ月がたつというのに、いまだに自分はこの家の穴馬のような気がする。この自分こそが、いまは父親の跡継ぎだというのに。

「久しぶりだな」と、ホークはコンヨンに声をかけた。「父上のようすは？」

「なんとか踏んばっておいでです、閣下」

ホークが黒い眉を上げると、コンヨンはそれ以上なにも言わず、ただベッドのほうに視線を戻した。

「父上」そう言うと、ホークは寝台の台座に足をかけ、微動だにしない人影のほうに身を乗りだした。「戻りました」

シャンドス侯爵ことチャールズ・リンリー・ベアスフォード・ホークスベリーは、息子の力強い指を握ろうと、紋織の上掛けから骨ばった手をゆっくりと差しだした。「そろそろだ、息子よ」

ホークと呼びかけてくれればいいものを。そう思いながら、彼は父親の青白い顔を見つめた。自分とよく似た鼻が突きだしている。腫れぼったい、だが力強い瞳の色は、彼のそれよりも黒味が強い。ホークは父親の豊かな銀髪に指先でそっと触れ、そのまま広い額《ひたい》から撫であげた。

「ええ」と、ホークは応じた。「ですから、こうして馳せ参じたんです。昨夜、コンヨンから伝言が届きまして。ご気分はいかがです？」

「これが最後の祈りになるかもしれん」と、侯爵がいっそう弱々しく言った。「まあ、それでもかまわん。寿命はまっとうするのだし、わが侯爵家を継いでくれる誇らしい息子がいるのだから」

この言葉に、ホークはわずかに顔をゆがめた。罪の意識が全身をつらぬく。どこが誇らしい息子だよ——浮かれ騒ぎがじきに禁止されるとでもいうように、そのまえに存分に楽しまねばというように、ロンドンで放蕩《ほうとう》の限りを尽くしている息子じゃないか。「そんな気の弱いこと、おっしゃらないでください。医者はどこです？」

「厨房《ちゅうぼう》だ。さだめし、アルバートの特製ハムでも口に詰め込んどるんだろう」そう言うと、侯爵が枕の上で顔を横に向け、咳込んだ。

空咳ではあるが、つらそうだ。おそろしくなり、ホークは寒気を感じた。嗚咽《おえつ》が漏れそうになり、喉を詰まらせたまま、父親の手をぎゅっと握った。ぼくの力強さを父さんに分けてあげられればいいのに。「トランガジェルはなんと？」

侯爵はそろそろと顔を正面に向け、しばらく目を閉じた。そして目をあけると、息子の目を射るように見た。ホークはその強烈な視線にやけどをしそうな感覚を覚えた。「もって、あと二、三週間。肺にうっ血があるそうだ。あのやぶ医者、大量出血でわたしをあの世に厄介払いするつもりだろうが、そうは問屋がおろさない」

「ええ、父さん、その意気です。ぼくは実際に戦場で、ヒルに血を吸われた男たちがしだいに血の気を失い、そのまま逝くのを見てきましたからね」

侯爵は息子の声に深い悲しみを聞きとり、やさしく言った。「さぞ修羅場《しゅらば》だったことだろう、息子よ。だが、おまえは強い。そして生き延びた。じきに、恐怖の記憶も薄れていくだろう。ところで、おまえに話がある、ホーク」

「お疲れでしょう、父さん」と、ホークが話の先をさえぎった。

「大丈夫だ」と、侯爵がきっぱりと言った。「いいから、聞きなさい。わたしの目が黒いうちに、おまえには結婚してもらう。約束しただろう、例の花嫁を迎えると」

その言葉に、ホークは身をこわばらせた。あんなの、ただの口約束じゃないか！　すっかり忘れていた。いや、忘れようとしていた。

ホークは父親のベッドの端にのろのろと腰を下ろした。ついに、このときがきてしまった。もう逃げ隠れはできない。ここ一年近く、この運命からなんとかして逃れようと、ロンドンで独身生活を謳歌《おうか》してきた――ギャンブル、酒、喧嘩《けんか》。ただし、その場限りの女は抜きだ。そうした女遊びに手をださなかったのは梅毒にかかりたくなかったからだ。これまで梅毒のせいで朽ちはてていった兵士たちをいやというほど見てきた。ホークはふと、アマリーのことを思いだし、しばし目を閉じた。ぼくには、情熱的で愉快なことが大好きな愛人がいる。それなのに、妻を娶《めと》れだと？　冗談じゃない、妻なんぞまだ早い。だが、この状況では、もう逃げ場はなさそうだ。

「スコットランドに行きなさい、ホーク。そして妻を選び、ここに連れてきて、わたしに見せてくれ」

スコットランドの田舎娘なんかと結婚したくないんだよ、だいいち、そんな娘に一生縛りつけられるなんて冗談じゃない。それもこれも、ぼくが九歳のときに父さんが誓った誓約とやらを守り、男の名誉を重んじたいだけじゃないか！　胸のうちでそう毒づいたものの、ホークはこう応じた。「わかりました、父さん。すぐに出発します。ただし、事前にリヴェン伯爵に使いの者を送り、うかがうことを伝えてからにしましょう」

「その件は、もうコンヨンが手配済みだ。二日まえに、使いの者を向かわせたよ。おまえは、あすの朝、発《た》つといい」

「もう囚《とら》われの身ってわけか」と、父親にというより、ホークは自分に向かってつぶやいた。名誉なるものが、これほど厄介だとは。たしかに一年まえ、父親がその誓約のことをもちだし、誓約を守るのが務めだとかなんとか言ってきたとき、なにやら言い返した記憶がある。いや、正確にいえば、その娘たちのひとりと父さんが結婚すればいいじゃないか、と怒鳴り返したのだ。「リヴェン伯爵に借りがあるのは父さんだろ、ぼくじゃない。その洟垂《はなた》れのひとりを自分で抱きあげ、花嫁にすりゃいいじゃないか？　なんだって顔も見たことのない娘にぼくが鎖で縛られなきゃならない？　ぼくとはなんの関係もない話だ。ただ父さんの息子というだけで、こんな理不尽な目にあわされるいわれはない。どうしてネヴィル兄さんには、そういう汚れ仕事をやらせないんだよ？」すると、父親はひどく低い声で応じたものだ。

「ソーホーのあばずれと享楽《きょうらく》に耽《ふけ》っているネヴィルには無理な話だ」——

「なにも、相手を見ずに結婚しろと言ってるわけじゃない、ホーク」という父親の声に、回想に耽っていたホークはわれに返った。父親は腫れぼったいまぶたの下から、こちらをいわく言いがたい目つきで見ている。「三人の娘さんのなかから選べるんだぞ。そのうちのひとりが、かならず、おまえの気にいる。アレクサンダー・キルブラッケンは二枚目だ。自堕落な女に子どもを産ませるはずがない。三人の娘さんはみな独身だそうだ。ついてるぞ」

「その話は、もう何度もうかがいましたよ」そう言うと、ホークは深々とため息をついた。

「おまえも、じき二十七だ。そろそろ子ども部屋をつくり、跡継ぎをもうけなければ」そこまで言うと、老侯爵がふたたび咳込み、細い肩を震わせた。

「ええ、わかりました、父さん」と、ホークはあわてて言った。つらそうな父親のようすを見ていると胸が痛み、ひとまず怒りを脇に置くことにした。するとラムリー伯爵の令嬢、レディ・コンスタンスのことがふと頭に浮かんだ。持参金をたんまりもつ美しい娘。ぼくの求婚を待ちわびているが、これでもう彼女に希望はなくなったというわけだ。まったく、このいまいましい名誉とやらのせいで。この自分が、土地もなければ財産もない、おまけになんの人脈もない娘と結婚するはめにおちいろうとは。リヴェン伯爵ことアレクサンダー・キルブラッケンという落ちぶれた領主が、十七年まえ、スコットランドで父親の命を救ったという、ただそれだけの理由で。

その褒美《ほうび》の品として、この自分が差しだされる。こんな真似をしたって、だれの得にもならない。そもそも、ネヴィル兄さんが死んだりするからいけないんだ！　溺死《できし》するまえに、兄さんがキルブラッケンの娘と結婚してくれていればよかったんだ。そこまで考えて、慈悲深さからはほど遠い恨みごとを並べた自分に、ホークは思わずかぶりを振った。友との誓いをまっとうするために父親が自分を選んだのは、次男だからという理由ではないことが、彼にはわかっていた。あえて、ぼくが選ばれたのだ。ネヴィル兄さんは、父さんから嫌われるようなことをなにかしでかしたのだろうか？　ホークには皆目、見当がつかなかった。命を落とす三年まえから、兄とは顔もあわせていなかったのだから。

「人生には思いもよらぬことが起こるものだ」と、ホークは声にだして言った。

「まったくだ」と、しわがれた低い声で侯爵が言った。「疲れただろう、息子よ。また旅立つまえに、少し骨休めをするといい。あすの朝、出発まえに、顔をだしてくれ」

「父さん」と、ホークが言った。その口調から、侯爵にはわかった。明朝まで命がもたないのではないかと、愛息が不安を覚えていることが。

「心配するな、ホーク。わたしは元気になる――数週間はかかるだろうが。おまえの花嫁を見るまでは生き延びる。約束する」

思わず嗚咽をあげそうになり、ホークはあわててうなずいた。「父さんはぼくとの約束を破ったことがない。いちども」

「今後も破るつもりはない。さあ、行きなさい。結婚相手と気があうことを願っているよ」

それは退去命令だった。ホークは少年時代と同じように、できるだけ俊敏に立ちあがり、父親の命令を心に留めた。そしてベッドの足元に静かに立っているコンヨンのほうを見た。コンヨンはつるりとした頭に軽くハンカチをあてたまま、お辞儀をした。

「できるだけ早く花嫁を連れてきます」そう言うと、ホークは父親のほうに向きなおり、口をひらいた。「快復なさいますよ、父さん」

「待っとるぞ」と、侯爵が言った。「ホーク……」

ホークは父親の顔をじっと見つめた。熱い涙がいまにもあふれだしそうだ。

「おまえは自慢の息子だ」

ホークはうなずくことしかできなかった。そして背を向け、寝室をでていった。

翌朝七時、ホークは父親に旅立ちの挨拶《あいさつ》をした。昨晩より衰弱しているようすはなかったので、ほっとした。この先には過酷な旅が待っている。二頭の葦毛《あしげ》に馬車を引かせ、葉を落としたニレの木立が連なる長い私道を抜けながら、ホークは算段した。これから五日をかけて北上し、リヴェン伯爵が暮らすキルブラッケン城があるローモンド湖の北端に向かう。到着後の一週間で、三人娘のなかからひとり、花嫁を選び、その後二日ほどで娘に結婚の支度をさせ、また五日をかけて戻ってこなければならない。いや、若い娘が一緒となれば、戻ってくるのにもっと時間がかかるだろうと、ホークは頭のなかで修正した。まったく、女ってものは弱々しいから気に喰わない。おまけに、この抜き差しならない状況も気に喰わない。彼は小声で悪態をついた。

「これからスコットランドに行くんですね」二十マイルほど沈黙が続いたあと、グランニョンがわかりきったことを口にした。

「ああ」と、ホークはつぶやくように応じた。「ぼくを結婚させるために」

「幸運なお嬢さんですな」と、グランニョンが淡々と言った。そして、若き主人の緑色の瞳に、侯爵の健康をおもんぱかる気持ちと押し殺した怒りがまじっているのを見てとった。

「お父上は、ホッジズ軍曹よりかくしゃくとしておいでです。かならず快復なさいます」

「ホッジズ軍曹は病気で亡くなったそうだ。先月、セイント・リーヴェン卿から聞いたばかりだよ」

引き合いにだした人物が悪かった、とグランニョンは考えた。そしてホーク少佐のあとを追い、地獄までもついていこうとする片脚の無愛想な老兵の姿を思い浮かべた。病気で亡くなった。まさか、そんなことがあろうとは。

グランニョンは大きく吐息をついた。行く手に楽しい未来が待っているとは、とても思えなかった。

フランシス・キルブラッケンは、ローモンド湖の北西の端に立ち、澄みわたった穏やかな湖面を見おろしていた。太陽のまえを雲がひとつ横切ると、ふいに三月の空気が冷え冷えと感じられた。彼女は肩にきつくショールを巻き、胸のまえで結び目をつくった。どこまでも広がる静寂。冬の名残《なごり》で、あたりには枯れ木しかなく、ざわざわと音をたてる葉さえない。きょうは鳥までも黙り込んでいる。家族から離れ、あらゆるものから離れ、ここでひとりきりになると、いつもは平穏な気持ちで満たされるのに、きょうは神経の調子がおかしくなってしまったような気がした。まるで妹のヴァイオラみたいだ。ヴァイオラときたら、神経の調子がおかしいと訴え、よくごねている。神経がおかしいだなんて、くだらないこと言わないで。そう叱ると、ヴァイオラはけだるそうな目をこちらに向け、有無を言わせぬ口調で言い返してきた。「でもね、フランシス、本に書いてあったわ。淑女はね、それも本物の淑女はね、とっても繊細なんですって」

足元の岩に水があたる音が聞こえ、フランシスはにっこりと笑い、目を閉じた。ゆったりと腰を下ろし、ウールのスカートを脚に巻きつけ、膝を両腕で抱え込んだ。湖の向こうにそびえるベンローモンド山とベンヴォリック山の岩の多い頂《いただき》を見やる。この先、湖の突端のほうには激しい急流、ごつごつした岩、深い松林がある。その光景を、彼女は思い浮かべた。本物のスコットランド高地地方の峡谷。手つかずの自然。文明社会から隔絶された、世界じゅうでいちばん好きな場所。わたしはけっしてこの地を離れない。だが、ほんの一時間まえに父親からおそろしい話を聞かされたときの光景を思いだし、彼女は思わず身震いをした。

三姉妹のひとりが、この地を離れなければならないだなんて、そんなこと、考えたくもない。なのに、考えずにはいられなかった。

フランシス、そして姉のクレア、妹のヴァイオラは、調度品がぽつぽつと置かれた簡素な客間で腰を下ろしていた。そこへ、フランシスの継母《けいぼ》ソフィアと、三姉妹の家庭教師であり、ときには夫人の話し相手や三姉妹の小さな弟アレクサンダーの家庭教師まで務めているアデレイドを従え、父親が勢いよくはいってきた。

リヴェン伯爵は堂々としたいかめしい男性だ。長身で、胸板が厚く、赤褐色の髪はまだふさふさしている。伯爵は居並ぶ娘たちのまえで立ちどまり、値踏みするように顔を順に眺めた。

「パパ、なんのご用?」椅子に浅く腰かけたまま、ヴァイオラが落ち着かないようすで尋ねた。「もうすぐケナードが遊びにくるの。あたし、身支度しなきゃ」

「どうやら」と、父親の表情をさぐりながら、フランシスが言った。父親の灰色――彼女と同じ色――の瞳には、押し殺した興奮の色が浮かんでいる。「これからホームドラマが始まるみたいよ」

フランシスの鋭い声と言葉に、リヴェン伯爵は口元に笑みを浮かべた。「なにかつけくわえることはあるかい、クレア?」と、穏やかな声で長女に尋ねた。

「ないわ、お父さま」と、いつもの温厚な口調でクレアが答えた。「でも、早くしてくださらないと、午前中の陽光が消えちゃう」

「お絵かきなんて、いつだってできるでしょ」と、継母のソフィアがきつい口調で言った。

クレアが肩をすくめ、口をつぐんだ。どうやらフランシスの言うとおり、なにやら始まるらしい。そう思うと、わずかに好奇心が頭をもたげた。

リヴェン伯爵が暖炉のほうに軽やかに歩き、炉棚に肩をもたせると口をひらいた。「わたしには、三人の美しい娘がいる。長女のクレアは、もう二十一。妻や母親になってもいい年頃だ。絵に夢中になりすぎて、頭がお留守になるときがあるし、ぼんやりしているきらいもあるが、おまえは心のやさしい娘だ」どちらともとれるこの褒《ほ》め言葉に、クレアはたじろぎ、呆気《あっけ》にとられて父親を見たが、彼の注意はすでにヴァイオラへと向けられていた。「そして末娘のヴァイオラ、おまえはまだ十七だが、すっかりおとなの女性に成長している。明るく、活発で、うぬぼれが強く、心より外見のほうが美しく、甘やかされている」

「パパ！」

「だって、ほんとうのことだろう？　自分でもわかっているはずだ。とはいえ、おまえもまずまずの妻になれるだろう。夫が時間をかけ、おまえの頭のなかからその愚かな考えを叩きだしてくれさえすれば」

「次はわたしの番ね」フランシスがにっこりと笑い、殉教者のように胸のまえで腕を交差させた。「覚悟はできてるわ。殺傷力抜群の大砲を撃ってくれてかまわないわよ、パパ」

「おまえはだ、フランシス女王」と、動じることなくリヴェン伯爵が続けた。「手に負えない。強情で、自立心が強すぎる。ものおじせずに言い返してくる弁の強さはあるが、こと動物にかけては傷を癒す天与の才がある。万が一、おまえが選ばれるようなことになれば、この者はみな寂しく思うだろう」だれよりも寂しく思うのが自分であることを、彼は明かさなかった。

「選ばれるって、なにに？」と、ヴァイオラが尋ねた。フランシスにはよくわかっているのだから。「パパ、じらさないで！　そろそろケナードがくるんだってば。あたし――」

「結婚相手に、だ」と、ヴァイオラの話をさえぎり、リヴェン伯爵が言った。「おまえたちのひとりが、じきに結婚する」

啞然とした沈黙が広がり、やがて、悲鳴とともに質問の一斉砲撃が始まった。

「それ、なんの話、お父さま？」と、こわばった声でクレアが尋ねた。

「ああ、どうしよう、なに着ればいいの？」ヴァイオラが甲高い声をあげ、衣装戸棚をあらためはじめた。

「これって、いちばんありがちなホームドラマの筋書きよね」と、フランシスが切り捨てるように言った。

「花嫁を選ぶのは、イングランドの貴族だ。正確にいえば、ロザミア伯爵。じきにこちらにお見えになる」

啞然とした沈黙がまた広がった。と、沈黙を破り、フランシスが笑い声をあげた。「冗談はやめて、パパ！　誇り高きイングランドの貴族さまが、うちの姉妹になんの用があるの？　つきあってられない。わたし、馬に乗ってくる。冗談はおしまいにして、もう解放してちょうだい」

「フランシス」と、リヴェン伯爵が凄《すご》みのある低い声で言った。「黙れ。さあ、娘たち、よく聞きなさい。先日、ここにやってきた使用人を覚えているだろう？」

「お仕着せが素敵だったわ」クレアが言い、画家特有の物思いに耽った。「金と赤——強い印象の色の組み合わせよね。彼の絵を描いてみたいわ。顔立ちにも絵心をそそられるし」

「あの男は疲労困憊《ひろうこんぱい》していたんだぞ、そそられるもなにもあるものか！」ついに堪忍袋の緒《お》が切れたというように、リヴェン伯爵が声を張りあげた。と同時に、フランシスの言うとおりだと、胸のうちで自分をあざ笑った。たしかに、大げさな芝居を演じて悦にいるところが、自分にはある。だが、ひとたびクレアの手にかかると、こちらがなにを言っても無味乾燥なものになる。いやはや、お仕着せの使用人の絵を描きたいとは。彼は咳払いをし、娘たちの関心をこちらに引きもどした。

「いずれにしろ、絵を描けるほど長居はなさらないわ」こんどはソフィアが口をはさみ、夫の話の腰をまた折った。

リヴェン伯爵はふたたび咳払いをした。「あの男はシャンドス卿の使用人だ。正確には、シャンドス侯爵の」

「ロザミア伯爵の次は、シャンドス侯爵。家柄のいい貴族がふたりも登場なさったわ」と、フランシスが茶化した。

「パパ、その侯爵って、どんな人？」と、片方に首をかしげながらヴァイオラが尋ねた。それは、鏡のまえで何時間もかけて練習をした仕草だった。こうすれば、右肩のあたりで髪が艶《いろ》っぽく揺れる。それに、ほっそりとしたうなじも見せられる。でも唇をとがらすポーズは、もっと特別なときのためにとっておかなくちゃ。

「あたしたちの知らない親戚のかた？　聞いたことないお名前ね」

「いや、親戚じゃない。だが、じき親戚になる」と、女らしさをだそうとする娘の努力にはまったく気づかず、父親が応じた。

フランシスは椅子に座ったまま、身を乗りだした。「ちゃんと教えて」ふいに、その声が緊張を帯びた。父親が真剣なときとそうでないときの違いが、フランシスにはよくわかっていたからだ。パパはいま、ありのままの事実を述べている。そう思うと、急にこわくなった。

フランシスの口調の真剣さに応じ、リヴェン伯爵も真剣そのものの口調で話しはじめた。

「よく聞いてくれ、娘たち。ことの発端は、十七年まえにさかのぼる。おまえたちのお母さまがお産で命を落とした直後、わたしはスコットランド南部ロッカビーの友人を訪ね、帰りにローランドに立ち寄った――」

「というより、襲撃したんでしょう?」おそろしい不安を冗談でまぎらせようと、フランシスが冗談を言った。

「口をはさむな!」と、伯爵が怒鳴った。そして眉をぬぐい、落ち着きを取り戻すと、先を続けた。「わたしはアンガスを出発し、帰路に着いた。日はとっぷりと暮れ、空には月も見えず、雨が降りはじめた。雨宿りする場所をさがし、ようやくたどり着いたところが、運の悪いことに山賊どもの悪の巣だった。やつらはシャンドス侯爵をとらえており、身代金をせしめて虐殺する計画を立てていた。すったもんだがあったが、とにかく、わたしはシャンドス侯爵の命を救った。侯爵は心から感謝してくれた。想像がつくだろう? スコットランド人がイングランド人の命を救っただけでも、信じがたい話なのだから。わたしはね、自分がオックスフォードで教育を受けた話も披露《ひろう》したよ。すると、別れ際に、命を救ってくれたお礼になんでもさせてもらいたいと言われた——まあ、侯爵の頭のなかには、金で礼をしたいという考えがあったんだろう」リヴェン伯爵が言葉をとめ、ソフィアのほうをちらりと見た。そして、ふたたび咳払いをすると、先を続けた。「ちょうど、おまえたちのお母さまを亡くしたばかりで、わたしはみじめな男やもめの気分を味わっていた——だからこそ、捨て鉢《ばち》で侯爵の命を救ったともいえる。いずれにしろ、当時のわたしには再婚するつもりがなかった。おまけに将来がどうなるともわからない娘が三人いた。だから、シャンドス侯爵にこう言った。うちの娘のひとりをご子息の花嫁にしてほしい、と。侯爵は同意した。これが、おおまかないきさつだ」

「でも、それって、大昔の話でしょ」沈黙を破り、フランシスがきっぱりと言った。「すっごく大昔の話。そのシャンドス侯とやらが、息子を差しだすとは思えない。相手がどこの馬の骨ともわからぬスコットランド人とくれば、なおさらよ。だいいち結婚って、そんなふうに決めるものじゃないでしょ。とくにイングランドではそんな結婚はありえないって、アデレイドやソフィアからさんざん聞かされてきたもの」

「シャンドス侯爵は、名誉を重んじる男だ」そういうリヴェン伯爵の口調は、冷ややかでおそろしかった。彼はぽっちゃりとした温厚なアデレイドのほうを見た。「十六年ものあいだ、どうして彼女にここにいてもらったと思う?」

アデレイドが初めて口をひらいた。「それは、サー」と、その穏やかな瞳をわずかに輝かせた。「お嬢さんがたに、ベンネヴィス山の雲のようにくぐもった方言で話してほしくないからです」

フランシスは考え込んだ。だから、父さんは再婚したのだろうか——イングランドの女性と? たしかに、ソフィアはイングランドできちんとした教育と躾《しつけ》を受けている——ニューカッスルの金物屋の娘ではあるけれど。だからキルブラッケン家の子どもたちには、方言を話すことがぜったいに許されなかったのかしら? そう考えると、寒気がした。

「そのとおり」と、リヴェン伯爵が応じた。「さてと、娘たち、質問は?」

「質問ですって！」と、フランシスが勢いよく立ちあがった。「いままでなにひとつ教えてくれなかったくせに！　信じられない！　見たこともない男の人と結婚しろだなんて。いったいぜんたい、どうしてそんなこと考えついたの？　虫唾《むしず》が走るような男だったらどうするの？　ろくでなしだったら？　三人とも、その人のことを毛嫌いしたら？　だいいち、その男の人がわたしたちに好意をもつとは思えない！」

「この際、好意なんて、どうだっていいんです」と、ソフィアがぴしゃりと言った。「伯爵は、じき、こちらに到着なさる……そうよ、あなたたちひとりひとりをじっくり観察するためによ、でしょうね。こんなにありがたい話、あるもんですか。あなたにとってもよ、フランシス。伯爵は裕福で、お父上の領地と爵位を継承する。だから彼から花嫁として選ばれた娘は、ほかの姉妹の力になれる。ロンドンでの社交界デビュー、新しいドレス、パーティーへの招待、結婚相手として望ましい紳士がたの紹介、なにやかやよ」

「そんな野蛮《やばん》な話、受けいれられない！」と、フランシスが声を張りあげた。

「シーッ、フランシス」ヴァイオラが言い、なにごとか考えながら緑色の目をすがめた。「候補は三人いるのよ。なんだって伯爵が自分を選ぶと思うわけ？」

それはだな、フランシスは美人で、知性と情愛にあふれた娘で、ときたま強情になるだけだからだよ。おまえたちのなかで、このわたしにいちばん似ているからだよ。リヴェン伯爵は胸のうちでそう応じたものの、なにも言わず、ただ娘ひとりひとりの顔を順に眺めた。

「とにかく破廉恥《はれんち》な話だわ」と、フランシス。「クレアったら、びっくりして口もきけないんでしょ」

「クレア」と、ソフィアが口をはさんだ。「それにおまえも、フランシス、それにヴァイオラも、侯爵のお眼鏡にかなったら、結婚するんですよ。あたくしたちが斜陽貴族の暮らしを強《し》いられていることは、わかっているでしょう？　可愛いアレックスが成年に達するころ、いくばくかの財産は残っているでしょうけれど、あたくしたちと同じような暮らしはできないわ。そりゃ、お父さまは懸命に努力なさっています。でも、みんなわかっているように、スコットランドではどこも同じような状況が続いていますから」

そう説明したものの、夫からにらまれ、ソフィアが口をつぐんだ。そこまでおちぶれちゃいない。リヴェン伯爵は考えた。息子の面倒はこのわたしが見る。ソフィアの毒舌も、義父の気前のいい持参金も知ったことか。「わたしは長年、シャンドス侯爵と文通してきた。なんと、結納金として一万ポンドご用意くださるそうだ――ああ、そう、一万ポンドだぞ。それだけではない。この話にはほかにも利点がある。伯爵から選ばれた娘は、ほかの姉妹に力を貸すことができるのだ」この利点については、ソフィアがすでに口達者に説明していたが、フランシスが不満そうに口をとがらしていたので、こうつけくわえた。「言うまでもなく、伯爵は立派な地位の男性だ。ロンドンでの社交界デビューも夢物語ではないだろう。残りのふたりにも、いい結婚相手を見つけるチャンスが与えられる」

「伯爵って、どんな外見なの、パパ？」ヴァイオラが単刀直入に尋ねた。

「シャンドス侯爵の話によれば、じつに颯爽とした若者のようだ」と、リヴェン伯爵が答えた。「ただし、次男だが。一年以上まえに長男が死亡し、彼が侯爵の跡継ぎになった。それまではフィリップ・ホークスベリー卿だったが、いまではロザミア伯爵だ。二十七歳で、兄が亡くなるまでは軍人だった」ほんとうのところ、シャンドス侯爵としては、長男を三人娘のだれかと結婚させるつもりだったのだ。ところが四、五年まえ、気持ちを変えた。理由のほどはさだかではない。

「ふーん」と、ヴァイオラ。「その人の肖像画、もってないの、パパ？」

「くっだらない」と、フランシスが口をはさんだ。「肖像画なんてあてにならないって、アデレイドから教わったでしょ。どうやらアン・オブ・クレーヴズはヘンリー八世に完ぺきな肖像画を送ったらしいって。でも、実物の彼女はずんぐりとした、近眼の――」

「絵に描きたいほど興味をそそられる女性だったのかもしれないわ」と、クレアがものほしそうな声をだし、妹の長たらしい非難をさえぎった。

「ねえパパ、その伯爵さま、どんな女性がお好きなのか、わかる？」ヴァイオラが肩にかかる黒味がかった赤毛のゆるいカールに指をからませ、何度も練習してきた誘惑の仕草をもう一種類、披露した。

三人の娘たちがそれぞれ異なる反応を示す事態に驚き、リヴェン伯爵はしばらく口をつぐんでいた。が、先日、シャンドス侯爵から届いた手紙の文句を思いだした。「ああ、少しは。魅力的で、機知《ウィット》に富む、陽気な女性がお好みらしい。そしてもちろん、美人が」

ヴァイオラがわざとらしく陽気な笑い声をあげた。「ああ、最高！」

「あなたがたはみんな可愛いから、かならず伯爵のお眼鏡にかなうわ」と、ソフィアが言った。「その点についてはなんの心配もない。あとは、あくまでも個人の好みの問題よ。だからあなたたち全員――いいこと、全員よ――選ばれた姉妹にぜったいに嫉妬《しっと》しないでね」

その後も次から次へと質問が続き、うんざりしたフランシスは悲鳴をあげたくなった。そこで父親が話を終えると、脱兎《だっと》のごとくキルブラッケン城から逃げだした。古いウォーキングブーツをあわてて履き、こうして湖畔にやってきたのだ。伯爵が結婚相手としてこの自分を選ぶと思うほど、わたしはうぬぼれてはいない。そう考え、フランシスは思わず身震いをした。ヴァイオラはまだ若いけれど、どんな男性でも惹《ひ》かれるほど可愛いし、魅力的で陽気だ。クレアはもう二十一だけれど、ういういしい無垢《むく》な雰囲気がまだ残っているし、従順な妻に求められるやさしさもある。まあ、たまに熱に浮かされたように絵を描くところはあるけれど。とにかく、男の人って、従順な妻を望むのよね。仲間のまえで機知があるところを見せたとしても、自分のまえでは従順な妻でいてほしいのよ。

「ああ、もう、うんざり」フランシスが声にだしてそう言うと、一羽の鳥が頭上の枝から甲高い声で返事をした。

はっと目が覚めたような思いがし、フランシスは立ちあがり、あいかわらず灰色の湖面を見やった。伯爵がぜったいにわたしを選ばないよう、なにか手を打たなくちゃ。魅力的で、ウイットに富む、陽気な女性がお好みなら、そうね、わたしはネズミになろう——退屈で、内気で、おどおどしている、つまらない娘に。

なに馬鹿なこと考えてるの、と彼女は思いなおした。そんな策略、必要ないでしょ？　わたしのことなんて、選ぶはずないもの。それでも、万が一ってことが……。

フランシスは背中に荒々しく垂らした豊かな巻き毛にさっと手を伸ばした。おまえの髪はスコットランド高地の秋の色合いだ。そう、父親から言われたことがあった。赤と茶と金色が自然のままに混ざりあった色だ、と。父親の豊かな髪も彼女と同じ、とてもめずらしい色合いだったので、親のひいき目で思わずお世辞を言っただけだろうと、これまでは考えてきた。でも念のために、この髪は引っ詰めにしておこう。うなじのあたりできつく丸めるのがいい。そのうえでハイネックのドレスを着れば完ぺきだ——あの古ぼけた灰色のモスリンがぴったり。そうすれば、ネズミに見えるはず。ご覧になった伯爵さま、吐き気をもよおされるかもしれないわ。それに刺繡でもしてみせよう——子ども部屋のどこかに、やりかけの刺繡がしまってあるはず。そこまで考えると、フランシスは湖に背を向けた。だからといって、パパの計画を台無しにするわけじゃない。伯爵さまは、クレアかヴァイオラのどちらかと結婚するほうが幸せになれるもの。まあ、わたしはいわば、選択肢を少なくしてあげるだけ。

そうすれば、お気の毒な伯爵さまだって、時間と手間がはぶけるというものよ。

微笑みながら、フランシスはすたすた歩きだした。深い松の木立を抜け、険しい坂を上がり、城を目指す。まだあるわ、と彼女は考えた。わたしには、伯爵さまが無駄づかいしないお役にも立てる。だって、わたし、社交界デビューのためにロンドンになんか行かないもの。ぜったいに。

2

ああ、彼女こそ喉から手がでるほど欲しい解毒剤だ。

――ウィリアム・コングリーヴ

「ポルトガルの険しい山並みの風景が思いだされますな」と、グランニョンが言った。ロザミア伯爵は返事をするかわりに、美しい二頭の鹿毛《かげ》にわだちの跡をゆっくりと走らせながら悪態をついた。

「見えてきました、ホーク少佐。あれがローモンド湖でしょう。ならば、あの丘に立っているのが、キルブラッケン城に違いない」

「じつに胸躍る光景」ホークが言い、遠方の城に目をやった。灰色の飾り気のない城で、塔には銃眼が見える。「いまにも崩れ落ちそうじゃないか」そう言うと、思わず目を閉じた。

「十七年まえ、父はすでにもうろくしていたようだ」グランニョンが軍隊時代の名称で自分に呼びかけたことは無視した。興奮したり緊張したりすると、従者に戻ったいまでも〝少佐〟と呼びかけてくるのだ。

「閣下は、この城をご覧になったことがありません」と、グランニョンが応じた。「貧しい土地ですな」

いや、美しく、手つかずの自然が残っているすがすがしい場所だ。ホークはそう言いたかったが、あまりにも疲弊しており、気が立っていた。そのうえ汚れており、気も滅入っていたため、とても礼儀を守る気にはなれなかった。ここまでの道中、人気《ひとけ》のない村ばかり通ってきた。どの村も前世紀の遺物のように見えたが、ここは違う。たしかに貧しさに関していえば、この土地はポルトガルを髣髴《ほうふつ》とさせるが。少佐だったころの自分に戻りたい、とホークは考えた。この先で自分を待ちうけているものを思えば、ポルトガルの貧しさのほうがましというものだ。

イギリス最大の淡水湖であるローモンド湖を見ても、ホークの心は癒されなかったし、その北端にそびえる高さ三千フィートもの山にも心を動かされなかった。

従者のグランニョンは、そんな主人の横顔を黙って見守っていた。そして、同情も寄せていた。グランニョンはこの五年間、陸軍でホークの従卒を務めてきた。当時のホークはまだ伯爵になっておらず、フィリップ・ホークスベリー卿として、つねに厳しい戦況下で、ウェリントン将軍から篤《あつ》い信頼を寄せられていた。ホークとグランニョンは戦場でともに戦い、おびただしい数の死を目《ま》の当たりにし、艱難辛苦《かんなんしんく》をともにしてきた。旧友や軍隊時代の同士からはいまだに〝ホーク〟と呼ばれている伯爵の身に、いま、とんでもない災厄が降りかかっている。それもこれも、本人にはなんの責任もない理由で。おまけに父親は、死の床に伏している。

「スペインでタラベラ・デ・ラ・レイ戦を戦いおえたときのような気分だよ」と、ホークが言った。「疲労困憊、泥まみれで、意気揚々《いきようよう》とさせるものが皆無」

「まあ、そうおっしゃらずに」と、グランニョンが応じた。「若いお嬢さまがたがお待ちになっているじゃありませんか。それに、閣下からうかがったところ、美女揃いだそうで」

「父はもうろくしているうえに、目も見えないんだぞ」と、ホーク。「どうせ、マクベスの鬼ばばみたいなのが待ちかまえてるに決まってる。父さんはリヴェン伯爵の説明を鵜呑《うの》みにしただけさ。美女揃い？　信じられるものか！」

グランニョンは同情のしるしに低い声をあげた。そして、鼻を鳴らした。ふたりとも、だいぶ臭う。「湖で水浴びなさったらいかがです？　気持ちよさそうじゃありませんか」

そう言われ、ホークは思わず肋骨のあたりを掻いた。「そうだな。最後に泊まった宿には――あの、いまにも倒れそうな掘立小屋を宿と呼べるのなら――わんさかノミがいた。間違いない」

「ほかにも、獣《けもの》がいるようで」と、グランニョンが言った。

ホークが左の眉をぴくりと上げた。「スコットランド人みたいな話し方をするんだな、グランニョン？　獣だと？」

「われわれは、獣のような悪臭を漂わせていますから」

「そんなくだらない冗談を言ってると、絞首刑になるぞ。ああ、わかった、水浴びをしてくるよ。将来の花嫁に会うんだから、かぐわしい香りを漂わせていないと」

「石けんを持参しております、閣下」

「ひげも剃りたい。死刑執行にそなえ、せいぜい身だしなみを整えておくさ」

湖畔を縁どる下草を縫い、ホークは洗面用具を手に歩きだした。三月にしてはあたたかく、陽射しがまぶしい。このすがすがしい湖で、一刻も早く身を清めたい。彼は自分の悪臭にうんざりしていた。

フランシスはこの三時間、カドマスの唯一の牝牛のお産に立ちあっていた。ありがたいことに、母子ともに生き延びた。カドマスとメアリーは新生児のためにミルクを欲しがっていた。フランシスはびっしょりと汗をかいており、古いドレスの袖を肩のあたりまでめくりあげていた。腕にはまだ乾いた血がこびりついている。彼女は湖畔に膝をつき、湖に腕をひたした。自分の継娘が汚らしい農民のような恰好をしているところを見たら、ソフィアは卒倒するだろう。やっぱり城には戻らず、もうしばらくここで時間を潰していくほうがよさそうね。フランシスはそう考えると、袖を下ろし、しゃがみ込んだ。まったく、ここ四日間のクレアとヴァイオラの変貌ぶりときたら。きのうなんか、夕食のあいだずっと、ヴァイオラは新しいドレスの話ばかりしていた。瞳の色によく映える緑色のベルベットのドレスを、この二日であわてて縫いあげたのだ。あのドレスを着たあたしを見たら、伯爵はどんなお顔をなさるかしら。そう言って、ヴァイオラはきらきらと目を輝かせていた。おまけにクレア姉さんまで、なんだかおつにすまして美しい金髪を撫でたり、キュウリのローションの話をしたりしていた。抜けるような白い肌の持ち主なのに、これ以上どうしようっていうのかしら。ありがたいことに、クレアはもうわたしのことを逆恨みしていない。だって、イアン・ダグラスがクレアじゃなく、わたしに求婚してきたのは、わたしのせいじゃないもの。誤解を招かないよう、けんもほろろにお断りしたけれど、こんどはイアンの弟のケナードがヴァイオラのあとを追いまわしている！　もちろん、ロザミア伯爵の話を父さんから聞かされてから、ヴァイオラはケナードのことを話さなくなったけれど。

　きのうの夕食の席で、ヴァイオラは途切れなくお喋《しゃべ》りを続け、髪をいじっていた。いつもぼんやりとしているクレアも自己満足に浸っているような表情を浮かべていた。いっぽうフランシスはといえば、きつく口を閉じたまま、姉と妹の顔を交互に眺めていた。そして、フォークを置いた。突然、ハギス（羊の臓物などをオートミールと一緒に胃袋にいれて煮込んだスコットランド料理）が世界でいちばん食べたくない料理に思えた。

「ふたりとも、ほんとうにその男の人と結婚したいの？　会ったこともない人と？　キルブラッケン城やスコットランドからでていきたいの？」と、フランシスはついに口をひらいた。

ヴァイオラがふわりと髪を揺らし、いたずらっぽく微笑んだ。「ええ。あたしが彼と結婚するのよ、フランシス。そうね、スコットランドとはお別れね」

「あなたの計画どおりにことが運ぶとは限らないのよ」と、ソフィアが釘を差した。

「伯爵は、もっと成熟した女性のほうがお好きだと思うわ」と、クレア。「ちゃんと考えてから発言できる女性がね」

いやだ、ぼんやり屋さんのクレアはどこにいっちゃったの、とフランシスは驚いた。

「でも、パパがおっしゃってたじゃない？　伯爵はウイットがある、魅力的な女性がお好きだって」と、ヴァイオラが言い返した。「そしてもちろん、美人が。あたし、そのすべてにあてはまると思わない、クレア？」

「それに関しては、意見を控えさせていただきます」と、ハギスを食べながらアデレイドが淡々と口をはさんだ。

ヴァイオラはこの遠回しな批判を無視し、真顔で言った。「彼と結婚するのは、このあたし。でも心配しなくていいのよ、クレア、それにフランシスも。ふたりにも、結婚相手を見つけてあげるから。お金持ちをね。イングランドってとこには、お金持ちがたくさんいるんでしょ、パパ？」

「スコットランドよりは大勢いる」リヴェン伯爵が言い、フランシスのほうに視線を向けた。

娘の不機嫌な表情に、同情を覚えた。父親として、彼はいま引き裂かれる思いを味わっていた。ロザミア伯爵がフランシスを選ぶようなことがあれば、気質がいちばん自分と似ている娘を手放すことになる。自分と並んで馬を走らせ、少年のようにのびのびとしている活発な娘、一緒に狩猟や水泳を楽しんでくれる娘を……。だが、フランシスのしかめ面を見ているうちに、リヴェン伯爵も顔をしかめた。あんな態度をとっていては、どんな紳士もそっぽを向いてしまう。それだけは許せない。ほんとうのところ、彼はロザミア伯爵にフランシスを選んでほしいと思っていた。フランシスには最高の男と結婚してもらいたい。そうすれば、フランシスはかならず姉や妹の面倒も見てくれるだろう。やれやれ、と彼はひとりごち、茹《ゆ》でたジャガイモにフォークを刺した。いったい、どちらがつらいのだろう？　フランシスを手放すのと、このままずっとフランシスを食べさせていくのと？

「悪いけれど、ヴァイオラ」と、クレアがやや甲高い声で言った。「勝利宣言をするのは時期尚早じゃない？　ソフィアの言うとおりよ」

「勝利ですって」と、フランシスが冷たく言った。「その男の人のこと、なんにも知らないくせに！　おそろしい男かもしれないし、けちでつまらない男かもしれないのよ。どんな男かわかったもんじゃないわ！」

「フランシス！」リヴェン伯爵が、険しい視線で次女をにらみつけた。「もう充分だ」

フランシスはあわてて下を向いた。ずっと口をつぐんでいるべきだったのに、我慢できなくて、つい喋ってしまった……。顔も見たことがないその伯爵さまについて自分がどう思っているかなんて、話したくもなかったし、訊かれたくもなかった。これで、またパパとソフィアからお説教される。なんて、馬鹿なことしちゃったんだろう！

ところが、父親と継母のどちらも、ひと言も叱責しなかった。フランシスは吐息をつき、湖のほうを見やった。いま、ようやく、わかった。自分がこれまで、事実から目をそらせてきたことを。彼女はふっと笑い、自分のほうがヴァイオラよりずっと思いあがっていたことを認めた。地味な恰好をしたのも、なにもかも――伯爵さまが花嫁として自分を選ぶと信じていたからだ！　お笑い種《ぐさ》よ。たとえ絢爛豪華なドレスを着たって、伯爵さまはわたしなんかに目もくれないだろう。昔からよく「すっぱだかで歩きまわるよりは、キルト（スコットランド高地人が着用する格子柄の巻きスカート）をはくほうがまし」って言われていることだし、キルトを着たっていいわよね。なにを着たところで、ぜったいに、わたしに勝ち目はないのだから。

ふいに鳥たちが大きな声で鳴きはじめ、あたりに緊張が走るのがわかった。フランシスは顔を上げ、周囲をうかがった。不審者でもいるのかしら？　いえ、そうじゃない。ひとりの男性の姿を認め、フランシスは目を丸くした。彫像のような全裸で――彫像に不可欠のイチジクの葉などつけずに――湖に突きだした岩によじのぼっている。ああ、どうしよう、彼、湖に飛び込むつもりなんだわ！　すがすがしく見える湖だけれど、水はおそろしく冷たい。あのまま飛び込んだりしたら、凍っちゃうわ、彼の……と、その先の言葉は呑み込んだ。ここにクレアがいればよかったのに、とぼんやり考えた。ショックのあまり失神せずにすめば、彼の絵を描きたくてよだれを垂らすに違いない。その男性は壮麗としており、長身で、筋肉質の肉体の持ち主だった。脚は長くて、おまけにかたちがいい。フランシスは、股間のあたりに密集する毛を、そして男性に特有の部位を懸命に見ないようにした。肌は浅黒く、髪の毛はカラスの羽のような漆黒《しっこく》で、顔は黄褐色に日焼けしている。胸も同様に真っ黒な毛で覆われている。フランシスは下腹のあたりに妙な火照《ほて》りを感じ、思わず立ちあがった。やだ、なにうっとり見とれてるの？　なにも全裸の男の人を見るのはこれが初めてじゃない――っていうか、あれは男の人じゃなくて、子どもだったけど。男の子が何人か湖で泳いでただけ。でも、あの男の人は子どもじゃない。すると、彼がざぶんと湖に飛び込むのが見えた。すばやく水を切ったかと思うと、雄叫びをあげる。でも、そのまま遠くに泳いでいこうとはせず、湖畔に立っているもうひとりの男性が投げてよこした石けんを受けとった。

わたしより根性あるかも、とフランシスは観察した。胸の上で勢いよく泡を立てたかと思うと、豊かな黒い髪を洗いはじめた。頭の泡を洗い流そうと、彼が水中にもぐってしまうと、フランシスはぞくっと身を震わせた。

彼の気持ちがよくわかり、腕に鳥肌が立った。あれほど冷たい水に我慢して浸《つ》かっているんだもの、よほど汚れていたんだわ。

石けんを握った手が水中に下ろされると、彼女は息を呑んだ。いったい、何者だろう？　そのとき、ふいに合点がいった。彼はこちらに背を向け、向こう岸のほうに歩きはじめた。

彼女はその清潔な長い背中、彫刻のようなお尻を見つめた。彼がなにか言う声が聞こえ、湖畔に立っているもうひとりの男性の姿が見えた。小柄で肉付きのいい男性がタオルをもっている。水中に立つ彼の笑い声が聞こえた。低く、豊かな、いかにも気持ちがよさそうな声。

ロザミア伯爵がついに到着なさったのだ。あわてて城に戻る道すがら、フランシスは考えた。とにかく、不審者でなかったことだけはたしかだわ。

一時間後、ホークとグランニョンはキルブラッケン城に到着した。あの凍えるような湖からでて初めて、ホークはぬくもりを感じた。あれほどのショックを受けたら、ふつうの男なら役立たずになるところだ。そう考え、彼はまた声をあげて笑った。

ホークは疲れはてた馬たちを、自分で灰色の石造りの城の正面にとめ、馬小屋をさがした。と、城の横に細長い建物が見えた。明るい陽射しを受け、スレートぶきの屋根が赤黒く見える。彼の侵入に、十数羽のニワトリが甲高い鳴き声をあげ、二頭の牝牛が無関心ではないという程度にこちらを眺め、ブタの群れが馬車の車輪から跳ねあがった泥に憤慨して鼻を鳴らした。

四輪馬車から降りると、目の粗《あら》いウールのドレス姿を着たふたりの女性が黙ってこちらを見ていることに気づいた。ひとりが口元を手で隠しながらなにか言うと、もうひとりがくすくすと笑った。

「馬車を頼む、グランニョン」ホークは言った。「見る限り、馬小屋には使用人さえいないようだ」いやはや、ここには文明生活ってものがないのか？　すると突然、城の巨大な玄関から、名状しがたい威厳を漂わせたひとりの長身の男性が姿をあらわした。着古した乗馬服に古ぼけた黒いブーツという普段着。一瞬、ふたりの目があった。すると、相手の男性が声をあげた。「ロザミア伯爵？」

この男がリヴェン伯爵に違いない。ホークは考え、なんとか唇に笑みを浮かべた。

「はい」彼は言い、大きく足を踏みだした。リヴェン伯爵が差しだしてきた手を握った。力強い手だ。

リヴェン伯爵が頭を上げ、大声をあげた。「イーザーラード！」

みすぼらしい恰好の少年が馬小屋の裏から駆けてきた。「馬の世話を頼む。閣下、従者とご一緒に、どうぞこちらへ」

ホークはリヴェン伯爵のあとを追い、巨大なオークの扉を抜け、玄関に足を踏みいれた。そこは広々とした、古色蒼然とした玄関だった。頭上には黒ずんだ梁《はり》が何本も渡り、奥行のある大きな暖炉では牡牛さえ火あぶりにできそうだ。あちこちに時代物の甲冑《かっちゅう》が飾られ、壁には巨大な燭台《しょくだい》のあいだに武器が飾られている。あたりの空気は重く、どういうわけか空気までが古臭く感じられた。まるで時の流れに逆行しているようだ。

彼は片手であたりを指し示し、尋ねた。「キルブラッケン城はいつの時代のものですか？」

「ジェームズ四世のころですから、十六世紀といったところでしょう。ああ、トテル」リヴェン伯爵は、物音ひとつたてずにあとからついてきた、しょぼしょぼした目の男に声をかけた。

「閣下の従者をこちらに案内してくれ。食事をだし、閣下の寝室にご案内しろ」

「アイ」と、トテルが答えた。

「また呑んでいたな、しょうがないやつだ」と、小声でリヴェン伯爵が言った。「さあ、どうぞこちらに。客間で女性陣がお待ちしております。以前は武器庫だったんですが、いや、時代は変わりましたな。イングランドから妻まで迎える時代になったのですから」

ホークは黙って伯爵のあとをついていき、広いホールを抜け、その先の二重扉へと歩いていった。リヴェン伯爵が勢いよく二重扉をあけ、おごそかに告げた。「ロザミア伯爵がお見えだ」

ホークは、ご婦人の三対《つい》の目がすべて自分の容姿にそそがれていることに気づいた。と、そのなかのひとりが立ちあがり、笑みを浮かべ、歩みでた。「ごきげんよう、閣下。あたくし、リヴェン伯爵の家内でございます。キルブラッケン城に、そしてスコットランドによ うこそ」これが例のイングランド出身の奥方だな、とホークは考えた。娘たちもみな、こんなふうにイングランド人らしくきびきびと話してくれればいいのだが。

ホークは差しだされた手にキスをし、儀礼的な言葉をつぶやいた。夫人はリヴェン伯爵よりずいぶん若い。おそらく三十代半ばだろう。まぎれもない美女だ。やわらかい茶色の髪、大きな茶色の瞳、それになかなかどうして、立派な胸の持ち主だ。

次に、クレアを紹介されると、こう考えた。可愛らしい娘だな、と。かたやクレアはといえば、一瞬、警戒心をもった。とても大柄な男性だわ、と。そして画家の目で観察した。いかにも頑固そうな顎《あご》ね。御しやすい相手ではなさそう。でも、ハンサム。

「閣下」そう言うと、クレアは華奢《きゃしゃ》な手を差しだした。キュウリのローションを塗ったおかげで、いっそう白くなっている。ホークはその手にうやうやしくキスをした。

ヴァイオラを紹介されると、くすくす笑いに出迎えられた。その緑色の瞳に宿るきらめきのように、血色がよくいきいきとしたおてんば娘。「閣下」と、はずむような声が聞こえた。

「あたし――あたしたち――いまかいまかと、閣下のご到着をお待ちしてたんです。上流社会のこと、いろいろうかがいたくって」だが、さすがのヴァイオラにも、彼が呆気にとられているのがわかった。あたしのこと、田舎の小娘じゃないってわかってくれたんだわ。人生をともに歩むにはこれ以上の娘はいないってことも、きっとわかってくれるはず。

「できる限り、なんでもお話ししますよ」女性らしさの芽をだしかけている砂糖菓子のようなこの娘に、ホークは不本意ながらにっこりと微笑んだ。

「そして、こちらがフランシスです」ソフィアが言い、部屋にすべり込んできたばかりの娘のほうを向いた。ソフィアは思わず大きく目を見ひらき、窒息しそうになった。が、夫が鼻を鳴らす音が聞こえたので、こんどは大声をあげて笑いだしたくなった。

ロザミア伯爵は顔色ひとつ変えず、三人めの娘のほうを向き、観察を始めた。だが、彼女の日焼けした、ざらざらとした力強い手を握ると、こう考えた。この三人娘のうちふたりには、もういちどじっくりと観察するだけの価値がある。だが、この娘ときたら。物置小屋に閉じ込めておくべきだ。いや、便所でもいい。

「はじめまして」と、ホークは短く言った。

フランシスはただうなずいただけで、なにも言わなかった。それどころか、顔を上げてホークのほうを見ようともしなかった。

まるで幽霊だ。ホークは、彼女の後ろ姿を見ながら考えた。髪の毛はうなじのあたりできつく丸められている。ちっぽけなレーズンのような目が醜《みにく》い眼鏡の奥でゆがんでいる。おまけにドレスときたら――デザインはずん胴で、色は胸の悪くなるような暗褐色。グランニョンの達観したような声が聞こえてきそうだった。「ほほう、閣下、天使のように愛らしいお嬢さまがただ。ふたりのなかから選べるのですから、ありがたいお話ですな」

ホークから手を離されると、フランシスはその朝早く、考えぬいて置いた椅子のところに戻っていった。そして腰を下ろし、刺繍を手にとったものの、ロザミア伯爵の姿を目で追った。彼は父親になにか話しかけており、そのようすを、ヴァイオラとクレアが眺めている。まるでギリシアの神が地上に降臨したかのようにうっとりと。だがスカートの裾が揺れる音が聞こえたかと思うと、目のまえにソフィアが立っていた。

「ずいぶんな真似をしてくれたわね、フランシス」と、ソフィアが言った。

フランシスはなにも言わなかった。

「あなたときたら、まるで……」その先は言わなかった。「いったい、どういうつもりなの、フランシス？」

「なんの話、ソフィア？」フランシスは虚勢を張り、顎をつんと上げた。「〝主はありのままのなんじを愛する〟って、いつもアデレイドから言われてるわ。見た目なんか関係ないって」

ソフィアが鼻を鳴らした。「神学の話をしてるんじゃないわ、フランシス！　お父さまから鞭《むち》で折檻《せっかん》されるわよ、覚悟はあるんでしょうね！」

そう言い放つと、ソフィアはフランシスに背を向け、礼儀正しい女主人の体裁をとりつくろうべく、すたすたと歩いていった。ヴァイオラとクレアが、フランシスをじろじろと見ている。と、ヴァイオラが小さく笑い声をあげた。だが、お行儀悪いことをしたらただじゃすみませんよという視線でにらみつけられ、ふたりはすぐに静かになった。ソフィアはさっと目をつむり、考えた。まったくフランシスときたら、鼻の上のあのいまわしい眼鏡をどこで見つけてきたのかしら。おまけに、あの髪型！　きつく引っ詰めすぎて、見るからに痛そうだ。だいいち、あれほど不恰好にまとめた髪は見たことがない。きっと実母のトランクのなかを引っかきまわし、あのレースのキャップをさがしだしたに違いない。それに、どう見ても二十年以上まえのものに見える、あの薄手の木綿の暗褐色のドレスもひどい。かわいそうなアレックス。フランシスのほうをちらりと見たあと、しばらくいぶかしげな顔をして表情を曇らせたかと思うと、怒りのあまり目をすがめていたわ。

トテルが紅茶をいれた。こいつも前世紀の遺物のようだ、とホークは考えた。そして、父親の高貴なる執事、シッピのことを思いだし、ぞっとした。まったく、こんなはめにおちいるとは！　娘たちのくすくす笑いに囲まれ、おまけに、娘のひとりを妻にしなければならないとは！

娘のひとりひとりをじっくりと観察する気にはなれなかったが、ヴァイオラだけはべつだった。いやでも目につく。若い、ロンドンの淑女たちと同様に可愛らしい娘で、こちらに称賛の視線を送っている。いや、感嘆しているというべきか。自分に関する形式ばった会話が続き、彼は育ちのよさを総動員して返答したが、どうしても愛想よくすることができなかった――肉切り台に横たえられたいけにえが、肉屋に微笑みかけたりするものか。

紅茶を飲みながら、いま、自分はイングランドにいるのだという空想に浸った。ご婦人がたの会話には、スコットランドの訛《なま》りなど皆無。リヴェン伯爵はといえば、スコットランドの語彙《ごい》を操ってイングランド人らしい会話を楽しんでいる……。

「失礼、いまなんと？」リヴェン伯爵夫人から話しかけられたことに気づき、ホークはあわてて尋ねた。

「どうぞ、ソフィアと呼んでくださいませ、閣下。ですから、うちのクレアは、画家の真似《まね》事《ごと》をしておりますと、そう申しあげたんです」

　そりゃまあ、真似事だろう。ホークはふたたびクレアのほうに目を向けた。こちらに身を乗りだし、熱意あふれる表情を浮かべているその顔は、さきほどより可愛らしく見えた。

「どんな絵を描いていらっしゃるんです？」と、ホークは尋ねた。

「たいていは人物画です、閣下」と、クレアが答えた。

「ほほう」と、ホーク。

　フランシスは彼のほうを見たが、悲惨な眼鏡のせいで視界がぼやけ、よく見えなかった。そこで鼻の上で少し眼鏡をずらした。その瞬間、彼がこちらを見た。と、彼がわずかに顔をしかめたのがわかった。

　しめしめ、この無礼者め。フランシスはそう考えると、いっそう目をすがめた。そして、にんまりと笑った。いっぽうホークは、なんと哀れな娘だろうと考えていた。幼いころからずっと美人の姉妹にはさまれて暮らしてきたのだから。クレアとヴァイオラはまずまずの外見だということは、認めざるをえない。彼はフランシスに同情を覚えた。

「ところで、閣下はいかがおすごしで？」と、リヴェン伯爵が話題を変えた。「お元気でいでですかな？」

「それが」と、目を翳《かげ》らせ、ホークが答えた。「じつは、重病で伏せておりまして」

「なんと」リヴェン伯爵が言い、ふさふさとした髪を指でかきあげた。そしてじっとホークの顔を見つめた。しばらくすると、リヴェン伯爵は黙ったままうなずき、この若者がここにきた理由を察した。シャンドス侯爵は生きているあいだに道義上の借りを返したかったのだろう。彼は顔をしかめた。だが、どこかおかしい。どこかしっくりこない。彼は立ちあがり、ソフィアに言った。「閣下を寝室にご案内しよう。お客さまに会わせてやると、アレックスに約束したことだし」

ホークはさっと立ちあがり、女主人にもぐもぐと礼を述べ、娘たちひとりひとりに会釈《えしゃく》をするると、リヴェン伯爵のあとを追い、客間をでていった。

リヴェン伯爵は階段を上がりながら、前口上《まえこうじょう》抜きで切りだした。「一刻も早く結婚するために、こちらにお見えになったというわけですな?」

「ええ」と、ホークが答えた。「父は、生きているうちに花嫁に会いたがっております。ですから、できるだけ早く結婚式を挙げなければなりません」

「そういうご事情でしたか」と、リヴェン伯爵。「残念です、閣下。お父上のことはお慕《した》いしておりました」彼は表情を曇らせた。「急に倒れられたのですか?」

「急でした。肺にうっ血があるとかで」

リヴェン伯爵はそれ以上、なにも言わなかった。たしかにシャンドス侯爵の使用人が、五日まえ、ここにやってきた。だが病気のことはなにも言っていなかった。それに侯爵の手紙には、息子がじきにスコットランドにうかがう予定ですとしか、記されていなかった。ふうむ、どうも合点がいかない。

「うちの娘が全員、未婚で、閣下は幸運でしたな」

「ええ」と、ホーク。

「じつは好青年がひとり、おりましてね。イアン・ダグラスという若者がフランシスと結婚したがっていたんですが、娘のほうは無関心そのもので」

信じられないという顔で、ホークが彼を見た。そしてリヴェン伯爵の平然とした笑みを見て、娘の名前を間違えたのだろうと判断した。

「話を戻しますが」と、リヴェン伯爵が続けた。「お父上が病の床に伏しておられ、結婚を急いでいらっしゃると」

「そういうことです」と、ホークが言い、深々と吐息をついた。「閣下やこちらのご家族のことを侮辱《ぶじょく》するつもりは毛頭ありませんが、わたしは急いで決断しなければならないのです。父の存命中に、かならずや花嫁の顔を見せると……」ホークが言葉を詰まらせた。恐怖、懸念、いらだちが、喉元でかたまりとなっている。リヴェン伯爵にやさしく肩をさすられるのがわかった。

「よくわかりました。とにかく、期限が迫っていると」

「おっしゃるとおりです」と、ホーク。「三日のうちに決断したいのです……なんというか……その……選択の！　そして結婚式の準備に、その後の四日間をあてる。それがすんだら、イングランドに戻ります」

「お父上は閣下を誇りに思っておいでです」と、リヴェン伯爵が思いがけない言葉を口にした。「閣下のお手柄について、手紙でいろいろ教えてくださいましてね。イベリア半島ではウェリントンと一緒だったとか？」

「はい。わたしが退官したとき、戦況はまだ混とんとしていました。ナポレオンがロシアに侵攻するという噂も広がっていました。やつが悪運に見舞われることを祈るしかありません」

「ああ」と、リヴェン伯爵が声をあげた。「こちらが息子のアレックスです」

リヴェン伯爵の生き写しだ、とホークは考えた。子ども部屋のひらいたドアのところに、小さな男の子が立っている。透き通るような灰色の目が、こちらの顔をひたと見ている。

「がんばれ、息子よ」リヴェン侯爵が声をかけ、息子に微笑んだ。

「はじめまして、お元気でいらっしゃいますか」と、アレックスが礼儀正しく挨拶をし、汚れた小さな手を差しだした。

「なんとかやってます、アレックス」と、ホークが応じ、まじめくさった顔で少年の手を握った。

リヴェン伯爵が言った。「アデレイドにまだ洗ってもらっていないようだな。仕方ない、アデレイドはお姉さんたちの世話焼きで手一杯だったろうから」

「アデレイドはね、ヴァイオラのドレスがまぶしすぎて、ほかのものが見えないみたいだった」と、不満そうにアレックスが言った。「ヴァイオラったら、鏡のまえでずっと笑う練習をしてたんだよ――馬鹿まるだし！」

「そのへんにしておけ」と、リヴェン伯爵が言った。「さあ、行きなさい。アデレイドからたっぷりお説教されることになるぞ。あとで、閣下からゆっくりお話をうかがうといい」

「アイ」と、アレックスが応じた。

ホークは、長く殺風景な廊下を勢いよく走っていく少年の後ろ姿を見送った。「閣下は幸運です。いいお子さんですね」

「ありがとうございます」と、リヴェン伯爵。「さあ、ロザミア伯爵、こちらが閣下の寝室です。マータがきれいに掃除してくれました」

「ホークと呼んでください」

リヴェン伯爵がぴくりと眉尻を上げた。

「軍隊でそう呼ばれていたんです。ロザミアは、長いこと兄の名前でした。まだ、自分がそう呼ばれることに慣れていないもので」

「ああ、お兄さまのネヴィルですね。お気の毒なことでした」そう言うと、リヴェン伯爵は寝室に足を踏みいれ、ホークの横に立った。

気持ちのいい部屋だった。壁には黒味がかった鏡板が張りめぐらされ、やはり黒味がかった暖炉があり、部屋の真ん中に壮麗なベッドが鎮座している。壁のいっぽうに古い甲冑が一式飾られ、暖炉のまえには袖付椅子が一脚置かれている。床には小さな色褪《あ》せた赤い絨毯が一枚。

「ここはフランシスの部屋でね」リヴェン伯爵はなにげなくそう言うと、ホークの反応をうかがった。

ホークは驚いたようにリヴェン伯爵の顔を見た。この部屋に、若い娘の寝室らしいところはみじんもない。いや、それも当然かもしれない、とホークは考えた。フランシスはあれほど不器量な哀れな娘だ。自分の容姿を思いださせるような鏡台や鏡など見たくもないだろう。

「では、どうぞごゆっくり。閣下の従者をこちらに向かわせます」と、リヴェン伯爵が言った。「ここでは夕食の時刻が早めです。では六時に」そう言うと、彼は会釈をし、寝室をでていった。

フランシスのやつ、殺してやる。階下に向かってのしのしと歩きながら、リヴェン伯爵は内心、悪態をついた。首を絞めあげ、座れなくなるほど、鞭で尻を打ってやる！

突然、彼は低い声で笑いはじめた。まったく、フランシスときたら、なにをしでかすかわかったものじゃない。いやはや、あの娘には退屈しないよ！

3

こんなふうに口説かれた女があっただろうか？

——シェイクスピア

フランシスは厨房の勝手口から外へ抜けだそうとした。あと少しというところで、父の怒鳴り声が聞こえてきた。

「フランシス！」

ドアにかけた手がこわばったが、足だけは一歩、踏みだした。

「フランシス、あと一歩でも動いたら、ただじゃおかないぞ！」

リヴェン家の猟師アンガスと、料理人ドリスの使い走りと馬小屋の掃除を担当している、少々頭の回転の遅いドナルド少年が、主人とその娘のあいだの空間をじっと見つめたまま、動きをとめた。ひとたび伯爵が雷を落すと、だれも口をはさめない。家督《かとく》がこうしてときどき激昂することを、使用人たちは自慢に思っている。それが、フランシスにはよくわかっていた。そして冬になったら泥炭の火を囲み、伯爵さまがこんなことをなさった、あんなことをおっしゃったと、噂話に花を咲かせるのだ。わたしったら、また格好のネタを提供したというわけね。隅のほうで唾を吐き、肩をすくめているアンガスが聞き耳を立てていることが、フランシスにはわかっていた。

「なあに、パパ？」ついに観念し、フランシスは父のほうを振り向いた。「なにかご用？」

「なにかご用、だと？」リヴェン伯爵がフランシスの口調を真似、のしのしと近づいてきた。

「一緒にきなさい」

「わたし、べつに――」

「いいからくるんだ、フランシス！」リヴェン伯爵が娘の腕をつかみ、ドアから外へ引っ張りだした。

フランシスは小走りで父についていった。でもまあ、これでアンガスの目のまえで叱られずにすむわ。アンガスときたら、キルブラッケンの使用人のなかでいちばんのお喋りなんだもの。リヴェン伯爵とフランシスは、そのまま馬小屋のまえを通りすぎ、ヤギのランダルとペネロペを横目に、キルブラッケン城の裏手に広がる丘に歩いていった。鮮やかな紫色のヒースのつぼみが一面にほころびはじめている。

リヴェン伯爵が娘の腕を離し、不愉快きわまりないといった顔で見おろした。「いったいなんのつもりだ」不恰好な眼鏡の奥にある娘の目を見やり、伯爵が身を震わせた。

本音を言うしかないようね。彼女は顎をつんと上げ、口をひらいた。「わたし、イングランド人なんかと結婚したくないの、パパ。あの人とはぜったいにいや。だから、もう二度と、あの傲慢《ごうまん》な視線をこちらに向けさせないようにしてるだけ」

「傲慢だと？　ロザミア伯爵が？　じつに気持ちのいい青年じゃないか。多少、堅苦しいところはあるが、責めるわけにもいくまい。おまえと一緒なんだから、フランシス。遠路はるばるここまでやってきて、妻を娶るのは、自分の意志ではないんだぞ。礼儀正しく、自分の務めをはたしているだけだ。そのうえ、父上が重病で伏せっているそうだ。あたたかく、にこやかに、せいいっぱい歓待してさしあげるのが筋というものだろう」

お父上がご病気だったなんて、とフランシスは考えた。そんな事情があったのね。もちろん、お気の毒だとは思うけれど、わたしには関係のないことよ。そう考え、ふたたび顔を上げると、鼻から眼鏡がずり落ちた。「パパ、わたし、結婚なんかしたくない。パパやキルブラッケンから離れたくない。ずっとここにいたいの。お願い、パパ」

これには伯爵も不意をつかれたが、すぐに強面《こわもて》に戻った。「それにしても、伯爵がおまえを見そめるかもしれないなどと、本気で心配したのか？　うぬぼれにもほどがある。その点に関しちゃ、ヴァイオラといい勝負だ」

「わかってる」フランシスはそう言うと、ヒースの叢《くさむら》に腰を下ろした。「でも万が一ってことがあるでしょ。万全を期したかったの」

リヴェン伯爵が押し黙った。フランシスは落ち着かなかった。沈黙より、怒られるほうがましだ。彼女は手を振りながら言った。「お願い、パパ、もう放っておいて」

「わたしはただ」と、伯爵がついに口をひらいた。「おまえに最善のことをしてやりたいんだよ、フランシス」

「気持ちはわかるけれど」と、フランシスは怒りをにじませた声で言った。「あの人だけはぜったいにいや。そりゃ、パパ。見た目は及第点よ、それは認める。だけどイングランド人であることに変わりはないわ、パパ。イングランド人なのよ！　きっと、わたしたちのこと、野蛮な田舎者だと思ってる。パパだってわかってるくせに」

「きちんとした言葉づかいをするわれわれのことを、そんなふうに思うわけがない。少し落ち着きなさい、フランシス。話が脱線した。いいか、夕食の席ではふだんどおりの恰好でくるんだぞ」

「お断り」と、フランシス。

十九年間、この愛娘《まなむすめ》からほとんど口答えされたことがなかったリヴェン伯爵は、呆気にとられてフランシスを見つめた。そして、ようやく口をひらいた。「自分がどんなふうに見えているか、わかってるのか？　野暮ったくてみすぼらしい田舎娘だ」

「わかってる。だって、姿見のまえで練習したんだもの。わたしの部屋から鏡を運びだすまえにね」フランシスは顔をさっと上げた。「ご親切にもソフィアが彼に差しだした部屋から」

「あの若者がピンクのフリルに埋もれて休むのを見るのはしのびない。かといって、油絵具の匂いがぷんぷんするクレアの部屋では息が詰まる」

「塔で寝てもらえばいいじゃない」

「馬鹿も休み休み言え！　床が抜けたらどうする？」

それもそうね。でもそのせいで、わたしがヴァイオラのピンクのフリルに埋もれて眠らなきゃならない。

「その眼鏡、どこで見つけてきた？」

「屋根裏部屋のトランクにあったの。なかなかの一品《いっぴん》でしょ？」

「減らず口叩くと、鞭で打つぞ、フランシス」

「そうしたら、もっとひどい見てくれになるわね」

ふたりとも、それがただの脅しであることは承知していた。リヴェン伯爵は途方に暮れた。まったく、これほど自分に似るとは！「言うことを聞かないつもりか、フランシス？」

「お願い、パパ」フランシスは立ちあがり、父の手を両手で包んだ。「わたしだって、反抗したくて反抗してるわけじゃないの。でも、心配することないわ。彼はわたしのことなんか眼中にないもの。ヴァイオラを見るときの彼の視線に気づかなかった？　あの子は若くて従順。殿方はそういう娘が好みでしょ。クレアと同じぐらい美人だし、なんといっても明るいわ。伯爵さまは陽気な女性がお好みだそうだから、わたしと一緒にいたら気が滅入る。わたしと比べれば、クレアのほうが一緒にいてずっと楽しいはず。それに、クレアと結婚すればおまけもついてくる。友人全員の肖像画を描いてもらえるのよ。とにかく、わたしと結婚したって、伯爵さまにいいことなんかひとつもないわ、パパ」

リヴェン伯爵は、あの青年に同情した。もちろん、ヴァイオラもクレアも、彼にとっては愛しい娘だ。だが、フランシスとは違う。あのふたりの娘たちには、ロザミア伯爵を幸せにすることはできないだろう。伯爵が幸せを感じられないのなら、その妻が幸せになれるはずがない。フランシスとは違い、リヴェン伯爵にはホークの人となりがよくわかっていた。たしかに、男親のひいき目があるには相違ないが。とにかく、この件についてはよく考えるとしよう。いや、じかにホークに真相を話し、フランシスが変装していること、じつはすばらしい娘であることを伝え、花嫁に推薦し……。そこまで考えて、リヴェン伯爵は顔をしかめた。いや、それは無理だ。うちの真ん中の娘はあなたの妻になることを想像するだけで耐えられず、わざと野暮ったい恰好をしましてね、などと言えるはずがない。伯爵は流暢《りゅうちょう》に悪態をついた。フランシスには、父親の喉元で血管が大きく波打つのが見えた。

「せめて、いま着ているボロ切れだけはやめてくれ」と、かすれた声でリヴェン伯爵が険しい口調で言った。「そのふざけた眼鏡も外しなさい」

「わかったわ、パパ」

「無礼な態度も禁止だ」

「了解、パパ」

そこではたと気づいた。フランシスがおとなしく従うわけがない。リヴェン伯爵はため息をつき、娘の髪にまた顔をしかめた。きれいな髪がまるで魔女の蓬髪《ほうはつ》のようだ。ふだんどおりにしなさいと無理強《じ》いしたところで、どうせまた突拍子もない恰好であらわれるに違いない。フランシスがいったん腹を立てたら、あの青年の顔に唾さえ吐きかねない。いや、それどころかこきおろされたホークのほうも、フランシスのあまりの口達者ぶりに、あんぐりと口をあけ、呆気にとられるかもしれない。フランシスほど流暢に無礼な言葉を並べたてることができる者はいないのだから。やれやれ、そんな事態だけは避けなければ。

「じゃあ夕食の席で、フランシス」そう言うと、リヴェン伯爵は背を向け、歩きはじめた。さて、どうしたものか？　最高級のシェリー酒を二杯呑んだあと、ようやく決心がついた。ロザミア伯爵のふるまいを、よく観察することにしよう。そして、フランシスにふさわしい人物かどうか、見きわめよう。ふさわしい男であると判断したら、そこから行動を起こせばいい。

フランシスは父の後ろ姿を眺めていた。ほっとして、大声で叫びたいほどだった。夕食のためのドレスはもう選んである。淡い黄色のドレスで、あれを着ればペストにかかっているように血色が悪く見えるはず。「ごめんなさい、パパ」黄色い花のつぼみがふくらみはじめた細長いハリエニシダの茂みに向かって言った。「でもほんとうは、わたしにここからでていってほしくないのよね？　だって、そんなことになったら、これからだれが病気の動物の世話をするの？　だれが一緒にウイスキーを呑み、話を聞いてくれるの？　だれと冗談を言いあうの？　だれと遠乗りにでかけ、夏山で野営をして、長い夜を一緒にすごすの？」

フランシスは立ちあがり、あたりを見わたした。また、もとの生活に戻れるわよね？　無理やり、肩をすくめた。大丈夫、伯爵さまはヴァイオラかクレアをお選びになる。そうすればまたキルブラッケンに平和な日々が戻ってくる。

夕食の席で、リヴェン伯爵は長いダイニングテーブルの上座のハイバックチェアに腰を下ろし、考えた。フランシスも、少しはましな恰好をしているようだな。それでもまだ、砂糖菓子のようにめかしこんだヴァイオラやクレアとは比べものにもならない。

フランシスの偏見に満ちた目から見ても、りゅうとした黒の夜会服に身を包んだロザミア伯爵は素敵だった。彼の姿を見たヴァイオラがその姿に息を呑む音が聞こえたし、クレアも座ったまま身を乗りだした。彼を描くなら夜会服姿がいちばんだと、胸のうちで考えているのだろう。

そうね、わたしに絵の才能があったら、湖から裸体で上がってくる彼の姿を描くわ。

やだ、わたしったら、馬鹿な娘みたいなこと考えて、とフランシスはあわてて考えなおした。わたしには関係のないことよ。どうせ彼はクレアかヴァイオラを連れて、すぐにここを発つのだから。そして、わたしはここに残る。安全に、つつがなく。

ホークは礼儀正しくふるまっていた。リヴェン伯爵の右隣に座り、トテルが黙って給仕するあいだ、じっと目のまえの料理を見つめていた。トテルという使用人頭が身を乗りだすたびに、黒い袖口が視界にはいった。てかてかと黒光りし、おまけにかび臭い。スコットランドの男だから、ふだんはキルトを着ているのだろうか？　キルトの下は尻が丸出しなんだろうか？　ホークは考えた。いや、そもそもキルトの着用はまだ禁止されているんだっけ？

「パータン・ブリー、つまり、カニのスープですの」トテルがホークの器にたっぷりスープをよそうと、ソフィアがほがらかに言った。

「おいしそうだ」ホークは、薄いスープに浮かぶ黒っぽいアンチョビをうさん臭そうに見た。

「お国のイングランド料理ほどおいしくはないでしょうけど」と、ヴァイオラが口をはさんだ。「お口にあうものがあったら、教えてくださいね」

もう、黙りなさいよ、ヴァイオラったら！　イングランドの料理なんぞ無味乾燥で閉口するって、パパが言ってたもの。フランシスはスープをつつきながら顔も上げず、口をつぐんでいた。

「そうですね」ホークは言葉を濁《にご》し、リヴェン伯爵のほうを向いた。「それにしても、すばらしい紋章だ」ホークは笑みを浮かべながらリヴェン伯爵家の色鮮やかな盾《たて》を見あげ、そこに彫られている文字をゆっくりと読みあげた。「〝ヴィウィート・ポスト・フニエラ・ウィルトゥース〟」

「アイ」と、リヴェン伯爵が応じた。「よき題銘で――〝美徳は死後も生きつづける〟という意味です。平凡な訓戒ではありますが、祖先は高潔な信条と理念をもっていました。二枚舌のライオンたちが王冠を守っている――いかにも高貴で力強いこのライオンたちに、われわれは代々、反証を挙げてきたのです」

厄介な話になりそうだ。そう思ったホークは黙ってうなずいた。

「閣下のお宅の紋章の題銘はなんですの？」と、クレアが尋ねた。

「〝マヌ・フォルティ〟。力強き手で、という意味です」

「いかにもイングランド人が言いそうなことね」と、フランシスが小声で言った。「もっと正確に言うなら、〝力強きこぶしで〟ってとこじゃない？」

「なんだい、フランシス？」ようやく口をひらいた娘に、リヴェン伯爵がうれしそうに話しかけた。

フランシスはぴくりとも動かず、目のまえのスープを見つづけ、「なんでもないわ、パパ」と、淡々と応じた。

ホークはちらりとフランシスのほうを見やった。今夜は眼鏡こそかけていないものの、ぞっとするような帽子から鳥の巣のような髪がはみだしている。スープはちゃんと見えているのだろうか。アデレイドが当惑したようにフランシスを見ていることに気づいた。いぶかしそうな顔をしているが、どこかおもしろがっているふしもある。

魚の燻製《くんせい》と丸く盛られたライスが運ばれてきたので、ホークは料理に視線を戻した。やれやれ、ありがたいことに魚は——サーモンだ。

娘たちをひとりずつ観察しなければならないことはわかっていた。彼はあらかじめ、検討にあてる時間に制限を設けていた。その短い時間のなかでさっさと決めなくてはならない。あすの朝になったら、娘たちひとりひとりと順番に話をしていこう。いや、と彼は考えなおした。いまから始めればいいじゃないか。そこでまずヴァイオラに、趣味はおありですか、と尋ねてみた。するとヴァイオラは、あたしは家事が得意なんです、と話し、ホークを楽しませた。とはいえ、フランシスにとってみれば、冬の夜に時間潰しに話すような突拍子もない話ばかりだったが。

ホークは終始愛想よく相槌を打ったあと、クレアのほうを向いた。クレアもホークを楽しませる話を考えていたのだろう、準備万端といったようすだ。「よろしければ、お描きになった絵を拝見したいのですが」そう言うと、クレアがすぐにうなずいた。

次に、彼はフランシスのほうを向いた。いくらなんでも、完全に無視するわけにはいかない。そこで礼儀正しく話しかけた。「どんな趣味をおもちですか、レディ・フランシス？」

フランシスは怒りのあまり、わずかに身を震わせた。このうぬぼれ男、姉妹を競わせようという魂胆《こんたん》ね。「趣味はありません」と、ホークのほうを見もせずに答えた。その手には乗らないんだから！

あわてて父親が口をはさんだ。「フランシスはピアノと歌が得意でね」

「まあ、芸をする犬程度だけど」フランシスはぼそぼそと言い、聞きとがめたソフィアににろりとにらまれた。

「夕食のあとで、ぜひ聞かせてください」そう言いながら、ホークは暗澹《あんたん》とした気持ちに襲われた。演奏中、どうやってあくびをごまかそう？　まったくこれじゃあ、ロンドンの社交界でデビューをはたし、結婚相手にふさわしい紳士に好印象を与えようと躍起になっている小娘たちよりひどいぞ。

「すばらしいわ、そうしていただきなさい」フランシスに射るような視線を送り、ソフィアが言った。

　夕食の最後はトライフルのデザートで締めくくられた。料理人のドリスがせいいっぱいのおもてなしをしたいと思ったのだろう、シェリー酒を気前よく使いすぎたせいで、ケーキがべとべとだった。こりゃ腹をこわすかもしれないな、とホークは思った。救いの手を差しのべたのは、リヴェン伯爵だった。「トテル、悪いが、これはもう下げてくれ。ホーク、よければ娘たちと一緒に客間へ移動するとしよう」

「ホークですって！　なんだってそんなあだ名で呼ばれるようになったのかしら。フランシスはふしぎに思った。

　クレアが自分の作品の油絵を何枚かもってきた。

どれもよく描けており、ホークはお世辞抜きでほめることができた。最近描いたばかりと思われる、ヴァイオラの愛らしい肖像画もあった。膝に色とりどりの花を載せ、うれしそうに笑っている。だがそこに、フランシスの肖像画はなかった。無理もない、とホークはひとりごちた。彼女を描こうとしたら、油絵具も固まってしまう。

ヴァイオラは地元の笑い話をあれこれと慣れた口調で話し、ホークを楽しませた。

ホークは声をあげて笑った。この娘はよく頭がまわるし、茶目っ気もある。

「さあ、そろそろピアノを弾《ひ》いてもらおうか、フランシス」リヴェン伯爵の厳しい声に、ホークは思わず伯爵のほうを見た。フランシスがうつむいたままピアノのほうに歩いていき、スツールに腰を下ろした。背中を丸めているせいで、肩甲骨が浮きあがっている。やっぱり、いちばん冴えないのはフランシスだな。そう考えたホークは、自分を叱った。おい、公平な目で見ろよ。だが、すぐに身をこわばらせた。木のスツールがきしむような声でフランシスが歌いはじめたのだ。高音のところでは、ガラスが割れるのではと心配になった。おまけに、調子っぱずれなことこのうえない。

リヴェン伯爵は娘をにらみつけた。あとで鞭を打ちつけてやる。だが、とがめるような妻の視線に気づき、うなずいてみせた。

フランシスが歌い終えると、ホークはうやうやしく拍手した。リヴェン伯爵やソフィアは拍手もしない。ヴァイオラのしのび笑いが聞こえた。クレアは奇想天外なものでも見るように妹を眺めている。アンコールを望む者はいない。

ホークは立ちあがり、一本調子で言った。「ありがとう、レディ・フランシス」そう言うと、ソフィアのほうに向きなおった。「おもてなしをありがとうございました、奥さま。夕食も堪能《たんのう》いたしました。長旅で少々疲れておりまして、先に失礼させていただきます」

脱出成功。階段をすたすたと上がり、すきま風のはいる廊下を寝室に向かいながら、ホークは眉のあたりを揉《も》んだ。

グランニョンが彼の帰りを待っていた。丸い顔を好奇心に輝かせている。

「楽しい宴《うたげ》をおすごしになりましたか、閣下？」

「最悪だったよ」幅のせまい窓のほうに歩きながら、ホークは応じた。錦織のカーテンをあけ、外を眺めた。月が隠れているのか、あたりには漆黒が広がるばかりだ。

ホークは目を閉じた。「肉屋の店先に陳列されてる肉のような気分だ。おまけに、肉屋の主人にこびへつらわなきゃならん！」

「お嬢さまがたも同じような気分を味わっていらしたのでは」

「馬鹿言うな！」そう言うと、ホークは振り向いた。「いや、いま言ったことは忘れてくれ、グランニョン」ホークは豊かな髪を指でかきあげた。

「三人のうちふたりは、まあ、可愛かった。それに、ちゃんとした英語も話せた」

「ええ、おっしゃるとおりです。ロンドンの社交界でもうまく世渡りなさるでしょう」従者がぽろりと漏らした言葉に、ホークは思わず動きをとめた。物思わしげにグランニョンを見たが、それ以上、なにも言わなかった。


フランシスは狸寝入《たぬきねい》りを決めこんだものの、通用しなかった。ヴァイオラが鏡台の上のろうそくを灯すと、一本をベッドのほうに運んできて、小さなナイトテーブルに置いたのだ。

「だまされないわよ、フランシス。起きてるんでしょ。ほら、クレアもきた」

フランシスが観念して身を起こすと、寝室にはいってきたクレアがそっとドアを閉めた。

「パパがご立腹よ、フランシス」と、クレアが言った。

「ソフィアもね。まあ、アデレイドだけは、ただ座ったままにこにこしてたけど」

ヴァイオラとクレアがホットチョコレートのカップとドリス特製のブラウニーを手に、それぞれベッドに上がってきた。まるで子ども時代に戻ったようだ。

いままでは、なにもかも変わってしまったけれど、とフランシスは吐息を漏らした。

「なんであんなことしたの、フランシス？」と、ヴァイオラが尋ねた。フランシスが答えなかったので、ヴァイオラが考え込みながら言った。「姉さんって、変わってる。だって、伯爵さま、あんなにハンサムなのに。あのみすぼらしい眼鏡をかけてたって、彼がハンサムだってことはわかったでしょ？」フランシスは太い三つ編みを肩に垂らし、いつものようにほどきはじめた。「まあね」と、ようやく口をひらいた。「たしかにハンサムだけど、もう、そんなことどうでもいいの」

クレアがガウンの前をなおしながら身を乗りだした。「道義上、支払うべき借金が先方にあるとかなんとか、パパが説明を始めたとき、あなた、相当驚いてたわよね。なにか、もっともな理由があるんでしょ」

「もっともな理由なら大ありよ」と、フランシスは応じた。

するとヴァイオラがあいかわらず考え込んだような口調で言った。「それに、伯爵さまはお金持ちだし爵位もある。まさに理想の旦那さまじゃない？」

「彼はね、わたしたちになんにも期待してないのよ、ヴァイオラ」フランシスは言った。「わたしたちのうち、だれかひとりに求婚しなくちゃならない、それだけよ。自分のことを愛してくれないどころか、気にもかけてくれない男の人と、よくもまあ結婚したいと思えるわね」

ヴァイオラが肩をすくめた。「イアンは姉さんのこと、気にかけてくれたのに、姉さんは結婚したがらなかったじゃないの」

フランシスはクレアのほうを盗み見た。ヴァイオラの無神経な言葉に、クレアがわずかに身をこわばらせるのがわかった。クレアはイアンと結婚したがっていたのに、あの鈍感男ときたら、まるで気づかなかったのだ。イアンがわたしと結婚したがったのは、わたしなら彼の哀れな動物たちの世話をするはずという、ただそれだけの理由だろう。

「当然でしょ」フランシスは、しぶしぶ応じた。「イアンとは結婚したくなかったの。だって、結婚って、もっとなにか、もっと……」その先を続けることはできなかった。もっと、なにがあるのかわからない。でもぜったい、結婚にはもっとなにかがあるはずだ。

「ずいぶんロマンティックだこと」と、クレアが言った。「詩を愛唱するのはわたしだけだけれど、結婚って、詩で謳《うた》われているような大げさな言葉とか、美しい抒情《じょじょう》とかとは無縁のものよ。それくらいはわかってる」

「でもパパは、わたしたちのママを愛してたわ」と、フランシス。

「フランシス、あたしたちと関係ない話はやめてちょうだい！　あたしはね、姉さんが魔女みたいな恰好をしても、かまわない。そのほうが、伯爵さまの花嫁選びが簡単になるんだもの。あたしとクレアのどちらかを選べばいいだけの話」

「彼、ものすごく大柄で、肌が浅黒かったわね」そう言うと、クレアがわずかに身を震わせた。

「馬鹿みたいに笑い声をあげるのをしばらく我慢していれば」と、フランシスが言った。

「あなたにも、彼が冷酷で傲慢な男だってことがわかるわ、ヴァイオラ」

「伯爵さまはね、ここがお気に召さないだけよ」ヴァイオラが肩をすくめた。「でも結婚したら、ここでは暮らさないし。だいいち、あたしたちに選択肢がある？　ないでしょ？　パパがソフィアにこう言っているのが聞こえたわ。伯爵さまがだれを選ぼうと、いっさい文句を言わないし、あたしたちにも文句は言わせないって。どうやらこの結婚で、一万ポンドがパパの懐《ふところ》にはいるみたいよ。伯爵さまのお父さまから」

「あさましい」と、フランシシス。

「あたしはね」と、ヴァイオラが言った。「姉さんのお見事な変装を無理やりやめさせようとは思ってないの。だってあたし、あのお金持ちと結婚したいんだもん。いっぱしのレディになりたい。女にそれ以上、なにが望めるっていうの？」

お説ごもっとも。フランシスは胸のうちでそう相槌を打ったものの、急に気分が沈んだ。わかってる。わかってるけど、やっぱり、こんなの不公平だわ。思わず、胸のうちの思いが言葉となって口をついた。「不公平よ。わたしたちにだって、したいことがなんでもできるはず。そうできなきゃ、おかしいわ」

クレアがかぶりを振った。「わたしは日がな一日、絵を描いたり、詩を詠《よ》んだりしているわ。ヴァイオラは男の子といちゃついたり、刺繍をしたりしている。あなたは、フランシス、動物の世話をしたり、泳ぎにいったり、丘に散歩にでかけたりしている。でもね、それだけじゃ駄目なのよ。女は結婚しなくちゃならない。さもないと、年々、価値が失われていく。哀れみの的《まと》となり、一家の恥になる。あなたの言うことはもっともよ、フランシス。こんなの、ぜったいに不公平。だけど、ほかにどうしようもない」

「でしょ、そしてロザミア伯爵は、あたしたちに手が届く相手のなかでは最高級の紳士」と、ヴァイオラが言った。「だってパパには、あたしたちをロンドンはおろか、エディンバラまで送りだし、いろいろな相手と会わせるだけのお金がないんだもの」ヴァイオラが急に笑いだし、クレアに枕を投げつけた。「やだ、フランシスを説得しちゃ駄目じゃない。フランシスまで参戦したら、かわいそうな伯爵さま、美女三人のなかからひとりを選ばなくちゃならないのよ！」

フランシスは、姉と妹の顔をしげしげと見ると、クレアに話しかけた。「ねえ、もし伯爵さまが姉さんを選んだら、よろこんで応じる？」

「ええ、もちろん、応じるわ。我慢するわよ……夜のお務めも。爵位ある紳士には、世継ぎが必要不可欠だもの」

「女性は、そういうことに我慢して応じるしかないのかしら？」フランシスの瞳がすっと灰色の翳を帯びた。

ヴァイオラが、記憶をたどるように言った。「ケナードとキスしたけど、べつに、なんてことなかったわ。経験豊富な伯爵さまなら、ケナードよりずっとうまくやってくださるはず。そんなに心配することないわ、ふたりとも。夫が紳士なら、そういうときの妻の感覚に繊細な注意を払うよう、教育を受けているんですって。まあ、これはアデレイドの請売り《うけう》だけど。紳士がたは妻に野蛮な真似はしないそうよ」

「言ってることが矛盾してるわよ、ヴァイオラ」と、フランシスが言い返した。「あなた、伯爵さまに情熱的なキスをしてほしいの？　それとも紳士的な夫になってもらいたいの？」

そんなつもりはなかったのに、フランシスの目に、湖からあがってくる伯爵の姿が浮かんだ。引き締まった身体を水滴できらめかせて……。やだ、わたしったら！

「わからない」と、ヴァイオラがすなおに認めた。「だって、彼、すっごくハンサムなんだもの。それに結婚したら、楽しいことが目白押しでしょ！　パーティーに大夜会に舞踏会！もう、姉さんたら、いい加減にむすっとするのはやめて！」

「むすっとなんかしてないわ、ヴァイオラ」フランシスは手の先にあった羽枕にげんこつを喰らわした。「ただ、納得いかないの、なにもかも！　わたしの願いはね……」ヴァイオラとクレアが辛抱強く話の先を待ち、フランシスを見つめた。

フランシスは大きく吐息をついた。「心の底から尊敬できる男の人と出会いたい……そして、できれば恋がしたい」

クレアがあきらめたような低い声で言った。「でも、お相手が、自分と同じ気持ちになるとは限らないのよ」

「ああ、クレア、ごめんなさい。そんなつもりじゃ……」

「いいのよ。それにね、伯爵さまがヴァイオラをお選びになったら、わたしがロンドンまで花婿さがしに行かなくちゃならないこともわかってる。この人ならっていう紳士を見つけるわ」

ドアをそっとノックする音が聞こえ、三姉妹がいっせいに振り返った。ドアを少しあけ、アデレイドが顔をのぞかせた。そして室内の光景を見ると、にっこり微笑んだ。「きれいよ、フランシス。伯爵さまが部屋のなかを歩きまわっている音が聞こえるの。なにを考えていらっしゃるのかしら。興味津々《しんしん》ね。さあ、もう寝る時間よ。一緒にいらっしゃい、クレア」

クレアはおとなしくベッドから抜けだし、アデレイドのあとを追い、寝室からでていった。「さてと」と、あくびをこらえようともせず、ヴァイオラが言った。「あたし、目の下にくまをつくりたくないから、もう寝ようっと。フランシス、寝相に気をつけてね」

いかにもまだおとなになりきれていない少女らしく、ろうそくの明かりを消して五分もたたないうちに、ヴァイオラがすやすやと寝息をたてはじめた。フランシスは暗闇を見つめたまま、じっと横になっていた。結婚する相手には、もっとなにか感じるはずよ、と彼女は考えた。もっと大切ななにかを。

リヴェン伯爵は愛馬の種馬、スターリングの手綱《たづな》を引き、ローモンド湖の南端を目指した。「この景色に飽きることはない」と、ホークに話しかけた。「あそこに見える小さな島々は――どれも無人島でね。だがフランシスと一緒に、あそこまでよく船を漕《こ》いでいき、散策を楽しんでいますよ」

「フランシスと？」

「ええ」と、リヴェン伯爵。「フランシスと」ホークのほうを横目で見ると、青年がいたく驚いたようすで、ひとつ、うなずいた。おそらく、フランシスのような不器量な女はそうしたたぐいのことが好きなのだ、と納得したのだろう。リヴェン伯爵はそれ以上、なにも言わなかった。

「こちらへの道中で、湖で水浴びをしました。冷たい水でしたが、じつに爽快でした」

フランシスも湖で泳ぐのが大好きでね。そう言いかけたものの、リヴェン伯爵は思いなおした。いまさら、なにを言っても無駄だろう。どこの紳士があんなおてんばを妻に欲しがる？　フランシスの印象がいっそう悪くなるだけだ。あの娘のことを、うまく説明できればいいんだが。気持ちのやさしい、愛情あふれる娘。少々強情なところはあるが、高潔だ。見た目は……魔女みたいだが。「まったく」と、リヴェン伯爵はつぶやいた。

「なにか？」と、ホークが尋ねた。

「いや、なんでも。ああ、アレックスがポニーに乗ってきた。ずいぶんと毛むくじゃらだろう？　名前はダンサー、シェットランド島産でね」

「パパ！　アデレイドから、伯爵さまと一緒に馬でおでかけになったと聞いて、追いかけてきちゃった。おはようございます、閣下」そう言うと、アレックスはイングランドの伯爵の顔を見あげた。

「おはよう、アレックス」と、ホークが応じた。「お姉さまがたは、もう起きて身支度をすませているのかな?」時間の許す限り、ヴァイオラとクレアの情報をもっと集めなければ。

「起きてるのは、フランシスだけ」と、アレックス。「ロバートの手伝いにいっちゃった」

リヴェン伯爵はつんのめりそうになった。具合の悪い動物の世話が得意なことなど、イングランドの貴族にはなんの魅力にも映らないだろう。「そのへんにしておきなさい、アレックス」と、厳しい口調でリヴェン伯爵は言った。「ホークとわたしは、すぐに戻る。授業があるんだろう? アデレイドを待たせるんじゃないぞ」

アレックスは反論し、文句を並べた。が、父親の顔に浮かぶ表情に、無駄な抵抗だと悟ったのだろう、ダンサーの向きを変え、城に戻っていった。

朝食の席に、フランシスの姿はなかった。リヴェン伯爵は頭に血をのぼらせた。まったく、フランシスときたら、いまいましい! 最後通牒《つうちょう》を突きつけてやる……。

「アレクサンダー?」

「なんだ?」と、リヴェン伯爵は妻に返答した。

「きょうの午後、ヴァイオラとクレアが伯爵さまと一緒に外出したいんですって。ほら、キャンプベル家がドゥージャル家を訪問なさってるでしょう?」

「それは名案だ」と、リヴェン伯爵は熱のこもらない声で応じた。

「ぜひ、ご一緒させてください」と、ホークは言った。城にはいるまえに、リヴェン伯爵に相談していたのだ。クレアとふたりきりで、少々、会わせていただけないでしょうか、と。

長女と最初に話をするのが筋だと思ったからだ。

三十分ほどたったころ、ホークはクレアを待ち、客間をうろうろと歩きまわっていた。こんな面接をするはめにおちいるとは。自分にとっても、あの娘たちにとっても、屈辱以外のなにものでもない。とはいえ、花嫁選びは一大事だ。一生、責任を負わなければならないのだから。そう考えると、ぞっとした。胸の奥のなにかが謀反《むほん》を起こしたがっているが、すぐに父親の青白い顔が目に浮かび、空咳混じりの低い声が頭のなかで鳴り響いた。そのとき、スカートの衣擦《きぬず》れが聞こえ、ホークは口元に笑みを浮かべ、振り向いた。

「レディ・クレア」と、軽く腰をかがめた。

「閣下」と、クレアが応じた。

クレアが差しだした手を、彼は大きな手で包み込んだ。美しい娘だ。彼はもともとブロンドで色白の女性が好みであり、クレアはその両方を兼ねそなえていた。彼は咳払いをし、口をひらいた。「こういう状況でお目にかかるのは、お互い、気づまりですね」

「おっしゃるとおりです、閣下。とくに、閣下のお立場では」

「いや、それはどうでしょう」

手が少し震えたものの、クレアはなんとか緊張を押し隠した。なんて大柄な男性だろう。そばにいると、どぎまぎする。「閣下は、エルギン・マーブルズをご覧になったことがおありですか？」と、クレアが唐突に尋ねた。

「ええ、あります」と、ホークは答えた。クレアが好奇心に目を輝かせ、身を乗りだしてきた。おいおい、ここで石像の話かい？　勘弁してくれよ。

「ギリシアから運ばれてきた、あれですね」ホークはうろ覚えでそう話した。そして、古代ギリシア彫刻の一大コレクションの由来や保存状態について熱く語るクレアの話に耳を傾けた。十五分は同じ話題が続いたあと、こんどはジョージ・ゴードン・バイロンのことはどう思われますかと尋ねられ、さすがに卒倒しそうになった。

「一躍、時の人ですね」と、ホークは話をあわせた。「バイロン卿の詩に、ご婦人がたは夢中のようだ」

「わたしもそのひとりです」と、クレアが熱のこもった口調で言った。「こんな一節をご存じですか？」

大地よ！　汝の胸のうちから
スパルタの死者の残滓《ざんし》を返したまえ！
三百の勇者のうち三人でかまわぬ
新たなるテルモピュライを建立《こんりゅう》するのだ！

拍手をすればいいのか、お辞儀をすればいいのか、わからなかった。そこでホークは、どちらもせずにすませた。

「バイロン卿の肖像画を描ければうれしいんですけれど」と、クレア。「もちろん、閣下のご家族やご友人の肖像画も、よろこんで描かせていただきます」

「いやいや、とんでもない」

「あら、遠慮なさらなくても。結婚したら、わたしたち、ロンドンに住むんですよね？　みなさんにお目にかかれますもの」

クレアを紹介している自分の姿が頭に浮かんだ。〝こちら、家内のクレアです。あなたの肖像画を描かせていただきますよ、そりゃもちろん、バイロン卿の肖像画が先ですが。あなたは家族じゃないが、友人だ。いや、たんなる知人かな。とにかく、家内がバイロン卿の詩を詠むあいだは、そこで微動だにせず座っててくださいよ〟。

「さあ、どうなるか」と、ホークはようやく応じた。

クレアは引きさがらなかった。「それに美術館！　ターナー画伯にもお目にかかりたい！」

「ターナーの作品は、あまり好みではないんです」と、ホークはつい本音を漏らした。

頭のなかで急ブレーキをかけたように、クレアがあわてて言った。「あら、そうなんですか。でも、閣下のおっしゃることですから、間違いはありません」

「どうして、そう思われるんです？」

「だって男性ですし、教養のある紳士ですもの」

「わたしは学者じゃない、むしろ軍人ですよ、クレア」

「それでも」と、クレアが控えめな口調で断言した。「淑女はつねに紳士に従うべきだと、父からいつも言われていますから」

「ソフィアには」と、ホークは思ったことをぽつりと言った。「妻としての言い分があるかもしれませんね」

クレアは頬を赤らめた。きっとソフィアなら、気の利いた返事をするだろう。でも、それだけのことだ。

「継母はとても賢い女性ですから」クレアには、そう応じるのがせいいっぱいだった。

ホークはクレアを見つめた。この世でいちばんしたくないこと、それが妻を娶ることだ。そして、その次にしたくないことは、夫の言うことになんでも従う妻を娶ることだ。それはつまり、妻が夫に依存し、つねに夫にまとわりつくことを意味する。彼女が幸福になるかどうかは、ひとえにこの自分にかかっているというわけか？ 彼女はこの自分と恋に落ちるのか？

ホークは炉棚の上の時計を盗み見た。助かった、三十分経過。ひとりめ、終了。

「いかがでしたか？」その数分後、ホークの寝室でグランニョンが尋ねた。

ホークはため息をついた。クレアはぼくにとって婦人用の手袋のようなものでね、まるでしっくりこないんだよ。そう言いたかったが、公平な見解とは言えないこともわかっていた。

やれやれ、人生に公平なことなんぞ、あるものか。

「きれいで、才能ある女性だ。少し従順すぎるきらいはあるが」

「なるほど」と、グランニョンが応じた。

「エルギン・マーブルズについて、熱く語ってくれたよ」

「そりゃまた、えらいことでしたな！」

「地獄だったよ」と、ホーク。「なにか強いやつを頼む、グランニョン。十分後にはレディ・ヴァイオラと面接だ」

のべつ幕なしとは、このことだ。ヴァイオラと会って五分後には、ぺちゃくちゃと続くお喋りに、ホークはうんざりしていた。

ヴァイオラはまだ幼かった。そしてホークをよろこばせようと躍起になり、とめどなく喋りつづけている。「オールマックスのこと、教えてください、閣下」と、甘えるような、懇願するような口調でヴァイオラがせがんだ。「ああ、早く行ってみたい！　素敵な社交場で、一流のかたたちとお知り合いになりたい」

「退屈なところですよ」と、ホークが応じた。「ケチケチして、料理はちょっとしかでてこない」

彼、ご機嫌ななめなのかしら、ヴァイオラは考えた。「淑女は太らないほうがいいですから。でも、みなさん、そこでダンスをなさるんですよね？」

「ええ」と、ホークは応じたものの、自分のなかの意地の悪い小鬼がつい口をすべらせた。「わたしはダンスが嫌いですが」

「ドイツ風の新しいダンスが流行《はや》っているそうですわね、閣下。ワルツ、でしたっけ？」

あきらめきれないといったヴァイオラの口調に、ホークはふいに罪の意識を覚え、吐息を漏らした。こんなに一所懸命な娘に、すげない態度をとるとは。まるで自分が暴力をふるい、無理やり、結婚を強制しているような気がした。「ワルツは好きです」と、ホークは重い口をひらいた。「でも、まだ公の場でワルツを踊る人はあまりいません。オールマックスの古株のご婦人がたが、まだワルツを認めていないもので」

ヴァイオラはホークに輝くような笑みを見せた。何度も練習してきた、あの笑みを。ケナードには効果てきめんだったわ。可愛かったな、彼。真っ赤になって、口ごもってたっけ。

ホークは黒い眉を上げた。まだ幼いお嬢さんが、女の手管《てくだ》を使おうっていう魂胆か？　そのあどけない努力に、声をあげて笑いたくなったが、もちろん、礼儀作法を忘れるわけにはいかない。だが、あと一年もすれば、ヴァイオラはおもしろ半分に男といちゃつくようになるだろう。そう考えると暗い気持ちになった。「きみは詩が好きかい、ヴァイオラ？」ホークは藁《わら》にもすがるような思いで、クレアお得意の質問を投げかけた。

「まさか！」ヴァイオラが大きな声で答えた。あまりにも率直なその物言いに、彼はやっとのことで笑いをこらえた。「もちろん、あたしたちみんな、アデレイドに詩やお説教の名作を読まされてはいるんですけど」

「フランシスもかい？」あれほど視力が弱そうなのに、よく本など読めるものだと、ホークはふしぎに思った。

ヴァイオラはじつに魅力的な笑顔を見せ、可愛らしく肩をすくめた。「ああ、フランシスは、いつだって自分の好きなことしかしません」でもね、閣下、あなたはフランシスの好みじゃないのよ、と彼女はひとりごちた。教えてあげるわけにはいかないけれど！

「なるほど」ホークは言った。暖炉の上の時計に目をやると、三十分が経過していた。ふたりめ、終了。

ヴァイオラ、クレア、ソフィアと静かに昼食をとったあと、ホークはグランニョンが用意した服をおとなしく身につけた。三十分後、ヴァイオラが失くした手袋を見つけると、ホークは自分の馬車に乗った。ふたりの姉妹にはさまれて。

フランシスは城全体がよく見える丘に座り、三人が馬車で外出するようすを眺めていた。そしてにこりと笑い、立ちあがると、スカートの裾を払った。遠ざかる馬車に投げキスを送る。みんなが戻ってくるまえにやるべき仕事がたくさんあった。フランシスはまず、ロバートの小農場に行き、脊柱湾曲症の馬に鞭をふるう訓練をした。「ロバート、サリーに自分の糞を踏ませないようにしてね」フランシスは噛んで含めるようにロバートに言った。「できる限りの処置はしたわ。あとは、あなたがあの子のひづめを清潔に保つのよ、わかった？」

ロバートは理解したようだった。というより、フランシスはそう信じることにした。そして、フランシスは城に戻った。ヴァイオラの部屋にうまくしのびこめますようにと願いながら。自分が奇妙なふるまいをし、わざと不恰好な装いをしている理由を、クレアとヴァイオラが閣下に漏らすはずがないことだけは自信があった。

「フランシス！」

ああ、やっぱり見つかっちゃった。パパは激怒している。そう思うと、ふしぎに気持ちが落ち着き、父親のほうに顔を向けた。

「なあに、パパ？」

「『なあに、パパ？』だと？　よくもまあ親に向かってそんな口がきけたものだ！　さすがに堪忍袋の緒が切れたぞ、フランシス！」そう言いながら、父親がのしのしと近づいてきた。

フランシスはじっと立っていた。「じゃあ、さっさとお仕置きをして、パパ。だって、わたしは変わるつもりがないんだもの。キルブラッケン城をでていくつもりはないわ。どうぞ、気のすむようにして」

「口を慎め、フランシス。昨晩、おまえのひどいピアノに、ホークは拍手までしてくれたじゃないか！」

「ええ、そうね。だって、ほかにしようがなかったでしょ？　大声で笑うわけにも、野次を飛ばすわけにも、あのイングランドのご貴族さまらしい手で耳をふさぐわけにもいかなかったんだから」

リヴェン伯爵はしばらくなにも言わなかった。フランシスはその沈黙が気にいらなかった。なんで黙っちゃうの、パパ、お願いだから怒鳴って。胸のうちでそう願った。だが、リヴェン伯爵はそのどれもすることなく、ただ口をひらいた。「よくわかった、フランシス」

そして背を向け、去っていった。

フランシスは下唇を噛んだ。パパったら、どうするつもりだろう？

4

これが、千艘もの船を出航させた顔なのか？

——クリストファー・マーロウ

「おや？　あそこにいるのは、お姉さんじゃゃないかな？」

ホークは四輪馬車の窓のカーテンをあけ、ヴァイオラにも外が見えるようにした。ヴァイオラが身を固くしたかと思うと、ころころと笑い声をあげた。「いいえ、あれはフランシスじゃありません。小作人の娘ですわ」

姉妹がさっと目配せをかわしたことに、彼は気づかなかった。

ホークはなにも言わず、もういちど窓の外に目をやった。間違いない、あれはフランシスだ。小作人の娘なんかじゃない。薄汚れたしわくちゃの服を身にまとい、男物の深靴を履いている。おまけに色の褪せた灰色のウールの上着の袖を肘のところでまくりあげ、闊歩《かっぽ》している——まさしく、男のように大股で。ホークは眉をひそめ、深々と座りなおした。

「キャンベルはお楽しみになれまして、閣下？」と、クレアが尋ねた。

そう言うクレアの声に落ち着きのなさを感じ、ホークは違和感を覚えた。ヴァイオラのほうは、あいもかわらず愛想笑いを浮かべているのだろう。

「ええ、大いに」よどみなく、嘘が口をついた。じつのところ、退屈のあまり、拷問でじわじわと責められるほうがまだましだと、うんざりしていたのだが。

「ウイットのある、素敵なみなさんとお目にかかれて、すっごく楽しかったわ」と、ヴァイオラが言った。「ロンドンに行けば、パーティーにたくさん出席できるんでしょ！　考えるだけでわくわくする……待ち遠しいわ」

ホークは、未来の自分の姿をありありと思い浮かべた。ヴァイオラとクレア、どちらが伯爵夫人になったとしても、退屈な夜会や舞踏会や晩餐会《ばんさんかい》をしょっちゅう開催するだろう。そして自分は、くだらない噂話やしのび笑いに時間を割《さ》かなければならない。ヴァイオラなら、夫の友人たちと恋の火遊びを楽しむかもしれない。クレアなら、夫の友人たちの絵を描いたり、バイロン卿の詩を暗唱して聞かせたりするだろう。ぼくは、これまでの気ままな生活には別れを告げなければならない。花の独身生活がひっそりと終わるのだ。軍を退役しなければよかった。ウェリントン将軍の部隊にいればよかった。ああ、自由になりたい。妻の束縛から解き放たれたい。十四カ月まえから始めた新たな生活を、このまま続けたい。ホークは、アマリーとの関係も続けていきたかった。彼女のなかにはいったときの、あの瞳の輝きを見たい。彼女が身体をのけぞらせ、肩に爪を食い込ませてくるのを感じたい。セイント・リーヴェン卿から、例の気取った間延びした口調でからかわれたせりふがよみがえった。「お父上の口約束について、ずいぶん文句を並べたてていたが、まあ、妻もそう悪いものじゃないさ」そう言うと、間を置き、口元に笑みを浮かべ、こう言ったのである。「ところで、ぼくはかねがね、アマリーはじつに……可愛らしいと思っていたんだ。そろそろ、手放してもいいんじゃないか？」

「そんな真似はしない」と、ホークは歯嚙みをしながら言ったものだ。「放っておいてくれ、セイント・リーヴェン。彼女には手をだすな」十四カ月にわたるロンドン生活で、未婚であろうと既婚であろうと、紳士の大半が愛人を囲っていることが、ホークにもわかっていた。

とはいえ、腕に妻がぶらさがっていては、ロンドン生活を謳歌できない。自宅のすぐそばに愛人を囲って妻を侮辱することはできないし、そんなふうに妻を侮辱したいとも思わなかった。だいいち幼いヴァイオラや純粋な芸術家気質のクレアには、まったく理解してもらえないだろう。それに、ホークにはよくわかっていた。ロンドンで妻の立場で社交生活を送るには、思慮分別以上のものが必要になる。上流社会のご婦人がたは、口さがなく悪口を言いふらす。ホークは小声で悪態をついた。

「ええ、待ち遠しいわ」クレアの熱のこもった声に、ホークは暗澹たる未来の光景から現実に引きもどされた。「見たいものやしたいことが、たくさんあるんですもの」

「それに」と、ヴァイオラが言った。「伯爵さまのロンドンのお友だちや、有名な淑女のみなさんにもお目にかかれるんでしょ――待ちきれない！」

ホークは泣き叫び、月に向かって吠えたくなった。

フランシスが、午後のお茶に顔を見せた。馬車の窓から見かけた、あのむさくるしい女とはまったくの別人だった。こぎれいな服を着て、うなじのあたりで髪をきつくまとめている。それでも地味であかぬけない女であることに変わりはなく、思わず憐憫《れんびん》の情を覚えた。そのうえお茶の席でも、ひと言も言葉を発しなかった。

ヴァイオラは少々きわどいゴシップを披露しては、甘えてべたべたと身を寄せてきた。クレアのほうは、ものほしそうな顔でホークを見つめていたが、ありがたいことに、もうエルギン・マーブルズの話題を振ってくることはなかった。

リヴェン伯爵夫人は、何度も紅茶をつぎたしてくれた。おかげでホークは、紅茶の海を漂流しそうな気分になった。

そろそろ失礼しますと、辞去しようと思ったそのとき、フランシスが立ちあがり、ドアのほうにすたすたと歩いていくのが見えた。

いま、声をかけなければ。彼女とだけ面接をせずにすませるわけにはいかない。

「レディ・フランシス」そう言うと、ホークはあわてて立ちあがった。「少し、お時間を拝借できますか？」

　フランシスは彼に背を向けたまま、立ちどまった。きたわ。とうとう、わたしの番。結婚相手の候補として面接を受けるのだ。そして、フランシスはしぶしぶ認めた。まあ、少なくとも、彼は公平を期したというわけね。

「もちろんです」そう言うと、フランシスは少し振り返った。「銃器室でもよろしいでしょうか？」

「ええ、かまいません」

「では、十分後に銃器室で」フランシスは部屋を抜けだし、銃器室に向かった。ポケットから眼鏡をだし、鼻に載せた。髪の毛が一房ほどけていたが、そのまま頬のあたりに垂らしておいた。

　胸の鼓動が速くなるのがわかった。無礼な態度をとりすぎないよう、気をつけなくちゃ。こちらの思惑を見透かされてしまう。なんとしても……。

「レディ・フランシス？」

　フランシスはびくりとし、振り返った。ひらいたドアの向こうに、ホークが立っている。

「はい」微動だにせず、返事をした。

「これまで、あなたとはあまりお話しする機会がありませんでしたね」

「ええ」

　感謝のかけらも示さない小娘だな。そう考え、ホークは罪の意識を覚えた。あんな容姿に生まれついたのは、彼女の責任じゃない。美しい姉と妹にはさまれ、いつも引立て役でいることに耐えられないのだろう。

「クレアが肖像画をたくさん見せてくださいました。あなたの肖像画もあるんですか？」

フランシスは初めてホークのほうを向いた。目をすがめると、ホークがぎょっとしたような表情を浮かべたので、思わず笑いそうになった。「ええ」

「拝見できますか？」彼、必死で愛想よくしているのね。

「どこにあるのか、わかりません」

「ああ、それは残念。ところで、読書はお好きですか？」

うんざりしたような口ぶりに、フランシスはぴんときた。きっとクレアが、バイロン卿の詩を夢中になって暗唱したのだ。イングランドの紳士の頭には脳みそじゃなくて石のかたまりが詰まってること、わからないのかしら。かわいそうなクレア、崇高な詩を無粋《ぶすい》な耳に聞かせたとは。

薄汚れたレンズ越しに相手の顔をもっとよく見ようと、フランシスは顎先を上げた。そして、彼がいわゆるイングランド人のイメージそのものだったので、軽い失望を覚えた――活字によろこびを見いだすのは愚か者だけだとでも考えているのだろう。「ええ」と、いかにもうんざりした口調で応じた。「もちろん、古典が好きです。ギリシア語やラテン語の作品がとくに。冬の夜にチョーサーを音読するのは最高ですわ」彼、ドリス特製のべとべとしたトライフルを飲み込んだばかりのような顔をしているはず。いい気味だ、この傲慢な……。

「舞踏会やパーティーに出席するのはお好きですか？」

伯爵は、魅力的で、ウイットに富む、陽気な女性がお好みらしい。そう話す、父の声がよみがえった。

「いいえ」フランシスは迷うことなく断言した。「ひとりですごすほうが好きです」

「ギリシア語とラテン語の本を友に？」

「ええ」

「それに、戸外ですごすのもお好きなのでは？」

「ええ、ひとりで」

「ほう」しばらく、静寂が続いた。会話を続けようとする努力を放棄したことに、フランシスはいっさい良心の呵責《かしゃく》を感じなかった。そもそもこれは、妻選びの面接なのだから。彼女はつま先を見つめつづけた。

ホークが咳払いした。「ありがとう、レディ・フランシス」そう言うと、背を向け、銃器室をでていった。

しかめ面をしたまま、ホークは寝室に闊歩していった。だが寝室のドアをあけるころには、残酷な決断をくだし、笑みを浮かべていた。

寝室に、グランニョンの姿はなかった。北の塔で荒地を見わたしているグランニョンを、ホークはようやくさがしあてた。「トテルから居場所を聞いてね。あの使用人頭《がしら》、酒がはいっているとみた。とにかく、ぼくはついに結論をだしたよ」と、ホークは決断にいたる経緯を包み隠さず説明した。

グランニョンは主人の顔をしげしげと見た。冷静そのものだ。不気味なほどに。

「レディ・ヴァイオラとレディ・クレアのどちらかと結婚したら、ぼくの人生は終わりだ。妻はぼくの腕にぶらさがり、ぺちゃくちゃ喋りつづけ、ぼくの時間を奪うだろう。おまけに詩を暗唱し、絵を描き、しのび笑いをし、ほかの男といちゃつくだろう」

「ふうむ」と、グランニョンがおもむろに口をひらいた。「事情はわかりました。しかし、お父上の誓約の件があります」

「わかってる。わかってるよ。だから、レディ・フランシスと結婚する」

グランニョンが唖然として主人を見た。「な——なんですと?」

リヴェン伯爵は塔の下で、ふたりの話を平然と立ち聞きしていた。いずれにしろ、今夜、ホークと書斎でブランデー片手に話しあおうと思っていたところだ。彼は身を乗りだし、耳をそばだてた。顔にはゆがんだ笑みを浮かべている。

「レディ・フランシスと結婚する」と、ホークが繰り返した。「わかってるよ」まるで自分を納得させるかのように、強い口調で言った。「さえない娘だ。だが欠点は、それだけさ。社交やパーティーは苦手だし、カササギみたいにうるさく喋りつづけることもない。ぼくのことを放っておいてくれるだろう。まあ、使用人たちには、彼女のひどい歌やピアノに我慢してもらわねばならないが」

「そう、ご決心なさったのなら」と、グランニョンが応じた。「でも、まだ呑み込めません」

「呑込みの悪いやつだな、グランニョン、だからさ、ぼくはフランシスを〈デズボロー・ホール〉に連れて帰るんだよ。そして、彼女に子どもを産ませたら、ひとりでロンドンに戻る。一件落着、だれにも文句は言わせない。とくに、彼女にはね。ぼくが結婚してやらなけりゃ、一生、独身をつらぬくしかない女だ」

「親切心で結婚すると、そうおっしゃりたいわけで？」

「皮肉はよしてくれ！　解決策はこれしかないんだよ、わかるだろう」

　リヴェン伯爵は、フランシスのことをまるで勘違いしているホークの言葉に思わず吹きだしそうになり、あわてて口を押さえた。でかしたぞ、フランシス、よくやった。みずから仕掛けた罠に、まさか自分ではまるとは。それにだ、ホーク青年、どんな陰謀に巻き込まれているのか、きみにはとんと自覚がないらしい。

「それでもやはり、公明正大とは思えませんが」と、グランニョンが食いさがった。フランシスに同情を禁じえなかったのだ。

「公明正大なんぞ、知ったことか！　この惨事の責任は父にある。ぼくのせいじゃない。ぼくはただ、尻ぬぐいをさせられてるだけだ。ヴァイオラやクレアと結婚したところで、どっちにしろ、ぼくはお行儀のいい夫にはなれない。努力をしたところで、悲惨な結果になるのは目に見えている。ぼくにひとりの時間はなくなり、アマリーとの逢瀬《おうせ》もかなわなくなる。おまけに、朝食の席ではお利口な会話をしなくちゃならない。だが、ほら、相手がフランスなら話は違う。わかるだろう、グランニョン。あの娘はヨークシャーで、ヒバリみたいにのびのび暮らすだろう。ヨークシャーに足りないのは湖とヒースだけ。気のすむまで荒地をほっつきまわるさ。そして使用人たちにチョーサーを読み聞かせ、ここと大差ない暮らしを続ける」

リヴェン伯爵はその場からそっと離れ、バルコニーから自分の寝室にはいっていった。そしてホークの決断がもたらす結果について、あれこれ考えぬいた。たしかに、ホークは冷酷きわまりない決断をくだした。だが、相手はあのフランシスだ。さすがのホークも、いつまでも冷酷ではいられまい。そのうち、フランシスにむかっ腹を立てるだろう。つつましいふりをしてずっと黙っていることなど、あの娘にはできない相談なのだから。「うまくいく」と、リヴェン伯爵はだれにともなく言った。「間違いなく、うまくいく。侯爵に、いますぐ一筆、献上しなくては」

ホークとフランシスが結婚できるよう、ほんとうは自分でお膳立てをしたいところだった。だがそんな真似をすれば、クレアとヴァイオラをないがしろにすることになる。ところがどうだ。なんとホークみずから、こちらの思惑どおりに動いてくれるとは。それもこれも、フランシスのことを勘違いしているせいで。リヴェン伯爵は肩をすくめると、娘の顔に浮かぶであろう表情を想像し、にんまりと笑った。ジグでも踊りだしたい気分だ。

その晩、家族が客間に集まるまえに、リヴェン伯爵はフランシスを見つけた。あいかわらず、もっさりとした身なりをしている。彼は娘に微笑みかけた。「やあ、フランシス。気分はどうだい？」

フランシスが呆気にとられて父親を見た。「具合でも悪いの？」

「具合が悪い？　なんだってそんなことを？」

「だって、いつもとようすが違うんだもの」フランシスが父の顔をさぐりながら、用心深く言った。「伯爵さまはもう、ヴァイオラかクレアに結婚を申し込んだの？」

「いや、まだだ」と、リヴェン伯爵は応じた。「だが、だれに決めたのか、そろそろ教えてくれるだろう」

「そうよね。三日でかたをつけるって、うそぶいてたものねえ」

「口が減らんな、フランシス」そう冷たく言うと、父親はフランシスの肩を叩き、娘を置き去りにしていった。おかげでフランシスは、嵐のなか、風に揉まれて帆をはためかせている船のような気分を味わった。パパったら、なにを企んでるの？　頭をひねったが、見当もつかない。思わず肩をいからせたが、あわててまた背中を丸めた。そして、野暮ったい女を演じる戦いを再開した。さあ、ネズミのお通りよ、閣下。そう考え、フランシスは声をあげて笑った。

その日の午後、フランシスは自分の演技に大いに満足した。伯爵さまはわたしの顔だけじゃなく、ふるまいを見て胸が悪くなったはず。ぶっきらぼうに、手短に答えつづけたのが功を奏した。これでもう大丈夫、とフランシスは悦にいった。

はてしなく続くかと思われた食事のあいだ、伏し目がちにフランシスをずっと観察していたことに、当の本人は気づいていないようだった。フランシスが淑女らしい礼儀作法で食事をしていたので、ホークはほっとした。そのうえ、姉や妹とは異なり、ひと言も発さなかったことにも安堵《あんど》していた。その反対に、姉や妹ときたら、彼の気を引こうと競いあっているとしか思えなかった。フランシスとすごす未来には平穏な静寂《しじま》がどこまでも広がっているだろう。

ただし、ぼくが〈デズボロー・ホール〉に帰館するときには、かならずピアノをしまうように命じればいい。

だが、フランシスの歌とピアノを三十分も拝聴すると、ホークは思いなおした。いやいや、ピアノは斧《おの》で叩き割っておくほうがいい。〈デズボロー・ホール〉の使用人たちのことは、子どものころから知っている。全員が篤い忠誠心の持ち主だ。かれらに両手で耳をふさぎ、一目散に館から逃げだし、仕事を辞めさせるのはしのびない。フランシスが演奏を終えると、ホークは無理やり、拍手を送った。驚いたことに、こんどはソフィアとリヴェン伯爵も拍手した。

だが、そのとき、ヴァイオラとクレアが目配せをかわしたのを、ホークは見逃さなかった。ふたりとも、大声をあげて笑いだしたいのを必死でこらえているような顔をしている。ホークは思わずがっかりとした。よくもまあ、これだけあけすけにフランシスをさげすめるものだ。あのふたりにありあまるほど恵まれているものがフランシスに欠如しているのは、なにも本人のせいではないのだから。


「フランシス、ちょっといいかしら」

アデレイドの寝室の横をすたすたと歩いていたフランシスは、その声に足をとめた。長年、姉妹の家庭教師を務めると同時に、フランシスの親友と呼ぶべき存在であるアデレイドが、ゆったりとした白いネグリジェ姿で、身振りでフランシスを招きいれている。アデレイドの寝室にはろうそくが一本だけ灯されていた。ほかのみんなは、もうとっくに床についている。だがフランシスは、ありあまるエネルギーを消費すべく、寝るまえに歩きまわっていたのだ。

「なにかご用、アデレイド？」そう尋ねたものの、なんの話が待ち受けているのか、よくわかっていた。

「フランシス、あなた、無礼千万な態度をとってること、わかってるわね。まあ、わざわざわたしに言われなくても、承知のうえでしょうけれど。でもね、お父さまにひどい仕打ちをしていること、わかってるの？」

心配そうなアデレイドの顔を、さすがに直視できなかった。そこで、フランシスは重い口をひらいた。「まさか。こうするのが、パパにはいちばんいいのよ。だって、わたしがいなくなったら、パパがどれほど寂しくなるか。アデレイド、それはあなたにもわかるでしょう？」

「いいこと、フランシス、若い淑女はかならず結婚しなくちゃならない。それが掟《おきて》なの。ほかに選択肢はない。少なくとも、あなたの場合は」

アデレイドの口調に辛辣《しんらつ》さはなかった。当のアデレイドは、いちども結婚したことがないというのに。フランシスはつとめて軽い口調で言った。「わたし、甥《おい》っ子や姪《めい》っ子をとことん甘やかすおばさんになるわ、アデレイド」

「軽口もそのへんにしなさい、フランシス」アデレイドがぴしゃりと言った。「自分が過保護に育ったこと、わからないの？　お父さまはあなたに好きなようにさせてきた。でもキルブラッケンの外の世界が、あなたを待っているのよ。ここに永遠にいることはできない」

「そうかもしれない」フランシスは囁《ささや》くように言った。罪の意識を感じるのって最低の気分だ。とくに、自分が悪いとわかっているときには。「でも、それはヴァイオラとクレアにとっても同じことでしょ。まあ、ふたりのどちらかは、壮麗な結婚式を挙げられるわけだし」

「あのふたりには、あなたのような……強さがないわ、フランシス」

「伯爵さまは気むずかしい人だから妻を不幸にする、そう言いたいの？」

アデレイドは吐息をついた。遅すぎた。いくら忠告しても、もうフランシスには通じない。

「もういいわ、忘れてちょうだい」わたしのお説教なんて、いつだってなんの効き目もない。彼女はフランシスの頬にキスをした。「おやすみなさい。ぐっすり眠れますように」

「あなたがいい人じゃなければよかったのに」と、フランシスがつぶやいた。「自分が、ただのわがままなへそ曲がりに思える」

「そんなことないわ。言ったでしょう、もう忘れてちょうだい」

ヴァイオラの寝室のほうに毅然と歩いていくフランシスの後ろ姿を、アデレイドは寝室のドアをあけたまま見送った。

翌朝、フランシスは口笛を吹きながら階段を下り、長い脚を大きくまえに踏みだし、玄関を歩いていった。ようやくきょうで三日間が終わる。そう思い、炉棚の横の壁に力なくもたせかけてある甲冑一式に向かって微笑みかけた。幸運の女神が微笑むのはクレアかしら、それともヴァイオラかしら。そのとき、昨夜のアデレイドとの会話を思いだし、思わず身をすくませた。

「フランシス！」

振り返ると、父が手招きしていた。「なに、パパ？」

「こっちにおいで」

フランシスは怪訝そうな表情を浮かべ、首をかしげながら父親のほうに歩いていった。リヴェン伯爵は口元にやさしい笑みを浮かべている。ふいに父親が両腕を広げ、彼女を強く抱きしめた。

「でかしたぞ、フランシス。自慢の娘だ」

わけがわからないまま、フランシスは思わず応じた。「そりゃそうよ。パパを失望させるようなこと、するはずないでしょ」

「銃器室で待っていなさい」

「手入れをしてほしい銃があるの？」

「いや、そうじゃない。照れくさいこと言わせるな。さあ、行っておいで、フランシス」そう言うと、リヴェン伯爵が娘の背中をやさしく押した。フランシスは呆気にとられて父親の顔を見たが、しぶしぶドアをあけ、銃器室にはいっていった。照れくさい？ どうしてパパはあんなこと言うのかしら？ わたし、パパのためならなんだってするのに。なんだって。

「おはよう、レディ・フランシス」

ホークの声に、フランシスはびくりとした。なんだか妙な雲行きだ。彼女は振り返り、困惑した表情を浮かべたまま、ロザミア伯爵の顔を見た。

「銃の手入れをなさりたいんですか？」と、フランシスは尋ねた。「父に呼ばれて、ここにきたんです。どこか銃に不具合でも？」

「不具合はありません」と、ホークは答えた。さっさと終わらせよう、と彼は自分に言い聞かせた。気おくれしないうちに。彼はフランシスの頭のてっぺんから下のほうへ視線を移していった。ドレスは薄汚く、ぶかぶかで、時代遅れ。だいいち、丈が短すぎる。だが、とホークは考えなおした。身体つきはそれほど悪くない。まあ、細身ではある。なんとかベッドをともにすることはできるだろう。

不躾《ぶしつけ》な視線を浴びせられ、フランシスは身をこわばらせた。あわててポケットに手を突っ込み、眼鏡をとりだし、鼻に載せると、目をすがめ、彼をにらみつけた。この好色男。彼女は両手を下げたまま、ぎゅっとこぶしを握った。

嫌悪感もあらわに、フランシスは彼をにらみつけた。「では、なんのご用ですの、閣下?」

「あなたを選びました、レディ・フランシス」と、ホークが言った。

すぐに理解はできたものの、フランシスはぽかんと口をあけ、彼の顔を見た。この人、頭がおかしいの? 審美眼ってものがないの? だいいち、痛々しいものでも見るような目つきで、わたしのこと見てるくせに。

フランシスは思わず、一月の湖のように冷たい声で言い返した。「もういちど、考えなおして」

ホークはまばたきした。彼女にはちゃんと聞こえなかったのだろうか? これも運命ですからという言外の意味を込め、ホークは繰り返した。「ですから、レディ・フランシス、あなたを……妻に選んだのです」

「気はたしか?」フランシスはまっすぐにホークの目を見て言った。もう鼻先に頼りなく載っている眼鏡越しに、目をすがめてはいない。「どうして?」

そっけない物言いに、ホークは面食らった。すぐに求婚を承諾するだろう、全身からよろこびを発散させるだろうと、予測していたのだ。この不器量な娘が姉や妹に勝つことなんぞ、そうあるはずがない。そういうわけか、とホークは思いなおした。きっと、こっちが本気で言っているのかどうか、自信がもてないのだろう。自分の身に降りかかった幸運が信じられないのだ。そこでホークは、にっこりと微笑みかけた。「気はたしかなつもりです。申し分なく、似合いの夫婦になると思いますよ。さて、お父上とわたしは、結婚のことであれこれ打ち合わせをしなくてはなりません。しばらく、グラスゴーに行ってきますが、金曜日には、結婚式のために戻ってきます。ご存じでしょうが、父の容態がよくないので、式を終えたら、すぐにふたりでイングランドに発つことになります。では、これをあなたに」

ホークは三歩足を踏みだし、フランシスの手を取り、祖母の見事なエメラルドの指輪を彼女の指に押し込んだ。

彼女は驚きのあまり口もきけないようだったが、ホークは意に介さなかった。このまま一生口をきかなくても、まったくかまわない。ホークは意を決し、彼女の額に軽くキスをし、その顔を見つめた。フランシスはまた眼鏡をかけており、分厚いレンズの向こうで、瞳が小さくゆがんで見えた。仕方がない、とホークは考えた。夜はぜったいにランプを灯させないぞ。そうすればベッドのなかで、この顔を見ずにすむ。さもないと、とてもじゃないが、初夜のベッドで夫の義務をはたせそうにない。

「それでは金曜日に、レディ・フランシス」そう言うと、ホークは背を向けた。彼女が短くイエスと返事をするのを待つ気も、今後の予定を手短に説明したあとで彼女の意見を聞く気も、まったくなかった。

ホークは銃器室のドアを閉め、颯爽と歩きはじめた。大広間を抜け、リヴェン伯爵が待つ客間へと向かう。

フランシスの声が聞こえたような気がしたが、分厚いドアのせいで、その声はくぐもっていた。かまわず、ホークは歩きつづけた。

フランシスは石のように固まったまま、突っ立っていた。ぼんやりとした頭で考える。なにこれ、どういうこと？　そして指輪に目をとめ、声をあげた。「いやだ！　信じられない。嘘でしょ！」

どこかで誤解が生じたのだ。ああ、わたしのことをちゃんと見ていたら、結婚する気になるはずがないのに。ヴァイオラはどうなるの？　クレアは？　あの人、頭がいかれている。それだけは間違いない。とにかく、いますぐ誤解を正さなくちゃ。彼女は乱暴にドアをあけると、大広間に駆け込んだ。客間からでてきたソフィアが、こちらを妙な視線で見た。

「パパはどこ？」と、フランシスは尋ねた。「それに、あの人は？」

「一緒にいらっしゃい」と、ソフィアが言った。「もう逃げられないわよ、フランシス。さあ」

「いやよ。パパと話があるの」フランシスは甲高い声で言った。「誤解があったのよ、ソフィア。なにもかも誤解なの」

「あたくしも、そう思うわ」と、ソフィアが応じた。「でもね、伯爵さまは決断なさったの。だから、あなたはおとなしくお受けしないと」通りすぎようとするフランシスの腕を、ソフィアがつかんだ。

「離して、ソフィア！」恐慌状態におちいり、フランシスは息ができなくなった。「いや！こんなの、ありえない！」

「落ち着いて、よく聞きなさい、フランシス・キルブラッケン」ソフィアが継娘の腕を握る手に力をこめ、小声ながらも有無を言わさぬ口調で言った。「ちょっと知恵を働かせたつもりになってたでしょ。おどおどしたネズミみたいな扮装までして。ところが、どういうわけか、伯爵さまはあなたをお選びになった。ヴァイオラでも、クレアでもなく、あなたを。だからね、このへそ曲がりさん、もう観念なさい」

「こんなの間違ってる」と、フランシスは抵抗した。「ぜったいに間違ってる」そう言うと、ソフィアから逃れようとした。「パパと話さなくちゃ。わたし、ぜったいに結婚なんかしない！」

「結婚するんですよ、フランシス！　まわりを見てごらんなさい、お馬鹿さん。栄光のキルブラッケン城を！　どこを見てもぼろぼろじゃないの。あなたの弟にいったいなにが遺《のこ》せるというの？　遺産はヒースの茂みと、文無しの爵位だけ！　伯爵さまがお見えになるまえに、お父さまがこうおっしゃっていたでしょ——当主の侯爵さまが結納金として一万ポンドくださるって。一万ポンドよ、フランシス！　お断りできるものですか！」

「でも、ヴァイオラとクレアはどうなるの？」フランシスは深い水の底に沈んでいくような気がした。下にどんどん引っ張られて、息ができない。

ソフィアが険しい目つきでフランシスを威圧した。「あたくしはね、ヴァイオラを選んでほしかった。それは認めるわ。あの娘は愛くるしいし、裕福な生活がむいている。お世辞を言ったり、パーティーにでたり、男性から注目されたりするのが大好き。まあ、クレアにもそれはあてはまるけれど、残念ながらこういう結果になった。伯爵さまと結婚するのは、あなたなのよ、フランシス。これからは、あなたがふたりにいい結婚相手をさがしてあげることになる」ソフィアがフランシスの腕を揺すった。「わかったわね？」

フランシスは継母の顔を見おろした。口は動くのだが、肝心の声がでてこない。

「まあ、そう急《せ》くこともないわ。あなただってロザミア伯爵夫人になれば、クレアやヴァイオラのことを気にかけるはずだもの。失望させないでね、フランシス。こんどまた伯爵さまのまえで癇癪《かんしゃく》を起こすようなことがあれば、お父さまは二度と口をきいてくれませんよ。いいわね？」

フランシスはよろめくようにして、城からでていった。しばらく歩いてから、雨が降っていることに気づいた。強く打ちつける雨が、気持ちを映しだすかのように肌に冷たい。フランシスは眼鏡を外し、ポケットに突っ込んだ。そして、帽子を脱ぎ、放り投げた。雨の重みで帽子が泥の水たまりに沈んでいく。フランシスは震えだし、厩舎に向かって走りだした。屋根に穴があいてるのね、とぼんやり考えた。まぐさが濡れ、かび臭い。なかにはいると、二階に上がり、腐りはじめたまぐさの上に勢いよく身を投げだした。

どうして？

そのひと言が頭のなかを駆けめぐる。こんなのおかしい、ぜったいに。

どうして？

フランシスはふいに身を起こし、膝を抱きかかえた。あわてず、しっかり、考えなくちゃ。文句なしの二枚目独身男が、感じのいい美女ふたりを尻目に、なんだってみすぼらしいネズミと結婚したがるんだろう？　あれは娘の変装だと父親がばらしたとしても、どう見ても自分と結婚したがっていない娘と結婚したがるはずがない。それとも、わたしが変装していることを、彼が自分で見破ったのかしら？　こちらに視線を向けたときの彼の表情を思いだし、フランシスはかぶりを振った。彼、辟易《へきえき》していたわ。それなのに、わたしを選ぶなんて。

こんなのおかしい、ぜったいに。だいいち、わたしの歌とピアノを聞いたあとで、この女性と結婚したいなんて思うはずがない。

そのとき、ふと、ヴァイオラがなにげなく漏らした言葉が頭をよぎった。伯爵さまはロンドンのご婦人がたのあいだで、いちばんモテるはずよ。たいていロンドンですごしておりますって、あたしとクレアにおっしゃってたもの。ずいぶん楽しんでいらっしゃるんでしょうね。きっと、愛人もいるわ。あたし、どうすればいいのかしら？　伯爵さまには愛人をあきらめてもらうしかないわね。そうすれば、あたしたちふたりで末永く幸せに暮らせる。めでたし、めでたし。

ロザミア伯爵はハンサムだ、とフランシスは客観的に考えた。色目をつかうご婦人がたが大勢いるはず。それに、愛人も。そして、そんな紳士がだれよりご免こうむりたいのは、陽気で、可愛らしく、うるさくつきまとう妻のはず。

「そういうわけ」と、フランシスは信じられない思いで深々とため息をついた。「あんまりだわ。なんて下劣な不届き者」階下で、馬が一頭、いななくのが聞こえた。

そう考えると、すべて辻褄《つじつま》があうように思えた。陽気でもなければ、可愛らしくもない。でも、うるさくつきまとわないから、わたしを選んだのだ。野暮ったいネズミを選んでおけば、自分は外で放蕩の限りを尽くせる。そういうわけだったの。

真相を確かめなければ。フランシスは立ちあがり、かび臭いまぐさをスカートから払った。

そして、厩舎の戸口で立ちどまった。もう雨はやんでいた。そのとき、ホークの従者、グランニョンが四輪馬車に乗り込む姿が見え、フランシスは驚いた。ホークが御者席に座り、まさに馬に鞭をくれようとしている。フランシスは厩舎から飛びだし、手を振りながら大声で呼びかけた。

だが、声は届かなかった。車輪が泥水を跳ねあげ、馬たちが鼻を鳴らした。ホークは馬を走らせることに集中している。

馬車が曲がりくねる道を進んでいくようすを、フランシスは見送った。わたし、どのくらいの時間、厩舎の二階にいたんだろう？　おかげで、あの最低男にまんまと逃げられてしまった。

フランシスは肩をいからせ、大きな足音をたてながら城に戻った。

5

結婚生活にはさまざまな苦痛がともなうが、独身生活にはなんの楽しみもない。

——サミュエル・ジョンソン

「もういちど、指輪をはめなさい、フランシス」

重い指輪がいちど跳ね、テーブルをすべるように動いてきた。フランシスは指輪を手にとろうとはしなかった。なにしろ指にはめると、とんでもなく重いのだ。

「いや」と、フランシスは言った。「いやよ、パパ」

リヴェン伯爵の雷が落ちようとしたとき、ヴァイオラとクレアが銃器室に駆け込んできた。そのうしろにはソフィアの姿もあり、顔には相反する思いがありありと浮かんでいる。

「信じられない！」ヴァイオラが地団駄を踏んだ。まったく、ヴァイオラときたら。フランシスは妹に叫びたくなった。あなたはまだ子どもだから、なんにもわかっていないのよ。伯爵さまと結婚したら、どれほどみじめな思いを味わわされるかが。

「どんな手を使ったの、フランシス？」と、クレアが責めたてた。「彼になにを約束したの？　お継母《かあ》さまから、伯爵さまがあなたに求婚したって聞いたけれど、そんなのありえない！　そんなひどい恰好をして、まるでどこかの――」

「いい加減にしないか！」リヴェン伯爵が、けたたましい女たちに怒鳴った。

「そうよね」憤懣《ふんまん》やるかたないといった姉と妹のほうを見ながら、フランシスは口をひらいた。「聞いて、ふたりとも。彼はわたしとの結婚を望んでいないし、それ以上に、わたしだって彼との結婚を望んでないのよ」

「じゃあ、どうして？」と、クレアが尋ねた。「あなたの思惑《おもわく》どおり、彼はあなたのほうをろくに見もしなかったのに」

「その理由が、ようやくわたしにもつかめてきたの」フランシスは父の顔をひたと見すえて言った。「伯爵さまがわたしを選んだのは、わたしが不器量で、女とは名ばかりの代物《しろもの》だからよ。わたしを妻にすれば、自分は生活を変える必要がない、そう考えたんでしょう。きっと、わたしをうらさびしい領地かどこかに放っておくつもりなのよ。そしてなにごともなかったかのように、自分は好きなようにロンドンで放蕩の限りを尽くす」

リヴェン伯爵は驚きを隠せなかった。思わず目を丸くし、テーブルの下で関節が白く浮きあがるほど強くこぶしを握りしめた。なんだって、これほど早く真実を見抜いたんだ？

「でしょ」と、フランシスが大きく吐息をついた。「やっぱりそうなのね、パパ？」そんなことはないと、激怒してみせようか。そう思ったものの、リヴェン伯爵はなにも言わなかった。

「まだ、呑み込めないんだけど」と、ヴァイオラが悲しそうに言った。

フランシスは妹のほうを向いた。「説明してあげる」と、続けた。「ヴァイオラ、あなたと、クレア、姉さんは、あの伯爵さまが考える淑女そのものなの。可愛くて魅力的で陽気。でもね、伯爵さまが欲しいのは妻じゃないの。彼にとって、妻は自分の生活を一変させる邪魔者にすぎない。しぶしぶ結婚はするけれど、彼はいまの生活をなにひとつ変えたくない。さあ、これで呑み込めた？」

「なんて下劣なの、最低の男ね」と、クレアが言った。

「最低の最低よ」と、フランシスが同意した。

「あたし、それでも彼と結婚したい」と、ヴァイオラが言った。「あたしなら彼のこと、変えてあげられるもん。彼を幸せに、満ち足りた――」

「いい加減に目を覚ましなさい、ヴァイオラ」と、フランシスはさえぎった。「彼は朝食にあなたをたいらげたら、そのあとは見向きもしない男よ。自分勝手で、冷酷で、信用ならない男。でも、もちろん」と、フランシスは父をねめつけた。「結納金はだしてくれる。まあ、彼のお父上のお金だけれど」

「フランシス。そう勝手に決めつけて非難するな。あちらにも……」

「あちらにも事情があるってわけ、パパ？」口ごもった父親を、フランシスは怒りもあらわに問いただした。「わたしを犠牲にしていいほどの事情が？」

「犠牲ですって、ハ！」と、ヴァイオラが甲高い声で言った。「姉さんは伯爵夫人になるのよ――お金持ちになって、欲しい服はなんだって買えるようになる――夫が好き勝手したって、それくらいなによ？　淑女と紳士がどんな結婚生活を送るのか、なんにもわかってないくせに。そもそも結婚なんて打算的なものでしょ。ああ、姉さんなんて、銃で撃たれて、吊るされちゃえばいい――」

「もう充分」と、ソフィアが一喝した。「賽《さい》は投げられた。もうあともどりはできない。だから、もう大騒ぎはやめて。みんな不満を吐きだして、すっきりしたでしょう？　さあ、フランシス、一緒にいらっしゃい。三日間で嫁入りのしたくをすませないと。伯爵さまは結婚式当日の早朝に、お戻りになるはず。それまでに、しなくちゃならないことが山積みよ」

「お継母《かあ》さまは、フランシスをいけにえに差しだすのね」と、クレアが明言した。

「いけにえですって！」と、ソフィアが大声で言い返した。「あなたもまだ子どもねえ。なにもわかってないわ。いいこと、フランシス、あなたは自分の幸運を跳びまわってよろこばなくちゃ」

「パパ……」と、フランシスはかぼそい声で言った。

「いつか、わたしに感謝する日がくるだろう、フランシス」と、リヴェン伯爵が言った。

「そのころには、わたしもパパも、とっくに死んでるわ」フランシスはがっくりと肩を落とし、背を向けた。そしてソフィアのあとを追い、銃器室をでると、一時間以内にかならずソフィアの寝室に行くからと約束した。

フランシスは忍び足で自分の寝室にはいっていった。あの男の香りが残っている。そう思い、ベッドから乱暴にシーツをはぎとった。そして白いシーツを足元に広げたまま、部屋の中央に立ちつくした。すると、あけたままだったドアから、アデレイドが音もなく寝室にはいってきた。

「フランシスったら」と、アデレイドが言った。「あなたのおかげで、大騒ぎよ」

「わかってる」

「これでよかったのよ」

「ええ、そうなんでしょうね。ヴァイオラとクレアが不幸にならずにすむよう、わたしが身を挺《てい》したわけ」気高く生きるのってたいへんだわ、とフランシスは思った。簡単なことじゃない。

「世のご主人なんて、みんな似たり寄ったりじゃないかしら。それでもね、伯爵さまは、大半の男性より見込みがあるような気がするの。だって彼は、ひどく気づまりな立場にあったわけでしょう？　たとえ、まるで的外《まとはず》れの理由であなたを選んだとしても、自分が勘違いしていたことに、すぐに気づくはずよ」

フランシスはぎょっとしたような顔をした。「そこまでは考えが及ばなかったわ、アデレイド。そうなったら、どうしよう?」

アデレイドがフランシスの腕をやさしくさすった。「まずはシーツを片づけなさい。そうすれば、ほかに策があるかどうか、考えられる」

フランシスは少ししかない選択肢について、頭に血をのぼらせながら延々と考えつづけた。わたしが愛らしく、魅力的で、陽気なそぶりをしたら、そしてロンドンに連れていってと甘えたら、彼、どんな顔をするだろう。そう想像すると、思わず笑いたくなった。でも、これまでだましていたんだなと、怒って殴りかかってくるかもしれない。男って、先の行動が読めない生き物だもの——これまでに男たちを観察してきたから、そのくらいのことはわかる。

結婚式前夜になっても、どんな行動をとればいいのか、フランシスはまだ決められずにいた。彼女は寝室の窓辺に立ち、真っ暗闇をじっと見つめていた。

「フランシス?」

「はい? ああ、ソフィア、どうぞおはいりになって」

継母はシルクのガウン姿で、長く美しい髪をゆったりと背中に垂らしていた。ふだんよりずっと若く見える。

「なにかあったの?」と、フランシスは尋ねた。「ドリスに発疹《ほっしん》がでた? マクラウド師がまたパパと言い争いでもした?」

ところが意外なことに、ソフィアはまっすぐこちらを見ようとしなかったし、フランシスの冗談にも応じようとしなかった。

「パパなのね！」と、フランシスは大声をあげた。「パパ、具合が悪いの？」

「いいえ、パパは大丈夫」と、ソフィアが言った。「お願い、フランシス、腰を下ろして。あなたに話さなくちゃと思ったの……例のことを」

「例のこと？」フランシスは自分のベッドのほうに歩いていき、真ん中に腰を下ろすと、脚を組んだ。

「妻の務めの話よ」と、ソフィアが言った。

「それなら大丈夫よ、ソフィア」と、フランシスは不機嫌な声で応じた。「伯爵さまのご所望に応じて、テーブルにお食事を用意すればいいんでしょ」

「いいえ、フランシス、そんな話をしにきたわけじゃないの。夜のお務めの話をしにきたのよ」

「ああ！」フランシスは呆気にとられてソフィアを見た。そして、頭のなかで自分を八種類の言葉でなじった。これまで考えもしなかった。あの伯爵さまが、赤の他人が、わたしに触れて…………フランシスはごくりと唾を呑み込んだ。

「フランシス、夫と妻が一緒になにをするか、あなた、わかってる？　その……ベッドのなかで」

フランシスにはよくわかっていた。ひどく決まりが悪くなり、顔を下に向け、黙ってうなずいた。

「お父さまはね、もちろんあたくしも、伯爵さまがあなたの気持ちを敏感に汲《く》みとってくださると信じているわ」それは事実とは言えなかったが、この件に関する夫の発言を、ソフィアはかなり脚色することにしたのだ。じつのところ、夫はこう言ったのだから。アイ、ホークは血気盛んな色男だ。そっちの方面のことは、フランシスをちょちょいと教育するだろうさ！

気持ちを敏感に汲みとる……。「それってどういう意味、ソフィア？」

「あなたにばつの悪い思いはさせないということよ。妻にふさわしい尊敬の念を払ってくださるわ。もちろん、ありのままのあなたの姿を見れば、侯爵さまはぜったいにおよろこびになる。そうすればいっそう……身をいれて、ていねいに……たとえ伯爵さまが……そうね、確信はできないけれど……」ソフィアの声が、しだいに小さくなった。

フランシスが、はっと息を呑んだ。「わかったわ」

心配無用と夫からは言われたものの、ソフィアはこの継娘のことが心配でならず、やさしい声で話しかけた。「伯爵さまは、当然、跡継ぎを望まれるわ、フランシス。跡継ぎを産むのが、妻としてのあなたの第一の務めよ」

「跡継ぎ」と、フランシスは繰り返した。

なにか安心させるような言葉をかけてやろうとしたが、顔を上げたフランシスが冷静な声をだしたので、ソフィアは驚いた。「教えてくださってありがとう、ソフィア。よくわかったわ、ほんとよ。なんの話かぴんとこなくて、ごめんなさい……とにかく、もう、よくわかったから」

ソフィアが部屋をでていくと、フランシスは毛布の下で身を丸め、膝を抱え込んだ。ホークが湖から颯爽と裸体ででてきた光景が目に浮かぶ。男性のあそこが、とんでもない大きさまで膨張することはよくわかっていた。それを女性の脚のあいだに激しく突くことも。考えるだけで気持ちが悪い。でも、彼にはそうできるし、彼はそうするだろう。だって、それが夫の権利だから。抵抗しようものなら、わたしはぶたれるだろう。それも、夫の権利。わたしにはなんの権利もない。なにひとつ。

自分が泣いていることに、ようやく気づいた。自分に腹を立て、フランシスは手の甲で勢いよく涙をぬぐい、身を起こした。求婚したとき、彼が不快感をあらわにしていたことをありありと思いだした。いいえ、そうじゃない、とフランシスは怒りつつ訂正した。求婚したんじゃなくて、自分の決断を伝えただけよ。そしてフランシスもまた決意を固めていた。彼が自分を置き去りにし、ロンドンに立ち去るまで、ずっと野暮ったい恰好をして、おどおどしていよう。馬鹿なふりをしつづけよう。立派にお務めをはたしたら、彼はすぐにわたしを置き去りにするだろう。ほんとうのところ、わたしに触れることなく、でていってほしい。

ううん、手で触れるだけならまだいい。考えるだけでぞっとするのは、それ以上のことだ。それほど悪い話じゃないわ。フランシスは、そう自分に言い聞かせた。わたしは自分の家に住み、好きなように暮らせる。彼はロンドンに行き、魅力的でいきいきとした淑女たちと、存分に楽しめばいい。


ホークは仰向けに横たわり、充分に満足し、睡魔に襲われていた。いかにもおいしそうなジョージーナ・モーガンが、彼に身をすり寄せ、太腿をホークの下腹部に載せている。未亡人で、ホークよりいくつか年上で、情愛あふれる女だ。

「あなたって、すばらしい愛人よ」と、ジョージーナが言った。

「きみもだよ」ホークは彼女の頭のてっぺんに軽くキスをした。「じつは、夜明けまえに発たなきゃならない。ローモンド湖のキルブラッケン城に戻らないと」

「リヴェン伯爵とお仕事の話？」

きみには関係のない話さ。そう応じるべきだったが、紳士然とふるまう気分ではなかった。そこで、ホークはてきぱきとした口調で冷たく言った。「ああ、そうだ。あす、彼の娘のひとりと結婚する」

この思いがけない知らせに、ジョージーナが息を呑んだ。もう少しグラスゴーに、このベッドにいてくれればと願っていたのに。「かわいそうに」

「だろ」と、ホークは言った。と、男性自身のほうに、彼女が膝をゆっくりと這わせてくるのがわかった。「くたくたにさせるつもりか?」

「アイ、もう役に立たないようにしてあげる」

ホークは彼女の下腹に手を這わせ、長い指で彼女のあそこをやさしくさぐった。「それじゃ、きみのここは?」


「フランシス、あれほど言ったのに、まだわからんのか!」

リヴェン伯爵が目障《めざわ》りな眼鏡に手を伸ばしたが、フランシスはひょいと身をかわした。

「いいでしょ、パパ、これくらい。わたし、パパの大切なホークさまと結婚するのよ。でも、それ以外のことは好きにさせて」

「魔女みたいななりをしおって」

「いいえ、閣下、魔女ではありません」と、穏やかな口調でアデレイドが言い、寝室にはいってきた。「自分らしくふるまうことにおびえている少女です」

その言葉にリヴェン伯爵が動きをとめた。「そうなのか、フランシス?」

「しつこいわよ、パパ」と、フランシスはとがめるような視線をアデレイドに向けた。「みんな、つい忘れてしまうけれど、アデレイドってすごく鋭い。「伯爵さまが求婚なさったのはネズミ。だから結婚なさるのもネズミ。ネズミじゃないわたしをご覧になったら、幻滅なさるわ」

リヴェン伯爵が長いあいだ、さぐるようにフランシスの顔を見つめた。「わかった、フランシス。もうこれ以上、なにも言うまい」

「伯爵さまにも、なにも言わないでよ、パパ！」

「ああ、言わん」

父が立ち去ると、フランシスはアデレイドのほうを向いた。「もう時間？」

「ええ。ねえ、フランシス、自分をだまして、ほんとうの自分を見失っては駄目よ」

フランシスは、こくんとうなずいた。いろいろな気持ちが胸に渦巻き、とても言葉にできない。「アデレイド、少しひとりにさせてもらえる？」

ようやくひとりになると、フランシスは窓辺に向かい、外を見た。灰色の雲が垂れ込め、寒く、霧雨が降りだしている。

ロマンティックな少女なら、こんな日は日記をつけるんでしょうね、とフランシスは淡々と考えた。とうとう新生活が始まるわ、うれしくてどうにかなりそう、とかなんとか書くのよ。

自分の愚かさを笑いとばそうとした。が、喉から漏れてきたのは嗚咽《おえつ》だった。

父の長年の友人、ジョージ・マクラウド師が結婚式を執《と》りおこなった。ふたりの男はよく、長老派協会とイングランド国教会の対立について何時間も議論を戦わせ、充実した時間をすごしてきた。マクラウド師は、このイングランドの花婿に、礼儀正しく育ちのよい若者という印象をもった。ところがフランシスがようやく客間に姿をあらわすと、リヴェン伯爵の表情が一変したのがわかった。なんとまあ、とマクラウド師は考えた。死んだ魚のような顔つきじゃないか。そしてフランシスのほうに目をやり、マクラウド師は目を丸くした。これはいったいどういうことだ？　フランシスときたら、悪夢から抜けだしてきたような恰好をして。芝居でも打ってるのか？　いつもの、あの明るい、よく笑うフランシスはどこにいった？　見合い結婚とは聞いていたが、それにしても……。問いかけるようにリヴェン伯爵のほうを見たが、友はただ慎み深く微笑むだけだった。

誓いの言葉が述べられ、マクラウド師は新郎新婦を祝福した。

披露宴は、葬儀より盛りあがらなかった。

フランシスが二歳のころ、膝に乗せてあやしてやったマクラウド師は、フランシスが旅行着に着替えたあと、ひとりでいるところをつかまえた。彼女は青ざめた顔に陰気な表情を浮かべていた。あの妙ちきりんな眼鏡、いったいどこで見つけてきたんだ？　こんな表情のフランシスに、なんと声をかければいいのだろう。

「元気でな、フランシス」そう言うと、マクラウド師はフランシスの額にそっとキスをした。

「きみと新郎の幸せを祈るよ」

「そうしていただけると、ありがたいです、サー」フランシスが伏し目がちに言った。「いま、首尾よく雷に打たれれば、すごくありがたいんですけど」

「結婚したくないんだね、フランシス？」

「そういうわけじゃありません」そう応じたが、マクラウド師が自分のことを心配しているのが痛いほど伝わってきた。だが視界の端で、父が渋い顔をしているのをとらえた。おまけに新郎は、いらいらと手袋を太腿に打ちつけている。

「さようなら、サー」フランシスはつま先立ち、マクラウド師の頬にキスをした。眼鏡をかけていてよかった。涙ぐんだ目を隠してくれる。ヴァイオラ、クレア、ソフィア、そしてアデレイドと、ひとりずつ抱擁をかわした。そして最後に、父のまえに立った。

「フランシス」と、父が低い声で言った。「わたしを信じなさい。そして、自分自身を信じなさい。おまえは強い娘だ」

「はい、パパ」フランシスはこれを最後と、玄関を見まわした。またキルブラッケン城に戻ってくることはあるのかしら。そう考えながら、夫のあとを追い、城の外にでた。すると幌《ほろ》を下ろした馬車が見え、ぞっとした。フランシスは振り返り、十九年間一緒に暮らしてきた人たちに手を振った。ウェディングケーキを焼いてくれたドリスは、エプロンの端でそっと目元をぬぐっている。

「フランシス」と、ホークが馬車のドアに手をかけ、厳しい口調で言った。「出発だ」

6

クラレットは子どもの飲み物
ポートは男のもの
だが英雄たらんとする者はブランデーを飲むべし
――サミュエル・ジョンソン

ホークは銀の携帯瓶を傾け、ごくりとブランデーを呑んだ。すぐに胃のあたりが熱くなる。その味覚を心ゆくまで味わい、彼はしばらく動かなかった。鞍《くら》にまたがったまま振り向くと、がたがたと馬車が近づいてきた。

あの馬車に、妻が乗っている。ぼくの妻が。

ホークは思わず目を閉じた。この自分が結婚したとは、いまだに信じられない。結婚したという実感が、露《つゆ》ほども湧かないのだ。それでも、マクラウド師の言葉がずっと頭のなかに残っていた。いくら頭がぼんやりしているとはいえ、自分が誓いの言葉に返答したことは覚えている。やはり、あれは現実に起こったことなのだろう。

また小雨が降りだした。空は灰色で、本降りになりそうな気配だ。荒地の岩のすきまにかろうじて生える叢《くさむら》は雨に濡れ、疲労のあまりいまにも倒れそうな旅人のようだ。道はごつごつした岩肌が続き、泥だらけの水たまりも口をあけている。ときおり農地が見え、煙突から細い煙がゆらゆらと上がっているが、人の姿はない。こんな陰うつな日に、外に顔をだす気になるのは愚か者だけだ。それならこっちは、正真正銘の愚か者だ。それでも、彼女と同じ馬車に乗るよりはましだ――フランシス・ホークスベリー、いまやロザミア伯爵夫人となった彼女と。

父のことを考えた。何度も思いだしては、そのたびに自然と祈りの言葉を口にした。どうか、あの専制君主がまだもちこたえていますように。いや、と彼は想像した。父さんがフランシスをひと目見ようものなら、ショックでまたぶっ倒れるかもしれない。父親の寝室に新婦を連れていくまえに、かならずあの眼鏡を外させなければ。あの雑巾《ぞうきん》みたいな帽子もかぶっているだろうから、あれもはぎとらなければ。フランシスには父さんの顔がよく見えなくても、知ったことか。悪夢から抜けだしてきたような嫁の姿に、父さんがショック死しないようにするのが先決だ。

クレアと結婚すればよかった。いや、ヴァイオラと結婚すればよかった。若いぶん、従順で、こちらの言いなりになる。

フランシスを選んだのは、正気の沙汰じゃない。

自分にうしろ暗いところがあるのはわかっている。それでも、どういうわけか罪の意識はほとんど覚えなかった。しかも結婚式の前夜には、女のところにしけこみ、ぬくぬくと夜をすごしたというのに良心の呵責《かしやく》もほとんど感じない。そう考えていると、初夜のことが頭をよぎった。思わずエボニーの手綱を握る手に力がこもり、種馬が勢いよく跳びはねた。右の前肢が泥の水たまりを直撃し、こげ茶色の糞がブーツに飛び散り、ホークは悪態をついた。

グランニョンの呼び声が聞こえ、彼はエボニーの向きを変えた。馬車に近づくと、また種馬の向きを変え、グランニョンの顔を見た。

「どうした、グランニョン?」

グランニョンはくたびれ、冷えきっていた。骨は凍ってしまったようだ。「じきに暗くなります。地図を見ましたが、そろそろ、エアドリーという町に着くはずです。そこそこの宿もあるでしょう」

キルブラッケンに向かうとき、エアドリーを通ったな。ホークはぼんやりと思いだした。古風で趣《おもむ》きのある小さな町だったような気がするが、いまは自分とグランニョンの心情を反映した、わびしい町しか想像できない。ホークは暮れゆく空を見あげた。歩みをとめたくない。イングランドまで、このまま進みつづけたい。なんなら、このままギリシアまで進軍を続けたいぐらいだ。

「じつは、そろそろ用も足したいもので」そう言うと、グランニョンが馬車のほうに顎をしゃくった。「それに、閣下、お気の毒な奥さまも、もじもじしておいでです」

ホーク自身は一時間以上もまえに用を足しており、さすがに申し訳なく思った。

「よし、わかった」ホークはついに断言した。「エアドリー屈指の壮麗なホテルをさがすとしよう」と、皮肉をにじませることも忘れなかったが。

フランシスが座り心地のいいシートに身を預けたまま、唇をきつく結んでいた。まったく、あの鈍感男！　寒いし、お腹《なか》が減ってどうにかなりそう。彼女は馬車の窓から〝夫〟に向かってわめきたかった。それに、用を足さなきゃ。もう限界よ！

馬車がまた進みだした。

エアドリー。先月、父と飼料を買いにその小さな町を訪れたばかりだ。あそこには〈悪魔のねぐら亭〉という宿があった。お似合いだわ、と彼女は考えた。あの男にお誂《あつら》えむき。なにか小動物を連れてくればよかった。噛むやつを。彼のベッドに忍ばせておこう。やだ、まさか、彼、ベッドで妙な気を起こさないわよね？

フランシスは肩を怒らせた。いいえ、起こさない。起こさせるもんですか。あの卑劣漢、馬での長旅で風邪でもひけばいい。駄目駄目、と彼女はあわてて思いなおした。夫には、うんざりするほど健康でいてもらわなきゃ。そうすれば、わたしのことを置き去りにして、さっさとでていってくれる。

夫への怒りで頭がいっぱいで、キルブラッケンを離れる寂しさがまぎれていることに、フランシスは気づいた。

降りしきる雨のなか、どんよりとした夕闇に〈悪魔のねぐら亭〉が浮かびあがっていた。その外観は、古い修道院の廃墟といい勝負だ。ホークは馬を降り、馬丁を呼んだ。宿から、オークの樽《たる》のようにずんぐりとした大男がでてきた。「へい、ご用で?」

「部屋、夕食、馬たちにあたたかい馬小屋」軍隊時代であれば、配下たちがあわてて気をつけの姿勢をとったであろう声音で、ホークが矢継早に命じた。

「イングランド人がえらそうに」と、ハーモンのじいさんが悪態をついた。「お客さんの馬の世話だ、エナード」ハーモンは、ぼろぼろのスカーフを頭に巻いた、のっぽの若者に言った。

馬車のドアをあけ、グランニョンが薄暗い車内に向かって微笑んだ。「奥さま?」

足がこわばり、身体が冷えきり、機嫌も悪いフランシスは、手袋をした手をグランニョンに差しだし、馬車の踏み段に足を下ろした。

マントに身を包み、フードで頭を覆ったフランシスのほうに、ホークはゆっくりと歩いていった。

「今夜はここに泊まる」

フランシスは顔を上げなかった。眼鏡をかけるのを忘れていたのだ。

「よかった」ホークと同じぐらい、ぶっきらぼうな冷たい口調で、フランシスが応じた。

「きみの部屋の準備ができているかどうか、見てくるよ」

「それはご親切に」と、フランシス。

とげとげしい口調に、ホークはわずかに眉をひそめた。そして黒っぽいオークの梁に頭をぶつけないよう、少しかがみながら、宿のなかにはいっていった。いや、とげとげしいというよりは、しおらしく、はにかんでいた。疲れていたから、あんな声をだしたのだろう。疲れきっているだけさ。夕食のときにはもう少し愛想よくしてやるか。そう考え、彼は吐息をついた。

〈悪魔のねぐら亭〉の居間には個室がなかったが、いずれにしろ悪天候で常連客の姿もなかった。老人がひとり、暖炉のそばで背を丸め、いびきをかいていたが、ハーモンに叩き起こされ、酒場に連れていかれた。フランシスは髪をうしろに乱暴に引っ詰め、眼鏡をかけなおし、居間にのしのしと歩いていった。と、おいしそうな匂いに、足をとめた。お腹が大きく鳴った。

ホークは顔を上げ、その音に思わず微笑んだ。

「こんばんは」そう言うと、ホークは立ちあがり、フランシスのために椅子を引いた。

フランシスがうつむいたまま腰を下ろした。

礼も言えないのか。そう考え、ホークは自分も腰を下ろした。「ワインは？」

「ええ、いただきます」

「疲れただろうね、すまなかった。できるだけ早く父のもとへ帰りたかったもので」

「わかってます」わたしは疲れてなんかない。あのひどい馬車にひとりきりで乗っていて、退屈でどうにかなりそうだっただけ。それに、あなたのことが大嫌いなだけ。

ホークはゴブレットにワインをつぎ、フランシスがゴブレットの太い脚に指をからめるようすを眺めた。おやおや、と彼は眉尻を上げた。手はほっそりとしているし、指は華奢で長い。爪は短く手入れしてある。思わず、ホークは腕を伸ばし、彼女の手を握った。そして、彼女の手を裏返した。てのひらにはいくつかタコがあり、引っかき傷もある。それは力強い手、よく働く手だった。

フランシスはぐいっと手を引っ込め、ぎょっとしてホークを見た。つい、目をすがめるのを忘れて。

「きれいな手をしている」と、ホークが言った。

「そう？」

たったひと言なのに、皮肉がたっぷりこもっている。そう思い、ホークは同じことばかり考える自分に呆れた。だから、彼女は疲れているだけなんだ。そう自分に言い聞かせ、内心、同じように辛辣な言葉で自分を皮肉った。

ハーモンのおかみさんのネッダが、ナプキンで覆った巨大なトレーを三つ、運んできた。

フランシスのお腹がまた鳴り、ホークは笑った。

「ああ」目のまえでナプキンがとられると、フランシスが歓声をあげた。「クルーティ・ダンプリング（ドライフルーツ入りケーキ）！　それにフォーファー・ブライディ（肉とタマネギ入り三角パイ）も」クルーティだのブライディだの、なんの料理なんだ？　風変わりな料理名に気おくれしたものの、おいしそうな匂いに食欲が刺激された。

「おやまあ、フランシスお嬢さまでねえの？」

　ネッダがおびえたような声をあげたので、フランシスは自分をののしった。声なんかあげるから、気づかれちゃったじゃない。そこで、できるだけ冷静に挨拶をした。「アイ、わたしよ、ラップルのおかみさん」

「こっちは、どなたさんで？」

　スコットランド人には愛想も階級意識も欠けているものねえ。そう思い、フランシスは思わず微笑んだ。

「わたしの夫なの、おかみさん。わたし、スコットランドを離れることになったの」

「それにしても、いつものお嬢さんはどうしちまったんで？　まるで――」

「ニシンの燻製とライスボールね！　好物ばかりよ」

　懇願するような視線をラップル夫人に送ると、気だてのいい女主人はわけがわからないといった表情を浮かべながらも、視線の意味を察し、黙ってうなずき、居間をでていった。

「感じのいいおかみさんだ。知り合いなのかい？」フランシスの皿に料理をよそいながら、ホークが尋ねた。

「ええ、もちろん。ここはキルブラッケンから、そう遠くありませんから。どれも、わたしの大好きな料理です。どうぞ召しあがってください、閣下」

ホークはすなおに従った。ブライディを用心深く口にいれ、うなずく。「いけるな。そっちはなんだい？」

「ステーキパイよ」

「ほう」

「グランニョンはどこに？」

「厨房で食事をとっている。ところで、ぼくのことはフィリップかホークと呼んでくれないか。どちらか好きなほうで」

フランシスは口元に上げかけた手をとめた。「ホークというニックネームは、どこでついたんですか？」

「軍隊で——正確にいえば、スペインで」

もっといろいろ聞きたいことはあったが、あまりにも空腹で、食事の手をとめたくなかった。ずいぶんおやさしいのね、とステーキの硬い肉を嚙みながら、彼女は考えた。哀れな野蛮人に、自分のことを呼び捨てにしてもいいし、鳥の名前で呼んでもいいとお許しくださるなんて。硬い肉をようやく呑み込むと、彼女はまたワインを流し込んだ。その後も、黙々と食事が続いた。

「フィリップ、と呼ばせていただきます」しばらくしてから、フランシスが口をひらいた。

「そう呼ばれたら、返事をするよ」と、ホークが応じた。「フィリップと呼ばれることが、久しくなかったものでね。きみのことは、フランシスと呼べばいいのかな？」

〝鬼ばば〟よりましだ、そう言いたいんでしょ。

「フランシスでけっこうです」

ふたたび、沈黙。

フランシスが唇に残ったクルーティのこってりした砂糖を舐《な》めていると、ふいにホークが口をひらいた。「きみを父に紹介したら、何着かドレスを買いにいこう」

フランシスは板のように背筋を伸ばした。思わず反論したくなり、あざけりの言葉を三種類は考えたものの、必死で呑み込んだ。そりゃそうよね、こんな野暮ったいネズミと一緒にいるところを、だれかに見られたら恥ずかしいものね。そう考え、なにも言わないことにした。

ホークはつい、これまで疑問に思っていたことを口にした。「それにしても、クレアとヴァイオラはきれいに着飾っていたのに、どうしてきみは――」

「なんだか、疲れちゃった」そう言うと、フランシスは皿を押しやった。駄目よ、と彼女は考えなおした。いつまでも逃げまわっているわけにはいかない。フランシスはいかめしい顔をして、必死で頭を回転させた。そして、ついに冷たい声で言った。「きれいなドレスには、まったく興味が湧かないんです。高価な服を着るのは罪深いことですから。わたしの……宗教の信条に反するもので」

嘘だろ。ホークは呆気にとられて彼女の顔を見た。まさか、そんな堅物を娶ってしまったとは。ホークは胸が悪くなった。それが、さきほどの料理のせいなのか、結婚した女の驚《きょう》愕《がく》の正体を知ったせいなのか、わからなかった。

いい気味だわ、この無礼者！　フランシスはおもむろに立ちあがった。「もう部屋に戻ります。あすは早朝の出発をお望みでいらっしゃいますよね、閣下？」

フランシスを見るといっそう具合が悪くなりそうだったが、ホークは彼女のほうを見た。そして、彼女の身体から顔へと少しずつ視線を上げていきながら考えた。おや、顔はともかく、身体のほうはまあまあだ。ほっそりしているし――腰のくびれはぼくの両手におさまりそうだ。それに胸は大きくせりだし、かたちもいい。

フランシスは愚かでも無知でもなかった。あの視線、見覚えがある。イアンもあんな目でわたしを見ていたっけ。彼女は息を呑み、あとずさりをした。「おやすみなさい、閣下！」

顔を見ていたホークは、そこに浮かんだ恐怖心とパニックをはっきりと見てとった。

「フランシス」と、やさしい声で言った。「ぼくたちは夫婦だ。まだ、お互いのことをよく知らないこともわかっている。でも、結婚を完了するには――」

　穏やかながらも断固としたその口調に、フランシスは思わずわれを忘れた。「どうして？　どうしてわたしが、あなたのためにそんなことまで……言いたいことはわかるでしょ」

「言っただろう？　ぼくたちは夫婦なんだ」

「いや！　それだけはいや！　わたし――」

「フランシス、落ち着いて。結婚を完了させなければならないが、それは今夜というわけじゃない。きみもぼくも疲れているからね」安堵のあまり、フランシスの肩から急に力が抜けたのがわかり、ホークは内心、苦笑した。こちらが望んでいるにもかかわらず、誘いを断る女性がこの世にいようとは。

　フランシスはなにも言わずに背を向け、全速力で自分の部屋へと駆けだした。そのまま走りつづけ、宿の三階にある小さな寝室にたどり着いた。

五分後にはやわらかいベッドのなかで身を縮めていた。ドアは内側からしっかりと鍵をかけてある。

　ホークはブランデーのはいったグラスをもてあそんでいた。フランシスときたら、ずいぶんびくびくしているな。まあ、新妻にはありがちなことなのだろう。せいぜい、やさしくしてやるさ。そして、さっさと終わらせよう。床入りさえすませれば、それでいい。それ以上、彼女に恥ずかしい思いをさせる必要はない。ホークはこれまで、大勢の既婚の紳士たちからさんざん話を聞かされてきた。だれもが口を揃えてこう言った。妻というものは、真の淑女である妻は、穏やかに抱かれるものであり、快楽のあまりわれを忘れるものではない、と。慎み深く扱われ、妊娠したあとは放っておかれる、それが妻だ。ホークは、フランシスが心の準備をととのえられるよう、あと一日、猶予を与えることにした。もう二度と、話題にだし、彼女にばつの悪い思いをさせてはならない。ただ、初夜をすませてしまえば、それでいい。彼はブランデーの残りを呑みほした。それでも、明かりの灯る部屋でフランシスと愛しあうところだけは想像できなかった。彼女が例のすがめた目でこちらを見あげると思うだけでぞっとする。

そう思いながらも、ホークは考えずにはいられなかった。裸になると、彼女はどんなようすだろう。首から下のようすは。

リヴェン伯爵に抱き寄せられたソフィアは、夫が腹の奥でくっくっと笑っているのを感じとった。

「どうかなさって？」と、ソフィアは尋ね、夫の胸毛を引っ張った。

「フランシスが、いつごろ、ほんとうの自分の姿を見せるだろうかと思ってね。そのときのホークの顔は見ものだろうな。かわいそうな男だ」

「フランシスは、それほど鈍感でも気丈でもありません」

リヴェン伯爵が黙り込んだ。もう笑ってはいない。ソフィアは夫の虚勢を崩すこつを心得ている。「いや」と、リヴェン伯爵がやっと口をひらいた。「あの娘は大丈夫だろう」

「でも、ほんとうは、心配になってきたんでしょう？　なにもかも、あなたの思惑《おもわく》どおりに運んだものね——ええ、わかってます、あなたが侯爵さまに一筆したため、息子さんがフランシスを選んでくださることを願っております、と書いたことを。でも、あの青年はフランシスのことが好きではない。まるで関心がない。おまけにフランシスが、そうなるようにわざと仕向けたんですもの。フランシスがひどい仕打ちを受ける可能性もあるのよ」

「いいや！　ソフィア、そんなことはない。あの若者は紳士だ」

「フランシスは」と、ソフィアがそっけなく答えた。「あなたをしょっちゅう怒らせていたわよね。で、あなたも紳士だわ」

「わたしはあの娘の父親だ。話が違う」

ソフィアには、夫の考えていることが、実際に聞こえるような気がした。自分の思惑どおりにことが運ばないのではと心配し、悪い可能性をいちいち否定している。ソフィアは夫を抱きしめた。「もう寝ましょう、あなた」

「ホークがほんとうにあの娘を傷つけると、本気で思ってはいないだろう、ソフィ？」

「もちろん」と、誠実に答えた。「思っていないわ。フランシスがあの演技を続けている限り、大丈夫でしょう。臆病なネズミを叩きのめそうとする人はいないわ」

「今夜は、あのふたりの初夜だ」

「ふうむ」と、リヴェン伯爵が言った。「今夜は、あのふたりの初夜だ」

「フランシスなら」と、ソフィアが淡々と言った。「どうにかして夫に思わせるでしょうね。この花嫁とはぜったいに愛しあいたくない、と」

「ホークはできるだけ早く世継ぎをつくりたいと言っていたぞ」

「今夜は、さすがの彼も行動を起こしはしないわ」

とはいえ、父親の身としては落ち着かず、リヴェン伯爵はなかなか寝つけなかった。

少なくとも、きょうは雨が降ってないわ。馬車の窓から田園風景を眺めながら、フランシスは考えた。この息が詰まりそうな馬車旅から解放され、馬に乗れるなら、なんでも差しだすのに。フランシスは早くも頭が痛くなっていた。

彼の無神経さときたら！　わたしの希望を尋ねてくれてもよさそうなものだ。でも、もちろん、尋ねてはくれなかった。自分の豊富な女性経験――彼の経験が豊富であることだけは間違いない――から、淑女はつねに天候から守られているべきだと考えているのだろう。たとえその天候が、気持ちのいい晴天であっても。

ホークが朝食の席でこう言ったのだ。「きょうは、暗くなるまで旅を続けるつもりだ。グランニョンの話によると、なにごともなければ、きょうじゅうにピーブルスまで行ける公算だ」それって、この馬車に何時間、閉じ込められることを意味するの？　頭痛が本格的になってきた。

疲れきった馬たちがとぼとぼとピーブルスに到着したときには、あたりはすでに暗くなっていた。馬車は〈空飛ぶアヒル亭〉という宿のまえでとまった。

フランシスはひどく気分が悪く、いまにも吐きそうだった。が、そんな不名誉から彼女を救ったのは、宿の中庭から聞こえてきた夫のぶっきらぼうな声だった。

めまいがし、ふらふらしたが、馬車から降りるのをグランニョンが手伝ってくれた。

「大丈夫ですか？」フランシスの蒼白な顔を見て、グランニョンが尋ねた。

夫はというと、いまいましいほど元気なようすで、こちらに闊歩してくると、熱意あふれる声で、ちゃんとした夕食をだすよう言っておいた、と告げた。

「じつは――」そう言いかけたグランニョンを、フランシスが制した。

「わたしは自分の部屋でいただきます」

「気分が悪いのかい？」

「ええ。頭が痛くて」

ホークが口を結んだ。結婚二日めの夜を迎えた妻の言い訳としては、お粗末すぎる。まあ、そんな嘘をついても、役には立たないが。

「わかった」そう言うと、ホークはさっさと宿にはいった。

しばらくすると、フランシスが階段を上がっていくのが見えた。あとから、メイドがぺちゃくちゃ喋りながらついていく。

「奥さまには、つらい道中だったようで。もう少しやさしくなさってはいかがです、閣下？」グランニョンが言った。

「どうしろっていうんだ？　一時間ごとに馬車をとめ、道端のデイジーの香りを嗅がせてやれとでも？」

「デイジーなんぞ咲いてやしません」

「やれやれ、グランニョン、いちいち揚げ足をとるなよ。父上の容態が思わしくないことを、ずいぶん簡単に忘れるんだな」

それでも従者が抗議を続けたそうだったので、ホークは手を上げた。「そこまでだ。これから食事をとる。そのあとは、新婦のところに行く。妻の寝室は夫の寝室でもあることが、彼女にはまだわかっていないようだが」

グランニョンにまじまじと見つめられ、ひどく不適切な発言をしたことに気づいた。ホークは小声で悪態をつき、居間に歩いていった。

フランシスは料理が載ったトレーを見ると、あわててナプキンをかけた。割れるように頭が痛い。それはこれまでに経験したことのない頭痛だった。それに、十時間も馬車のなかに閉じ込められたのも初めてだった。

薬を飲むのは好きではなかったが、アヘンチンキで眠れるという誘惑には勝てなかった。旅行かばんを引っかきまわし、アヘンチンキの小瓶を見つけた。なまぬるくなった紅茶に数滴垂らし、飲みほした。

あわてて服を脱ぎ、パジャマに着替えると、ふらつく足でベッドに向かった。ベッドの真ん中にもぐり込んだとき、初めて、ベッドも部屋も、昨晩のものよりずっと広いことに気がついた。だが気分が悪く、それ以上なにも考えることができず、やわらかい枕に頭を落した。


ホークは行儀よく食事を終えた。気がつくと、上の階にいる女性のことばかり考えていた。今夜は、やりとげなくては。受胎させるには、何度ことに励めばいいのか、見当もつかなかった。だが、まさか初回で子どもを授かるほど運がいいとは思えない。やはり今夜から開始して、その後も続けていかなければ。

ホークはブランデーをさらに三杯呑んだ。ついに寝室へと階段を上がりはじめたときには、十時近くになっていた。気分は上々だったが、夫としての義務をはたせないほどには酔っていない。さあ、義務をはたすぞ。

寝室の外で少し立ちどまると、ドアの下から明かりが漏れていることに気づいた。なるほど、新婦は起きたまま、新郎の到着をいまかいまかとお待ちかねというわけか。ドアノブをまわしたところで、ふたたび動きをとめた。あれはなんの音だ？　彼は顔をしかめ、意を決してドアノブをまわし、ドアを押しあけた。

室内に足を踏みいれたものの、ぎょっとし、とっさに立ちどまった。

フランシスが床に膝をつき、寝室用便器に嘔吐《おうと》している。白いネグリジェが彼女のまわりに広がり、肩に垂れる太い三つ編みが寝室用便器に触れそうだ。自分が極悪非道な人間のように感じた。頭痛なんぞ、どうせ仮病だと思い込んでいたのだから。

「どうした、具合でも悪いのかい？」

ホークはフランシスに近づいていった。

7

驚いたのなんのって。

——リチャード・シェリダン

ホークの声が聞こえたものの、あまりにも気持ちが悪く、動くことはおろか、返事をすることさえできなかった。

「フランシス」と、ホークがかがみ込んだ。「大丈夫?」

肩に手が置かれ、三つ編みが背中のほうに戻されるのがわかった。

「大丈夫」歯を食いしばって答えたものの、身体がすぐに前言をひるがえした。身を震わせ嘔吐しようとしたが、もう胃にはなにも残っていない。

「すぐに戻る」と、本気で心配になったホークが声をかけた。「グランニョンを呼んでくるよ」

ところがグランニョンはすでに戸口のところに立ち、心配そうにこちらを見ていた。気が動転したのだろう、つるりとした頭からナイトキャップがずり落ちている。

「閣下――」

「具合が悪いらしい。ようすを見てやってくれ」

「わたしのことは放っておいて」フランシスは言い、寝室用便器からやっとのことで顔を上げ、膝をついた。夫のほうをぼんやりと見たが、痙攣《けいれん》を起こし、うめき声をあげると、胃のあたりを両手で抱きかかえた。

グランニョンが、かたわらに膝をついた。「奥さま、なにか飲まれましたか？　頭痛をやわらげようと？」

フランシスはようやっとうなずいた。

「なにを飲まれました？」

「アヘンチンキ、だと思ったの。でも、そうじゃなかったみたい。もう大丈夫……いいえ、このまま死んでしまいたい」そう言うと、すぐそばに立っている夫のほうをちらりと見た。ホークは心配そうに目を細め、こちらを見ている。「お願い、放っておいて」

「放っておけるか」それだけ言うと、ホークが身をかがめた。そして彼女を立たせたかと思うと、そのまま両腕で抱きあげた。「グランニョン、水と清潔な布をもってきてくれ。大量の汗で湯でも沸かせそうだ」

フランシスはあまりにも胸が悪く、その失礼な物言いに、ひと言しか抗議できなかった。

また痙攣に襲われ、彼に抱かれたまま身をよじった。

「しーっ」と、ホークがなだめた。「すぐによくなるよ、フランシス」ホークは彼女をベッドに寝かせ、震えのおさまらない身体に毛布をかけた。グランニョンに濡れ布巾を渡され、彼女の顔をぬぐう。土気色の顔と青白い顔に同時になれるのなら、いまの彼女がまさにそうだ。目をぎゅっと閉じ、唇をきつく結んでいる。

「閣下」ベッドの反対側からグランニョンが言った。「水薬がはいっていたと思われる瓶が見つかりました。しかし、なにがはいっていたかはわかりません」

フランシスは、目のまえに赤の他人がいることに耐えられなかった。夫とはいえ、ろくに知りもしない男性が、まるで珍奇なものでも見るようにこちらをじっと見おろしているなんて。フランシスは思いきって目をあけた。彼はグランニョンから小瓶を受けとり、くんくんと匂いを嗅いでいる。フランシスはそっぽを向いた。「それ、疝痛《せんつう》のお薬だと思う」

「疝痛？」ホークが呆気にとられて訊いた。「なんでそんなものを荷物にいれたんだ？」

「馬用なの。薬草をとくべつに調合してあるのよ。薬の調合法を忘れたくなかったから、もってきたの」

馬用の薬を飲んだのか？　ホークは思わず身を固くした。なんだってまたそんな真似を？

「すぐに身体の外にださないと。さあ、こっちに――」

「もう、身体のなかには残ってないわ」また痙攣に見舞われ、彼女は歯を食いしばった。

「紅茶がいいでしょう、閣下」ベッドの横を行ったり来たりしながら、グランニョンが言った。「濃い、熱い紅茶が」フランシスがうめいた。

「すぐもってきてくれ」ホークは言った。グランニョンがドアのほうに走りだすと、頭からナイトキャップが完全にすべり落ちた。

ホークは濡れ布巾でフランシスの顔を拭きつづけた。そして、彼女にというより自分に語りかけた。「ということは、ほんとうに頭痛で具合が悪かったというわけか」

彼にたいする怒りが吐き気と戦い、こんどばかりは怒りが勝利をおさめた。「仮病だと思ってたの？　わたしのこと、嘘つきだと思ってたの？」

「ああ」と、ホークは率直に認めた。「だが正確にいえば、嘘つきだと思ってたわけじゃない。ただ、ベッドにぼくを近づけさせないためなら手段を選ばないだろうとは思っていた」

「その点は、あたってる」フランシスは応じた。吐き気が薄れ、ようやく身体から力を抜いた。深く息を吐いたが、顔はそむけたままだった。眼鏡をかけていなかったのだ。やっぱり眼鏡は最後の仕上げに欠かせないわ、と皮肉っぽく考えた。眼鏡をかけていたら、これに輪をかけてひどいありさまに見えただろう。彼は寝室用便器に覆いかぶさっているわたしを放ったまま、声もかけずに部屋から退散していたはず。

フランシスに快復のきざしが見えてきたことに、ホークは気づいた。そして、戦場では傷病兵にほかのことを考えさせ、気を散らせると効果があったことを思いだした。相手がだれであろうと、同じ効果があるはずだ。「でも、なんだってまた？」少し間を置き、彼は尋ねた。フランシスの気をそらせたかったからだが、それほど初夜を迎えるのをいやがる理由を本気で知りたかった。

自分が傲慢だってことも、うぬぼれてるってことも、まるで自覚してないのね。フランシスは呆れた。

「ぼくたちは結婚したんだよ、フランシス。夫婦は一緒のベッドで眠らなくちゃ……そして互いをよく知らないと」

わけがわからないといった彼の口調に、フランシスは笑いたくなった。「わたし、あなたの裸なら見たことあるわ」

「なんだって？」ホークは思わず彼女の額に手を置いた。高熱のあまり、ついに幻覚が見えはじめたか。

「あなたがキルブラッケンにいらした日、湖で水浴びをなさったでしょ。わたし、あそこにいたの。最初はあなたがだれなのか、わからなかったけれど」

「あのときか」ホークはにっこりと笑った。あの肌に刺さるような水の冷たさはよく覚えている。「ということは、もうじかに観察したんだから、ぼくが健康そのものだってことはわかっているはずだ」

「ええ」フランシスはため息をついた。「健康そのものだった。過剰なところもないし。でも、体毛だけはべつ。ずいぶん毛深かった。真っ黒だったわ」

ホークは困惑し、じっとフランシスを見おろした。とにかく、彼女の気をそらせなくては。そこで調子よく続けた。「まあ、おかげで、夫になる男の大切な部分を見てもらう機会は提供できたわけだ。ぼくもそんな機会に恵まれたかったなあ。この目で拝《おが》ませてもらいたかったよ」

フランシスが顔をしかめた。

「閣下、紅茶を用意いたしました」

「ありがとう、グランニョン。彼女が全部飲みほすまで、ちゃんと見ているよ。なにか用ができたら呼ぶから」

グランニョンは、新たな女主人のほうをちらりと見た。大きなベッドの真ん中で、哀れなようすで身を縮めている。かわいそうなおちびちゃん。そう思い、グランニョンは首を振った。そして、もういちど観察した。こんどは、しっかりと。眼鏡をかけていない彼女は全然、不器量ではなかった。髪は汗でぐっしょり濡れているが、きれいな色だし、だらりと垂れている三つ編みは彼の手首ほどの太さがある。どうして閣下には彼女の美しさがわからないのだろう？　グランニョンは一歩下がり、主人がやさしく妻の身を起こし、紫色の唇にカップを近づけるのを眺めた。

「それほど熱くはない」抵抗しようとするフランシスに、ホークが声をかけた。「さあ、飲んで」

力がでず、ホークと口論する元気はなかった。フランシスはカップの紅茶を飲みほした。ホークはそっと彼女を仰向けに寝かせると、背を向け、おかわりをついだ。

「お願い、お願いだから、もうでていって」フランシスが言った。醜態をさらしてしまった。なんという屈辱。

「そうはいかない。ここはきみの寝室であると同時に、ぼくの寝室でもあるんだから。さあ、もう少し紅茶を飲んで」

「無理よ、これ以上飲めない」

いくら拒んでも、ホークには通じなかった。いやいやながら、彼女は苦く熱い紅茶をさらに二杯、飲んだ。「よくやった」と、ホークが声をかけた。

大量の水分をとる必要があったんでしょうけど、そうすると、どうしたって用を足したくなる、とフランシスは考えた。いま飲んだ紅茶を全部、戻してしまいたい。でも、そうはしなかった。紅茶が体内を駆けめぐり、悪いものを洗い流していたのだ。

「サー」と、彼女は口をひらいた。「しばらく、ひとりにしていただけませんか」

「サーだって？　どうしてだい？　あのねえ、フランシス、具合が悪いきみを放っておくほど、ぼくは冷血漢じゃない」

「わたし、おまるを使いたいの」フランシスは、はにかみを捨て、率直に言った。

「また？　そうか、わかった。さっき、グランニョンがきれいにしていってくれたよ。おいで、支えてあげよう」

「サー……フィリップ……ホーク、お願い。いますぐ、でていって」

「フランシス、しつこいぞ」ホークがいらだってきた。「きみが吐くところを見て神経がずたずたになるほど、こっちはやわな男じゃない。もういい加減にしてくれ」

「だから、おまるを使いたいのは、わたしの口じゃないんだってば！」

　ホークはこらえきれず、ぷっと吹きだした。「ひとりで、できる？」

「でてって！」

「五分だけだぞ。きみが汚物にまみれて床で失神しているところを見たくないからね」そう言うと、ホークは颯爽と部屋をでて、ドアを閉めた。

「閣下、なんだって奥さまをひとりになさったんで？」

「グランニョン、まだ起きてたのか。おまえの言うとおりだ。ぼくは見さげはてた男になっていた。ああ、彼女を置いてでてきたよ。おまるを使うそうだ」

「だったら、なおのこと……」グランニョンがドアのほうに向かった。「介抱しないと、閣下――」

　ホークが笑った。「紅茶を三杯飲んだから、用を足したいそうだ」

「なるほど」そう言うと、頬を赤らめたグランニョンが眉毛まで真っ赤にしたので、ホークは意外に思った。

ホークは急に真剣な表情を浮かべた。「医者を呼ぶほうがいいかな？」

グランニョンが首を横に振った。「紅茶を飲みほし、そのまま戻さずにいられるのなら、お元気になるはずです」

「飲みほし、そのまま下へ」と、ホークが茶化した。

「閣下！」

「失礼」ホークが髪をかきあげた。「まったく、人生でいちばん奇妙な二日間だったよ。てっきり、頭痛は仮病で、彼女は避けようとしているだけだと思っていた。その――」

「ええ、閣下」と、グランニョンがあわてて言った。「わかります」

「そろそろ、五分たっただろう。おやすみ、グランニョン。ぼくもやすむ」そう言うと、ホークはにやりと笑った。「まあ、なにごとにも最初はある。女と一緒に眠るのに、愛しあわないのは初めてだ」

「閣下！」

ホークは従者に眉を上げてみせると、身をひるがえし、寝室に戻っていった。じつのところ、ここまで体調を崩した女性と一緒に眠るのは初めてだった。ベッド脇の小さなテーブルにろうそくが一本、灯っている。フランシスは彼に背を向け、横向きに寝ると、毛布を鼻先まで引っ張った。

「気分はどう?」

「大丈夫」と、フランシスは身を守るあたたかい繭（まゆ）から顔も上げずに答えた。ホークは、できることならこの部屋からでていきたかったが、でていけないこともわかっていた。「フランシス、今夜はきみと一緒にいる。また気分が悪くなったとき、ひとりだと心細いだろう?」

「もうおさまったから、ご心配なく」

「ふうん。そんなに頭がしっかりしてるのに、なんだって馬の疝痛薬なんか飲んだんだ?」

「しつこい」と、彼女がはっきり言った。

ホークは面食らった。そうか、彼女は頭が鈍いわけでも、内気なわけでもないのか。からかいがすぎると、嚙みつかれる。

「おやすみ。今夜はきみを襲ったりしないから」

今夜のところは。

ホークは背を向け、服を脱いだ。身にしみついた習慣から脱いだ服をきれいにたたみ、椅子の背にかけた。ベッドに戻ると、フランシスがベッドの向こう端ぎりぎりのところにしがみつくようにしていた。いまにも勢いよく床に落ちそうだ。ま、当然の仕打ちというものさ。フランシスにたいする同情をすっかり失ったホークは、冷ややかに考えた。まったく、生意気な口をきく女だ。ぼくが毛深いのがいやなのか? そんなに毛深い男が嫌いなら、軍隊時代の上官、ディッキー・ホッブズ軍曹に会わせてやりたいものだ。あの男ときたら、背中じゅうびっしりと毛に覆われていたからな！　だから、仲間内でよく冗談を言いあった。ディッキーの肌に女が手を這わせたら、足の裏以外はどこに触れても毛むくじゃら、と。

彼がベッドにはいると、マットレスがたわむのがわかった。フランシスは思わずびくりとしたが、ホークはベッドの反対側でじっと横になっている。しばらくして、彼が約束を守ることを確信すると、フランシスはようやく身体の緊張を解いた。妙な感じだわ。男の人と一緒のベッドで横になるなんて。緊張のあまり、それからしばらくしてからようやく、自分の腹痛がおさまり、夫も寝息をたてていることに気づいた。

ホークが寝返りを打ち、腹ばいになった。そして、いびきをかきはじめた。フランシスは歯を食いしばり、両の耳に枕を押しあてた。

起きると、だれもいなかった。体調を確かめたが、とくに具合が悪いところはなかった。もう差込みはないし、吐き気もない。だが、がたがたと揺れる馬車に、また日がな一日乗っていなければならないと思うと、気力が萎《な》えた。でも、とりあえず夫は礼儀正しさを発揮して、服を着ると、わたしをひとりにしてでていってくれたんだわ。彼女は炉棚の上の小さな置時計に目をやった。まだ朝の六時。

フランシスは身を起こし、ため息をついた。ホークは、いますぐにでも出発したいはず。わたし、わがままを言っちゃいけないのよね。彼、重病のお父さまのところに一刻も早く駆けつけたいのだから。

　ホークが昨晩、彼女の顔をぬぐうときに使った水盤があったので、フランシスはあわてて身体を拭いた。そして着替えをすませると、髪を引っ詰め、野暮ったいおだんごにまとめ、所定の位置に眼鏡をかけた。所要時間十分。そして宿の階段を下りかけたとき、夫の声に足をとめた。

「彼女にとっととベッドからでてこいと言うのは、あまりに酷というものだ」と、ホークの声が聞こえた。「いまいましい、一日、無駄にするとは！」

「これぱかりは、どうしようもありません、閣下」と、グランニョンの声。

「ああ、仕方あるまい」

　少しは心配してくれているのね、とフランシスは唇を結んだ。思いやりのかけらぐらいは感じられる。フランシスは姿勢を正し、階段を下りた。「少し朝食をいただいてから、出発します、閣下」と、彼女は口をひらいた。

「フランシス！　寝てなきゃ駄目だろう」

「わたし……いえ、わたしたち……旅を続けるべきですわ、閣下」

「フィリップだ」と、ホークが訂正した。

「ええ、そうね、フィリップ」

「もう、すっかりいいのか？」

ホークがしげしげとこちらを見たので、彼女はあわてた。そうだった、彼のほうを見るときは、かならず目をすがめないと。

「もちろん」

ふたりは黙って朝食をとった。三十分後、フランシスは、あけはなたれた馬車のドアの横に立っていた。

エボニーにまたがったホークは、フランシスの血の気の引いた顔に目をやった。緊張で張りつめたような顔をしている。声をかけようとしたが、彼女は身をこわばらせ、馬車に乗り込んだ。なかなかやるじゃないか、とホークは考えた。すぐに音《ね》をあげる弱々しい娘ではない。根性がある。

とはいえ、さすがのホークも、その日はグランニョンに、二時間にいちど、休憩をとらせた。

ホークの思いやりに気づいたものの、フランシスは礼のひとつも言わなかった。

ジェドバラで馬車をとめ、宿をとることになった。今夜の彼女は、頭も痛くなければ、気持ちも悪くなかった。

弱ったわ。彼女は考えあぐねた。今夜、いったいなにを言い訳に、彼を遠ざければいいのだろう。また馬の疝痛薬を飲む？　そう考え、悲しげに苦笑した。

夕食のあいだはずっと、いかにもネズミらしく黙っていた。

ホークがついに口をひらいた。「もう、ハギスにはうんざりだ」

フランシスは、これ見よがしに、とくべつに大きな肉の切り身にフォークを突き刺した。下を向いている彼女の頭を見ながら、ホークが言った。「もう、体調は万全かい？」

その言葉に、フランシスがきっと顔を上げ、警戒心と嫌悪感もあらわに、不審そうな視線を投げかけた。ホークは思わず語気を荒らげた。こんなに感じよく接してやっているのに、まだ文句があるのか。「勘弁してくれ、フランシス。きみをベッドに連れ込みたくて訊いたわけじゃない！」

「わかってます」そう言うと、ハギスをまじまじと見つめた。「気分はだいぶよくなりました。昼間、たびたび休憩をとってくださって、ありがとう。閉めきった馬車に乗って移動するのに慣れていないもので」

「ふだんはどうしてるの？」

「もちろん、自分で馬に乗っています。さもなければ、歩く」

「きみのための馬はない。とはいえ、ヨークまで歩くのも無理だ」

「わかっています」いらだちをつのらせ、ホークは彼女をにらみつけた。もう少し、礼儀正しく会話したらどうだ？　そう考え、ホークは自分を嘲笑したくなった。姉や妹ではなく、彼女を選んだ理由を思いだしたからだ。彼女はぺちゃくちゃ喋らない。ネズミのように無口で、地味な女。ぼくをわずらわせることも、かまってくれと甘えることも、だいじにしてとせがむこともない。

ホークは話題を変えた。「男を見たのは、ぼくが初めてかい?」

その言葉の意味するところはわかったが、フランシスは悠然と応じた。「閣下はキルブラッケンのこと、さいはての地だと思われてるんでしょうけど、男性と女性が居合わせることだってあります」

「フィリップだ」と、ホークが訂正した。

フランシスはなにも言わず、ワインがはいったゴブレットをもてあそんだ。

「裸体を、という意味だが」

「もちろん、初めてじゃありません」

その言葉に、ホークは思わず口走った。「裸の男を何人も見たことがあるのか?」

「まさか、男の子ふたりだけです。それに、弟のアレックス。みんな毛は生えていませんでした」

一瞬、からかわれているのかと思った。いや、そんなはずはない。おどおどした奥手の娘だ、相手をあざけるほど頭がまわるはずがない。おまけに、二目《ふため》と見られた顔じゃない。いや、そうでもないか。見ようによってはちょっと……。

「フランシス、きみ、じきにぼくに慣れなきゃいけないんだよ」

「よく承知しています」

「ぼくだってきみに慣れないといけない」

　想像するだけで吐き気をもよおすんでしょ、と彼女は考えた。ああ、この気取った顔に一発、平手打ちをお見舞いできれば、どんなにせいせいするかしら。

「ご無理なさいませんよう」と、フランシスはそっけなく言った。

　ホークも同様にそっけなく、淡々と言った。「とにかく、今夜は心配いらない。きみの寝室を用意した」

「すばらしい」フランシスはゆがめた顔を上げた。彼が思わず身じろぎをしたので、すばやく顔を下げ、勝ち誇った笑みを見せないようにした。

　二日後の夜、じきに十時というころ、ようやく一行はヨークに到着した。〈デズボロー・ホール〉まで、まだ十五マイルの道のりが残っている。このまま前進したかったが、無理なことはわかっていた。

　フランシスは退屈のあまり、大声で叫びたいほどだった。それに、お腹もぺこぺこだった。三十分後、茹でた牛肉と味のないジャガイモを見ながら、彼女は考えていた。これがイングランド料理なのね。

　ホークは気持ちを固めていた。この二日間、フランシスを放っておいた。今夜こそ、結婚を完了させなければ。〈デズボロー・ホール〉の使用人たちがシーツに処女の証《あかし》を見る事態だけは、なんとしても避けなくては。もう結婚して五日めだ。さすがに、もういいだろう。

フランシスの緊張をほぐしてやるとするか。そう考え、ホークは口をひらいた。「あすは昼まえに、領地のデズボローにある屋敷〈デズボロー・ホール〉に着く」

「ふむ」フランシスは顔を上げようともしなかった。

「もとは兄のネヴィルの領地でね。十五カ月まえに亡くなるまでは、ネヴィルがロザミア伯爵だった」

「お気の毒に」と、フランシスが言った。

「妙な事故でね」と、彼女に向かってというより、自分の気持ちをなだめるように、ホークは説明を続けた。「サウサンプトン沖でヨットが事故にあった。兄は溺死した。その後、ぼくはイングランドに戻ったが、〈デズボロー・ホール〉に行くのは、これでまだ三度めだ」

「なぜ？」

口数の少ない女だ。ブランデーグラスをもてあそんでから、彼は肩をすくめた。「さあ、なぜだろう。〈デズボロー・ホール〉がぼくのものだという気がしないからかな。領地も屋敷も、ぼくのものになるはずではなかったからね。自分が父の後継者であり、ロザミア伯爵であるという事実に、まだ慣れないんだよ。だが、美しいところだ」

よかった、とフランシスは安堵の思いにとらわれた。一筋の光明が見えたわ。そこに、わたしは放っておかれるのね。不幸中の幸い。

「ロンドンの紳士連中からロザミア伯爵と呼ばれても、返事ができないんだよ。不法侵入者のような気がしてね。以前、きみにも話しただろうが、たいていホークと呼ばれているからさ」そう言うと、ホークがにっこりと笑った。歯並びのいい、真っ白な歯をしていることを、フランシスは不承不承、認めた。「軍隊時代の大勢の友人のおかげさ。連中が呼びはじめてくれたんだよ。ホークというあだ名でね」

ずいぶん人間味のあることを言うのね。そう思うとフランシスは居心地が悪くなった。落ち着かない。傲慢で、思いあがった態度をとっていてくれれば、それなりの態度で応戦できるのに。

彼女が相槌を打つような声をだし、話を聞いているという印象を与えると、ホークは先を続けた。「軍隊こそが自分の居場所だと、これまでずっと考えてきた。紳士らしく優雅に時間をすごすのは、向いていない」

あら、でも、実際には向いていたんでしょう？　すっかり板についてるわよ。

そう考えながら、彼女は黙ってうなずいた。皮肉な言葉が口から飛びださないよう、舌を嚙む。

「きっと〈デズボロー・ホール〉が気にいるよ」長い指でクルミを割ると、ホークが言った。「手入れのゆきとどいた屋敷だから」

わたしのこと、そこまで馬鹿だと思ってるの？　あなたの企みはよくわかってるのよ、そう言ってやりたかった。

「滞在は一日だけだ。そのあとは、サフォークにある父の屋敷、〈シャンドス・チェイス〉に向かう。すまないね、フランシス、ゆっくりと休ませてあげられなくて——」

「よく承知しています、閣下。一刻も早くお父さまのもとに駆けつけたいんでしょう?」

「フィリップだ」

「ええ。お望みでしたら、そのままお父さまのところへ向かってもかまいません」

「いいや。〈デズボロー・ホール〉に泊まらなくては。馬の息があがってしまうからね。きみだって、閉めきった馬車から解放される時間が少しあれば、うれしいだろう?」

ほんの少ししかないけれど、とフランシスは思った。

ホークが口をつぐみ、黙り込んだ。これで彼の打ち明け話も終わったようね。そう考えたフランシスは、ていねいにナプキンをたたみ、皿の横に置いた。

「おやすみなさい、閣下」

「フィリップだ」

「ええ。きょうは疲れました。またあした」

フランシスが立ちあがった。ホークは思わず、その身体に目をやった。それほど悪くない。とにかく、この場ではなにも言わないことにした。彼女の部屋にはいっていき、面倒なことはとっとと終わらせてしまおう。

「おやすみ」そう言うと、フランシスが個室からでていくのを眺めた。寝室に戻ったフランシスは、浴槽に湯が用意されているのを見てうれしくなった。イングランドにも、ひとつくらいは長所がある。それに、マーガレットというメイドも待っていた。フランシスは湯に身体を沈め、至福の吐息をついた。

マーガレットが髪を洗ってくれた。なんだか天国にいるみたい。十二歳のときに病気になって、アデレイドが洗髪を手伝ってくれたことがあったけれど、あれ以来、だれかに髪を洗ってもらったことなんてなかったもの。

暖炉のまえでマーガレットに髪を梳《す》いてもらいながら、フランシスは〈デズボロー・ホール〉のことを考えはじめた。これから自分の家になるところ。そこでの暮らしを想像しようとしたが、だれひとり知り合いがいないことに気づき、思わず身を震わせた。

「冷えましたか、奥さま？」

「いいえ、マーガレット。髪はもう乾いた？」

「あと少しです。きれいな髪ですわ、奥さま」

「ありがとう」わたし、イングランドにいるんだわ。そう思うと、また震えが走った。異国の地。異国の夫。

声をあげて泣きたかったが、こらえた。「もう休むわ、マーガレット」

フランシスは自分で髪を編みはじめたが、マーガレットがあわてた声をだしたので、手をとめた。

「いけません、奥さま。あす、あたしが編みます」

「わかったわ」

十分後、フランシスはベッドの真ん中に横たわっていた。髪は枕の上に広がり、室内には漆黒の闇が広がるばかり。

部屋のすぐ外の廊下から足音が聞こえ、彼女は眉をひそめた。ドアノブが回転する。

心臓が早鐘を打った。フランシスはぱっと身を起こし、鼻の上まで毛布を引っ張りあげた。

夫が寝室にはいってくると、ドアを閉めた。

8

崇高なる魂は静かに耐える。

――フリードリヒ・フォン・シラー

「ここでなにしてるの？　なんの用？」

フランシスが、かすれた声で悲鳴をあげた。彼女の身体の輪郭が、廊下の薄明かりで見てとれた。ベッドから上半身を起こし、毛布を顎のあたりまで引っ張りあげている。ホークは寝室のドアを閉め、落ち着いた足取りで寝室にはいっていった。

「でていって、閣下！　マナー違反よ。あなたの寝室じゃないんですもの！」

フランシスの息づかいが聞こえてきた――はあはあと息をあえがせている。「フランシス」と、できるだけ安心させるような声をだした。「結婚を完了させなければ。すぐすむよ、約束する。きみはただ――」

「いや！　でていって！」

「じっと横になっていればいい。痛くはしないから」

その声には断固とした決意がにじみでていた。と、彼が服を脱ぐ音が聞こえてきた。彼女はこぶしを口にあてた。脱ぎすてられたブーツが床にあたる音が聞こえると、フランシスは叫ぶように言った。「無理よ、閣下、わたし——」

「フィリップだ」と、ホークが言った。「しーっ、フランシス。きみはぼくの妻だ。だから、従え。これは妻の務めだ」

務めであることはわかっていた。だが、その務めを先延ばしにしたいと思うほど、わたしのことを野暮ったいと思っていてくれればいいのに。フランシスは一縷《いちる》の望みにすがった。

「ほんとうは、気分が悪いの」と言ったものの、ホークの含み笑いにたじろいだ。

「また馬の疝痛薬を飲んだのかい?」

「いいえ。でも、飲んでおけばよかった!」

ふいに、ホークがベッドの端に腰を下ろし、フランシスはぱっと身をよじった。ホークが手を伸ばし、わずかに湿り気の残ったやわらかい髪に触れた。よかった、と安堵した。あの妙な帽子をベッドのなかでかぶられたら、どうしようかと思ったよ。

フランシスの息づかいがまた聞こえた。こんどは、恐怖心までにじんでいる。ろうそくを一本、灯しておけばよかった。そう後悔したものの、すぐに思いなおした。彼女の顔をまともに見たら、とても務めをはたす気になどなれないだろう。

「フランシス」と、穏やかな声でやさしく言った。「ぼくを信じてくれ。きみが……不安に思っているのはわかっている」遠回しな表現でわかりにくかったかな、と彼は考えた。「でも、それほど悪いものじゃない。請けあうよ。ぼくが心得ているから、きみは協力してくれさえすればいい。そのほうが、きみにとっても楽にことが運ぶはずだ。抵抗しないでくれ、フランシス」

フランシスはふと、子どものころ思い描いていた夢を思いだした。わたしを愛し、わたしに求婚し、わたしを尊敬し、わたしのすべてを望む男性のことを夢見ていた。でも、これはあんまりだ。ただ冷たい交渉のすえ、目的を達成するためだけに、わたしを抱くなんて。彼女は目を閉じた。もう、そんな夢物語が実現する見込みはなくなったのだ。

「わかった」と、フランシスはようやっと、囁くような声で応じた。

「じっと横たわっていてくれ」

「わかった」言われたとおり仰向けになり、闇のなかにいるにもかかわらず、かたく目を閉じた。ホークが毛布を引きさげた。指で頬に軽く触れられ、彼女は思わず身を引いた。

激しく抵抗されるほうが、よほど楽しいのに。そう考えながら、ホークは彼女のネグリジェの裾をつかみ、勢いよく腰までまくりあげた。

「動かないで」そう言うと、ホークは彼女のお腹のあたりに手を置いた。とてもやわらかい。指をさらに下にすべらせる。脚のあいだの巻き毛に触れ、しばし手をとめた。フランシスが息を呑む音が聞こえた。彼はすばやく手を下げ、彼女の脚をひらかせた。太腿はすらりと細く、肌はやわらかい。

「フランシス。これからふたりでなにをするか、わかってるね？」

ふたりで？　フランシスは彼の顔に唾を吐き、地獄に堕《お》ちろと言いたかった。ところが喉が詰まり、言葉がでてこない。

ホークはしばらく返事を待ってから、こう言った。「きみ、処女だよね？」決まってるだろ、この馬鹿！「フランシス、初めてだから、こわくて当然だとは思うが――」

「わかってます」と、彼女は囁いた。さっさと終わらせ、一刻も早くここからでていってほしい。

「よし」そう言ったあと、ホークは自分を責めた。もうちょっと、ましなことが言えないのか。

ホークは指で撫であげ、彼女自身に触れた。が、そこではたと気づいた。このまま先を急げば、ぼくがなかにはいった瞬間、彼女は痛みを感じるだろう。処女だからという理由だけではない。彼女にまったく準備ができていないからだ。身をばたつかせ、抵抗こそしないものの、彼女の身体は断固としてぼくを拒否している。いったいどうやって、妻が自分を受けいれられるようにすればいい？　まさか、愛人と同じように彼女を愛撫できるはずがない。そんなことをすれば、彼女は恥ずかしくてわけがわからなくなり、事態はいっそう混乱する。

彼はかぶりを振った。自分のほうにクリームを塗り、なかにいれやすくしておけばよかった。

仕方なく、彼女にそっと触れ、やさしく指でまさぐった。彼女のあそこはやわらかく、ひんやりしていた。フランシスがのけぞり、小さくおびえた声をだした。

無理だ。このまま、先に進むことなどできない。そう思い、ホークは手を引いた。「そのまま、動かないで、フランシス。すぐ戻る」

ホークはあわただしくズボンをはき、寝室をでていった。

フランシスはネグリジェの裾をあわててなおし、ふたたび仰向けになり、そのまま動かなかった。彼はどこに行ったのだろう？　なにをしているの？　窓があるはずのほうに、助けを求めるように目を向けた。あそこから飛び降りようか。馬鹿馬鹿しい！　彼女は大きく息を吸った。身体はこわばっていたものの、必死で頭を回転させた。

どうしようもない、耐えるしかないのよ。万策尽きた。だから、もう無駄な抵抗はやめなさい。じっとしていればすぐに終わる。そう言ってたじゃないの。

それにしても、どこへ行ったのかしら？　寝室のドアがひらき、また閉まった。

「フランシス？」

「はい？」と、フランシスはやっとのことでしわがれた声をだした。

「そのまま、待っててくれ」

わたしがどうすると思ったの？　部屋の隅で縮こまっているとでも思った？　窓から飛び

降りたとでも？　銃をかまえ、あなたを撃つとでも？　ふと、ベッドの下に隠れていた彼女を、ホークが引っ張りだす光景が目に浮かんだ。

ホークは男性自身にクリームを塗り、またベッドに近づいていった。そして、彼女がネグリジェの裾をもとに戻したことに気づいた。ベッドに戻ると、仕方なく、またネグリジェを腰のところまでまくりあげた。

「こわがらないで」そう言うと、両手で彼女の脚をひらいた。

彼自身は硬くなり、準備万端だった――われながら意外だった。この世でいちばん抱きたくない女性が相手だというのに。

フランシスは彼自身があそこに押しつけられるのを感じた。ホークは全裸だった。彼の股のあいだの毛が触れる。と、彼の大きな手に腰を抱えられ、上に引き寄せられた。

「じっとしていて」と、ホークが祈るように繰り返した。

ホークはこれまで、闇のなかで女性を抱いたことがなかった。難儀このうえない。あそこを指ですっとひらくと、彼女がびくりとするのがわかった。そのまま、少し身を沈めた。彼女のなかにそろそろとはいっていく。と、彼女が悲鳴をあげた。もう、痛みを感じたのだろうか？

「大丈夫だよ、フランシス」と、ホークが囁いた。「ゆっくり動くから」その言葉のとおり、ほんの少しずつ、進めていった。なんて狭いのだろう。でも、ぼくを迎えようと、じわじわと広がっている。ふいに、深く突きたいという衝動に襲われたが、なんとかこらえた。処女を相手にしていると思うと、頭に血がのぼる。いや、ただの処女じゃない、彼は自分をいましめた。彼女は貞節な淑女で、ぼくの妻だ。できるだけ、やさしく扱われるのが当然の女性だ。クリームがあってよかった、とホークは胸を撫でおろした。ぼくの思慮深さのおかげで、彼女はむやみに痛みを感じずにすんだのだから。それにしても、なんだってすぐに突きたい、彼女をぼくのもので満たしたいなどと思ったのだろう？　ホークは下唇を噛んだ。いまはただ、すべきことをしているだけだ。そして、このままずっと続けていたい。ゆっくりと、じわじわと。ふいな動きはご法度《はっと》だ。

フランシスは凍りつき、全身をこわばらせた。身体の左右で、シーツを強く握りしめる。鋭い痛みは感じなかったものの、自分のなかにとてつもなく大きなものが満ち、あそこが広がっているのがわかった。この身体に、いま、彼がはいっている。そう思ったとたん、激痛に襲われた。ホークのものが処女膜にぶつかったのだ。

「フランシス」彼女が痛がっていないかどうか確かめようと、ホークがもういちど囁いた。まさか、ベッドでも眼鏡をかけたりしてないだろうな。

「はい？」

フランシスは冷静といっていい口調で言った。その声には、もう身をまかせるしかないという諦念がにじみでている。

「これから少し……違和感を覚えるかもしれない。処女膜があって、そこを破ることになる。リラックスして。いいね？」

「いや」と、フランシスが断言した。「やめて、お願い。もう放して」

「駄目だ」そう言うと、フランシスに息をつく暇も与えず、小さな障壁を突き破った。

引き裂かれるような痛みに襲われ、フランシスが悲鳴をあげた。そして彼から逃れようと、激しく身をよじった。

ホークはフランシスに覆いかぶさり、身体の重さで彼女を押さえこんだ。「シーッ」ホークは自分の顔を、彼女の顔にぴたりと押しあてた。「約束する、このあとは、それほど悪くないから」

痛い。身体の芯《しん》が、ひりひりと痛い。そして痛みの原因は、ホークだった。自分の身体の奥深くにはいっている。わたしの身体がこれほどの侵入を受けいれることができるとは、夢にも思っていなかった。

泣きたくはなかった。が、痛いうえに、自分が汚され、利用されたような気がした。そして、ふつふつと怒りがこみあげてきた。と同時に、無力感にも襲われた。口にこぶしを押しあてても、嗚咽が漏れる。我慢できない。彼を手ではねのけようとしたが、むきだしの肩にあたっただけだった。フランシスは両腕を力なく脇に置き、しわくちゃになったシーツをぎゅっと握った。

ホークが上体を起こし、自分のなかで動くのがわかった。引いては、突く。痛みはあったが、さきほどよりはましだった。

「いいよ、フランシス」ホークは歯を食いしばって言った。もう爆発寸前だ。それに、この行為を長引かせる理由もない。彼は深く身を沈め、一気に自分を解き放った。

ホークが身をこわばらせるのが伝わってきた。そして喉の奥からうなるような声が聞こえた。そのとき、なにかべとべとする感触があった。彼からでたものだろう。

フランシスは動かなかった。

大嫌い。こんな卑劣な仕打ちをするなんて。

ホークは呼吸をととのえた。自分のまわりで、彼女が収縮しているのがわかる。彼はすばやく引き抜いた。彼女がびくりと身を縮める。痛い思いをさせて悪かった。そう思ったが、あわてて考えなおした。いや、できるだけ早く、手際よく、すませてやったじゃないか。「この次は、それほど痛くはないはずだ」妻を抱くとき、夫はつねにクリームを使うんだろうか？　おそらく、そうなのだろう。淑女や妻は激情に駆られて乱れるということがないらしい。だから夫は、できるだけ手早くことをすませるに限る。彼はベッドの反対側に身体を向け、立ちあがった。精を放ったせいで、まだ心臓が激しく波打っている。

「大丈夫かい、フランシス？」急に、黙っている彼女のことが心配になり、声をかけた。

「ええ」と、生気のない声が返ってきた。無理もない、とホークは考えた。性の知識はないに等しいようだったから。彼は低く悪態をついてから、話しかけた。「きみのなかにはいり、処女膜を破った。だから、あすの朝、血のあとが残っていても、心配いらないよ。初めてのときには、そうなるものだ。だが次からは、もう痛くはないし、血もでない」そうであることを祈るしかない。なにしろ処女を抱いたのは初めてであり、確信はなかった。

慰めの言葉をかけると、ホークはすばやく服を着て、ドアに向かった。

「またあした、フランシス」と、声が聞こえた。「そうだね、よく休むといい」そして、部屋をでていった。

さあ、とフランシスは考えた。こんどこそ、窓から飛び降りよう。しかし、彼女は動かなかった。あそこがひりひりと痛むうえ、身体のあちこちが痛んだ。それに、脚のあいだが濡れている。

血かしら？　それとも彼の精液？　知りたくなかった。

次からは、もう痛くない？　次ですって！　子どもができるまで、どのくらい時間がかかるのだろう？　だって彼がこんなことをわたしにする唯一の理由は、子どもが欲しいからなんだもの。こんなふうに動物みたいに扱われるのを、あと何度、我慢すればいいの？　ひょっとすると、彼はわたしのこと、ひどく傷つけたのかもしれない。フランシスは疑念をもった。それを全部、処女膜のせいにしているのかも。自分が城で、巨大な機械で激しく杭を打たれているところを想像した。笑えない光景だった。

唇を舐めると、しょっぱい涙の味がした。ふつふつと怒りが湧きあがる。「あなたなんて、大嫌い」と、暗闇に向かってぽつりと言った。

それが夫のことなのか、自分自身のことなのか、よくわからなかった。

慎重に立ちあがり、移動式洗面台の水盤のほうにそろそろと歩いていった。なにも見たくない。そこで、手早く濡れ布巾をあそこに押しあてた。


自分のベッドにもぐり込むと、ホークは頭上に両腕を伸ばした。おおむね、彼は自分に満足していた。妻のことは、しかるべき尊敬の念をもって扱った。たしかに痛みを感じたようだが、初めてだったのだから当然だ。それにしても、彼女のなかは狭かったな。彼女のなかに自分が激しく突き、彼女を満たす光景を想像すると、思わず身体が反応し、彼は顔をしかめた。二日ほどは、彼女に触れないでおこう。ひりひりと痛みが残るだろうから。仕方がない。自分は男で、大きい。そのうえ、彼女は性交に慣れていない。

それにしても、とホークは考えた。まるで彼女を殺そうとしているような反応をしなくてもいいじゃないか？　あれじゃまるで、ぼくが虐待《ぎゃくたい》しているみたいだ。

とてもじゃないけれど、彼と顔をあわせられない。寝室のドアノブに手をかけたまま、フランシスは考えた。とても無理よ。

るつもり？

それなら、どうするつもり？　このままずっと、臆病者らしくこの部屋に閉じこもってい

大きく深呼吸をして寝室のドアをあけ、勇気が消えてなくならないうちに、廊下に飛びだしていった。すると、夫と勢いよくぶつかった。

「フランシス！」二の腕をホークにつかまれた。「大丈夫？」

大丈夫なもんですか！　内心、そう毒づいたものの、フランシスは返事をしなかった。彼が魔法にかけられたようにぱっと消えてくれたらいいのに――この地上から。ところが悔しいことに、腕を離されると、彼女はホークの下腹部から下半身へと視線を這わせてしまった。

昨夜は、あんなに大きかったのに。いったい、どこに消えちゃったの？　もしかすると……種馬みたいなものなのかしら。あのときだけ、大きくなるの……？

ホークが思わず吹きだした。こらえきれなかったのだ。彼女がなにを考えているのか、はっきり顔に書いてある。

フランシスはさっと顔を上げた。遅まきながら、あわてて目をすがめた。

ところがホークはすっかりおもしろがっており、分厚いレンズの奥でゆがんでいる小さな瞳に気づかなかった。まだ胸の奥のほうで笑い声を響かせながら、彼は口をひらいた。「湖でぼくの裸体を見たと、そう言ったよね？」

「ええ」そう言うと、彼女は恥ずかしさのあまり息を詰まらせた。

「あそこの水がひどく冷たいことも、きみならわかるだろう。実際、凍えるかと思った」

それとなんの関係があるの？　「この時期、水が冷たいのは当然でしょ」湖の水と同じくらい冷たい声をだしていることを願いながら、フランシスは言った。「あなたが震えているのを見て楽しんだわ」よし、なかなか意地悪な返事ができた。

ところが、ホークの顔にはまだ胸の悪くなるような笑みが浮かんでいる。「それなら、きみにもわかるはずだ。男は四六時中、準備万端ってわけじゃないんだよ――」

「わたし、あなたのそんなところ、見てないわ！　もう、やめて！」それ以上聞きたくないと、彼女は両手を振りあげた。そしてさっと背を向け、宿の階段を走るように下りていった。背後でホークの笑い声が聞こえた。

「この、けだもの……種馬め」と、フランシスは小声で言った。階段を下りたところでグランニョンと鉢《はち》あわせし、暗褐色の帽子のところまで頰が赤くなった。

グランニョンが、いかにも万事を了解しているといった笑みを浮かべた。「おはようございます、奥さま。朝食は個室で用意しております」

ほどなく、ホークも合流した。もう、さきほどの件でにやにやしたり、声をあげて笑ったりはしていなかった。そして、真剣そのものの表情で「フランシス」と、やさしく声をかけた。彼女に恥ずかしい思いをさせたり、わざと怒らせたりすることに罪の意識を感じたからだ。「身体の調子はどう？　その……後遺症はない？」

「ありません」と、冷たく応じた。「身体を洗いました。闇のなかで。あなたがでていったあと」心配してやってるのに、ずいぶんな言い草じゃないか。そう思い、ホークは席に着いた。そして、テーブルに並んだ料理に、いたく満足した。ああ、分厚いサーロイン。おまけに、好みのレア。

　牛肉のうまみを味わっていると、フランシスの頭をほぼ覆いつくしている野暮ったい帽子が目にはいった。〈デズボロー・ホール〉の使用人たちの反応が目に見えるようだった。父親の反応は言わずもがなだ。彼は咳払いをし、ひどい恰好をしていることを、どうやって彼女に伝えようかと思案した。

　ホークは首を振った。まだ、彼女を批判してはならない。いまはまだ。

「食事が終わったら、すぐ〈デズボロー・ホール〉に向けて出発する」緊張が張りつめた沈黙が続いたあと、彼が口をひらいた。「またすぐヨークに戻ってこよう。きれいな町で、きみが楽しめそうなところがたくさんある」

　フランシスはなにも言わず、スクランブルエッグを自分の皿の上で広げた。

　ホークはその沈黙を前向きな兆候ととらえ、話を進めた。「それに、そうだね、上等な店が何軒かある。言いたいこと、わかるだろう？　腕のいい婦人服の仕立屋が何軒かある」

　フランシスは胸のうちで誓った。このドレス、腐ってわたしの身体からはがれおちるまで、ずっと着つづけるわ。

「それに、腕のいい技師もいるはずだ。きみに、ほかの……新しい眼鏡をつくってあげよう。きみ、そんなに目が悪いの？」

フランシスはとびきり悪意のこもった目でホークをにらみつけ、「ええ」と、応じた。「おそろしく」

ホークは、だんだんいらいらしてきた。まったく、この自分がずっと親切にしてやってきたことが、わからないのだろうか？　できる限り、ばつの悪い思いをさせないようにしてやったのに。まあたしかに、と彼は考えた。けさ廊下で会ったときには、ぶっきらぼうな態度をとってしまったが。それにしても、少しはなにか言ってもいいだろう。せめて、なにか返事をしようと考えているところを見せても、ばちはあたらないだろうに。

せめて、もう少し礼儀正しくふるまってもいいはずだ。

ホークは、イングランド産のうまいエールを少し呑み、ジョッキをどんとテーブルに置いた。「準備はいいか？」ぶっきらぼうな声で言った。

「もちろん」そう応じながら、フランシスは考えた。わたしもなにかテーブルに叩きつけるものがほしかったわ。

フランシスは、イングランドの上流階級の紳士淑女が、イングランド北部、とくにこのヨークシャー州を未開の地と見なしていることを知らなかった。なんて美しいところかしら、と彼女は思った。荒々しく原野が広がり、緩やかな起伏のある丘が延々と連なっている。スコットランドのように、故郷のように、手つかずの自然が残っている。思わず涙があふれそうになり、あわてて鼻をすすり、涙を押し込めた。

一行は、曲がりくねる川沿いの道を南下していった。ナバーン荒地のそばで休憩していると、あれはウーズ川です、とグランニョンが教えてくれた。フランシスはすっかり荒地に魅了されていた。荒涼とした土地がどこまでも続いており、周囲にある手入れのゆきとどいた農地とは対照的だ。

「〈デズボロー・ホール〉は」と、ホークが口をひらいた。「スティリングフリートのそばにあってね。正確にいえば、東の方角にあり、ウーズ川のすぐそばだ。いちばん近い町は、アーカスター・セルビー」

一行はさらに三十分、牧草地や小さな村を抜けていった。

やがて、ついに〈デズボロー・ホール〉が見えてきた。

高い木々が連なる並木道をゆっくりと進んでいくと、フランシスは驚愕のあまりぽかんと口をあけた。種馬飼育場だ！　大きな厩舎が見えてきた。赤いスレート屋根が、昼近い陽射しを浴び、ちらちらと輝いている。

種馬飼育場があるだけじゃない。競走馬用の厩舎まである。競走馬の訓練と調教に使う、白い柵で囲まれた広い放牧場もある。実家を離れてから初めて、フランシスの胸が興奮に沸きたった。イングランド北部には有名な種馬飼育場や厩舎があると聞いたことはあったけれど、まさか〈デズボロー・ホール〉もその仲間だったなんて。どうしてホークはひと言も教えてくれなかったのだろう？　フランシスは馬車の窓からせいいっぱい首を伸ばしながら、決意を新たにした。これから夫に捨て置かれるのなら、ここしかない。最高の場所だ。

9

世間には、年寄りの知性は衰えていると決めつける悪しき風潮がある。

——サミュエル・ジョンソン

「父さん！　どうしてここに？　いまにも……いや、具合がお悪いはずじゃ……」

驚愕のあまり、その先が続かなかった。

侯爵は玄関の階段の上から、驚きのあまりあんぐりと口をあけ、呆然と立ちつくしている息子に、うれしそうに微笑んだ。

「おかえり、息子よ」そう言うと、深いくぼみができている大理石の階段を下りてきた。そして、ホークの肩をうれしそうに叩いた。

ホークは歯のすきまからきしるように声をだした。「健康そのものじゃありませんか、父さん。それに、すこぶる血色もいい」

「失望させてしまったかな、息子よ」そう言うと、シャンドス侯爵は太く白い眉をぴくりと上げた。「もう冷たくなっているとでも思ったか？　そうはいかん。まだ、すませなければならない用事が山積みだ」

「失望などしていません！　うれしいですよ。夢のようです。ただ、ご快復の早さに仰天しただけで」

「そう言ってくれてうれしいよ、ホーク。さて、花嫁はどこだ？」

花嫁が馬車の階段を下りるのを、グランニョンが支えていた。外にでたフランシスは、夫がそのまま年をとったような男性が姿勢よくこちらに歩いてくることに気づいた。いいえ、と彼女はすぐ考えなおした。瓜二つというわけではない――まぎれもないかぎ鼻の持ち主。お父さまのほうがホークというあだ名がふさわしいかも。豊かな白髪。ホークもいずれ、あんな銀髪になるのかしら。それに、射るような視線を投げかける瞳は、息子より二段階ほど黒味が強く、色合いが濃い。それに細身で、ホークほど骨太でがっしりした体格ではなかった。

「フランシスだね？」侯爵はそう言いながら足を踏みだし、フランシスを抱きしめた。

「はじめまして、閣下。フランシス・キルブラッケンと申します」

「いんや、娘っこ」と、伯爵はくだけたスコットランドの方言をわざと真似、目を輝かせながらフランシスの顔を見おろした。「きみはロザミア伯爵夫人だ、フランシス・ホークスベリー。お父上――あの悪たれ者――は、ぴんぴんしておいでだろうね？」

「ええ、おっしゃるとおり、ぴんぴんしております」わたしのこと、フランシスってお呼びになったわ。わたしが花嫁に選ばれたこと、どうしてご存じなのかしら？　なんだか、ようすがおかしい。だって、お父さまは危篤《きとく》だって、ホークは言っていた。ほんの一時間まえ、少し休憩をとったときだって、心配そうな声で言っていたもの。あしたは夜明けとともに〈シャンドス・チェイス〉に向けて出発するからね、と。

「あの、これはどういうことなんでしょう、閣下」と、フランシスは言った。

「なるほど、そういうことですか」と、ホークが苦々しげに言った。「ようやく、筋書が呑み込めましたよ」

フランシスは夫に目を向けた。血相を変えて怒っている。まるで……だまされたみたいに。歯嚙みをしながら話すってよく言うけれど、ホークはいま、まさにそうしている。

侯爵は息子を無視し、フランシスの肩を両腕でくるむようにして、もういちど、情愛をこめて抱擁した。「使用人たちもみな、いまかいまかと到着を待ちわびていたんだよ。さあ、行こう。おまえもだ、ホーク。使用人たちがおまえのことを忘れていないといいが！　昨年は三回しか帰宅しなかったそうじゃないか？　グランニョン、腰を痛めるぞ！　ラルフ、荷物運びを手伝ってやってくれ！」

たいへんなお屋敷だわ。フランシスはめまいを覚えた。〈デズボロー・ホール〉の巨大な両開きのドアのまえに使用人が二十人は並んでいる。片側に女性、その反対側に男性がずらりと並んでいるのだ。ドアの上に飾られているホークスベリー家の紋章をぼんやりと見ているうちに、紋章の題銘を思いだした。〝力強き手で〟だ。〝力強きこぶしで〟ってとこじゃない、と揶揄《やゆ》したっけ。このお屋敷では、だれのこぶしがいちばん強いのかしら？　夫から義父へと視線を走らせながら、フランシスはいぶかった。わたしが三姉妹のなかから選ばれたこと、どうして侯爵さまはご存じなのかしら？　立派な服を着た使用人たちのあいだを、侯爵に引っ張られるようにして歩きながら、フランシスの頭にまた疑問が浮かびあがった。そして、居並ぶ使用人たちを見ながら考えた。イングランドの使用人。きっと、わたしのことを見くだして、毛嫌いするんでしょうね。

そのうえ自分がひどい身なりをしていることを、彼女は自覚していた。でも、侯爵さまはお気づきになっていないみたい。お気づきになっていたとしても、それをおくびにもださない。フランシスは眼鏡を外そうと、手を上げた。

「うちの使用人たちのほうが、きみよりよほど身なりがいい」怒りを押し殺したように、小声で言うホークの声が聞こえた。「まったく、信じられないよ！」

フランシスは眼鏡を鼻に載せたまま、つんと顎先を上げた。

信じられないですって？　お父さまが死にかけてないこと、どうしてすなおによろこべないの？　武骨な田舎者そのものだわ。

侯爵が快活な声で言った。「フランシス、オーティスを紹介しよう。〈デズボロー・ホール〉の献身的な執事だ。オーティス、こちらがおまえの新たな女主人、レディ・フランシス」

皺《しわ》の多い厳粛な顔は筋肉ひとつ動かなかったが、フランシスの鋭敏な目は、執事の薄い唇が嫌悪感にかすかに引きつったのを見逃さなかった。イングランド人の執事、主の創造物のなかでもっともおそろしい生き物。

「はじめまして、オーティス」と、フランシスがはきはきと挨拶をした。

「はじめまして、奥さま」と、オーティスが腰のあたりから身体を折り、深々とお辞儀をした。「ようこそ、〈デズボロー・ホール〉へ」

「こちらは、ミセス・ジャーキンズ。女中頭の鑑《かがみ》だ。お互い年には勝てず、もうろくしはじめているが」

　黒い綾織物の仕着せ姿でずらりと並んだ使用人のなかでもとりわけ有能そうなミセス・ジャーキンズは、まったくの無表情のまま膝を折り、身をかがめ、お辞儀をした。かくしゃくとしたお義父さまと同様、もうろくするのはまだまだ先の話ね、とフランシスは考えた。

「はじめまして」ややかすれた低い声で、ミセス・ジャーキンズが挨拶をした。

「お目にかかれて光栄です、ミセス・ジャーキンズ」そう応じ、フランシスは一気に自信を喪失した。彼女、ウェリントン将軍に仕えるべきだわ。見るからにおそろしい、鉄の意志の持ち主。

「ほかの使用人は、あす、紹介させていただきます、奥さま」そう言うと、ミセス・ジャーキンズが手を打ち鳴らした。すると魔法をかけたように、ずらりと並んでいた女性たちの姿がさーっと見えなくなった。侯爵がうなずくと、オーティスも男性たちを解散させた。

「どういうわけか、彼女は〝ミセス〟と呼ばれているんだよ」と、侯爵がフランシスの耳元で囁いた。「いちども結婚したことはないんだが。威厳のひとつとして、つけくわえたかったんだろう。もう何十年もまえから、そう呼ばれているからね」

ホークが咳払いをした。はらわたが煮え返る。怒りがおさまらず、唾を吐きたいくらいだ。おまけに、この狸《たぬき》おやじ、まるで〈デズボロー・ホール〉が自分のものであるかのように、フランシスを使用人たちに紹介している！

「オーティス！」と、ホークは大きすぎる声をだした。「従僕をもうひとり、荷物運びをしているラルフの手伝いに行かせろ」

「かしこまりました、閣下」そう言うと、オーティスが指を鳴らした。

「彼は」と、フランシスが夫のほうをちらりと見てから、侯爵に話しかけた。「〈デズボロー・ホール〉に種馬飼育場があるなんて、ひと言も教えてくれなかったんです。競走馬の厩舎もありましたわね、閣下？」

「ああ、そうだ」と、侯爵。「それも、ネヴィルが亡くなるまでの話だが。あいにく、ホークはまったく関心がなくてね。厩舎はいまじゃ、見るも無残な状態だよ。それはそうと、新居の印象はどうだい？　昔の――グレインジ《大邸宅》と呼ばれていた――屋敷は、アン女王の治世に内部を壊されてね。いまの屋敷は、サー・ジョン・ヴァンブラの設計で一七一五年ごろに建てられた。それほど古くはないんだが、古典主義とやらのデザインだそうだ。パラディオ主義といったかな。いったいどういう意味なのか、見当もつかんが」

「パラディオ主義は」と、ホークがひどく落ち着いた声で言った。「パラディオの作風にならおうとする古典的なローマ風建築様式です」

　侯爵が愛想よく肩をすくめた。「くだらん」そう言うと、フランシスにウィンクをした。

「パラディオって？」

「イタリア人の建築家だ」と、ホークがそっけなく言った。

「十六世紀の建築家です」重い旅行かばんをもち、よろよろと歩いてきたグランニョンが口をはさんだ。

　わたし、なんでこんなことに巻き込まれちゃったの？　フランシスは混乱のあまり叫び声をあげたくなった。まるで自分が薄い塀の上に座っており、両側で激しい戦いが繰り広げられているようだ。

「昔話は、そこまでだ」侯爵が言った。「とうの昔にくたばった男の話じゃないか。おいで、フランシス。〈デズボロー・ホール〉を少々案内するとしよう。そのあとは、ゆっくり身体を休めるといい」そう言うと、侯爵は仏頂面《ぶっちょうづら》の息子を嘆かわしそうに一瞥した。「ローモンド湖からここまでの旅はさぞ……あわただしかっただろうね」

「そりゃそうです」と、ホークが答えた。「行って、滞在して、また戻ってきたんですから」

「〈デズボロー・ホール〉という名前の由来は、やはり、アン女王の時代にある」と、侯爵は息子を無視して言った。「シャーロット・デズボローは立派な女子相続人だった。その彼女が持参金がわりにもってきたのが、この広大な屋敷だったというわけだ」

わたしは持参金なんて、なにひとつ、もってこなかった。フランシスは二階建ての長方形の巨大な建物を見あげ、考えた。

「この屋敷はつねに長男が継承してきた。シャーロットの孫の世代が種馬飼育場と競走馬の厩舎を始めてね。以来、デズボロー厩舎は崇敬され、長きにわたって名を馳せてきた。ここで数々の有名な競走馬が生まれてね。とりわけ、フォーチュンのことは忘れられん。勇壮な種馬で、レースではほかの馬を寄せつけなかった。あれは一七八五年、ニューマーケット競馬場でも、やつの右にでるものはなかった。そりゃ、かのエクリプスには及ばなかったが、ほかの競走馬のなかではぴかいちだった。フォーチュンはサラブレッドの牝馬とバルブ種の牡馬の交配で生まれた、おそろしく強い馬だったよ」

ホークが歯ぎしりする音を、フランシスははっきりと聞きとった。

じきに、巨大な玄関ホールと思われる場所に案内された。ところが実際には、凝《こ》った装飾がほどこされた客間だった。天井は二階までの吹き抜けで、暖炉やバルコニーには錬鉄製の柵がつけられ、そこかしこに白い円柱がそびえている。フランシスは侯爵のあとを追い、〈西の回廊〉と〈喫煙室〉を抜け、ようやく〈西の客間〉にたどり着いた。壁にはジョージ・スタッブス作の馬の絵画が何枚も飾られている。どの調度品も豪華で、壁はまばゆいほどに真っ白だ。「片蓋柱《かたふたばしら》をよく見てごらん」そう言われたフランシスは、侯爵が手で指し示してくれたことをありがたく思った。彫刻をほどこされた柱が無数にある。「もちろん、アーチ飾りも有名だ」アーチね、とフランシスは考えた。ただのアーチのことなら、わたしにもわかる。それに天井蛇腹《コーニス》がなにかってことも、わかってる。彼女は自分にわかる言葉がでてくると、ほっとした。パラディオ主義を〝くだらん〟と一笑に付すかただもの、侯爵は建築様式にも精通なさっているんだわ。

フランシスは侯爵の説明を聞くたびに、もごもごと相槌を打ちつづけていたが、だんだん頭がぼんやりしてきた。「なんて優雅なんでしょう、閣下。なんて精巧なんでしょう、閣下。なんて……ええ、素敵なんでしょう」

そのあいだも、夫が口をつぐんだまま怒りを発散させているのが、ひしひしと伝わってきた。

侯爵がふいに足をとめた。「フランシス、そろそろ身体を休めたいだろう？」フランシスはこくんとうなずいた。「ミセス・ジャーキンズに、メイドをひとりつけるよう、言ってある」侯爵が呼び鈴の紐《ひも》を引っ張ると、すぐさま、若い女性が姿を見せた。はつらつとした顔に恥ずかしそうな笑みを浮かべている。彼女はフランシスに向かって膝を曲げ、深くお辞儀をした。「アグネスと申します、奥さま」

このいかさま親父、妻にメイドまでつけるのか。こっちにはひと言の相談もなく！　ホークは憤懣《ふんまん》やるかたないといったようすで、じっと立っていた。

フランシスが会釈をし、義父のほうに向きなおった。「ありがとうございます、サー」その声には心からの感謝の気持ちがこもっており、侯爵は思わず微笑んだ。

「夕食までゆっくり休みなさい」そう言うと、侯爵がフランシスの頰を軽く叩いた。フランシスは夫のほうを見た。ホークは怒りのあまり、湯気をあげている。

アグネスについて玄関ホールへと歩いていくと、ホークが怒りを爆発させる声が背後から聞こえてきた。「よくもまあ、汚い手を使ったもんだ！　初めから、全部、仕組んでいたんですね？　父さんはぼくを結婚させたかった。だから、余命いくばくもないふりをして、同情を買った。ひどい話じゃありませんか。親子だからって、していいことと悪いことがある！」

「年寄りの冷や水と思って、許してくれんか、息子よ」

フランシスは身をこわばらせた。ホークの言葉が全身を駆けめぐる。だが、彼女はアグネスのあとを追い、広い階段を上がり、その先の広漠とした〈東の回廊〉を歩いていった。

「奥さまのお部屋は……ええと、〈レディ・ドウニーの間〉です――もちろん、伯爵さまのお部屋と続き部屋になっています」

「素敵だわ」と、フランシスは小声で言った。まるで隔離病棟に迷い込み、いやおうなく収容されるような気がした。それでもアグネスが破風《はふ》やら片蓋柱やらの講釈を垂れなかったのは、ありがたかった。

〈喫煙室〉で、ホークはまだ怒りをぶちまけていた。

「図星でしょう？　いまにも死にそうな顔をして、あれは全部演技だった。なにもかも、父さんの策略だったんだ」

「ま、父親を甘く見ちゃいかんということだ」息子の激しい非難にまったく動じるようすもなく、侯爵が悠然と応じた。

「そんな決まり文句で、しらを切るつもりですか！」

「そうじゃない。たしかに、仕組んだのはわたしだ。だが、後世まで語り継がれる価値のある逸話になるとは思わんか？　まあ、ホーク、そうぷりぷりするな。あとになってみれば、これで――」

「ぷりぷりもしますよ！」ホークがポケットに両手を突っ込み、部屋のなかを行ったり来たりした。父親はそんな息子を穏やかに見守った。

「父さんは、ぼくをぺてんにかけた！」

「まあ、そうとも言える」と、侯爵は認めた。「もう少し、べつの言い方をしてくれてもいいとは思うが。いいか、ホーク、あれ以上、先延ばしにはできなかったのだ。おまえは結婚し、所帯をもつ時期を迎えていた。わかっているだろうが、年々、若返ることなぞできない」

「まだ二十六ですよ！　父さんやミセス・ジェーキンズみたいに、もうろくしちゃいない！」

「じき、二十七だろうが」

「ほかにも訊きたいことがあります。なんだって、ぼくがフランシスを連れてくることをご存じだったんです？　娘は三人いた。そのうちのだれと結婚しろと言われた覚えはありません」

息子の紅潮した顔を見ながら、侯爵は黙って考えた。フランシスをあたたかく歓迎したばかりに、墓穴を掘ってしまった。彼はおもむろに口をひらいた。「それは、フランシスのことをとりわけ可愛がっていることが、リヴェン伯爵の口ぶりからわかっていたからだ。リヴェン伯爵が、フランシスのことを、おまえにアピールしたとしてもふしぎはない」

「そりゃ熱心にアピールしてましたよ！　でも、彼女をご覧になったでしょう？　見るだにおそろしい鬼ばばだ！　彼女を会わせようものなら――もちろん、死の床にある父さんにですよ――ひと目見た瞬間、父さんはひきつけを起こすんじゃないかと心配したほどです。むろん、父さんに敬意を払い、あの不愉快きわまる眼鏡は外させるつもりでしたが」

たった一年ほどまえに描かれたフランシスの細密画を、事前に見ていたことを話すべきだろうか、と侯爵は迷った。自分としてはかねてから、ホークが姉妹のなかからフランシスを選んでくれることを切に願っていた。それにしても興味深い。なぜフランシスはわざわざ鬼ばばのような恰好をしたのだろう――実際、鬼ばばにしか見えなかった。そのうえホークには、彼女の本質が見抜けていない。なんともはや、奇妙な状況になったものだ。「はねつけられたのに、なぜ彼女と結婚した？」と、侯爵は尋ねた。せめて息子の謎だけでも解明しておきたい。

ホークはそわそわと青い服の袖から埃を払った。顔を真っ赤に紅潮させ、思わず頬を染めてしまった自分に、そして、このずる賢い古狸がとんでもなく鋭い視力をもっていることに腹を立てた。

「なぜだ、ホーク？」と、侯爵が重ねて尋ねた。

ホークは悪態をつくと、両手を勢いよく広げた。「わかりました、白状しますよ。彼女の姉妹、クレアとヴァイオラは、実際、とても可愛らしいお嬢さんでした。ウイットもあり、魅力的。そしてふたりとも、ぼくと結婚したら、ロンドンの社交界に連れていってほしい、ぼくの袖にぶらさがりたいと甘えて――いや、期待していました。ですが、父さん、ぼくはいまの生活が気にいっている。ですから、あのひどい身なりにもかかわらず、フランシスのほうがましだった。彼女はひどく内気で臆病だ。それにぺちゃくちゃ喋らない。朝食の席での見事なまでの沈黙は、ご想像がつきますまい。彼女は人の多いところや陽気なお祭り騒ぎが苦手なんです。だから、彼女のほうがましだったんですよ。それに……」

ホークが口ごもったので、侯爵が淡々と言った。「彼女をここに置き去りにするつもりだったんだな？　そしてロンドンで気ままな生活を続けるつもりだったんだな？」

ホークがまた悪態をついた。

侯爵は息子に言ってやりたかった。おまえの動機はなんとブルジョワ的なことか、と。だが、口にはださなかった。リヴェン伯爵の話によれば、フランシスは美しく、魅力的で、ウイットがあり、知性があり、しかも手に負えないらしい。動機はどうあれ、結果として、息子は正しい娘を選んだのだ。侯爵は哄笑《こうしょう》したくなった。なんとまあ、愚かで、ものごとの本質が見えず、だまされやすい息子であることか。

とはいえ、たしかにフランシスはひどい身なりをしていた。

まあいい、なにか手を打とう……いずれは。とりあえず、わが家に迎えたばかりの嫁がどうしてあれほど念入りに変装したのか、その理由をさぐりださなければ。

息子をなだめるのはそのあとだ。

ところがその晩は、フランシスと話をすることさえかなわなかった。彼女は伝言をアグネスに伝え、それがミセス・ジェーキンズに伝わり、そこからすぐにオーティスに伝えられ、ようやくホークにまわってきたのだ。「奥さまはご気分がすぐれないそうです、閣下。夕食は失礼させていただきます、とのことで」

「仰せのままに」と、ホークは言った。ありがたや。今夜は料理を味わうときに、あのいまわしい姿を目にしないですむ。

「かわいそうに」そう言い、侯爵が眉をひそめた。「フランシスは身体が弱いわけではないと思うが」

「頑丈そのものです」そう言ってから、ホークが顔をしかめた。「そういえば、スコットランドから戻る道中で、体調を崩したことがありました。間違えて馬の疝痛薬を飲み、自分で具合を悪くしたんですよ――アヘンチンキだと思ったとか。いやはや、とんだ騒ぎでした！」

晩餐のあいだ、侯爵はずっと物思わしげに黙っていた。ホークはまだ父親にむかっ腹を立てており、会話を活気づけようとはしなかった。そして内心、こう考えていた。こんどばかりは、彼女、仮病だな。まったく、意気地なしめ。

〈喫煙室〉でゆったりとひとりの時間を楽しみ、ブランデーを三杯空けると、ホークはおのれの不運をすべてフランシスのせいにした。「なんでもいいから、ここから逃げだしたい」と、ホークはひとりきりの部屋で声にだして言った。高い天井に声がこだまする。「だが無理だ。彼女が妊娠するまでは」

なんとしても、彼女を妊娠させなければ。そして、その努力を続けなければ。

彼は自分の寝室に戻り、服を脱ぐと、ベルベットのガウンを羽織り、続き部屋のドアに大股で歩いていった。

彼女さえいなければ、万事がしかるべき姿であったのに。

ホークはドアをあけ、威勢よく室内にはいっていった。部屋は暗かった。

「どなた？　だれかいるの？」フランシスがベッドの上で身を起こす音が聞こえた。ずいぶん、とげとげしい口調だ。

「ぼくだ」

「なにか、ご用？」フランシスは、心臓が大きく音をたてるのがわかった。おまけに、どっと汗がでてきた。ううん、汗じゃないわ、と必死に考えた。蒸散、とか言うんだったっけ。落ち着いたようすで遠まわしの表現を教えるアデレイドのようすが目に浮かんだ。

「じっとしていてくれ、フランシス、すぐすませるから」

「いや！」

「ずいぶんうまく、父さんにとりいったじゃないか？　なにもかも、父さんに言われてやったことか？」

「閣下――」

「フィリップだ」

「ひとりにしておいて……お願い！」こんな口調で懇願する自分が、いや、泣きついている自分がみじめだった。「でていって！」だが、ホークはすでにベッドの横に立っていた。息づかいまで聞こえてくる。「ただ、仰向けに寝ていてくれればいい。自分でネグリジェの裾をめくりあげてくれると、助かるんだが」

この恥知らず！　冷血で、鈍感なわがまま男！

「いやよ」フランシスは巨大なベッドの反対側に、あわてて身を寄せた。

ホークは歯嚙みをした。やさしくしてやろうという思いやりが、頭のなかから消滅した。

「こっちだって、楽しくもなんともないんだぞ、フランシス。ただ、義務を遂行するまでだ。さあ、仰向けになって、じっとしてろ！」

フランシスは嗚咽をこらえようと、息をとめた。「あなたなんて、大嫌い」と、囁いた。

ホークがうなるような声をあげた。フランシスには、それが不満の表明なのか、それともただのうめき声だったのか、わからなかった。

彼の重みでベッドが沈んだと思ったとたん、両手で腰のあたりを押さえられた。そして、組み敷かれた。

「ああ、しまった」と、ホークが言った。クリームをもってくるのを忘れたぞ。

暗闇のなかで眉をひそめた。だが、自分の寝室にクリームをとりにいき、そのあいだ、フランシスを放っておくのは気が進まない。とにかく、手っ取り早くすませてしまおう。

それ以上、なんの言葉も音も漏らすことなく、ホークはフランシスのネグリジェの裾をまくりあげ、脚をひらかせた。彼女が震えているのがわかったが、いっさい躊躇《ちゅうちょ》はしなかった。「じっとしていて」そう言ったものの、自分がだんだん愚かに思えてきた。

ホークは両手をゆっくりと腿のあいだに伸ばした。彼の長い指があそこに触れた。指をなかにいれ、動かした。すると、狭いあそこが少しずつ濡れはじめ、指にまとわりつくのがわかり、彼はほっと胸を撫でおろした。「動かないで」それだけ言うと、フランシスのなかにはいった。

フランシスが悲鳴をあげ、こぶしでホークの胸をぶった。

痛がっていることがわかり、ホークは一瞬、手荒に扱ったことを後悔した。まさか、これほど狭いとは。このまま裂けてしまいませんように、と胸のうちで祈った。そして、思い切って突いた。そのまま動きをとめ、じっと待った。

フランシスは、熱さと痛みでどうにかなりそうだった。それに、このままはち切れてしまいそう。

「あなたなんて、大嫌い」フランシスは、しゃくりあげるように言った。

ホークはその言葉を無視し、彼女のなかでゆっくりと動きだした。

「けだもの！」

ホークは深く突くと、背をのけぞらせ、うめき声をあげた。そして彼女のなかに精を解き放った。

ホークはぐったりと彼女に覆いかぶさった。力を使いはたしたからではなく、まだ彼女を放してはならないと、頭の隅で考えたからだ。彼女の身体のなかに、自分の種がしっかりと定着するようにしなければ。

フランシスは彼に組み敷かれたまま、石のようにじっとしていた。ときおり聞こえる苦しそうな息づかいだけが、彼女が生きている証だ。

呼吸がおさまると、ホークは身を起こすのがわかった。

ホークは身を引いた。すると、彼女が痛みにたじろぎ、身を起こすのがわかった。

「身体を洗うのは、しばらく待ってからにしてくれ」と、ホークは言った。「またあした、フランシス」

続き部屋のドアを閉めようとしたとき、フランシスがベッドから這いだす音が聞こえた。移動式洗面台の水盤めがけて走りだしたのだろう。

妻らしい従順さとは無縁だな。そう思ったものの、ホークはなにも言わなかった。

自分がひどく疲れていることに気づいた。もう、くたくただ。父親のいかさま行為に、まだ腹が立っていた。おまけに、そのいかさま行為の産物が、フランシスなのだから。

ホークは深々と吐息を漏らし、ひんやりとする自分のベッドにもぐり込んだ。彼女が悪いわけじゃない。盛りのついたオスのような真似をしたのは、この自分だ。あすの夜は、ちゃんとクリームを使おう。もう傷つけてはならない。

あなたなんて、大嫌い。

本心からそう言ったわけではないだろう。それでも、ホークは気になった。たとえ悪気がなくても、妻は夫に向かってそんなことを言うべきではない。妻は夫を尊重し、従うものだ。まったく、人生はすっかりいまわしいものになってしまった。そう考えながらホークはようやく眠りに落ちたが、夢には幽霊のような女性がたくさんあらわれた。そして、彼が近づくと、だれもが縮みあがり、逃げていった。顔を見分けることはできなかったが、どの女性もホークにおびえ、逃れようとしていた。

10

人間の精神の進展は遅い。

——エドマンド・バーク

「なんという無神経なやつだ。まるでカメだな！　いや。カメなら頭を引っ込める。だがおまえときたら、フィリップ・ホークスベリー、平然と襟から頭を突きだしとる！」

ホークはまるで他人事《ひとごと》のように、すました顔で父親のほうを見た。

「村いちばんのぼけなすめ。こんなふうに育ててしまったとは！」

「父さん、侮辱はそろそろおしまいにしてください。これから乗馬に行くもので」

「いったい、おまえ、彼女になにをした？」

ホークは冷ややかな表情で父親を見た。それは軍隊時代に時間をかけて身につけた、得意の表情だった。たいていの場合、それは効果があった。とくに、扱いにくい部隊を相手にするときは。

「妻にはなにもしていません」と、ホークはようやく口をひらいた。ローモンド湖の身を切るほど冷たい水のように、人を寄せつけない声で。

「しらばっくれるな」と、目に怒りをたぎらし、侯爵が言った。「彼女のメイドがミセス・ジェーキンズに言ったことが、グランニョンの耳にはいった。そしてグランニョンは当然のことながら、わたしに報告した。シーツには血がついておらず、彼女はけさ、真っ青な顔をしていたと！」

ホークは低い声で毒づいた。

「昨夜まで処女だったわけではないんだろう？」

ホークは黙っていた。

「ああ、そんなはずはない、おまえに限って。盛りのついた牡ヤギめ」

こんどはヤギ呼ばわりか。ホークは思わず言い返した。「ええ、もちろん、処女じゃありませんでした」

「だったら、なぜ血がでる？　彼女になにをした？　このあんぽんたん」

「あれは、ぼくがしなかったことのせいなんです」〝村いちばんのぼけなす〟と〝あんぽんたん〟とでは、どちらのほうが程度が低いんだろうと、ホークはぼんやりと考えた。

「しなかったこと？」

ホークは肩をすくめ、客間の細長い窓のほうに歩いていった。「クリームを使わなかったんです」と、振り返りもせずに言った。「忘れたもので」

侯爵は目を閉じた。なんだって夫が妻にクリームを使わなきゃならない？　そんなことはありえない。夫が妻を乱暴に扱い、なんの思いやりも示さない限り。

侯爵は端正な顔立ちの息子に目をやった。ホークは背筋を伸ばし、堂々と立ったまま、窓の外のニレの木をじっと見つめている。足元のヘシアンブーツが室内に降りそそぐ朝の光にきらめいている。鹿皮の半ズボンに、グレーの狩猟用ジャケットという服装だ。

「夫は妻を傷つけてはならん」と、侯爵は重々しく言った。

「わざとじゃありません」と、ホークは父のほうに向きなおった。「クリームをとりに戻ったら、そのあいだに彼女が逃げだし、この墓場みたいな屋敷のどこかに隠れてしまうのではと心配しただけです」

「まあ、そんなところだろう。で、これからどうするつもりだ？」

「乗馬にでかけます」

侯爵が顔をしかめた。父親お得意の、凄みをきかせた顔。そのとき、ホークは気づいた。自分が練習して身につけた表情が、父親ゆずりのものであることに。ぼくに息子ができたら、息子もやはりあんな表情を浮かべるようになるのだろうか。

「ほかにすべきことがあるだろう」

「いいですか、父さん、ぼくはこの茶番に心底うんざりしてるんです。そんなにフランシスのことが心配なら、自分の妻に迎えればよかったじゃありませんか」

「それも考えた」と、侯爵は率直に認めた。

ホークは呆気にとられた。

「だが、それはさすがに、むごい仕打ちだと思いなおした。うら若きお嬢さんが、老いぼれに縛りつけられて一生をすごすのはあんまりだ」

ホークがあきらめたように両手を振りあげた。「とはいえ、大金持ちの老いぼれです。リヴェン伯爵はさぞおよろこびになったでしょうよ」

「いま、このときまで、思いもよらなかった。まさか、おまえがわたしではなく母親の脳みそを受け継いでいたとはな」そう捨てぜりふを残し、侯爵は大きな足音をたてて部屋をでていった。

ホークは乗馬にでかけた。夕方、屋敷に戻ると、家令のマーカス・カラザーズと部屋にこもった。聡明な青年マーカスは、伯爵が不器量な妻を連れ、〈デズボロー・ホール〉に戻ってからというもの、あれこれゴシップを聞かされ、頭のなかが混乱していた。

「それで？」執務室の巨大なマホガニーの机の奥に腰を下ろし、ホークが尋ねた。

マーカスは咳払いをした。自分より年下なのに、この若者はどうしてこうも人を威圧するのだろう？　マーカスはあたふたと目当ての書類をさがしだした。「閣下」と、口をひらいた。「種馬飼育場ですが」

「飼育場がどうした？」

「機能していないのです。ご領地はいま財政状況が悪化しておりまして。現在、飼育場にはすばらしい種馬が三頭おり、血統は国王のごとく立派ですが、牧場で無為に衰えるばかりです。二頭はサラブレッドで、一頭はアラブ種。しかし種馬飼育場を立て直すには、莫大な経費がかかります」

「ベルヴィスに相談してくれ」ホークはそう応じた。種馬飼育場のことなど、どうでもいい。

「承知しました、閣下」と、マーカスは答えた。気むずかしくはあるものの、優秀な調教師であり管理人であったベルヴィスがもう三カ月もまえに辞めてしまったことなど、とても言いだせなかった。もうこれ以上、おれにできることはないとつぶやき、ベルヴィスは去っていったのである。

ふいに、ホークが荒々しい笑い声をあげた。

「閣下？」

「なんでもない、カラザーズ。うちの種馬を売春婦のように扱い、やつらのサービスに金を請求するのなら、同じ穴のむじなじゃないか。尻軽女も牝馬も、やってることは同じだ」

その意見にたいして、マーカスはなにも言わなかった。ふたりの話し合いはその後も一時間ほど続き、終わるころには、マーカスは主人を机の抽斗《ひきだし》に激しく叩きつけたくなった。この御仁《ごじん》には頭にくる。自分の領地を治めることにまるで関心がない。いや、とマーカスはみずから訂正した。正確にいえば、関心がないとか、そんななまやさしいものではない。閣下はおそらく、切羽詰まったほかの問題で頭がいっぱいで、心ここにあらずなのだ。

「お茶の時間だ」そう言うと、ホークはついに立ちあがった。「不名誉ながら、貴重な時間をわたしの……家族とすごさなければ。あす、また話を聞くよ、カラザーズ」

執務室から颯爽とでていく伯爵の後ろ姿に、マーカスはやれやれと首を振った。

父親とフランシスは〈ダブル・キューブ〉という居心地のいい部屋でくつろいでいた。なぜこんな奇妙な名前で呼ばれるようになったのか、その由来を知りたいとは思ったが、とてもそんな高尚な質問をできる雰囲気ではなかった。

フランシスは、いつもと同じような服装をしていた。いや、いっそう地味な恰好をしていたのかもしれない。そのおかげで、部屋にはいってきた彼に気づき、視線を上げた彼女は真っ白な壁のように血の気が引いた顔をしていた。

「こんにちは」ホークはふたりに会釈した。そして凝った彫刻がほどこされた暖炉のほうに向かい、炉棚に肩をもたせかけた。

「お茶をいかが、閣下？」

「フィリップだ」と、ホークが大声で訂正した。

「ミルクはいかがなさいますか？」

「ホークは濃い茶になにもいれずに飲むのが好きでね」と、侯爵が口をはさんだ。「駐留していたポルトガルには、ヤギの数が少なくてミルクが入手できなかったんだろう」

「ご明察です、サー」と、ホークが父親に嫌《いや》みたらしくうなずいた。

「ちょうどフランシスに、挨拶まわりの話をしていたところだ。このあたりのみなさんも、みな、新妻の顔を見たいだろうからな」

勘弁してくれ、という表情を夫が浮かべたので、彼女はきっと顎を上げ、言明した。「みなさんとお目にかかるのが楽しみですわ、閣下」

「ただし」と、ホークがゆっくりと一言一句明確に言った。「その身なりをどうにかしてからだ、フランシス」

フランシスは長いあいだ、目をすがめて夫のほうを見ていたが、やがて立ちあがり、胸を張って部屋をでていった。

「あいも変わらず、あのいまわしいボロを着ている」と、ホークがだれにともなく言った。

「二十年は時代遅れの代物。それにあの帽子――縫製するまえに燃やしちまうべきだったのに」

侯爵は愛する息子の顔に、一発、お見舞いしてやりたかった。なんという薄ぼんやり！おまけに頑固者ときている！ホークがお茶の時間に遅れてやってくるまえに、フランシスから事情を聞こうとしたのだが、収穫はないに等しかった。というより、収穫はなかった。なんと声をかければいいのか、わからなかったのだ。

「どうするつもりだ、ホーク？」と、息子に紅茶のカップを差しだしながら、侯爵はようやく口をひらいた。

ホークが父親のほうに歩いていくと、紅茶を受けとり、ひと口で飲みほした。「決まってるじゃありませんか。できるだけ早く妻を妊娠させるつもりですよ」

「そのあとは？」

「ぼくはロンドンに戻ります。ロンドンこそ、ぼくの居場所ですから」

「その話はきのう聞いた」と、侯爵。「似たようなことを」

「ええ」と、ホークが言い、自分で紅茶のおかわりをついだ。

「ベルヴィスはでていった。数カ月まえに」

ホークが呆気にとられて父親を見た。「マーカスはなにも言っていませんでした」

「おまえがあの若者を震えあがらせたからだろう。だが、わたしは違う。おまえがなにをしようと、なにを言おうと、震えあがりなぞせん」

「でしょうね」

「ベルヴィスは、手放すには惜しい人材だった」

ホークが肩をすくめた。「マーカスには、種馬飼育場は好きにしていいと伝えました。ベルヴィスを連れ戻したければ、そうすればいい」

侯爵は立ちあがった。自分がつい、いらぬ世話を焼いてしまうタイプであることはわかっていた。それは認める。あとのことはホークとフランシスにまかせ、とっとと〈シャンドス・チェイス〉に帰るほうがいいのだろうか。

いや、そんなことはできない。とにかく、まず、フランシスから真相を聞きださなくては。

フランシスはさらにきつくショールを肩に巻きつけ、おそろしく威圧的な図書館から庭にでるドアを抜け、脱出した。あの羊皮紙で装丁された大型本の数々をすべて読むには、人生を三度、生きなければならないはず。フランシスは甘くすがすがしい空気を胸いっぱい吸い込んだ。じきに春爛漫《らんまん》。木々のつぼみは膨らみ、ほころびはじめた花もある。夏もきっとすばらしいんでしょうね。その後の十分間、彼女はこの屋敷のいいところを盛大に称賛しつづけた。だって、いまはここがわたしの家なんだもの。ふいに実家が恋しくなり、フランシスはこぶだらけのオークの古木の下に腰を下ろし、でこぼこした幹に背を預けた。目を閉じると夫の顔が浮かんできた。頭のなかで、あの憎らしい言葉の数々が何度もよみがえる。でも、彼はありのままを言ってるだけだわ。わたし、ひどい身なりをしているもの。こんな女を、自分の妻として紹介したいわけがない。

フランシスが眼鏡を外し、帽子を脱ごうとしたそのとき、ホークが人工池のほうに歩いていくのが見えた。うつむき、物思いに耽っているようだ。豊かな黒髪が午後の陽射しにきらめいている。彼女は視線を彼の身体に這わせ、あくまでも客観的に眺めた。たしかに、ハンサムだわ。体格もがっしりしている。それは認めざるをえない。でも、それだけの話よ。

まるでフランシスの気配を察したかのように、次の瞬間、ホークがすばやく振り向いた。

そして、フランシスをまともに見た。

「フランシス」と、ホークが言った。

「閣下」と、フランシスが応じた。

「フィリップだ」

「ええ。すばらしいお庭ね。その泉、いつつくられたの？」

「十八世紀前半。馬鹿げた考えで頭がいっぱいで、亡くなってもだれも悲しまなかった祖先がつくったそうだ」そう言うと、ホークが髪をかきあげた。「フランシス、ひどいことを言って、すまなかった。だいいち、きみのせいではないからね……」

「なにが？」と、フランシスはせいいっぱい、可愛らしい声をだした。

「まあ、多少はきみにも責任があるが」

「なにもかも、わたしのせいよ。でも、もう、どうでもいい」

「どういうことかな」と、ホークがおもむろに言った。

フランシスはただ肩をすくめるだけで、彼のほうを見あげようともしなかった。

「それと、フランシス、昨夜のこともあやまるよ。もう二度と……」

フランシスがさっと顔を上げた。その顔には、ほっとした表情があからさまに浮かんでいる。「もう、わたしに二度とさわらない？　そして、あなたは〈デズボロー・ホール〉をでていくの？」

「いや、まだだ。ぼくが言いたかったのは、これからきみのベッドに近づくときには、かならずクリームを持参するという意味さ。二度と、きみを傷つけるつもりはない」

クリーム、とフランシスはぼんやりと考えた。そのとき、ホークのきつく結んだ唇が目にはいった。彼、いちどもわたしにキスしてないわ。

「あすの朝、一緒に乗馬にでかけるってのはどう？」

和平の申し出。「ええ、ぜひ、閣下」

「フィリップだ」

「でも、わたし、乗馬服をもっていません」

出端《でばな》をくじかれた。だが少し間を置き、ホークは続けた。「あしたの夜、バウチャー卿ご夫妻が晩餐会にお見えになる。たしか、アリシアはきみと同じくらいの体格だ。きみが乗馬服を何着か仕立てるまで、ご自分のを貸してくださるだろう。乗馬は一日、二日、延期すればいい。いまからアリシアとジョンのところに行って、一着、借りてこよう」

「あしたの夜、お客さまがいらっしゃるの？　晩餐会に？」

フランシスの張りつめた声に、ホークが眉をひそめた。「かまわないだろう？　ふたりとも、幼馴染《おさななじみ》なんだよ。ミセス・ジェーキンズと献立の相談をするといい」ホークは、この気乗りのしない晩餐会が自分の発案ではないことを言わなかった。父親が、夫妻を勝手に招待したのだ。

「わかりました」そう言うと、フランシスは優雅に立ちあがった。「それも、しなければならないことなのね。もうひとつの妻の務め」

「今夜は、夕食に下りてくるかい？」

「まだ決めていません」と、フランシスは背を向けたまま答えた。

フランシスが大股で屋敷に歩いていくようすを、ホークは見送った。あれじゃ、まるで男だ。男らしいごつごつした骨の持ち主。だが身体はしなやかで、肌はなめらかで、甘い香りがした。そう考えたホークは、彼女の太腿の感触を思いだした。脚はほっそりとして、長く、優雅な脚線を描いていた。そして、太腿のあいだのやわらかさといったら。気づいたときには、胸はどんなようすだろうと想像していた。その点については、今夜、好奇心を満足させるとしよう。

フランシスは、自分には選択肢がないことがわかっていた。そこで屋敷に戻ると、すぐに呼び鈴を鳴らし、ミセス・ジェーキンズを呼びだした。

「お呼びでございますか、奥さま？」と、畏敬《いけい》の念を起こさせる声が聞こえた。

「ミセス・ジェーキンズ、あすの夜、お客さまがおふたりお見えになると、夫から聞いたんですけれど」

「はい、奥さま。閣下が――つまり伯爵さまのお父上が――ご招待のことを教えてくださったので、献立はもう考えてあります。こちらですが」

そう、侯爵さまのお考えだったのね。フランシスは、夫が仮病を使い、友人の来訪を断らなかったことを意外に思った。彼女は渡された紙に視線を落とした。この眼鏡をかけたまま文字を読もうとするのは初めてだ。文字がぼやけている。これでは判読できない。ミセス・ジェーキンズのほうを盗み見たが、文字を読むために眼鏡を外したりしたら、この威圧的な女性がどれほど妙に思うか、手にとるようにわかった。フランシスはため息をつき、ぼやけた文字を無理やり目で追い、口をひらいた。「すばらしいわ、ミセス・ジェーキンズ。ありがとう」

ミセス・アガサ・ジェーキンズはうなずき、紙を受けとった。ミセス・ジェーキンズは自分の持ち場に戻ってから初めて、新しい女主人にべつの紙を見せてしまったことに気づいた。交換の必要があるリネンの一覧表を渡してしまったのだ。

ミセス・ジェーキンズはオーティスに言った。「妙な話なのよ、ジェームズ。スコットランドでは字の読み方を教えないのかしら?」

「野蛮な未開の土地ですからな」と、オーティスが応じた。

「お気の毒な旦那さま」と、ミセス・ジェーキンズが白いものの混じる頭を振った。「これからの一生をあんな……」ミセス・ジェーキンズは、そこではたと言葉をとめた。雇い主を悪しざまに言うことなど、あってはならない。それも、とくに堅物のご意見番、オーティスに向かって。

「なにか手を考えますわ」そう言うと、ミセス・ジェーキンズはあわてて立ち去った。

その夜、夕食の席で、フランシスはいちども口をひらかなかった。そして、侯爵の古きよき時代の話や、社交界のゴシップ、賭博で当てたりすったりした話に、ただじっと耳を傾けていた。

食事を終え、フランシスが客間に行くと、ホークが彼女のほうを一瞥した。そして彼女と同様、押し黙った。

侯爵は断固として話を続けた。息子とは異なり、軍での経験こそなかったものの、引き際は心得ているつもりだった。

フランシスは辞去できる最初のタイミングを逃さず、自分の部屋に戻っていった。アグネスが暖炉のそばに腰かけ、フランシスの野暮ったいドレスを繕《つくろ》っていた。

「そんなこと、してくださらなくてけっこうよ、アグネス。もう、おやすみなさい」

アグネスがぱっと顔を輝かせた。「ドレスを新調なさるんですか、奥さま?」

「いいえ」と、フランシスが答えた。「お願い、アグネス、もう休んでちょうだい」

二時間ほどたったころ、続き部屋のドアがひらく音が聞こえたとき、フランシスはまんじりともしていなかった。

「フランシス」

「はい」と、フランシスの声。「ちょっとお待ちください、閣下。ネグリジェをまくりあげておきますから。さあ、どうぞ」

ホークはその淡々とした、無味乾燥な口調に身震いをし、髪をかきあげた。「フランシス、その、ぼくとしては――」

「よくわかっています、閣下。わたしを妊娠させたいんでしょう？ 準備はできています。お願いですから、早くすませて」

ホークはそうした。こんどはクリームを塗ったため、彼女を傷つけることはなかった。フランシスは身動きせず、ひと言も声を発しなかった。ホークはさっさと終わらせ、自室に退却した。

自分のベッドにもぐり込んでから、彼女の胸に触れなかったことに気づいた。

〈サンドベリー・ホール〉からお越しになったバウチャー夫妻とのささやかな晩餐会はまずまずのできだった、とホークは考えた。心やさしいアリシアは、最初のショックから立ち直ると、じつに感じよくフランシスと接してくれた。ジョンはといえば、もともと、その魅力で壁から白アリでさえ這いださせる男だ。そのうえ侯爵は、ずっと上機嫌だった。

フランシスはあまりにも静かで、まるで存在していないかのようだった。この長ったらしい食事のあいだ、クレアやヴァイオラがいたら、どんな反応を見せただろう。きっと愛嬌を振りまいただろうし、豊かな胸を見せ、さぞ愛らしかっただろう。

だが、ぼくはフランシスと結婚した。そして、フランシスはぼくを毛嫌いしている。父親に就寝の挨拶をしたあと、ホークは階段を上がりながら肩をすくめ、肚《はら》をくくった。どう見ても、フランシスはぼくを追っ払いたがっている。それなら、願いをかなえてやろうじゃないか。

それにしても、どうして彼女はもう少しましな恰好ができないのだろう？　晩餐のあと、全員が客間に集《つど》い、侯爵がアリシアにピアノを弾いてほしいと頼んだとき、ホークは固唾《かたず》を呑んだ。もしかすると、アリシアのあとでフランシスが演奏するかもしれない。そう考えるだけで耐えられなかった。とくに澄んだやさしい声と、すばやく動く指に恵まれたアリシアのあとでは。それに、フランシスにも決まりの悪い思いをさせたくなかった。ついに父親が演奏してくれないかとフランシスに頼むと、ホークは天を仰ぎ、必死に祈りを捧げた。すると、祈りが届いた。フランシスがとりつく島もない口調で断ったのである。

この女には、感情ってものがないのか？　引っ込み思案で臆病なことは知っていたが、ここまでひどいとは思わなかった。内気も度がすぎれば無礼になる。

ホークはため息をつき、グランニョンを下がらせると、服を脱いだ。そして、続き部屋のドアをあけると、フランシスの疲れきった、うんざりしたような声が聞こえてきた。「またですか、閣下？　もうお疲れになったんじゃありません？」

「ああ」と、ホークは応じた。「だが、疲れていても関係ないんだよ」

「そうですか」と、フランシス。

「あのね、フランシス」と、ホークはベッドに近づきながら言った。「もう少し、ぼくの友人に感じよくしてくれないか。ジョンとアリシアは、ふたりとも、とてもいい人だ」

「いい人なんでしょうね」

フランシスがベッドのなかでもぞもぞと動く音が聞こえた。ネグリジェをまくりあげているのだろう。こんなことは、間違っている。ホークはそう考え、ふいにむなしさに襲われた。人生はこんなふうにあるべきではない。彼はベッドの端に腰を下ろし、膝のあいだで手を組んだ。「ぼくたちの関係が、これほどこじれなければよかったんだが」

「なにもなければよかった」と、フランシスが言った。「わたしたちのあいだに」

「実家が恋しい？」

「ええ」

「すまない、だが……」

フランシスが深く息を吐く音が聞こえた。「わかってる」と、低い声が聞こえた。「いつだって〝だが〟がつくのよね。わたし、疲れてるの。さっさと終わらせてくださる？」

「わかったよ」と、ホークはぶっきらぼうに言った。

すぐに彼女のなかにはいることができ、ホークはほっとした。彼女が相手では、役に立たないのではと心配だったのだ。そんな醜態を見せるのは、とても耐えられない。彼女の奥深くに精を放つと、くぐもった嗚咽が聞こえた。ホークはその場で凍りついた。室内には漆黒の闇が広がっていたにもかかわらず、思わず目を閉じた。彼女を傷つけてしまったのだろうか？　彼女のなかはおそろしく狭く、ホークは何度も何度も、深く突いた。痛くはないかと尋ねようとしたが、どうしてもできなかった。どうせ彼女は感情のこもらない声で、嘘をつくだけだ。

すばやく身を引くと、彼女がびくっと震えたのがわかった。

フランシスは動かなかった。ホークが即座にベッドから抜けだし、続き部屋のドアをしっかり閉める音が聞こえた。

それほど、ひどくはなかったわ。彼女はじっと横たわったまま考えた。痛くはなかった。ただ、あまりにもむなしく、冷《ひや》やかで、人間味に欠けていた。

ふいに、自分のこれからの人生が見えたような気がした。どこまでも孤独で、どこまでも闇が広がっている。そして夫である男性は、必要に迫られたときだけ帰宅する。フランシスは寝返りを打ち、やわらかい枕に顔を埋めた。どうにかなりそうなほど、実家が恋しい。また自由になりたい。もとの自分に戻り、声をあげて笑い、キルブラッケンの小作人の家を訪問し、湖で泳ぎ、真夏のヒースの茂みに身を投げだし、陽射しを浴びたい。

なにめそめそしてるの、この弱虫！　そもそも、彼を追っ払いたいから、へたな芝居を打ったんでしょ。そして、それは功を奏した。彼はあなたのことを見るのも我慢ならない。ましてや、一緒にいるなんて無理な話よ。

じきに、彼はまた自由になれる。そうしたら、彼はでていくだろう。そのとき、フランシス、あなたはどうするの？

翌朝、目覚めたあとも、その疑問にたいする答えは得られなかった。

ほどなくフランシスは、きょうは乗馬にでかけられないことに気づいた。夫がバウチャー夫人に、乗馬服のことを訊いてくれなかったのだ。

11

簡潔は機知の真髄なり。

——シェイクスピア

「お断りします」と、ホークは言った。

「よくもまあ、そんな口がきけたものだ。どうせ道楽三昧《ざんまい》の生活を送るんだろう？　それなのに、そんなどうでもいい理由で、ロンドンに戻るというのか？」

「おっしゃるとおりです」と、ホークは応じた。

純然たる怒りの視線で人を殺すことができるとしたら、ホークはその場でくずおれ、ブーツを履いた父親の足元で息絶えていただろう。

「まったく、信じられん。こんな話は聞いたことがない！」息子を服従させることに失敗した侯爵が、しばらく間を置いてから、怒りを爆発させた。「ロンドンで仕事の話がある？　くだらん！　そんな相手には、おまえがイングランドに戻ったあと、お時間があればお越しくださいと平身低頭させればいい。いいか、ホーク、いま、ロンドンに行くことは許さん」

「いまじゃありません。あすの夜明けです」と、ホークが言った。

「おまえの新妻はこのことをどう思ってるんだ？　そもそも、おまえが彼女を置き去りにしていくことを、彼女は知っているのか？」

「いいえ、まだです。彼女が見つかったら、知らせますよ。なかなか、つかまらないもので。ぼくがそばにいることを察すると、すぐに隠れてしまう」

「夜はべつだが」と、侯爵が伏し目がちに言った。

「ええ」

伯爵は両手を勢いよく上げた。「朝食にしよう」

伯爵と一緒に朝食室にはいると、驚いたことに、フランシスが朝食の席についていた。彼女の手持ちのドレスのなかでもずば抜けて醜悪な、地味な茶色のウールのドレスを着ている。縫製された当時でさえ、まったく冴えない代物だったろう。頭には、吐き気をもよおさせる黄色の帽子が載っている。

フランシスはさっと顔を上げ、会釈をすると、ふたたび卵料理が載った皿に視線を落とした。

侯爵は、ふたりの顔を順に眺めた。「わたしはもう少しあとで朝食をとることにする」そう言うと、侯爵は朝食室をあとにした。息子が少し態度を軟化させますように、フランシスが逃げだしませんように、と短い祈りの言葉をつぶやきながら。

彼女はまるでやつれて色が薄くなった影のようだった。とはいえ、あのいまわしい眼鏡だけは顔にくっきりと浮かんでいる。どういうわけか湧きあがってきた罪悪感を打ち消し、ホークも席についた。

オーティスが給仕係のメイドのロージーを連れ、退室していくと、ホークは椅子の背にもたれ、胸のまえで腕組みをした。

「おはよう、フランシス」

「おはようございます、閣下……いえ、フィリップ」

「きみの語彙が増えたことをよろこばしく思うよ」

「痛みいります」

この女、締めあげてやりたい。だが、そうはせず、ホークは言った。「きみ、もう妊娠してると思う？」

フランシスは思わずフォークを落とした。熱い紅茶のはいったカップを、彼の顔に投げつけてやりたい。とっておきの悪態をついてやりたい。そう思ったものの、フランシスは、低く、こわばった声で答えた。「ありうるでしょうね。あれほどせっせと、あなたが務めをはたしてくださったんですもの」

「ずいぶんと長々しく喋ってくれたね」と、ホーク。「これまで、うなずいたり肩をすくめたりされるだけだったが、ようやく、ぼくにそれ以上の価値があると認めてくれたか」

「とんでもない」と、フランシスが応じた。「あなたには、もっともっと価値がある」

ホークは顔をしかめた。彼女の声は平坦で、感情というものがまるでこもっていない。この女には感受性ってものがないのか？　だが、さっきのせりふには、多少の皮肉がこめられていたような気もした。

「あすの朝、出発する」

「お気をつけて」

「ぼくがいつ戻るかも、どこに行くのかも、気にならないのかな？」ずいぶんと短気でひねくれた物言いをしたことを、ホークは自覚した。

「気になりません」フランシスは、おいしそうな香りのするやわらかいバターをパンに塗りはじめた。ナイフを動かすことだけに意識を集中させる。

ホークはこぶしを握りしめ、嫌みたっぷりの口調で言った。「今夜はまた、きみのところに行くよ。任務に怠慢があってはならないからね」

フランシスは、心臓がつま先まで急降下するのを感じた。月のものが始まっていたのだ。困ったわ、どうしよう？　同じことを繰り返していても、らちがあかない。そろそろ、攻撃を仕掛ける頃合いだ。こんなときに、ただじっと寝てるなんてこと、ネズミにはできない。手を打つしかか、道はないのよ。そう考えたフランシスは、冷たい声で言った。「このあたりにお住まいの紳士のなかから、適当に見つくろった方の名前を書いていってくださらない？

万が一、あなたの……夫の務めが実を結ばなかったら、ほかの殿方にあとを引き継いでいただくから」

ホークはあんぐりと口をあけ、彼女を見た。しばらくすると、われに返り、頭をのけぞらせ、大笑いした。「あのねえ、フランシス」笑いがようやくおさまると、彫像のように身じろぎもせず座っているフランシスに声をかけた。「たとえ、どこぞの紳士を首尾よく誘惑できたとしても、そいつは、ぼくみたいに、きみを……ていねいに扱いはしないさ。それどころか、きみの身体を見ようとしたり、きみの口に舌をいれようとするかもしれない。きみにも察しがつくだろう？　あえて言わせてもらうがね、きみを無理やり、やつのあそこにさわらせようとするかもしれないんだぞ。想像するだけで胸が悪くなるだろう？　気持ちの悪い体毛だって生えてるぜ」

必死の思いで、フランシスは自制した。このうぬぼれ屋、自分勝手で不作法で……。「きょう、出発なさったらいかがです、閣下？　ご旅行にはまずまずのお天気だと思いますけれど」

ホークは黙ったまま、物思わしげに彼女を眺めた。不器量で野暮ったい女性が自分の容姿を苦々しく思うのは当然のことだ。だが、これほど機転をきかせた皮肉の応酬ができるのはなぜだろう？　この猫背にはそぐわない。だいいち、地味としか表現しようのない性格にもそぐわない。

しまった。そう思い、フランシスは舌を噛んだ。疑問に思わせるようなことを、つい口走ってしまった。彼を刺激しちゃ駄目。ここにとどまる理由を与えては駄目。フランシスは皿の横にナプキンを置き、すばやく立ちあがった。

「ご出立《しゅったつ》のまえに、またご挨拶させていただきます、閣下」そう言うと、フランシスは逃げるように部屋をでていった。

ホークは黙ったまま、とくになにを見るでもなく座っていた。いったい、なにが不満なんだ？　姉でも妹でもなく、彼女を選び、伯爵夫人という肩書を与え、家を与えてやった。これだけ箔《はく》をつけてやったというのに、ぼくのことを毛嫌いしている。夜だって、ていねいに扱ってやった。困惑させるような真似はしなかったし、裸を見せろとか、ぼくに触れろとか無茶な命令もしなかった。そこまで考え、ホークは決断した。きょうのうちに、出発してやる。

だが、そうはいかなかった。

二時間後、ホークの寝室にグランニョンがやってきた。「閣下、お客さまがお見えになったと、オーティスが申しております。セイント・リーヴェン卿がお越しになったと」

「なんだって」呆気にとられ、ホークは言った。「ライオネルがどうしてここに？　ロンドンにおさまっているものだとばかり思っていたが」

「エスクリック近郊にお住まいの大叔母さまに会いにいらした帰りに、お寄りくださったそうです。そう、お父上に説明なさったそうで」

「ああ、そうか」記憶をたぐり寄せ、ホークが答えた。「ルシア大叔母さんのことだろう。口やかましい人だそうだが、ライオネルは、その大叔母さんのことが大好きでね」

ホークは、父とライオネル・アシュトンに〈喫煙室〉で合流した。

「やあ、久しぶりだな、ホーク」ライオネルが近づいてくると、ホークの肩を叩いた。「きみが、いまや既婚者とは。おめでとう。もう、いい年齢《とし》だからな」

「きみに言われたかないね、ライオネル。きみがこの世に誕生したのは、ぼくの一年まえだろう？」

「人より早くおとなになるやつもいるってことさ、ホーク」そう言うと、ライオネルがダークブルーの瞳をきらめかせた。「奥方はどちらに？　ネズミとりにきみを引っ張りこんだ絶世の美女にお目にかかりたいものだ」

絶世の美女じゃない。ネズミのほうだ。ホークの口のなかで、舌がだらりと動かなくなった。

突然の沈黙に、ライオネルが眉をひそめた。侯爵の咳払いが聞こえたが、ホークはぼんやりと操り人形のように突っ立っている。

「フランシスはどこですか、父さん？」ようやく、ホークが口をひらいた。

「さあ」と、侯爵が応じた。「奥さまをお連れしなさいと指示したんだが、まだ姿が見えん」

ホークは朝食の席での皮肉の応酬を思いだした。フランシスはほんとうに逃げだしてしまったのかもしれない。

「フランシス」と、ライオネルが言った。「素敵な名前だ。どちらのご出身のお嬢さまなのかな、ホーク？」

「父親はスコットランド人のリヴェン伯爵。彼女は一週間まえまで、ローモンド湖のあたりで暮らしていた」

ほかにも尋ねたい質問が二十は頭に浮かんだが、ライオネルは口を閉ざした。だいいち、お父上がいらっしゃるところで訊けるものか。それにしても謎だらけの結婚だな。

「ブランデーをどうだい、ライオネル？」

そのとき、フランシスがずるずると部屋にはいってきた。ずるずるとしか言いようがない、とホークは顔をしかめて考えた。やれやれ、鞭で打たれる覚悟はできておりますといった顔つきじゃないか。

ホークは咳払いをした。「待ってたよ」と、とびきり陽気な声をかけた。「さあ、こっちにおいで。親友を紹介しよう。セイント・リーヴェン伯爵こと、ライオネル・アシュトンだ。ライオネル、こちらが妻のフランシス」

ライオネルの顔には、いっさい胸のうちがあらわれていなかった。「お目にかかれて光栄です、奥さま」ライオネルはなめらかな口調で挨拶すると、フランシスの手をもちあげ、唇をつけた。

フランシスは、驚いてかがめられた頭を見つめた。ホークほどの美男子は見たことがないと思っていたけれど、この気品あふれる男性も同じくらいハンサムだわ。豊かな髪はこげ茶色で、ホークの執務室のマホガニーの机の色に似ている。

ライオネルが身を起こし、微笑んだ。ホークと同じぐらい背が高いわ。用心しながらその目を見たが、そこにはいっさい嫌悪の色がなく、ただよろこびと知性だけがきらめいていた。急に渇きを覚え、フランシスはあわてて唇を舐めた。なんだか見透かされているような気がする。彼女はもごもごと言った。「こちらこそ、お目にかかれて光栄です、サー」

助けを求めて義父のほうを見ると、状況を察したのか、侯爵がほっとしたような大声をあげた。「さあ、ブランデーにしよう」

「失礼します」と、フランシスはあとずさりをしながら言った。「わたし、ブランデーはいただかないもので、ここで……」そこまで言うと、だれにもなにも言う隙を与えず、部屋を抜けだした。

侯爵からブランデーグラスを受けとると、ライオネルが感慨深いようすで言った。「結婚おめでとう、ホーク」

三人は乾杯した。

三十分もすると、旧友同士のふたりを残し、侯爵が部屋をでていった。

ライオネルは座り心地のいい革張りの椅子に深々と座り、長い脚を伸ばした。「興味津々だよ、ホーク」と、彼は話しかけた。

「きみには関係ないだろ」と、ホークが応じた。

「いつもながら、簡にして要を得た返答ぶり。ぼくは友人に恵まれている」

「高徳なるルシア大叔母さんは元気かい？」

「まるでクリスマスのハムに噛みつくように、すごい剣幕でぼくに噛みついてきたよ。たいていは不機嫌だが、オコジョみたいに元気だ。舌ときたら、きみの馬車の車輪より早くまわる」

「ロンドンできみと再会するのを楽しみにしていたんだが」

「結婚したばかりだろう？　なのにもうロンドンに行くのか？　なるほど、上流社会に新妻を紹介するというわけだね」

「いや、フランシスはここに残る。その、彼女は田舎暮らしのほうが好きなんだ」

「へえ」と、ライオネルは言った。そのまま続きを待ったが、それ以上、ホークからいっさい説明はされなかった。「その気になったら、いつでも秘密を打ち明けてくれよ」

「秘密なんてないさ」と、ホーク。

「血沸き肉躍るような秘密はないのか」と、間延びした、退屈そうな声でライオネルが言った。

「いつまでいるつもりだ？」と、ホークが尋ねた。

「きょう、きたばかりだぜ、ホーク」

ホークは歯ぎしりをした。「言っている意味はわかるだろう、ライオン！」

「最後には、けだもの扱いか。うちの父は、ライオンというあだ名をぜったいに認めなかった。ベレスフォード子爵にはふさわしくない、沽券《こけん》にかかわると考えたんだろう。覚えてるだろう、ホーク、父が不慮の——」

「恋愛して結婚したわけじゃないからだよ、わかったか！」ホークは、ライオネルの祖先に関するおもしろそうな逸話の先を聞こうとはしなかった。「彼女を見てわかっただろう？あんな娘だぜ。きみだって、まじまじと彼女の顔を見ていたじゃないか」

ライオネルが一瞬、妙な視線をホークに向けた。そして、穏やかな口調で言った。「すばらしい伯爵夫人だと思ったよ」

「どこが」

「年に二万ポンドの価値もない？」

「かけらもないね」

「ぼくは旅行かばん持参できたんだ、ホーク。今夜はお世話になるつもりだったが、お望みとあれば、すぐにおいとまして、またルシア大叔母のところに戻るとするか。気の毒に、ぼくの顔など当分、見たくもないだろうに」

「泊まってくれ。一緒に——あした——ロンドンに戻ろう。きみの都合さえよければ」

「そりゃ、うれしいな、ほんとだよ。ところできみ、結婚の通知を《ガゼット》に送ったかい？」

「父の仕業《しわざ》だろう」

「あれを読んだら」と、ライオネルがまた間延びした口調で言った。「あの色白のコンスタンスはどう思うだろうね？」

「彼女とは結婚したわけじゃない」と、ホーク。「そう願ったところで……」

「ああ、わかるよ。きみにはスコットランド人の奥さんがいる。だがアマリーは、打ちのめされるんじゃないか」

「いや、そんなことはない。だって、最初から彼女にはそのつもりがないんだから」

「だが、女性とはそういうものだろう？」ライオネルが、軽い口調で応じた。「妙な話に聞こえるかもしれないが、ぼくはずっと、結婚したら、こんなぼくに我慢してくれる女性と出会えたら、愛人にはお引き取り願おうと思ってきた。そりゃ、アマリーは魅力的だが……」

ホークが心底、驚いたような顔をしたので、ライオネルは言葉をとめた。

「きみの頭じゃ理解できないようなこと、なにか言ったかな？」

ホークがおもむろに言った。「妻のためにおのれの快楽をあきらめる紳士がいるとは、夢にも思わなかったよ。だってありえないだろう、とくに、その妻というのが、ただ……義務で嫁いできた場合は」

「たしかに、ぼくたちの知人のあいだでは、そういう例が多いかもしれない」と、ライオネルが認めた。「だが、愛しあって結婚する夫婦もいるはずだ。ぼくは、そんな幸運な男のひとりになりたいね」

ホークがなにやら粗野なせりふを吐いた。

「そうすれば、よそで密漁しようという気も失せる」と、ライオネルは締めくくった。

「たとえそうなったとしても、一年ももつまい」ホークが冷笑するような表情を浮かべ、じっさいに冷笑した。

「きみがそう考えているのなら、友よ、妻にも同じことがあてはまるんじゃないか？　レディ・コンスタンスは——まあ、鼻持ちならない気取り屋さんだが、目の覚めるような美人だ。そして、恋の火遊びはお手のもの。夫の跡継ぎを産むまでは、ベッドでの火遊びは慎むだろうが、そのあとはどうなることやら」ライオネルは労を惜しまず肩をすくめてみせた。

「きみには皮肉っぽく考える理由がいくらでもあるだろうさ。そりゃ、ぼくだって、ときには……いや、やめよう、くだらない話を延々と聞かせて悪かった。さてと、うちの新顔の馬を見てやってくれないか。あの赤毛はきみの葦毛に圧勝するぞ」

「そんなことになったら、さすがのルシア大叔母さんも口がきけなくなるさ！　あの葦毛は、キンベルが精神的に参っていたときに譲ってもらったんだ。あの葦毛にかなう馬はいない」

フランシスは私道に面した狭い裁縫室の窓辺に立っていた。ふたりの男がいかにも仲良さそうに、厩舎に向かってのんびりと歩いていくのが見える。ふたりとも長身で体格がいい。そして、爵位と富だけがもたらすことのできる自信に満ちあふれている。でも、見かけにだまされちゃいけないわ、と彼女は考えた。セイント・リーヴェン伯爵がもういちどわたしの顔を見なければならなくなったら、さすがに苦痛を表情にだすだろう。本心を二度も隠せるはずがない。それにしても、セイント・リーヴェン伯爵は、妙な顔つきでわたしのことをご覧になっていたわ。

もう一晩、ホークとの睦《むつ》みあいに、我慢しなくちゃならないのかしら。ホークとの睦みあい？　でも、睦まじくしたいなんて、ホークはこれっぽっちも思っていない。夫の務めといったほうが正確ね。夫の義務。跡継ぎの義務。冗談じゃない。

セイント・リーヴェン卿が、夫の言葉に頭をのけぞらせて笑っている。夫はわたしのことを笑い物にしたのだろうか。まさか、そこまで粗野なはずはない。彼女は小さな窓に背を向け、背中を丸めた。

その晩、フランシスは気分がすぐれないと訴え、自分の寝室にこもった。

アグネスが料理の載ったトレーを寝室に運んできた。女主人は落ち着かないようすで部屋のなかを歩きまわっていた。そして怒りのあまり真っ赤に頬を染めたかと思うと、次の瞬間には、金で縁どられた美しい皿に盛りつけられた子牛肉のグレイビーソースのような土気色に顔を変化させていた。気分がすぐれないとおっしゃっていたけれど、妙な具合ね、とアグネスは考えた。

「もうあんなことはさせるもんですか、二度と」数時間後、ひとりきりの室内でフランシスは声にだして断言した。「もう充分」

なにか行動を起こさなくては。このままここにいて、彼に部屋にこられたら、自分が妊娠とはほど遠い状態にあることを白状しなければならない。月のものがきていると、正直に話さなければならない。そんな告白をしたらどうなるかを想像するだけで、頭のなかが真っ白になった。

彼女はベッドカバーの下に、ふわふわとした長枕を押し込み、裁縫室に向かった。

三時間後、ホークはそっと彼女の寝室にはいっていった。自分では認めたくないほど酔っていたが、決意は固かった。そして、長枕が女性ではないことに気づくまで、だいぶ時間がかかった。彼は漆黒の闇に視線を落とした。両手の先にある、まるで女性の脚のように感じられる物体がじつは長枕であることが、ついに呑み込めた。すると、憤怒の念が湧きあがってきた。

こっちはなにも頼まなかったじゃないか！　女性なら欲しがるものを、すべて与えてやった。たしかに性交を要求はしたが、それだって、彼女の貴重な時間を十分間費やせばすむ話だ。おまけに、ぼくがせっせとことに励んでいるあいだ、彼女はただ丸太みたいに横たわっていた。ホークは、自分がもう何度もその理屈をこねていることに気づいた。だが、かまうものか。彼女の短所のリストは長くなるいっぽうだ。

ホークは怒りの咆哮《ほうこう》をあげかけたものの、ライオネルと父親が屋敷に滞在していることを思いだした。自分が騒ぎを起こそうものなら、滑稽《こっけい》な一幕が演じられるのは目に見えている。ライオネルが気取った口調で言うのが聞こえてくるようだった。「これは妙な話だな、ホーク。長枕と妻を間違えたって？　彼女、きみから隠れていたと、そういうわけかい？」

ホークは怒りを呑み込んだ。

彼女には、しばらく、愚かな茶番に満悦させてやるとしよう。まったく、わがままなうすのろめ！

自分のベッドで横になり、目を閉じると、部屋がぐるぐると回転しているような感覚に襲われた。フランシスにはそんなつもりは毛頭なかっただろうが、もしかすると、彼女のおかげで、男として恥をかかずにすんだのかもしれない。

全身が麻痺したような気がした。当然、なんのうずきも感じなかった。

翌朝、ふたりの男は出発した。どちらも、ノッティンガムまでつきまとうであろう二日酔いを引きずって。

ホークは妻に別れの挨拶をしなかった。どこにも見当たらなかったのだ。

フランシスは、ふたりがでていくようすを、裁縫室の窓からじっと見張っていた。ああ、せいせいした。レースのカーテンをもとに戻しながら、彼女は安堵した。部屋をでると、義父が階段の下で待っていた。

「おはよう、フランシス」と、侯爵が快活な声で言った。

「おはようございます」と、フランシス。

「よく眠れたかい、きみの隠れ家で?」

どうしてご存じなのかしら?

フランシスは顎をさっと上げた。「ええ、サー、よく眠れました」

「ホークはでかけたよ、ライオネルと一緒に」

「ええ、後ろ姿が見えました」

「それで、とうとう姿を見せたというわけか」

「お腹がすいてしまって」

「ずいぶん臆病だなあ。ちょっと、つきあってくれるかな?　見せたいものがある」

フランシスは警戒するような視線をちらりと義父に送ったものの、こころよくあとを追い、図書室にはいっていった。侯爵は静かにドアを閉めると、彼女に向きなおった。「これを見せたかったんだよ、フランシス」

義父が伸ばした手から、彼女は小さな細密画を受けとった。自分の笑顔をじっと見おろす。

「うちの父が……どうしてこれを送ったんでしょう？　これ、父から送られたものですよね」

「ああ、そうだ」と、侯爵が言った。「未来の嫁の肖像画を見たかろうと、送ってくださった。お父上は、ホークがこのお嬢さんを選ぶことを、心から望んでいらした」そう言うと、侯爵は幸せそうな愛らしい顔を指さした。「だが息子は、いまのきみを選んだ。わたしを見くびらんでくれよ、フランシス。まだ老いぼれちゃいないし、ホークが姉妹のなかからきみを選んだ理由もよくわかっている。あれはわたしに嘘などつけない。子どものころは、嘘をつくと、いつも頬がひきつっていたものだ。成人してからは、嘘をつこうともしなくなったが。とにかく、フランシス、ひとつ訊きたいことがある。なんだって、こんな手の込んだ芝居をしている？　ホークは、茶番を演じているきみを紹介されたんだろう？」

堪忍袋の緒が切れた。フランシスは侯爵に向かってこぶしを振りあげ、叫んだ。「なにもかも、あなたのせいでしょ！　あなたが追いはぎにあうようなへまをしなければ、いまいましいうちの父に助けてもらったりしなければ、こんな目にあわずにすんだのに！　わたし、ロザミア伯爵なんかと結婚したくなかった。キルブラッケンを、スコットランドを離れたくなかった。だから、おたくの大事な息子さんが、ぜったいにわたしのほうを見ないようにしたかったんです！」

「どうやら、息子はまだ――ほんとうのきみを見ていないようだね」侯爵が穏やかな口調で言った。いかにもリヴェン家らしい感情の発露を目の当たりにし、うれしくなった。「きみのことがだんだんわかってきたよ、フランシス。だが、まだ疑問が残っている。息子に求婚されたとき、どうしてほんとうの自分を見せなかった?」

「だって、彼、すぐにいなくなったんです! 脱兎のごとく、グラスゴーに逃げてしまった。わたし、彼とは結婚したくないと父に言いました。でも、おまえにほかの選択肢はないとはねつけられて。おわかりでしょうけれど、すべてはお金の問題なんです。そもそも、あなたが結納金を一万ポンドも用意なさるからいけないんです!」

侯爵は上《うわ》の空で顎を撫でた。いやはや、なんとも愉快な騒動だ。そのうえ、興味深い。

「そういうことか、フランシス。変装を続ければ……ホークがうんざりして、きみを置いてさっさといなくなると、そう踏んだわけだね」

「そのとおりです」と、とげとげしく答えた。「うまくいきました」そう言うと、フランシスが急に顔をくしゃくしゃにし、両手に埋めてすすり泣きを始めた。

「フランシス!」

「大きな声ださないでください」フランシスはそう言うと、手の甲で目をぬぐった。「ほんとうに、彼はでていってしまった。わたしはいま異国の地で、わたしのことをただのお馬鹿さんだと思っている使用人たちに囲まれている。伯爵夫人というご立派な地位に、わたしなんかまるでふさわしくないと思っている人たちに……もう、うんざり! ここには美しい湖がないし、ヒースの茂みもない……ああ、どうすればいいの!」

「どうすればいいのか、わかっているはずだ、フランシス」と、侯爵がとてもやさしく語りかけた。

フランシスはうっとうしい眼鏡を外し、侯爵をにらみつけた。

「きょうから始めればいい」

「なんのことです?」と、フランシスが問いただした。

「いいかね、フランシス。きみはロザミア伯爵夫人だ。たとえお父上であろうとお母上であろうと、だれもきみに口答えはできない。きみはここの女主人。ここが、きみの家なのだ。ここにはきみの使用人たちがいる。きみは、好きなことを好きなようにできる」

フランシスはしばらく侯爵をじっと見つめた。落ち着いた口調で語られた言葉が、まごついた頭に少しずつしみこんできた。

深く考え込み、眉をひそめながら、フランシスはのろのろと言った。「そのとおり。わたし、好きなことを好きなようにできるんですよね?」

「間違いない」と、侯爵が請けあった。希望の光が見えてきた、と思いながら。

フランシスが、まぶしいほどに美しい笑みを見せた。そして頭から帽子を引っ張り、床に放り投げた。そして、足で踏みにじった。

次に、きつくまとめた髪からピンを引き抜き、勢いよく頭を振り、豊かな髪を垂らした。

フランシスはうれしそうに笑いだした。「閣下、みすぼらしいネズミは、たったいま、板張りの裏で息絶えました」そう言うと、宙高く眼鏡を放り投げ、床に着地した眼鏡を踵《かかと》で踏みつぶした。

「閣下、ヨークでまずまずの婦人服の仕立屋をご存じですか？」

「レディ・アリシア・バウチャーをお茶に招待しよう。彼女なら最高の仕立屋を知っている、間違いない。家計に関してはだ、ここの女主人として、好きなようにすればいい。さてと、ネヴィルの服がしまってあるトランクがあるはずだ。きみにも着られるズボンがあるだろう。乗馬にでかけたいんだろう？」

「娘よ、きみは、とんだおてんばだ」

フランシスは侯爵の首に両腕をまわし、抱きついた。「ずる賢いお義父《とう》さま、最高！」

フランシスは有頂天になり、声をあげて笑った。そのため、侯爵が小声でつけくわえたせりふが聞こえなかった。「哀れな息子よ。いまのところ、おまえに勝ち目はないぞ」

侯爵は、屈託なく笑うフランシスと並んで馬を進めながら、ホークの留守をいつまで許していいものかと考えた。とりあえず、フランシスがこの家に馴染むまでようすを見よう。そのあとで、息子のことをどうするか、考えればいい。ずる賢い老いぼれがお節介を焼かなければ、思慮の足りない若者に相応の罰を受けさせることなど、できないからな。

フランシスには、夫がいずれ戻ることがわかっているのだろうか？　その事実を突きつけられたら、どんな行動をとるのだろうと、侯爵は思案した。遅かれ早かれ、息子はかならず帰ってくるのだから。

12

彼女はおべっか使いだ。

――ウィリアム・コングリーヴ

ミセス・ジェーキンズは、威厳もなにもあったものではない顔で、あんぐりと口をあけていた。アグネスもまた、女主人のあまりの変貌ぶりにぽかんとしていたが、頑固で柔軟性に欠ける性格のミセス・ジェーキンズのほうが新たな現実に対応できずにいた。

「あの……奥さま、これはどういう……?」

フランシスは可愛らしい笑みを浮かべ、やさしく言った。「どうぞ、おかけになって、ミセス・ジェーキンズ。一緒に、ちょっとした計画を立てていただきたいんです」

「さしでがましいようですが、奥さま、ここは閣下の執務室です」これまでミセス・ジェーキンズは、殿方の聖域に侵入した淑女など見たことがなかった。

フランシスは、そのあたりの事情をよく承知していたが、輝くような笑顔を曇らせはしなかった。ミセス・ジェーキンズは〈デズボロー・ホール〉の家事いっさいを仕切る女中頭としてずっと君臨してきた。いわば巫女《みこ》として仕え、彼女のご神託にはだれもさからえなかった。だが、フランシスはその神殿を乗っとるつもりだった。それも、いますぐに。もうこれ以上、ぐずぐずしてはいられない。

「どうぞ、おかけになってください」フランシスがそう繰り返すと、ミセス・ジェーキンズが腰を下ろした。その拍子に、腰にぶらさげた鍵束がじゃらじゃらと大きな音をたてた。

「さて」と、フランシスが口をひらいた。「ここに、あなたと一緒にすることのリストがあります。まず、毎週、月曜の朝に、一週間の献立を検討し――」

「ですが、奥さま」と、ミセス・ジェーキンズが泡を喰ったように言った。「字がお読みになれないのでは？」

フランシスは思わず声をあげて笑った。「故郷のスコットランドのみなさんに申し訳ないことをしたわね、ミセス・ジェーキンズ。そんな第一印象を与えてしまったなんて。字は読めるから安心してください。あのときは、例の眼鏡をかけていたから、視界がぼやけていたの。ということは、あなたが見せてくださったのは、晩餐の献立じゃなかったのね？」

「交換するリネンの一覧表でした！」

「それ、まだ手元におありでしょう？　けさは、それを拝見することから始めましょうか。そのあとで、このお屋敷のすみずみまで、案内していただきたいの」

ミセス・ジェーキンズはあいかわらず、積荷を満載した三本マストの帆船が砂州《さす》をもがきながら進んでいるように見えた。フランシスは座ったまま身を乗りだし、美しいマホガニーの机に両のてのひらを置いた。「これからは、あなたとわたしで、うまく切り盛りしていきましょう。これまで、女主人のいないお屋敷で、ご苦労も多かったと思います。男所帯は、ぎすぎすしがちですもの」

そんなことはなかったが、口答えするほど馬鹿ではなかった。ふいに、ミセス・ジェーキンズの脳裏に、ふちの欠けた食器、虫に喰われてぼろぼろになったリネン類、先代の古きよき時代に〈真紅の間〉を彩っていたカーテンなどの光景が浮かんだ。

「はあ」と、ミセス・ジェーキンズは不承不承、応じた。仕方がない。この奥さまは、未開のスコットランドからいらした娘さんなんだし……まあ、未開はちょっと言いすぎかもしれないが。「じつは、犬がおりまして、奥さま」

「犬?」フランシスが呆気にとられて繰り返した。「なんの犬です?」

「閣下の……先代の閣下の狩猟犬が何頭かおりまして。いまの閣下は、お屋敷のなかに平気で犬たちを連れていらっしゃるんです。ただ、今回は、そうなさいませんでした。理由はわかりませんが――」

「わかりました、ミセス・ジェーキンズ。今後は、いっさい、屋敷のなかに動物をいれ、騒がせることは認めません」

ミセス・ジェーキンズは必死の思いで、ばらばらになった脳みそをひとつにまとめようとした。なんと目まぐるしい早さで、事態は変わっていくことか。彼女はうなずくことしかできなかった。

広大な屋敷の見学は、驚きの連続だった。肖像画がずらりと掛けられた〈西の回廊〉の細長い通路をずんずん進んでいくミセス・ジェーキンズのあとを追っていたフランシスは、思わず足をとめた。夫の女性版のような若い婦人を描いた肖像画があったのだ。彼女はそちらに近づき、きょとんとして肖像画を見あげた。

「レディ・ベアトリスの肖像画です、奥さま」と、ミセス・ジェーキンズが説明した。「閣下のお姉さまです」

お姉さまがいらっしゃることを聞いてないとは、さすがに言えないわ。そう考えたフランシスは言葉を選び、こう言った。「お義姉《ねえ》さまのこと教えてください、ミセス・ジェーキンズ？　まだお目にかかったことがないの」

ミセス・ジェーキンズは唇をかたく結んだが、身にしみこんだ忠誠心が逡巡《しゅんじゅん》に打ち勝った。「ご長男のネヴィル卿のことは、もちろん、ご存じでいらっしゃいますね。溺死なさっていなければ、今年、三十一歳におなりでした。レディ・ベアトリスが二十八歳、閣下が二十六歳。レディ・ベアトリスはじつに活発なお嬢さまで、十九歳のとき、お父上の反対を押し切り、お父さまより年上のダンスモーア卿と結婚なさいました」

フランシスはその話にいぶかしげな顔をした。それじゃまるで、ベアトリス——わたしの義理のお姉さん！——が生活に困っていたみたいじゃない？「お義姉さまは、どうしてその殿方と結婚なさったのかしら？」

「わたくしには知るよしもありませんが、ダンスモーア卿は資産家で、レディ・ベアトリスは女主人になることを望んでいらしたようです」

「おふたりはいま、どちらにお住まいなの？」

「ダンスモーア卿は二年まえに他界されました。レディ・ベアトリスはいま、ロンドンにお住まいです。いまはもっと若い紳士、チャーマーズ子爵とご婚約中とか」

ホークがそんな姉の話をしなかったのも無理はない、とフランシスは考えた。それどころか、自分自身や家族のことを、彼はいっさい話してくれない。もうわたしには、レディ・ベアトリスに会う機会がないのかもしれない。だって、夫はわたしをイングランド北部に隔離しておきたいと思っているのだから。

フランシスは、必死でにっこりと笑みを浮かべた。「先を急ぎましょう、ミセス・ジェーキンズ」

あとになって、ミセス・ジェーキンズは自分の狭い居間でオーティスに説明した。「まさに、つむじ風みたいな女性よ、ジェームズ。それにあの変わりよう！あんまりびっくりして、頭がくらくらしたわ！」

「わたしには、こうのたまったよ」この打ち明け話に、オーティスもややくだけた口調で応じた。「従僕の仕着せが気にいらないと！　ロザミア家の紋章を調べたら、色が違うとさ」

ミセス・ジェーキンズは同情を覚え、胸をぎゅっと抱きしめた。

「閣下がなんとおっしゃることやら。奥さまの変貌ぶりは、まさに『たまげたのなんのって』よ」と、彼女が言った。

ふたりのやかまし屋は、しばらく黙って紅茶を飲んだ。これまでの暮らしは昔日《せきじつ》の彼方《かなた》となり、もう二度と戻ることはない。そう、それぞれの胸で反すうしながら。

「もっとミルクをいかが、ジェームズ？　とにかく、奥さまにはすみやかに、断固として、身のほどをわきまえてもらうわ！　だってそうでしょう、閣下はあとを振り返りもせずに出発なさったのよ！　妙じゃない？　それに、あの恰好、以前の恰好ときたら――全体的にくすんでいたとしか言いようがない」

「アガサ、彼女は女主人なんだぞ。閣下がなにをなさろうが、奥さまがなにをなさろうが、われわれには関係ない。たしかに妙ではあるが、奥さまはようやく、自分が女主人であることに気づいたんじゃないか。侯爵さまの仕業《しわざ》だろう」

「彼女、字が読めるのよ」まるでそれが大罪であるかのように、ミセス・ジェーキンズが大声で言った。

「それはよかった」と、紅茶を飲みながらオーティスが言った。「もう少しミルクをいただけるかな、アガサ」

「けさ、彼女のドレスや乗馬服が、またヨークから届いたの。アグネスったら、すっかり舞いあがっちゃって。彼女の浪費に気づいたら、閣下がなんとおっしゃるか――」

「だが、以前の服装のことを考えたら、どれもいますぐ必要なものばかりだ」と、オーティスがいさめた。

ミセス・ジェーキンズはそばのテーブルに置いた小さな時計をちらっと見た。「いけない、バウチャー夫人がじきにお見えになるわ。上等の紅茶を用意するよう、奥さま気取りのかたがご所望なの」

「そういえば」と、オーティスがしょぼしょぼした目を光らせ、淡々と言った。「ミスター・カラザーズが奥さまの夕食に同席なさるそうだ。奥さまは、第二食堂だけを使うようにと仰せだ」

「外聞の悪いこと」


レディ・アリシア・バウチャーはとても愛らしい女性で、六年ほどまえ、フィリップ・ホークスベリー卿がロンドンのホークスベリー家のタウンハウスに滞在していたころ、彼に熱をあげていた。フィリップは腕を骨折したため、三角巾でつり包帯をし、軍を離れていたのだ。フィリップは彼女といちゃついたものの、傷が癒えると軍に戻っていった。そのあと、アリシアはフィリップの幼馴染のジョンと二年ぶりに再会し、恋に落ちた。いまでは、ハンサムなフィリップに気を許してしまったことを、ときおり後悔するだけだった。

アリシアはティーカップ越しに、フィリップの妻を見やった。初めてフランシスに会ったときは、フィリップに同情したものだ。でも、いまのほうが、フィリップに同情すべきなのかもしれないと、彼女は痛ましく思った。

「お紅茶を飲みおえたら、ほかのドレスも見にいらしてね。アドバイスくださって、ほんとうに感謝しているの。ああ、このお紅茶じゃ薄すぎると、ミセス・ジェーキンズに言っておかないと！」

「フランシス」と、アリシアが唐突に口をひらいた。「いったいぜんたいどういうことなのか、見当がつかないんだけど」

「気になさらないで。正直なところ、いま、その話はしたくないの。さあ、このドレスの感想を聞かせて」

「とってもきれいよ」と、アリシアは正直に答えた。フランシスはお世辞抜きできれいだった。レモン色の絹の綾織のスリップに、光沢のある薄手のモスリンのふわりとしたドレス。上半身ごろは三連のレースが喉元まで続き、何列ものレースで縁どりがほどこされている。上半身に密着した身ごろは慎み深いものの、その下にある豊かな胸をきわだたせていた。

フランシスは優雅だ。ほかに言いようがないわ、とアリシアは胸のうちで認めた。つやつやとした栗色——いいえ、赤褐色がかっているかもしれないし、金髪に近いかもしれない——の巻き毛の先からなにもかも、優雅そのものだ。

どうやらフランシスが自分より三つは年下であることに、アリシアは初めて気がついた。そう考えると気が重くなり、年齢のことなど考えまいとした。フィリップのために、フランシスの友だちになりたかったのだ。たとえ、彼女がスコットランド出身であろうと。たとえ、彼女がフィリップの妻であろうと。それにしても、彼女はどうやってフィリップの関心を引いたのだろう？　なんだって内気で野暮ったい娘のふりなんかしていたのだろう？

じきに、ぜったいにこの秘密を解き明かしてみせる。アリシアはそう決意した。

アリシアは明るい口調で尋ねた。「フィリップからお便りはあって？」

「いいえ」まったく意気消沈したふうもなく、フランシスが答えた。

「でも、もう二週間になるでしょ、フランシス！　彼、ロンドンでなにしてるのかしら？」

フランシスが肩をすくめ、表情の豊かな口元にちらりと笑みを浮かべた。「間違いなく、羽を伸ばしているでしょうね」

「わたしなら、そんなこと許せない！」

フランシスは穏やかに答えた。「でも、わたしは平気なの、アリシア。あ、お義父さまとマーカスがいらしたわ！　どうぞ、おふたりとも。ご挨拶なさってね」

しばらく、礼儀正しい挨拶がかわされた。

「フランシス、お父上から手紙が届いたぞ」そう言うと、侯爵が皺の寄ったみすぼらしい封筒を差しだした。

「ありがとうございます、サー。さあ、お紅茶をどうぞ。マーカス、あなたはミルクをいれるのよね？」

「はい、奥さま」と、マーカス・カラザーズが言った。彼はまだショック状態から抜けだせずにいた。新しい女主人が、ヒキガエルから王子に化けた——いや、たとえは悪いが、それくらいの変貌を遂げたと、マーカスは胸のうちでひとりごちた。そのうえ、とても可愛らしい。あす、手伝ってほしいと頼まれていたが、それをどう解釈すればいいのか、まだ決めかねていた。

フランシスがテーブルに置いた封筒を、義父がじっと見つめているのに気づいた。「あとで読むことにします、サー」と、フランシスが言った。「中身は、真っ赤な嘘と冗談と助言だけでしょうが」

侯爵がうなずいた。「素敵なドレスだよ、フランシス。とてもよく似合っている」

そんな言い方じゃ全然表現が足りない、とマーカスは思った。

「ありがとうございます」フランシスはすました声で応じたが、その灰色の瞳にはいたずら好きの悪魔が躍っていた。「サー、さきほど、レディ・ベアトリスの肖像画を回廊で拝見しました。とても美しいかたですね」

侯爵はしばらく黙っていた。やがて、肩をすくめた。「そうかもしれん」その遠回しな言い方に、フランシスがいぶかしげな顔をした。

「わたし、もう何年もベアトリスとお目にかかってませんわ」と、アリシアが言った。「お元気でいらっしゃいますか？」うなずく侯爵を見ると、こんどはフランシスに話しかけた。「ベアトリスは、エドマンド・レイシーという素敵な紳士と婚約なさったそうなの。ネヴィルのご親友で、いまはフィリップとも親しくなさっているそうよ。有名な種馬飼育場と競走馬の厩舎を所有なさっているとか。デヴォンシャーのほうでしたか、サー？」

「そう聞いておる」と、侯爵が答えた。

フランシスはごまかされなかった。侯爵はこの話題にうろたえているようだが、その理由がわからない。彼女は侯爵に同情し、あわてて話題を変えた。「そうそう、ご近所のみなさまにどうご挨拶にうかがえばいいのか、アリシアにうかがいたかったの。あれこれ尋ねられても大丈夫なように、心の準備はできてますが」

「でしょうね」と、アリシア。「まず、あなたの名刺をつくらないと。ヨークのクロッカーさんの店がいいわ。シンプルで優雅な名刺にしましょ」

「最高の組み合わせだわ」と、フランシスは言った。これまでずっとシンプルなものを好んできたけれど、いまは優雅さが欠かせないというわけね。

「あなたはいま、この地に馴染みつつあるところだっていう噂を広めておくわ。ご挨拶まわりをしたいと心から思えるようになるまで、無理に名刺をつくる必要はないのよ」

「ええ、わかってます」と、フランシスが応じた。「わたしだって、社交儀礼をまったく躾けられなかったわけじゃありません」

「あら、そうかしら」

フランシスは、そのジョークににっこりと笑った。

アリシアが〈デズボロー・ホール〉をあとにするころには、霧雨が降りはじめていた。心配したフランシスが尋ねた。「夕食を食べていらっしゃらない、アリシア？　従僕を使いにだし、帰宅が遅くなるとジョンにお伝えするわ」

しかし、アリシアは辞去した。アリシアを見送ったフランシスは、客間には戻らず、オーティスをさがしだした。

「オーティス、悪いけれど、あす、ヨークにつきあってくださらない？　男性用のお仕着せを選ぶのを手伝っていただきたいの」

その誘いに、オーティスは腰を抜かした。と同時に、内心、得意満面になり、それが無表情な顔にわずかにあらわれた。「よろこんでご一緒させていただきます、奥さま」と答えた。無意識のうちに、彼はフランシスの評価を何段階も上げた。

「いやはや」と、オーティスはのちにミセス・ジェーキンズに話しかけた。「奥さまに手伝ってほしいと言われたよ。どう思う、アガサ？　ウールとブロード綿、どちらがいいかな？

両方買うのがいいだろう。奥さまは、ケチケチなさるまい。それより、どんな色を選ばれるのか、気になるな。真紅と青がいちばん優雅か。ああ、間違いない、いちばん優雅だ」

ミセス・ジェーキンズは嫉妬心を燃やしていたが、それもフランシスに呼ばれ、新しいリネンについて助言を求められるまでのことだった。「やっぱり、リネン類は新調すべきだと思うの、ミセス・ジェーキンズ。これまでほんとうによくしのいでくださったわ。でも、そろそろ、思いきってお金をかけないと。この件に関しては、あなたの経験を信頼しています。おまかせしていいかしら？」

フランシスのきらめく瞳に、ミセス・ジェーキンズは心を許した。

「ああ、それにもうひとつ。使用人のみなさんが使っているお皿――ひどいありさまでしょう？　ふたりで一緒に、新しい食器を一揃い、選ばない？　頑丈で長持ち、でも、素敵な食器を。いかが？」

あしたは、とフランシスは考えた。あなたと勝負よ、ミスター・カラザーズ。あなたの私室でね。そう考えていたフランシスは、ミセス・ジェーキンズが興奮もあらわに口にした提案に注意を戻した。ミセス・ジェーキンズったら、初めて、わたしに微笑んでるわ。

さあ、ワインと女だ、
陽気に笑うぞ、

説教とソーダ水は
あすでいい
――バイロン卿

ホークはレディ・コンスタンスに微笑みかけると、少し抱きよせ、舞踏室で彼女をくるくると回転させた。彼女がこれほど愛らしいことをすっかり忘れていた。乳房が誘惑するように彼の胸に押しつけられ、指は彼の肩に食い込んでいる。

ところが、彼女はえらくご機嫌ななめだ。まあ、無理もないが。

「お話があるの、閣下」彼女の震える声に、ホークは動きをとめた。

「続けてくれ」と、ホークは応じた。「ぼくは、きみの意のままだ」

「嘘ばっかり。あのね、お訊きしたいことがあるの。どうして花嫁をロンドンに連れていらしてないの？」

「それにはお答えしかねますな、コンスタンス。ほかに質問は？」

「なら、奇妙な噂が広がってることはご存じね」

「いつものことさ。ぼくの噂話なんて、おもしろくもなんともないだろうに」

「サリー・ジャージーは、そう思ってないわ」

「じきに飽きるさ」と、ライオネルの物憂げな口調を真似してみた。

コンスタンスはほんの少し顎を震わせるという技を駆使した。これまでの経験では、効果抜群の技だ。「わたし、本気で期待してたのよ、閣下……ホーク、わたしたちのあいだにはもっと――」

「そろそろ」と、ホークが口をはさんだ。「一曲、終わるぞ。シャンパンでもいかが、コニー？　ぼくのような所帯持ちの年寄りは、ひと息つけるとありがたい」

コンスタンスが深いため息をついた。息を思いきり吸い込んだので、ホークの目がいっそう突きだした胸に吸い寄せられるのがわかった。まだ、わたしのことが欲しいのね、と彼女は思った。なのに、どうしておかしな結婚なんかしたの？　なんだってヨークシャーに新妻を置き去りにしてくるのよ？

シャンパンを飲んでいると、のんびりとライオネルが歩いてきた。

「たいへんな混雑だな」ライオネルはレディ・ベリンガムの舞踏室をゆっくりと見まわした。「お久しぶりです、レディ・コンスタンス。なんなりとお申しつけください。ホーク、きみのお申しつけは聞けないが」

セイント・リーヴェンに標的を変えようかしら、とコンスタンスは思案した。社交界にデビューして二年め。花婿にふさわしい紳士に強くアピールしてほしいと両親が期待していることを、彼女は承知していた。彼、ハンサムだし、すごく好感がもてる。ふたりの紳士の会話を聞くともなしに聞いていたコンスタンスは、ライオネルの言葉に思わず耳をそばだてた。

「フランシスもここにいればお大いに楽しんだろうに。彼女はけしからんワルツを踊るのかい、ホーク？」

フランシス。新妻の名前ね！　セイント・リーヴェン卿は、彼女に会ったことがあるのかしら？

「さあ、まったく記憶にない」ホークはそう言い、ライオネルを黙らせようとした。ちょうどそこにベラミー卿がちょこまかと歩いてきて、コンスタンスにダンスを申し込んだ。ホークはほっと胸を撫でおろした。

「にやけ野郎め」ベラミー卿がコンスタンスをリードし、カントリーダンスを始めるようすを見ながら、ライオネルが言った。

「ライオネル、その接眼レンズ、外してくれないか。例の眼鏡をかけたフランシスを思いだしちまう」

「もう彼女が恋しくなったのか？　ロンドンにきてからまだ二日めの夜だろ？」

「ぼくが恋しいのは」と、ホークは応じた。「アマリーだよ。失礼するよ、ライオン。ちょっとカーゾン通りに顔をだしてくる。アマリーは、ほかの女と違い、どこまでも甘くやさしく、ぼくを待っていてくれる」

「どこまでも甘くやさしく、か」そう言うと、ライオネルがなにやら物思いに耽った。「ずいぶん凝った言い回しだな。ま、楽しんできたまえ、友よ」

ホークは思う存分楽しんでやると意気ごみ、カーゾン通りにあるアマリーの洒落《しゃれ》た家に向かった。この家は、当然のことながら、彼が費用をだし、アマリーに選ばせ、調度品も好きな物を揃えさせたものだった。到着すると、小柄で生意気なフランス人のメイドのマリーに出迎えられた。

「マダム、お待ちかねでした、旦那《ムッシュー》さま」

むくむくと欲望が高まるのを感じ、彼女の寝室めがけ、ホークは勢いよく階段を上がっていった。

アマリーはピンクのフリルのついたベッドカバーの真ん中にゆったりと座り、膝の上にお気に入りの本をひらいていた。このディドロっていう思想家、たいへんな才能の持ち主だわ。ウイットにも富んでいるし。そう考えていたアマリーは、ホークの足音を聞き、ディドロの薄い本を枕の下にすばやく隠した。

彼に会いたかった、それは間違いない。お父さまはもうお亡くなりになったのかしら、と彼女は考えた。お父さまの領地に向かい、ロンドンを発ったとき、ホークはひどく動揺していたもの。《ガゼット》に目を通しておけばよかったのだが、新聞は退屈だ。自分と同じフランス人の洗練された文章のほうがずっといい。

戸口にあらわれたホークは、息を呑むほど凛々《りり》しく、その大柄な軀体《くたい》は、いかにも女性らしいこの寝室におさまらないほどに見えた。

「わたしの鷹《モン・フォコン》！」アマリーは歓声をあげ、ベッドから飛びおりた。すぐにホークの力強い腕に抱きしめられ、彼の肩に顔を押しつけた。

「フランス語で〝ホーク〟と呼ばれるのは、いつまでたっても妙な感じだ、アマリー」そう言いながら、ホークは彼女の背中から尻へと両手をすべらせた。彼女の甘い香りを吸い込む――女性らしい香りと、バラの香油の芳香。陶然たる組み合わせ。「きみが欲しい、いますぐ」と、低い声でつぶやいた。

アマリーは彼に密着させた身体を、そっと動かした。固くなった男性自身でズボンが引っ張られている。「欲しがっているの、伝わってくるわ、愛しいひと《モナムール》」そう囁き、彼女はつま先立ってキスをした。

「きみは、アマリー？　ぼくが欲しい？」

アマリーは首をかしげた。「なんて滑稽《リディキュール》な質問かしら！」

彼の手が部屋着のなかにすべり込み、器用な手が下腹部を撫でまわし、ついに彼女の大切な部分に触れた。

「ああ、なんていいんだ」と、彼女のぬくもりを感じ、その濡れた感触を楽しみながら、ホークが言った。

「意外だったの、モン・フォコン？　冷たいとでも思った？」

「さあね」そう言うと、軽々と彼女を抱きあげた。フランシスなら冷たく、渇ききり、こわばっていただろうと思いながら。

ホークがすばやく服を脱いでしまったので、アマリーは彼の美しい肉体をほとんど鑑賞することができなかった。ホークはすぐにベッドに上がり、彼女の横にくると、ピンク色のシルクの部屋着を脱がせた。

「ああ、きみが恋しかった」そう言うと、ホークは彼女の胸に顔を埋めた。

「わたしもよ」と、アマリーは囁き、やさしく彼を抱きよせた。

「我慢できそうにない、アマリー」と、ホーク。男性自身が張りつめ、痛いほどだ。

「わたしの楽しみは、あとにとっておいて」そう言うと、アマリーは彼を受けいれようと身体をずらした。彼が深く突いてくると、彼女は目を閉じた。「ああ、いいわ」背をそらせ、腰を突きあげ、そう囁く。

ホークは、彼女の太腿が脇腹にまわされ、手で尻をつかまれるのを感じた。次の瞬間、彼は絶頂に達した。頭をのけぞらせ、喉から愉悦の声を漏らす。

彼女の上にどっとくずおれ、頭を並べ、枕に沈めた。

アマリーは彼の頭をやさしく撫で、微笑んだ。「三十分あげるわ、ホーク。そうしたら、もういちど、愛人になってね」

「夫ではなく」いまいましいことに罪の意識を覚え、ホークがつぶやいた。

「なんのこと?」と、アマリーが尋ねた。

「あとで話すよ」

「お父さまはいかがだった？」

「きみと同じぐらい元気だった。いや、きみよりぴんぴんしてた」

「よかった」

ホークは愛人に覆いかぶさったまま、うとうとした。アマリーは彼の背中をやさしく撫でながら、眉をひそめ、考えた。フランスに帰国したい、実家があるグルノーブルに戻りたいという話を、この凜々しい男性になんて切りだせばいいのかしら。彼女は、農場経営者として成功したロベールという幼馴染から求婚されていた。読みたい本をすべて買えるだけのお金はもう貯めてあるし、そろそろ身を固めたい。ロベールのことが好きだし、子どもも欲しい。それでも、決断するのはむずかしかった。

もう二度と、こんな贅沢《ぜいたく》な暮らしはできないだろう。ロベールは、それは精力的に愛してくれるだろうけれど、ホークとは違う。愛人ではないのだから。

でも、結婚すれば世間体が保てる。アマリーはフランス人として、社会的な地位をなによりも望んでいた。それにロベール・グラヴィニエールは、わたしが愛人をしていたことなど知るよしもない。

二時間ほどたったころ、ホークがはっと目覚めた。「ああ、ごめん」アマリーの上に覆いかぶさって寝ていたことに気づき、あやまった。「悪かった。起こしてくれればよかったのに」

「いいのよ」アマリーはそう言い、彼の顎先にキスをした。「わたしも、うとうとしていたから」だが、それは真実ではなかった。彼女はディドロの『百科全書』の次の章を読み終えたところだった。身体はすっかりしびれている。

ホークが寝返りを打ち、立ちあがった。彼が伸びをしているようすを見ていると、品行方正なロベールへの思慕《しぼ》の情がまたたくまに消滅した。「あなたって、壮麗だわ」と、アマリーは言った。「久しぶりだったわね」

「風呂にはいってきていいかな、アマリー。そしたら、きみが悲鳴をあげるまで、官能の世界を堪能させてあげる」

「待ちきれないわ」そう言うと、彼女は黒い瞳を期待に輝かせた。

ホークは女性に快楽を味わってもらうのが好きだった。女性が小さくあえぎ声を漏らし、全身を緊張させ、身をよじらせるのを見ていると満悦した。妻じゃない。女だ。そう考えながら、ホークはアマリーのやわらかな下腹部のあちこちにキスの雨を降らせた。彼の口がようやく彼女自身を見つけると、アマリーは背を弓なりにし、すぐに達した。

ホークは顔を上げ、物憂げに微笑んだ。彼女のぬくもりのなかに身をすべらせると、彼女がしがみついてきた。覆いかぶさり、キスをし、舌を深くからませる。彼女の下腹部に男性自身が深く突くたびに、彼の舌も彼女の口のなかをまさぐった。

深夜二時近く、ふたりはアマリーのベッドに全裸で腰を下ろし、スウィートロールを食べ、紅茶を飲んだ。

「じつは、結婚した」と、ホークがだしぬけに言った。

アマリーのスウィートロールが、組んだ脚のすきまからベッドに落ちた。聞き違いよ。そう思いながら、まじまじとホークの顔を見た。英語には自信がある。でも、ときには……。

「結婚したんだ」と、ホークが繰り返し、深々とため息をついた。

「どういうこと？」黒い瞳をホークの顔に据えたまま、アマリーがおもむろに言った。「興味津々だわ……話を聞かせて」

アマリーが真剣そのものの表情を浮かべていたうえ、ゴシップ好きの女性でもなかったため、ましてて目を心配そうに大きく見ひらき、やさしい口調で尋ねられたため、彼は洗いざらい事情をぶちまけた。父のもとへ駆けつけたこと、そこからあわただしくスコットランドに向かったこと。独演会を終えると、彼は急に疲労感に襲われ、ぐったりと口をつぐんだ。

「あなた、奥さまをヨークシャーに置いてきたの？」

ホークがうなずいた。

「彼女はきっとあなたに恋をするわ、モン・フォコン。いつまでもあなたに抵抗できる女性なんかいない」

「ハ！　彼女はぼくを忌み嫌っている。ぼくが歩いた地面に唾を吐くような――」

「お馬鹿さんねえ。官能の世界に連れていってあげれば、彼女、とろとろに溶けちゃうわ。そうでしょ？　あなたはすばらしい愛人《ネスパ》よ。ちっとも野蛮《ベット》じゃないし」

妻のことを愛人に相談するとは妙な話だ。そう思いはしたものの、水門があいたかのように言葉が勝手にほとばしった。「アマリー、紳士ってものはね、妻のことを愛人のようには扱わないんだよ」

「そうなの？　おもしろいのね」

「おもしろいもんか。妻は淑女であってけっして……だから、夜の営みのことなんかでわずらわせるのはご免だ。ぼくは、彼女の気持ちを汲み、尊重してやったんだぜ、ほんとうだ」

アマリーは黙って彼を見つめた。「あなた、彼女をとろとろに溶かしてないの、ホーク？」

ホークが身震いをした。「ろくに身体も見てないよ。腰から上には触れたこともない。言っただろう、アマリー、紳士と妻のあいだじゃ、事情が違うんだ」

アマリーは物思わしげに黙り込んだ。ホークが熱い視線を乳房に向けている。と、けだるそうに伸びをした。あきらかに誘惑している。アマリーはわずかに良心の呵責を覚えた。でも、いいわよね？　アマリーは手早く紅茶とパンを片づけた。「きて」と、やさしく言った。

ロンドンの闇に夜明けの灰色の光の筋が差し込むころ、ホークはようやくカーゾン通りをあとにした。

13

彼女は男にしっぺ返しをする。

――ジョナサン・スウィフト

マーカス・カラザーズがこちらを穴のあくほど見るので、フランシスはいやおうなくミセス・ジェーキンズの最初の反応を思いだした。

「ですが、奥さま、そんな……まさか、とんでも……いえ、どう考えても無理です、閣下がなんと――」

「わたしはスコットランド出身です、サー。でも論理的に思考をつむいでいくことはできます」そう言うと、フランシスが目を輝かせた。からかうようなその口調のおかげで、まったく不快感を与えない。

マーカス・カラザーズは白いハンカチで眉のあたりをぬぐった。

「大丈夫よ、マーカス。あなたはここでは新顔。そして、わたしもまだ新顔。わたしはあなたに、出費の一切合切をくわしく説明したわ。わたしの衣装代だけでなく、家の備品まで、なにもかも。だから、認めてくださるしかないのよ。だって夫は不在だし、あなたもお気づきでしょうが、領地のことにいっさい関心がないんですもの」

「ご出発まえに、閣下とは何時間も打ち合わせをいたしました」と、マーカスは守勢にまわったものの、頭のなかではこう考えていた。そうだ、閣下は〈デズボロー・ホール〉のことなぞ、どうでもいいと思っている。だが、わたしはどうすればいいんだ？

「そして、知らん顔して、逃げてしまった。マーカス、夫はどんな指示をだしていったの？」

「ええと、その、このまま続けろと仰せでした」

「続けろって、なにを？」

「現状を維持し、あとはよしなに、と」

「それは受けいれられないわ、マーカス」と、フランシスが座ったまま身を乗りだし、膝の上で手を組んだ。「デズボロー種馬飼育場と競走馬の厩舎の運営は、このわたしが引き継ぎます。これに関しては、お義父さまと充分、話しあいました。デズボロー厩舎のかつての栄光についても、全部うかがったわ。お兄さまのネヴィルは、しっかりと伝統を守っていらしたそうよ。でも、お兄さまが亡くなってからは、目もあてられないありさま。こんな状態を黙って見すごすわけにはいきません」

フランシスはそこで間を置き、マーカス・カラザーズを見つめた。

「でも、厩舎の運営など、淑女のなさることじゃ……」と、マーカスが話しだした。

「わたしのこと、淑女と認めてくださって、うれしいわ、マーカス。さて、本題。ここにきてから、三歳か四歳くらいの仔馬を四頭は見たわ。サラブレッドなのに、調教もされず、牧草地をただいたずらに歩きまわり、がつがつ食べるばかり。つまり賞金を稼ぐどころか、金を食ってるだけ。馬丁の少年たちがふざけて乗りまわしてるだけなのよ！　サラブレッドを！　それだけじゃない、壮麗なるアラブ種が二頭、バルブ種が三頭いる。どの馬も血統は申し分ないから、種馬飼育場で大金を稼ぐことだってできる」

「そうなんです」と、マーカスが熱を帯びた口調で言った。「閣下にも、そう申しあげました」

「で、夫はなんて？」

「閣下は……その、あまり関心をもたれませんでした」

「でしょ？　でも、わたしとあなたは、関心をもっている。まずはベルヴィスさんに、なにがなんでも戻ってきていただかないと。お義父さまからうかがったところによると、彼にはすばらしい実績があるそうですもの。それに、デズボローの馬については熟知していると か」

「おっしゃるとおりです」マーカスは視線を落したあと、口をひらいた。「ご報告しなければならないことがあります、奥さま。閣下からうかがったのですが、デズボロー厩舎の馬を丸ごと——競走馬、種馬、さきほどおっしゃったバルブ種とアラブ種のなにもかも——買いたいというオファーがあったそうです。牝の優勝馬もです——牝馬は一頭もまだ出産経験がありません」

フランシスは息を呑んだ。「なんですって？　責任を背負いたくないという、ただそれだけの理由で、閣下は伝統ある厩舎を潰すつもりなの？　冗談じゃないわ！」

「閣下は、その、考慮中だとおっしゃっていました。ですから、まだ決まったわけではありません、奥さま」

フランシスが、はじかれたように椅子から立ちあがり、歩きはじめた。淑女らしくしずしずと気取って歩くのではなく、すたすたと客間を行ったり来たりしている。マーカスは用心深く、彼女が巡回するようすを見守った。

ふいに、フランシスが立ちどまった。両脇でこぶしを握りしめ、激昂で灰色の瞳を黒ずませている。「資金の件を、お義父さまに相談する頃合いのようね。厩舎をもとの状態に戻すには、莫大なお金がかかる。とはいえ、わたしが勝手にそんな出費を認めるわけにいかないもの」

「ええ、残念ながら、そういうわけにはまいりません。閣下のお話によると——」

「もう、閣下の話はけっこう！」フランシスが呼び鈴をつかみ、乱暴に引っ張った。

オーティスが、どこにでも姿をあらわすランプの精のように、すみやかに音もたてずにあらわれた。

「侯爵さまはご在宅かしら、オーティス？」と、フランシスが尋ねた。

「突きとめてまいります、奥さま」オーティスは、女主人の顔が紅潮していることに気づいた。いったい、なにを企んでいるのだろう？

侯爵は昼寝から目覚めたところだった。気分爽快。しばらくすると、客間に闊歩していった。「さて、フランシス、こんどはどんな入れ知恵をされたんだ？」

「入れ知恵なんかされてません、サー。ホークがデズボロー厩舎の馬をすべて売却することを検討中だそうです。お義父さま、ご存じでしたか？」

「まさか、冗談にもほどがある！」

「いまならまだ冗談ですみます。ですから、ひとつ提案させていただきたいんです、サー」

「ちょっと待ってくれ、そのまえにブランデーをもらっておこう。カラザーズ、きみもどうだ？」

「わたしにも頂戴《ちょうだい》できます？」と、フランシスが口をはさんだ。「わたしのほうが、ずっとブランデーを必要としてます。だっていまや〈デズボロー・ホール〉の命運を握っているのは、このわたしなんですもの！」

愚者と悪党の仕業を、世間はたいてい尻ぬぐいさせられる。

――ジョージ・ヴィリアーズ

チャーマーズ子爵こと、エドマンド・レイシーは、婚約者のベアトリス、すなわちレディ・ダンスモーアを穏やかかな眼差しで見つめた。

「わたしにひと言の報告もなかったのよ！」と、ベアトリスが怒りもあらわに言った。かの有名な透きとおるように白い肌を、すっかり紅潮させている。「お父さまの差し金だわ、そう思うでしょ、エドマンド。うちの可愛い弟がこのロンドンにひとりで滞在してるって、あなた、そうおっしゃったのよね？」

「ああ、そのとおりだ」エドマンドは、ベルベットのリボンがついた手鏡をくるくると回した。「独身生活を満喫している、といえるかな」

「愛人のところに戻ってるの？」

「ああ、そうらしい」

「わたしに会いにくるぐらいの礼儀があってもいいのに」エドマンドは肩をすくめ、彼女が目を輝かせた。「この騒ぎのこと、コンスタンスはどう思ってるかしら」

「コンスタンスは……そりゃ動揺しているだろう。そういえば、きのう、見かけたよ。ペキニーズと背中を丸めたメイドを連れていた。あれこれ不満を並べていたよ」

じつのところベアトリスは、ラムリー伯爵の長女であるレディ・コンスタンスがカリカリしていることなど、どうでもよかった。あの娘って、なんだか退屈なのよね。少なくとも、淑女の集まりでは。それにしても、ホークが結婚したなんて。それも、わたしたちの知り合いでもなんでもない娘と！　しかも、わたしが喉から手がでるほど欲しいものが、あと少しで手にはいるというところで！　新妻には、弟を意のままにできる力があるだろうか？　力があるとしたら、デズボロー厩舎をどうするつもりだろう？　ベアトリスはかぶりを振った。いいえ、そんなこと、あるはずがない。このでたらめな結婚が父親の采配によるものなら、ホークが花嫁を連れずにロンドンにいるのも無理はない。きっと、新妻が視界にはいることさえ我慢ならないのだろう。

「ホークにデズボローの馬のこと、また訊いてみたんでしょう、エドマンド？」

「商売人みたいにせっつくわけにはいかないだろう、愛しいひと」と、エドマンドがやさしく微笑んだ。彼女が頬を赤らめ、にっこり笑った。「もう少しの辛抱だ、ベアトリス。ホークが片意地を張るといけない。慎重にことを進めるさ」

「ああ、わたしも男に生まれたかった！　だって不公平よ、エドマンド！　ほんとうなら、いまごろ、なにもかもわたしのものだったのに。だいいちホークときたら、馬や厩舎には、これっぽっちも関心がないのよ！」

「だが、そうなっていたら、愛しいひと、ぼくたちは婚約できなかっただろう？　きみが男に生まれていたら」

その言葉にベアトリスが一瞬、あわてたものの、すぐにとりつくろった。「まあ、そうね」ベアトリスは白く優雅な手をひらひらと振り、未来の夫を侮辱したという事実には無頓着《むとんちゃく》に言った。「ホークが売却に同意すれば、いずれにしろ、すべてわたしのものになるんだし」

「ああ、そのとおりだ」

「ホークはね、軍隊のことしか知らないの。だからいまは、組織というカゴから解放された鳥みたいに、羽を伸ばしている。何カ月かまえ、わたしにこう言ってたわ。ぼくはネヴィルの爵位や財産なんて欲しくないって。あの子、賭けごとにでも夢中になってるのかしら？」

「彼は馬鹿じゃない、ベアトリス。もしそうだとしても、賭けで大金をすらない限り、馬を売ることなど考えもしないだろう」

口をつぐんだベアトリスを、エドマンドはじっと観察した。興《きょう》に乗り、瞳の琥珀《こはく》色がいっそう深まっている。この女は魔女だ。それは間違いない、と彼は考えた。だが結婚したら、このぼくが完全に主導権を握ってみせる。たとえホークが売却に同意したとしても、馬を買うためには彼女の財産が必要なのだから。そうなれば、お互い、望みのものを手中におさめられる。エドマンドは彼女を愛してはいなかったが、彼女と寝たかった。だから、すぐさま、ベッドに連れていくつもりだった。なんといっても、彼女は未亡人だ。夫が健在だったころ、あのご老体に満足させてもらっていたとは思えない。それに、ベアトリスは美人だ。顔は弟とよく似ているが、同時に、とても女らしい。髪はつややかな黒、瞳は若葉色に輝いている。背は高く、胸は豊満。これから多少、肉がつくとしても、肉体の魅力が失われることは当分ないだろう。エドマンドの見たところ、彼女と弟のあいだに、それほど深い愛情はない。そのあたりの計算に抜かりはなかった。ホークから売却の同意をとりつける際には、彼女はかならずや力を貸してくれる。

「ホークを夕食に誘ったらどう、ベアトリス？　もちろん、ぼくも同席する。売却の話をそろそろ切りだしてもいい頃合いかもしれない」

ベアトリスが目を輝かせた。「名案だわ、エドマンド。弟をさがしてくださる？」

「彼の愛人の家を訪問するのは無理だよ」と、エドマンドは淡々と言った。

「なにも四六時中、愛人といるわけじゃないでしょ！」

エドマンドはただ微笑んでみせた。そして、彼女の手をとり、自分の唇に引き寄せ、てのひらに口づけた。「ああ」彼女の手首の脈が速まるのを感じ、彼は満足そうに声を漏らした。まっすぐ彼女の目を見つめながら、ゆっくりと胸のあたりを撫でた。薄いモスリンの生地越しに、彼女の乳首が固くなるのがわかる。「あとでね」そう言うと、くるりと背を向け、なにも言わずに立ち去った。

背後から、ベアトリスの荒い息づかいが聞こえた。あの女は魔女だ、とふたたび考えた。だが、ベッドでは情熱あふれる魔女に変身するだろう。

エドマンド・レイシーは、未来の義弟を紳士クラブ〈ホワイツ〉で見つけた。賭博室ではなく、二世代まえにはよく使われていたであろう広大な読書室に、ホークの姿があった。

エドマンドは静寂が苦手だった。読書室ではときおりページをめくる音や、いびきが聞こえてくる程度なのだから。

「ホーク」エドマンドはそっと声をかけ、ホークの肩に触れた。

《ガゼット》で戦況を読んでいたホークは、眉根を寄せ、「思わしくない」とつぶやいた。そして視線を上げた。「やあ、エドマンド、元気かい？　ベアも元気かい？」

「彼女もぼくも、元気だ。じつは、彼女の使者として参上したんだよ。今夜、〈ダンスモーア・ハウス〉で夕食を一緒にいかがかかな？」

ぼくの結婚について、またあれこれ訊かれるわけか。そう思いはしたものの、ホークは顔色ひとつ変えなかった。ロンドンにきてから、まだ姉のところにいちども顔をだしていないことに、良心の呵責を覚えていた。姉とはよく顔が似ているので、もっと親愛の情を覚えてよさそうなものだが、これまでいちども、そうした情愛を覚えたことはなかった。〈デズボロー・ホール〉ですごした子ども時代でさえ、あまり一緒に遊ばなかった。その後、祖父が亡くなり、父親が家族を連れて〈シャンドス・チェイス〉に移ると、ホークはサンドハーストの陸軍士官学校に入学したため、姉とはほとんど会わなくなったのだ。ホークはふいに、エドマンドに返事をしていなかったことに気づき、あわてて答えた。「よろこんでうかがうよ、エドマンド」

ふたりはひとしきり、愛想よく戦況について話を続けた。ホークは、将来の義兄の博識ぶりに、大いに感銘を受けた。エドマンド・レイシーという男は、頭がからっぽの愚か者ではなかった。

エドマンドがついに立ちあがり、辞去の挨拶をした。「言っておくが、ベアトリスが結婚のことできみを質問攻めにする心配はない。きみとは関係のない話だと釘を差しておくよ。当然、ぼくとも関係のない話だ」

「きみは勇敢な男だ」と、ホークがにやりと笑った。「哀れな老ダンスモーア卿は、最後に自立した行動をとろうとして、ひとりきりで息をひきとったそうだぜ」

「ホーク」と、エドマンドがたしなめた。「お姉さんになんて言い草だ。彼女は活発な女性、それだけのことだ。わからないぞ、ぼくだって似たような運命をたどるかもしれないんだから」

ホークは声をあげて笑ったが、〈ホワイツ〉の古くからのメンバーが鼻を鳴らして不満の意を表明したため、あわてて口を閉ざした。

彼は礼儀正しく頭を下げると、背の高いクッションがある革張りの椅子に座りなおし、エドマンド・レイシーが部屋をでていくようすを眺めた。男の見本みたいなやつだ、とホークは考えた。軟弱な伊達《だて》男でも、思いあがったふぬけでもない。お洒落ではあるが、やたらと指輪や小物を身につけているわけでもない。こざっぱりしており、均整のとれた体格をしている。やつなら、ベアトリスのいい夫になるだろう。そして彼女をうまく御していくだろう。

フランシス。突然、その名が頭に浮かび、ホークは思わず立ちあがり、自分にうんざりした。あの女のことなど、考えたくもない。セント・ジェームズ通りまで散歩をし、ホークは考えた。父さんはまだ〈デズボロー・ホール〉にいるのだろうか。きっといるはずだ。フランシスの小さな手を握り、なんとかして使用人たちに、彼女のことを女主人と認めさせようと奮闘しているはずだ。もしかすると、新しいドレスを買うよう、勧めているかもしれない。縮こまり、隠れていなくていいんだよと、諭《さと》しているかもしれない。そうだ、彼女に手紙を書こう。それがいい。そう考えたホークは、ポートランド・スクエアにあるホークスベリー家のタウンハウスに戻った。そこにはグランニョンのほかに、住み込みの使用人がふたりいるだけだったが、不便はなかった。ホークはいちどもタウンハウスで夕食をとったことがなかったからだ。

ローランドという使用人頭は、〈デズボロー・ホール〉のオーティスより年上で、〈シャンドス・チェイス〉のシッピなど、よくじゃれる仔犬のように思える人物だった。ドアをノックされれば、ようやっと応対することはできるが、ほかの務めはもう十年ほどまえから遂行するのをあきらめていた。そのため、図書室に羽ペンと便箋《びんせん》を持参したのはグランニョンだった。

「ローランドはまだ息をしているのかな？」と、ホークはにやりとしながら従者に尋ねた。

「どうにかこうにか」と、グランニョン。

「お払い箱にしようと思ったんだが、あのじいさま、天涯孤独でね。親戚のだれより、長生きしちまったらしい。父から聞いたんだが、ローランドは十二人兄弟の九番めだそうだ」

「長寿の見本ですな」と、グランニョン。「レディ・フランシスにお手紙を？」こう尋ねるのも、この程度の質問で胴体から上をちょん切られる危険はあるまいという、長年家臣を務めた自負があってのことだった。

「いまいましいことに、そうなんだ」と、ホークが羽ペンの先をインク壺《つぼ》に浸した。「今夜は、姉とチャーマーズ卿のところで食事をする。服を用意してくれるか、グランニョン？」

「かしこまりました、閣下。レディ・フランシスに、その、よろしくお伝えください」

「生意気なやつめ」と、ホークが言った。


「サートリアル・スプレンダー」と、その夜、ほれぼれと主人を眺めながら、グランニョンが言った。

「なんだって？」

「閣下のことを、そう形容したかたがいらっしゃいました」

「くだらん。そりゃ、なんという意味だ？」

「それはですね、閣下、夜会服を着たお姿がりゅうとしてお見事だという意味です」

ホークは鼻を鳴らし、肩マント、手袋、杖を受けとり、外出した。

グローブナー・スクエアまでの短い道のりは、貸し馬車で移動した。〈ダンスモーア・ハウス〉に到着すると、きらびやかに装った可愛らしい姉に出迎えられた。ベアトリスは弟を熱烈に歓迎し、頬にキスの雨を降らせた。そのようすにエドマンドが呆れたように首を振り、自分は一歩下がり、ベアトリスの好きにさせた。

夕食には凝ったフランス料理が並んだ——仔牛肉のワインソース添え、レーズン、栗、米の詰め物をしたヤマウズラ、歯に触れた瞬間にとろけるようにやわらかい仔羊肉。

「あす、一緒に、ジャクソン氏を訪問しよう、エドマンド」と、満悦したホークが椅子に背を預けながら言った。

「そうしよう」エドマンドはそう言うと、ベアトリスにうなずいてみせた。すると、彼女は従順に立ちあがった。

「ポートワインを飲み終えたら、またご一緒させていただきますわ」そう言うと、ベアトリスがふたりを残し、でていった。

「あらためて、おめでとう」と、ホークがエドマンドに向かってグラスを掲げた。

「ありがとう。一緒にうまくやっていくよ。それにしても、お父上がお元気とうかがい……ほっとしたよ」

侯爵は自分の娘の話をめったにしなかった。そのため、ベアトリスが婚約したという話を聞いても、ただ鼻を鳴らし、小声でこうつぶやいただけだった。「あの小娘にも、そろそろ子どもでもつくろうという良識が、少しは芽生えるかもしれん」そして、そのあとの父の言葉に、ホークはとまどった。「ただひとつ気になるのは、チャーマーズ卿が、ネヴィルの親友のひとりだったということだ」妙なせりふだった。ふつう、父親の口からでる言葉ではない。

「それから」ホークは口をひらくと、エドマンドににやりと笑いかけた。「きみの性格の強さにもお祝い申しあげるほうがよさそうだな。ベアトリスは、ぼくの不運な縁談のこと、きみになにか言ってたかい?」

不運? エドマンドはその言葉を聞き流した。ホークに上等なポートワインのおかわりをつぎ、椅子に深くもたれると、思索に耽るような声で言った。「エグレモント伯爵の優勝馬の事件、耳にしたかい?」

ホークはとくに興味がなかったが、かぶりを振り、少し身を乗りだした。

「馬の名前はファルコンといってね、ニューマーケットの大一番のレースのまえに、調教師に走脚を駄目にされた。当の調教師はアメリカに逃亡したとか」

「かわいそうに」と、ホークが応じた。

「つまりさ、レースは清廉潔白《せいれんけっぱく》な世界じゃないってことだ。ポートランド公爵やリッチモンド侯爵のように大成功をおさめるには、本気で取り組まねばならないんだよ。男たちは馬とレースのために生きている。そうしないと、競走馬の世界では生き残れない」そこで間を置き、つけくわえた。「ネヴィルもそうだった。馬と暮らし、馬と呼吸をしていた。ほかのなにも眼中になかった」

残念ながら、ホークの返事は、エドマンドが期待したようなものではなかった。「妙な話だが、きみのほうがぼくよりよほど、兄のことを知っているはずだ。兄が亡くなるまえの六、七年は、ほとんど会うこともなかった。ニューマーケットやアスコットのレースで、兄は成功していたのかい？」

ネヴィルの競走馬などたいしたことはなかったと言いそうになったものの、エドマンドは思いなおした。そんなことを言おうものなら、あとで辻褄があわなくなる。ろくな馬がいないのに、厩舎の馬をすべて買いたいと交渉するのは、おかしな話だ。「ああ」と、エドマンドは応じた。「成功していたよ」

「じゃあ、きみも熱心に競馬を？」

エドマンドはうなずきながら、必死で頭を回転させた。ここでうまく話を切りだし、甘言《かんげん》で釣らなくては。「だからこそ、きみの馬をうちの馬と交配させたいんだ。それがぼくの最大の野望というところかな。そうしたら、たまたま、きみの姉上も競馬好きで、ぼくの野望を理解してくれてね」

「なるほど」と、ホークは相槌を打ち、考えた。二カ月まえは、デズボロー厩舎の馬の売却のことを考えなくもなかった。だがいま、自分は既婚者だ。そして既婚者は、当然の成り行きで、いずれ子どもを授かる。自分が相続すべき財産を父親が売っ払ってしまったと聞かされたら、息子はどう思うだろう？　そう思うと、ぞっとした。だが、エドマンドのことは好きだ。がっかりさせたくない。そこでホークは、煮え切らない態度をとることにした。「まだ決めかねていてね。知ってのとおり、先月、人生で思いもよらぬ打撃を受けたばかりだろう？　まだ、なんとも言えない」と、ホークは肩をすくめた。「でも、きみはぼくの胸のうちの葛藤になど、興味がないだろうね。そろそろ、ベアトリスにピアノでも弾いてもらおう」

ホークは、姉が婚約者に問いかけるような視線を投げたことに気づいた。なんだろう？

ベアトリスが、器用な指で披露したピアノ演奏に、ホークはぼんやりと耳を傾けていた。ふと、フランシスがピアノを弾き、歌っていた光景がよみがえり、げんなりした。

「ベルヴィス、なんて壮麗なんでしょう！　そう思わない？」

「おっしゃるとおりで、奥さま」フライング・デイヴィーのなめらかな首を撫でながら、フランシスがきらきらと目を輝かせるようすを、ベルヴィスはうれしそうに眺めた。「手幅（馬の体高などを測る単位）十六近い体高がある、毛並のいい美しい鹿毛でさ。サラブレッドでいちばん多いのが鹿毛、次に多いのは栗毛。たまに葦毛や青毛もいやすな。優雅な曲線を描く首、上品な鼻づらから察するに、フライング・デイヴィーはアラブ種の血を濃く受け継いどります。額に白い星形、球節に白い毛のふさがあるのは、謎ですが」

「牡親と牝親は？」

「それが妙なんでさ」と、ベルヴィスが白髪まじりのぼさぼさの巻き毛をかきながら言った。「こいつがここに運ばれてきたとき、血統書が紛失しちまったみたいで。四年ほどまえのことでね。でも優勝馬でさ、ご覧になればわかる」フライング・デイヴィーが種馬の目録にもいっさい名前が記録されていないことにも、ベルヴィスは触れなかった。先代の忘れっぽい性格のせいだろう。

「どうして馬主は血統書をもう一度書かせなかったのかしら？」フランシスは、ニンジンを食べさせる手に種馬の熱い息を感じながら尋ねた。

「馬主はインドに行っちまいやして。向こうで死んだと、先代からうかがっとります」

フランシスは古いウールのスカートで手をぬぐった。「戻ってきてくださる、ベルヴィス？」

「あっしも、だいぶ年をとりました」と、ベルヴィスがどっちつかずの返事をした。

「だれでも年はとるわ。歳月があなたの腕と頭を鈍らせた？」

「まさか！」

よし、もう少しだ。説得を再開しようとしたとき、ベルヴィスが口をひらいた。「ですが奥さま、ご存じのとおり、あっしがお暇を頂戴したのは、閣下が厩舎にまるで興味をもっていらっしゃらなかったからで。一切合切、売り払うかもしれんと、おっしゃっていました」

「売りません」フランシスはそう断言し、身体の脇で人差し指に中指を重ねた（嘘をつくときに、その罪を消すおまじないの仕草）。

「そりゃ、奥さまは強い意志をおもちのご婦人のようだが、それでも――」

「お願い、ベルヴィス」フランシスは老人の顔をじっと見つめた。六十歳はすぎているようだけれど、わたしとおなじぐらい健康だわ。長年、屋外ですごしたせいで、顔の肌は革のようになり、深い皺も刻まれている。小柄で、細身だけれど、いかにも強靭そうだ。そのうえ、両腕はとてもたくましい。瞳の色は、厳しい陽射しで色が褪せたかのような水色。それに、どの馬も彼のことをよく知っていて、彼のことを信頼している。ベルヴィスには、パパが言っていた〝天性〟の才能がある。フランシスはさっと上を向いた。それならわたしにも、天性の才能があるはず。

　フランシスは深呼吸をすると、ふいに切りだした。「年棒、三百ポンドでいかが？」

　ベルヴィスが目を丸くした。そして、しわがれた声で笑いだしたかと思うと、ふいにぴたりと口を閉じ、袖口で目をぬぐった。「トミーに聞いたんですが、奥さま、スプリンガーの痛めた後ろ肢を治療されたとか。いまじゃ、すっかりよくなったそうで」

「肢はもう引きずってないわ」と、フランシスが言った。「わたし……スコットランドで小さいころから、馬のことを教わってきたの。世話の仕方とか、なにやかやを。出産にだって立ちあったわ。スプリンガーには、こまめに湿布を貼りかえて、腫れに軟膏《なんこう》を塗っただけ」

「淑女らしからぬ趣味ですな、奥さま」

「わたしはスコットランド人よ、ベルヴィス」フランシスの灰色の目がわずかに翳った。「可愛がられるのには向いていないけれど――」

「でしょうな、奥さま」と、ベルヴィスが先をさえぎった。

「――それに、趣味じゃないのよ、ベルヴィス！」

「おっしゃるとおり」そう言うと、ベルヴィスはとがり気味の顎をさすった。「奥さま、誤解せんでください。デズボローに戻りたくないってわけじゃないんで。ただ、あっしらが四の五の言ったところで、結局、最後は閣下の判断にかかってる」

「閣下はここにいないのよ、ベルヴィス」

「そりゃそうだが――」

「半年以内に帰ってくるかどうかもわからない」

「ほほう。ってことは、閣下が戻られたら……驚かせようと企んでるわけで？」

フランシスがぱっと顔をほころばせた。「そうよ」と言った。「ええ、そうよ、そうですとも！」

「閣下がお戻りになるまえに、厩舎の売却が決まったら？」

その言葉に、フランシスがびくりとした。下唇を噛みしめ、あらゆる可能性をかんがみた。

「そうね」と、ようやく口をひらいた。「ロンドンの閣下に手紙を書くことにするわ」懇願だってしてみせる。どうか売らないでくださいって、泣きついてやる。

そのとき、フライング・デイヴィーがベルヴィスの袖を鼻で突っついた。老人がにっこりと笑い、フランシスに言った。「それじゃ、ま、ここでようすを見るとしやしょう——どうにかしやすよ」

「ありがとう！」フランシスは声をあげ、ベルヴィスと握手をかわした。執務室に戻り、腰を下ろすまで、フランシスはずっと微笑んでいた。だが真顔に戻り、まっさらな便箋をまえに羽ペンを手にとった。「まったく、閣下ときたら！」そうつぶやくと、便箋に羽ペンを下ろした。

14

全員が顔を揃えた。

――ジョナサン・スウィフト

ホークは長い指で便箋を軽く叩いた。フランシスのことを思いだすだけで腹が立つのに、向こうから手紙を寄こすとは！　いったい、なんの用だろう……。

妙だな。そのきちんとした黒い筆跡を目で追いながら、彼は首をひねった。なんだってフランシスが厩舎のことを気にかける？　競馬のことなど、なにひとつ知らないだろうに。ふと、生来のつむじ曲がりが頭をもたげた。便箋を封筒に戻し、机の抽斗に突っ込んだ。いや、なにも売るものか。だがそれは、彼女が手紙を寄こしたからじゃない。

それにしても、あの内気な娘が、これほどの熱意や意気込みを見せようとは。ホークはかぶりを振った。そのうえ、あのひどく神経質な競走馬に関心を示そうとは。馬に噛まれるんじゃないかと、身を縮めるものとばかり思っていたが。また父さんがなにか仕向けたのか？

そこまで考え、みずから否定した。父親のことならよくわかっている。そんな真似をする人じゃない。

馬を売る気はないと手紙を書き、安心させてやろうかと、しばらく考えた。いや、そうはいかない。彼女のあの冷たい態度、自分にたいする無礼なふるまいを思いだし、また怒りに火がついた。しばらく、せいぜい気を揉むがいい。

その晩も、ホークはべつの舞踏会に出席し、コンスタンスやその他大勢の淑女と踊り、そのうえ図々しくも女主人のオーリーア・マーカムといちゃつき、十一時に辞去した。〈ホワイツ〉に寄っていこうとも思ったが、気を変えた。アマリーに会いたい。どうしても抱きたい。

アマリーは、こぢんまりとした客間でお気に入りの椅子におさまり、ヴォルテールの『カンディード』を読んでいた。痛快な内容に思わず声をあげて笑っていると、ドアをノックする音が聞こえた。ホークだ。そう思った彼女は、あわててクッションの下に本を隠した。

マリーがすでに自分の小部屋で就寝していたため、アマリーは歓迎の笑みを浮かべ、みずからドアをあけた。「ボンソワール、モン・フォコン」そう言うと、両腕を広げた。

「盛りのついたヤギみたいになってるよ」挨拶がわりにそう言うと、ホークが耳たぶをやさしく噛んだ。

「あなたって、四六時中、発情しているけだものね」アマリーが応じ、ズボンのなかですでに張りつめているものを愛おしげに撫であげた。

それに、発情した夫でもあるんだわ。そう思い、少しためらった。が、こんな状況で世間のモラルを気にした自分をすぐに笑った。

極上の愛人であるホークは、自分の欲望が切迫しているにもかかわらず、彼女の悦《よろこ》びを優先した。

「ヤギにしては立派だったわ」と、たくましくなめらかな背中を両手で愛撫しながら、アマリーが言った。ホークはまだ息を荒らげたまま、アマリーの横で枕に頭を埋めている。

「お褒めいただき、光栄だ」ホークは淡々と言い、彼女の上からどさりと身をのけた。仰向けになり、頭上で腕を組み、そこに頭を載せ、ぼんやりと宙を見つめた。

「なにか気になることでもあるの？」

その言葉にびくりとし、彼が激しくかぶりを振った。

「ねえ、愛しいひと《モン・シエール》」と、アマリーは思わず考えていることを口走った。「かのコルネーユの言葉は、真実をついているわ。〝みずからの不幸について語れば、それを解放できるものだ〟」

「コルネーユだって？」と、ホークが驚愕の声をあげた。アマリーのほうを見やると、彼女は頬を染めていた。いや、真っ赤になっている！　ホークは笑い、彼女のふっくらとした唇に指先を這わせた。「インテリの愛人とは。最高だ！」

「わたし、インテリなんかじゃないわ」と、彼女が顔をしかめた。「ただ、無知な人間ではない。それだけよ」

そう言われ、ホークはまた驚愕した。人間？　これまでずっと、アマリーのことが大好きだった。可愛らしく、陽気で、こちらの望みをなんでも満たしてくれる。金をせびるような強欲なところもない。いつだって、愛らしい。いちどだけ、抱きあっている最中に、彼女が感じたふりをしてみせたことがあった。が、いちどだけだ。あれから二度と、そんなことはなかったはずだ。いや、でも、もしかすると……。所詮、彼女は愛人だ。ぼくは、彼女のことがまるでわかっていなかったのかもしれない。

「ほかにこんな名言もあるわ」と、アマリーが唇をきつく結んだ。自分の言葉を、ホークがおもしろがってくれたことがうれしかった。「ヴォルテールの言葉よ。〝われわれは自分の庭を耕さねばならない〟。高潔な思想よね。なのに閣下は、北部にあるご自分の庭を捨ててきてしまった……ほったらかして！」

「言ってくれるね」と、ホークがのろのろと言った。「信じられないよ……愛人が妻を擁護するのかい？」

アマリーはまだしかめ面をしたままだ。

「フランス男の名言にしてやられるとは」と、髪をかきあげながらホークが言った。「アマリー、いいか、もう彼女の話はやめてくれ。いまはなにも話したくない」

彼が美しい緑色の瞳を輝かせたので、モラルに反し、アマリーは胸の鼓動が高まるのを感じた。「いいわ」そう言うと、彼に覆いかぶさり、唇を重ね、毛深い胸に乳房を押しつけた。

もうホークには切羽詰まった衝動がなく、こんどは時間をかけた。この女性を、この愛人を取り戻したい。断じて〝人間〟としてではなく。ホークの唇が彼女の下腹部を這い、指が彼女自身を見つけると、巧妙にくまなくさぐりつづけた。とうとう、アマリーが吐息を漏らした。

すると、だしぬけに彼女が言った。「あなた、これを奥さまにしてあげなきゃ」

頭の回転とともに、舌の動きがぴたりととまった。顔を上げ、胴体の向こうにある彼女の顔を見やる。「冗談だろ、妻にはキスもしてないんだぜ。言っただろ、こんなことを妻にする男はいない。勘弁してくれ！」ホークは彼女の湿った茂みにキスをした。「こんな真似をしたら、彼女は卒倒しちまうよ。ヒステリーを起こし、神経がずたずたになり、その場で死んじまうさ！」

「なんにもわかってないのね」と、アマリー。「あなたがた男性の女性にたいする思い込みって、見当違いもいいところよ。あなたの奥さまは、わたしと身体のつくりが違うとでも？」

「さあね」と、ホークが辛辣な口調で答えた。「彼女の身体は見ていない」

「つまり、あなたがた紳士はこう思ってるのね？　淑女として生まれ、そう躾けられた女性は、妻になっても、夫婦の営みについては考えるのもいやがると？」

「きみ、英語が飛躍的に上達したな」と、ホークはあらん限りの皮肉を込めて言った。欲情は、火床で燃え尽きてから三日後の灰のように鎮まっていた。

「当然よ、わたしは無知じゃないって言ったでしょ。まったく、モン・フォコン、どうしてそう馬鹿なの？」

「ぼくは馬鹿じゃないよ、おかげさまで！　彼女のことは、このうえなく丁重に扱ったんだぜ――」

「馬鹿よ」と、アマリーが断言し、熱を帯びた口調で続けた。「あなたは見栄えの悪い男じゃない。それに女性に官能の世界を堪能させる腕の持ち主でもある。そして、その〝女性〟には〝妻〟も含まれる」

「残念ながら、彼女は不細工でね」と、ホークが応じた。「それに――」

「太ってる？」

「いや、それどころか、ほっそりしている。それは認める。だが、あの眼鏡、あの髪、あの服装――」

「だからね、モン・シェール、わたしにするようなことを彼女にしたくないと、あなたは思っている。そこが問題。それに万が一、彼女に拒否された場合、淑女は紳士の下劣な欲望から守られねばならんとかいう、くだらない偏見を言い訳にできる」

「いっぱしの哲学者じゃないか」と、ホークがうなるように言った。「きみに説教されるいわれはない、アマリー」

「眼鏡って、外せるものでしょ」と、アマリーがやさしく言った。「服だって、脱がせてしまえばいい」

「だけど、髪がさ――修道女みたいなんだよ。おまけに、あの野暮ったい帽子ときたら――」

「馬鹿ねえ。正真正銘のお馬鹿さんだわ。帽子だって同じでしょ、脱がせてしまえばいいの」

そのとき、この場にもっともふさわしくないことを、ホークは思わず漏らしてしまった。

「彼女の胸、どんなだろうなあ……いや、その、きみのせいだぞ！　もう、黙ってくれ。ぼくは、この目のまえの庭を耕したい」そう言うと、彼女の白い太腿のあいだの巻き毛をてのひらで丸く包み込んだ。

ふたたびふたりで快楽に身をゆだねたものの、彼がどこか上の空であることに、アマリーは気づいていた。

愛人が、妻を大切にしろと男を叱る。アマリーは声をあげて笑いたかった。そんな真似ができれば、どんなに気分がいいだろう。でも、もちろん、そんなことをすればホークが激昂する。男って繊細な生き物だもの。それでも……。

「ホーク」彼がまだ眠っていないことを承知のうえで、アマリーは声をかけた。「奥さまのこと、修道女みたいに扱っちゃ駄目よ。あなたは――」

「アマリー」と、不機嫌な口調でホークが応じた。「彼女の話はしたくない。彼女はぼくを嫌っている。たとえ、こちらが一念発起し、彼女に触れたところで、あっちは触れてほしくもないだろう」

「そうは思えないわ、モン・シェール。その気になれば、あなたは相手がだれであろうと、魅了することができる人だもの。ほら、あの肥った摂政王太子《せっしょう》も、あなたのこと、お気に召された、そうでしょ《ネスパ》? まえにも、あなたの冗談でブランメルっていう人を笑わせたって言ってたじゃない あなただって、自分のことを毛嫌いしている女性と一生をすごしたくはないはずよ。妻というものは――」

「もう、たくさんだ!」そう怒鳴ると、ホークはベッドの反対側のほうへと寝返りをした。「きみの務めはだ、いいか、ぼくを悦ばせ、愉《たの》しませることだ。これじゃあまるで、女房からがみがみ怒られてるみたいだ!」ホークは立ちあがり、引き締まった腰に両手をあて、彼女を見おろした。と、その目をすがめ、考え込むようにして、彼女の顔をまじまじと見た。

「どうしてだ、アマリー?」

アマリーは薄手の上掛けを引き寄せながら身を起こした。「正しいことじゃないから」と、彼の目を見ずに、ようやくアマリーが答えた。

ホークはただじっと彼女を見つめた。「そろそろ」と、おもむろに言った。急に疲労感に全身を襲われた。「失礼するよ」

アマリーは、彼が服を着るようすを眺めた。炉火がその身体を黄金色に照らしだし、あちこちに魅惑的な影をつくりだしている。なめらかな筋肉の盛りあがり、ひらたい腹部、丘のような胸。彼女は静かに吐息を漏らした。ホークはそれ以上なにも言わず、身支度を終えた。そしてベッドのほうにくると、身をかがめ、彼女にキスをし、ふたたび身を起こした。

「ホーク」と、アマリーはこのうえなくやさしい声で言った。「あなたっていい男だわ」

「ありがとう」と答えたその声には、まったく感情がこもっていなかった。「また近いうちに、アマリー。おやすみ」

おやすみなさい、と彼の背中に向かってつぶやいた。そして、ドアを閉める音。廊下を歩く足音に続いて、階段を一段置きに下りていく音が聞こえた。睡魔に襲われながら、アマリーはぼんやりと考えた。人生って簡単にはいかないわね。

ホークは、知り合いを見かけると会釈し、話をしないと失礼にあたるときにだけ会話に応じつつ、セント・ジェームズ通りを歩いていた。

なんだか、自分が自分ではないような気がした。こんな状態には慣れていなかったし、腹も立った。そしてランドー馬車から手を振っているコンスタンスに気づき、たじろいだ。彼女の魅力が薄っぺらいものに思え、そう思ったことにわれながら驚いた。もちろん、コンスタンスと結婚するつもりはなかった。父親のあのくだらない誓約のせいで抜き差しならない事態におちいっていなかったとしても、やはり、コンスタンスとは結婚しなかっただろう。それでも、これまでは彼女と一緒にいると楽しかった。コンスタンスは男といちゃつくのが大の得意だからだ。

「閣下」コンスタンスがそう声をあげ、彼のそばで馬車をとめるよう、御者に身振りで指示をだした。

「おはよう、コンスタンス」と、馬車のほうに近づきながら、落ち着いた声で言った。「買い物かい？」そういうと、メイドがそのなかに埋もれるようにして座っている包みの山に目をやった。そのとき、メイドが一瞬、ホークのほうを見た。その視線に、彼はふたたびたじろいだ。そこには、言葉で表現できないほどの退屈、そして疲れきった諦念がにじみでていた。

彼は、無理やり、コンスタンスに微笑んでみせた。

「ええ、ご覧のとおりなの。テリーサ、荷物を道に落さないでよ、ほら、しっかりして！ああ、ホーク、今夜、レディ・エステラージの舞踏会にいらっしゃる？」

舞踏会になど、行きたくもない。

「どうだろう」と、彼は言葉を濁した。「きみはいつものように、きれいだよ、コニー。だが、きょうは、お楽しみはお預けでね。約束がある」嘘だった。もう捨て鉢になっていた。

ホークは帽子をわずかにもちあげ、挨拶をしたが、コンスタンスの怒りがひしひしと伝わってきた。

「あなたとのダンス、楽しみにしてるわ」と、コンスタンスが甲高い声で言った。

ランドー馬車が去っていくようすを、ホークは顔をしかめて見送った。道は例のごとく渋滞しており、御者が流れに乗るのに時間がかかった。そのあいだ、ホークはずっとコンスタンスの顔に貼りついた笑みを見ていなければならなかった。

ようやく解放されると、彼はそぞろ歩きを再開した。

「やあ、ホークじゃないか、久しぶり。おいおい、なんだか、雨を降らせればいいのか、雹《ひょう》を降らせればいいのかわからず、思案に暮れている雷雲みたいな顔をしてるぞ」

「セイント・リーヴェンか」そう言うと、ホークは無理に笑顔をつくった。

「ああ、そのつもりだ」そう言うと、ライオネルは友人に片眉を釣りあげてみせた。「〈ジャクソンズ〉に拳闘に行くところだ。一緒にどう？」

ホークの目がきらりと光った。そうだ、激しく暴れたい。だれかに、なにかにこぶしを叩き込みたい。そうすれば、考え込まずにいられる。

カンタリーという若者からの挑戦を、ホークはすぐに承諾した。サフォーク出身の威勢のいい、よく喋る男で、ふだんから〈ジャクソンズ〉に入り浸っている。拳闘の挑戦があればすべて受けて立ち、ひとり残らず叩きのめしてきた男だ。そのカンタリーから挑戦を受けた数分後、ホークはもう服を脱ぎ、リングに立っていた。カンタリーの盛りあがった筋肉を見ても、うろたえはしなかった。ホークは屈強で、運動神経も抜群だ。そのうえいまは漠然とした怒りが全身にみなぎっている。試合開始後、数分もすると、彼の力強い肉体に汗が光った。ホークは若いカンタリーを打ちのめした。

「閣下、そこまで！」

ホークは息を切らし、後退した。ジャクソン氏が驚いたような顔で、こちらを見ている。カンタリーはといえば、鼻からだらだらと血を流している。

ホークはかぶりを振った。

「ホーク、よくやった」と、サー・ペーター・グレイヴンが叫んだ。「きみに五ギニー、賭けた甲斐《かい》があった！」

「行こう」と、セイント・リーヴェンが低い声でやさしく言った。

「あの不愉快なごろつきの鼻をへし折ってやったな」と、ふたりで入浴と着替えをすませると、ライオネルが言った。「気分はましになったかい？」

ホークがぼんやりとあばらのあたりをさすった。「一発、喰らった。痛むよ」

「それで、いつ発《た》つつもりだ？」と、ライオネルが唐突に尋ねた。

ホークが呆気にとられた顔をした。「いったい、なんの話だ？」

「だって、もう二カ月近く、ロンドンにいるだろう。いつヨークシャーに戻るつもりだ？」

「あそこに戻るつもりはない」だが、戻るつもりだった。ライオネルに指摘されるまで、自分では理解していなかっただけだ。まったく、気に喰わない！ 「戻る理由もないからね。あそこには――」

「きみは、おそろしく不幸な鈍感野郎だ」と、ライオネルがかまわずホークの話をさえぎった。

「ごく最近までは、幸福そのものだったんだが。もう、その口を閉じてもらえるとありがたいんだがね、セイント・リーヴェン！」

「言いにくいことを言ってやるのが、友人だ」ライオネルは優雅な袖から、ありもしない埃を払いながら言った。「きみにはもう、妻がいる」

「どいつもこいつも、妻、妻、妻って、なんなんだよ？ 彼女を見ただろ、ライオネル。あんな代物のところに戻れるか」

「ああ」と、ライオネルはいっそう静かな口調で答えた。「ぼくは奥さまを拝見した。それはもう、とっくりと」

「なんなんだ、その泰然とした口ぶりは？」

ライオネルは肩をすくめた。「デズボローに戻れ、ホーク。それだけだ」

友は激昂するかもしれない、とライオネルは考えた。顔に一発喰らってもおかしくない、と覚悟も決めた。ところが、ホークはなにもしなかった。ふたりは黙ってピカデリーをそぞろ歩いた。

「降りそうだな」黒ずんだ空を見あげ、ライオネルが言った。

ホークがうなるように相槌を打った。足元の小石を蹴とばす。

「お父上から便りは？」

「うんともすんとも言ってこない」そう言うと、ホークは眉をひそめた。そうだ、便りがないほど、おかしなことはない。妙だ。ふだんの父さんなら、早く帰ってこいとせっつくはずだ。次から次へと非難の言葉を並べたてるはずだ。ところがどういうわけか、あの狡猾《こうかつ》な独裁者からはなんの連絡もない。

いっぽう、ライオネルはこう考えていた。ほほう、侯爵さまはずいぶん手の込んだゲームを仕掛けているようだ、と。

「わかったよ」と、ついにホークが言葉を発した。その声にはわずかに安堵しているような響きがあった。

「わかったって、なにが？」と、ライオネル。

「あすの朝、出発する」見てろよ。到着したら、すぐにあの不器量な妻に言い寄り、眼鏡も帽子も服もはぎとってやる。キスをして、胸をあらわにして……ホークは身震いをした。

「彼女はぼくを嫌ってる、わかってるだろうに」と、ホークは友人にというよりは、自分に向かって言った。

「ああ、そうだろう」と、ライオネルが認めた。「だが――」

ホークは勢いよく両手を上げた。「いや、それ以上言うな。アマリーに言われたよ。ぼくなら、摂政王太子なる肥満体さえ魅了できると」

「わかった。もうなにも言うまい」と、ライオネルが愉快そうに言った。「だがね、彼女は摂政王太子より手ごわいかもしれんぞ。おそらく、まだ〈デズボロー・ホール〉にいるだろう」

「ほかのどこにいるんだよ？」

ライオネルが肩をすくめた。「スコットランドに戻ってるかも」

「いや、彼女が山を越えてとんぼ帰りしようものなら、父が目にもとまらぬ速さで便りを寄こしているはずだ。さあ、山ほどすることがあるぞ、ライオネル。いまにも雨が降りだしそうだし」

「雨だって？」と、天候の変化に気づかなかったというように、ライオネルが言った。「まあ、お手やわらかに頼むよ、ホーク」そう言うと、ライオネルは友と握手をし、唇にわずかに笑みを浮かべたまま、悠然と去っていった。

お手やわらかに、か。その言葉に、ホークは気分を害していた。いったい、このぼくをなんだと思ってるんだ？　妻を地面に押し倒し、凌辱《りょうじょく》するとでも？

それにしても、妙なことになったものだ。ほどなく、スモールピースが旅支度をするようすをぼんやりと眺めながら、ホークは考えた。自分の妻に言い寄り、口説《くど》くことになろうとは。

15

地獄の囚人が解き放たれる。

——ミルトン

「閣下！　お帰りになられたとは！　なにも知らせを——」

「やあ、オーティス。妻はどこだ？」

ホークは、上質な灰色の革手袋を左手に打ちつけながら返事を待った。すぐに返事を得られぬまま、尋常ではないほど狼狽《ろうばい》した執事の顔をじっと見つめた。

「その、閣下」突如、噴きだしてきた汗を眉からぬぐいたいと思いながら、オーティスが口をひらいた。

「なんだ、オーティス？」こりゃまた、どういうことだ？　あのオーティスが汗をかいてるぞ。

オーティスがようやく気をとりなおした。「閣下、レディ・フランシスは執務室においでかと。奥さまは――」

「執務室だと？　妙だな。まあ、いい。オーティス、荷物を頼む」

ぼくの執務室に、いったいなんの用がある？　使用人たちから身を隠しているのか？　あの狭い部屋を乗っ取り、隠れ家にしているのか？　それにしても、オーティスはようすがおかしかった。ホークは広大な玄関ホールを颯爽と通り抜け、屋敷の裏手に向かった。そここに置かれた花瓶から新鮮な花の香りがたちのぼっていることを、ぼんやりと意識した。甘い芳香が室内を満たしている。そうか、春か、と彼は考えた。そして、すぐにその考えを振り払った。

執務室のドアは閉まっていた。彼はしばらくドアに向かってしかめ面をした。あの小娘、それほどまでに臆病で内気なのか……？　鍵がかかっているかもしれないと思いながら、ドアノブを握った。ところがすんなりとドアがひらき、ホークは室内に足を踏みいれた。そして突然、凍りついたように動きをとめた。

あんぐりと口をあけ、目のまえの光景を眺めた。机の向こうに、ひとりの女性が座っている。美しい女性だ。その横にマーカス・カラザーズが立ち、彼女のまえに置かれた書類を指さしながら、低い声で話しかけている。ホークは目をぱちくりさせた。なにがなんだかわからない。あの女性……豊かな栗色がかった髪が優雅な襟元に繊細なふさとなって垂れている。ドレスは洗練された淡いレモンイエロー。可愛らしい上半身にぴたりと密着し……。

「まあ！」

マーカスの説明に聞きいっていたフランシスが視線を上げた。そして、戸口のあたりに夫が立っていることに気づいた。彼の顔には、信じられない、無念きわまるといった思いが混濁した表情が浮かんでいる。

遅かれ早かれ、帰ってこざるをえなかったのだ。フランシスはそう考え、かろうじて平静を装った。帰宅するという知らせを事前にくれることを切に願っていたけれど、仕方がない。ホークという人は、けっしてこちらの思いどおりにはいかない人なのだから。さあ、どうしよう！

フランシスはつとめて冷静な声をだした。「ごきげんよう、閣下。お戻りになったばかりですか？」

「フランシスなのか？」

「はい、閣下」

ホークはまだ啞然として彼女を見ていた。「例の眼鏡はどうした？」と、愚にもつかぬことを尋ねた。

フランシスが肩をすくめ、ふっと微笑んだ。

そのとき初めて、彼はマーカス・カラザーズの存在に思いがいたった。まるで彼女を守ろうとでもするように、フランシスのほうにわずかに身を寄せている。マーカスの視線と姿勢は、ふたりの親密な関係をうかがわせた。ホークは腹の底から怒りが湧きあがるのを感じた。

「いったいここでなにをしている？」

フランシスは夫の怒りの爆発に目をしばたたかせた。嫉妬でもしたのかしら？　ずいぶん滑稽ね。フランシスはゆったりと立ちあがった。「なにも不穏当なことはありませんわ、閣下。マーカス、きょうはどうもありがとう。この件は、またあとで決めましょう」

マーカス・カラザーズは、伯爵の不審そうな顔に目をとめた。一瞬、心底、この男がこわくなった。だが、それよりも、やはり女主人のことが気がかりだった。このまま、ふたりきりにしていいものだろうか？　そう考え、マーカスはあわてて訂正した。いいか、伯爵さまは彼女の夫なんだぞ。

マーカスは咳払いをした。「おかえりなさいませ、閣下」と、なんとかしわがれ声をだした。「では、またのちほど」と言いはしたものの、だれに向かってそう言ったのか、どちらにもわからなかった。マーカスは伯爵の横を歩き、部屋をでていった。伯爵は両脇でこぶしを握りしめている。援軍だ、とマーカスは考えた。援軍を要請しなければ。

「とにかく、おかえりなさいませ、閣下」と、フランシスはあらためて言った。頭のなかではあらゆる考えが錯綜《さくそう》し、まとまらない。それでも彼女は、机のまえという持ち場から動こうとしなかった。

「父上はどこだ？」

「先週、〈シャンドス・チェイス〉にお帰りになりました」そう言うと、彼女は胸のうちでこうつけくわえた。わたしが〈デズボロー・ホール〉の一切合切を取り仕切ることができるようになったのを見届けてからね。わたしに取り仕切ることができないのは、唯一、この放浪好きの夫だけ。

「さて、フランシス、説明してもらおうか」ホークの声は穏やかで、やさしいといえるほどだったが、フランシスはだまされなかった。彼は激怒している。わたしのことを絞め殺したいと思うほど、頭に血をのぼらせている。いつ堪忍袋の緒が切れてもおかしくない。

「だれかが、ここの管理をしなければならない」と、彼女は落ち着いた口調で言った。「あなたはご不在だった。だから、わたしが」

「いい加減にしろ、そんなことを訊いてるんじゃない！」ホークがのしのしと近づいてきた。近づくにつれ、目を大きく見ひらいて。「きみ、どうしちまったんだ？」ホークにはまだ信じられなかった。彼女はほれぼれするほど美しく、ひと目でもその姿を拝みたいと男が切望するほどまばゆかった。灰色のつぶらな瞳は豊かな黒いまつげで縁どられ、やや翳りのある瞳は、冬の北海のよう。ほっそりとした顎は挑むように上を向いている。いや、とホークは胸のうちで言いなおした。ほっそりしているだけじゃなく、おそろしく頑固そうな顎だ。いったいぼくが結婚した相手は何者なんだ？

「だれかに世話を焼いてもらったな」と、ホークが冷笑するように間延びした声で言った。

「それが」と、フランシスは落ち着いた口調で応じた。彼の挑発に乗らないようにしなくては。「自分で手配したんです。それほど手間はかかりませんでした」

彼女ににっこりと微笑まれ、ホークは息を呑んだ。彼女の顔に視線を這わせる。高い頬骨、美しい曲線を描く眉、秀でたなめらかな額。どうして、この瞳がちっぽけなレーズンのように見えたんだろう？　この肌がしなびたスモモのような土気色に見えたんだろう？　そう考え、ホークは視線を落とした。そこには丸みを帯びた豊満な胸があった。

「なぜだ？」

なんのこと、というように彼女がわずかに首をかしげた。が、その意味するところを、彼女はよく承知していた。だから、再会されたら問いただされるであろう質問への答えを、これまで何度も練習していた。わたしはもう二度と、あの内気な殻のなかにひきこもるような真似はしない。逃げだしたくなっても、ぜったいに逃げたりしない。これまでは自分に嘘をついていた。あの臆病なネズミは、永遠に葬ったのだ。

フランシスは単刀直入に言った。「わたしはイングランド人なんかと結婚したくなかったの、それが理由」

その返事に、ホークはびくりと身を正した。呆然として彼女を見る。まるで理解できない。彼は混乱をすなおに口にした。「だが、ぼくはイングランドの貴族なんだぞ。貧乏じゃないし、老いぼれてもいない。見た目も悪くないし、歯だって全部揃ってる。ぼくとの結婚を望んでいない女性など、この世にいるはずがない」

フランシスは思わず声をあげて笑った。さすがに、こらえきれない。「ずいぶんと自分のことを高く評価していらっしゃるのね、閣下。うぬぼれ屋さんだとは思ってましたけど」

「フィリップだ」と、彼が怒りもあらわに言った。

「ああ、そうでした」と、フランシス。「おっしゃるとおり。あなたは見事な歯をおもちだわ。真っ白でまっすぐ」そう言うと、フランシスが皮肉っぽく微笑み、自分の真っ白でまっすぐな歯を見せつけた。

「カラザーズのやつ、きみにまとわりついて、どういうつもりだ？　愛人として囲ってるのか？」

直接的な物言いだったが、面子《めんつ》を潰された男としては、それくらい言って当然だ。「いいえ」と、フランシスは微笑んだまま、すまして答えた。瞳の灰色が明るくなり、あきらかに彼を嘲笑している。

「ぼくをこけにしたな、フランシス！」さあ、言ってやったぞ、本心を。ホークは激昂していた。

「むずかしいことじゃなかったわ」と答えたフランシスの物言いに、はらわたがいっそう煮えくりかえった。フランシスに向かって一歩足を踏みだすと、彼女はすばやく一歩退いた。

怒りのあまり蒼白になった顔で、ホークは彼女の全身を見た。なんという美女。もし、いまの姿をロンドンで見かけていたら、盛りのついたオコジョのように、仲間の男たちとあとを追いまわしていたことだろう。

「あなたは、わたしが演じてみせた女性以上のものを見ようとはしなかった」彼が憎々しげに目を細めるようすに、緊張感を張りつめながら、フランシスは口早に言った。

〝ぼくは奥さまを拝見した。それはもう、とっくりと〟。そう、ライオネルは言っていた。

「くそっ」と、ホークは声にだして言った。「これまで、女性にだまされたことなどなかったのに」

「ですから、マーカス・カラザーズは愛人じゃないと申しあげたでしょ」フランシスの声には、そこはかとなく軽蔑がにじんでいた。

「で、きみはもうおびえたネズミじゃないんだな？　はにかみ屋など、どこかに消えてしまった。たき火でもしたのか？　例の野暮ったいドレスや帽子は、みんな燃やしてしまったわけか。どうせ、燃やしながらぼくのことを笑っていたんだろう？」

「いいえ、ドレスはすべて修道院に寄付したわ。とてもよろこんでくださった」

「ぼくの目は節穴《ふしあな》じゃないんだぞ」そう言いはしたものの、これまで節穴だったことは自覚していた。おまけに、頭のほうもからっぽだった。

「ええ、それはよくわかっています。少なくとも、ふつうの状況では節穴じゃない」フランシスは、ホークの怒りをやわらげようと先を続けた。「あなたが無理強いされてキルブラッケンにいらしたときは、ふつうの状況じゃなかったもの。それでも――」と言いかけたとき、オーティスがふいに戸口に姿を見せた。

「奥さま、なにかご用は？　お紅茶はいかがでしょう？」

ホークが勢いよく振り向いた。オーティスは、臆することなく直立している。視線はフランシスに据えたままだ。

フランシスがにっこりと微笑んだ。「いただくわ、ありがとう、オーティス。お茶にいたしません、閣下？」

信じられなかった。あいつは、ぼくの執事だぞ。それなのに、石のように無表情に、彼女に向かって話し、彼女を守ろうとするとは！

「ああ」吠えるように言ったあと、ホークは少し声量を落した。こんな茶番に腹を立てている自分が情けない。「ああ、お茶にしよう。客間に運んでくれ、オーティス」

さらに悔しいことに、オーティスがフランシスのほうを向き、彼女がうなずくのを確認した。なんなんだ、この執事は。彼女におうかがいを立てるとは！　まったく、ロンドンになぞ行くんじゃなかった。ここを離れてはならなかった……。

「客間に、だ」ホークはもういちど、ヨークシャーに降りる冬の霜のように冷え冷えとした声で言った。

「かしこまりました」と、オーティスが答え、いっさい威厳をそこなうことなく、退室していった。反対に、こっちの威厳は形無しだった。そう自覚したホークは、笑みを浮かべた。残忍な笑みを。

「こっちにきてくれ、妻よ」と、ホークは低い声で言った。

フランシスが凍りついた。目を大きく見ひらいたものの、ぴくりとも動かない。

「きてくれと言ったんだ。いますぐ」

「いやです」と、一歩後退しながら言った。「でも、お望みとあれば、一緒にお茶をいただいてもかまいません」

「お茶のまえに……妻をもっと近くで見たい。こっちにきてくれ、フランシス」

フランシスは彼のほうに歩きだしたが、あと少しというところで身をかわし、戸口に向かって走りはじめた。ホークはあわてて手を伸ばしたが、彼女のほうが速かった。彼の手は、フランシスの腕をつかめず、空《くう》を握った。

「フランシス！」ホークは怒鳴った。

だが、彼女は走り去っていった。あとに、スカートの衣擦れと廊下にあたる上靴の音だけを残して。

ホークは執務室を飛びだし、客間に向かった。室内に足を踏みいれると、あわてて立ちどまった。オーティスとミセス・ジェーキンズが、妻をかばうように両側に立っている。ひどく出来の悪い喜劇の舞台に上がってしまったような気がした。目が節穴の愚かな夫の役だが、自分のせりふがわからない。

「閣下、お帰りなさいませ」ミセス・ジェーキンズが口元に固い笑みを浮かべ、声を発した。

「お紅茶の準備ができております。閣下、どうぞおかけくださいませ」

「女将軍が兵士を下がらせてくれるのなら」ホークは皮肉っぽく言った。すると、フランシスが笑いを噛み殺しているのがわかった。

するとと、われを忘れるほど彼を激昂させる、あの落ち着いた口調でフランシスが言った。

「ありがとう、オーティス、ミセス・ジェーキンズ。閣下には、わたしがお紅茶をつぎますから」

ふたりの老使用人は、のろのろと時間をかけて客間をでていった。オーティスがドアをあけていった。ホークはドアのところにのしのしと歩いていき、力まかせにドアを閉めた。

振り返ると、フランシスが落ち着き払って紅茶をついでいた。「スコーンがとてもおいしいの」と、ティーカップに意識を集中させながら、彼女が言った。「料理人が腕によりをかけてくれたの。甘いイチゴジャム、お口にあうと思うわ」

「フランシス、黙れ」

「仰せのとおりに」と、ホークのほうを見もせずに、彼女が答えた。まるでこれっぽっちも関心などないように！

フランシスがソーサーにティーカップを載せ、差しだした。ホークは、つい習慣からソーサーを受けとり、彼女の反対側に腰を下ろし、長い脚をまえに伸ばした。紅茶を飲んでいるうちに、自制心が戻ってきた。ホークは口をひらいた。「美人で軽薄な妻など欲しくなかった」

「わかってます。その説明をしようとしたら、オーティスが……わたしの将軍が……姿を見せたものだから。ご帰宅なさることを事前にちゃんと知らせてくださっていれば、わたし、あなたの……ご期待どおりの姿で待っていたのに」

「ドレスは修道院に寄付したと、そう言ったじゃないか」

「嘘をついたの」彼女が悲しげにかぶりを振った。ホークは思わず、ふんわりとした巻き毛がくすぐる美しい耳に目をやった。「いいえ、寄付した話はほんとうよ。わたし、もう、あなたが言うところの〝おどおどした野暮ったい女〟に戻りたくなかったの。それにしても、まえもって帰宅の知らせは送ってほしかったわ。そうすれば、なにか手立てを考えられたのに」

「もう二度と、あのいまいましい眼鏡はかけない、そういうことなんだな！」

「ええ、かけません。ミセス・ジェーキンズったら、お気の毒に、わたしには字が読めないと思ってたのよ。だって、あんな代物が鼻の上に載ってると、なにもかもぼやけてしまうんですもの」

「さっきも言ったが、きみのような妻は欲しくなかった」

「わたしのような？」そう言うと、フランシスが眉を釣りあげた。

「言いたいことは、よくわかってるはずだ、フランシス！」

「ええ、推測はついてる。あなたは、自分の大切な時間や関心を奪う妻に束縛されたくなかった。ましてやロンドンにまで一緒にくっついてきて、あなたの……放蕩生活を奪うような妻はご免だった。でも、わたしはそんな真似はしなかった。ロンドンに乗り込んで、あなたのお愉しみを台無しにするようなことはしなかった」

「嘘つきとぺてん師は嫌いだ」

「わたしは、思いあがった傲慢ないじめっ子が大っ嫌い！」彼女がはじかれたように立ちあがり、室内を行ったり来たりしはじめた。ホークは、歩きまわる彼女を目で追った。じつにいい。足首もほっそりしている。長くて優雅な脚。彼女がくるりと身体を回転させ、彼の顔をまともに見た。「言ったでしょう、閣下。あなたの望みでなかったことはわかってます。でも、わたしがそれに気づいたのが、遅すぎた」

「つまり、きみのへたな芝居が裏目にでた、と」

「そう言わざるをえない。でも、それはあなたも同じでしょ。わたし、あなたに真実を打ち明けようと思っていたのに、あなたはキルブラッケンから一目散に逃げだしてしまった。だからわたしには、真相を伝える機会がなかった。父とソフィアは、わたしの抗議には聞く耳をもたなかったし」

「なのに、どうして芝居を続けた？」

「だから、言ったでしょ、イングランド人なんかと結婚したくなかったって。わたしは家からもスコットランドからも離れたくなかった。でも、それは無理だとわかった。それなら、あなたを遠ざけておくしかないと思った。それで、考えた。できるだけ野暮ったくしておけば、わたしのことを放っておいてくれるだろう、と。結果は、大当たり。あなたは、わたしを置いてでていった」

ホークはしばらく黙っていた。頭上に両腕を伸ばし、椅子にゆったりと背を預けた。うんざりしているようにも、落ち着き払っているようにも見える。フランシスは不安を覚え、身震いをした。この恥知らず、いったいなにを考えてるの？　なにか邪悪なことよ、ぜったいに。

ホークがやっと口をひらいた。「きみはこのうえなく美しい」

「ありがとう」

「そして、ぼくが妻に望んでいないすべてをもちあわせている」

「それは、閣下――」

「フィリップだ」と、ホークが穏やかに言った。

「――あなただって、わたしが夫に求めていないすべてをもちあわせてる！」

「なら、お互いさまだ。ぼくがそばにいるときに、その毒舌を引っ込めているのは、さぞつらかったことだろう」

「ええ、ほんとうに、つらかった」

「ぼくは姉妹のなかで最悪の娘を選んだわけだ」

「最悪？　どこが最悪なのか、うかがいたいわ！」

「そうだねえ」と、ホークが顎を撫でながら思わしげに言った。「頑固で、強情で、独立心が強すぎる。男どもが仔犬のように息をあえがせ、自分に群がるのが当たり前だと思っている」

　頭にくることに、彼女がホークに向かってにやりと笑った。「うちの父みたいなことおっしゃるのね。それに、鋭いご指摘」と、声をあげて驚いてみせる。「痛みいるわ、閣下」

「フランシス、きみを引っぱたくこともできるんだぞ。その減らず口を閉じないと、痛い目にあわせてやる」

「いいえ、あなたにはそんな真似、できないわ。そんなそぶりを見せようものなら、こっちが先にあなたを叩きのめしてやる」

「きみがどうやってぼくを叩きのめすのか、教えてもらおうか。ぼくの半分ぐらいの、その体格で」

「なにかいい手を考えるわ」

　ああ、そうだろう。彼女ならやりかねない。ホークは懸命に頭を回転させ、彼女を脅し、女が座るべき指定席に縮こまらせる方法を思案した。ふいに、彼は身を乗りだし、底意地の悪い笑みを浮かべてみせた。「どうしてぼくがなんの予告もせずに帰宅したのか、理由を知りたいだろう？」

「知りたくないわ。でも、どっちにしろ、話すんでしょ」

「ここに帰ってきたのは、妻を口説くためだ。罪悪感に駆られたんだよ。ようやく、きみの胸を拝む気になってさ」

なんとも溜飲《りゅういん》が下がることに、彼女の肩が真っ赤に染まり、眉のあたりまで紅潮が広がった。

「ぼくの愛人が辛辣にも教えてくれたんだよ。例の眼鏡も、不恰好な帽子も、ドレスも、すべてはぎとればいい、と。それを実行するために、帰宅したというわけさ。で、これから、いますぐ、とりかかる」

フランシスは唇を舐めた。じっと彼をにらみつける。「いやよ」かぶりを振り、甲高い声をあげた。

「きみはぼくの妻だ。ベッドのうちでも外でも、ぼくに従うんだ」

たしかに、彼女をおびえさせることには成功した。ところがどういうわけか、腹の底から怒りが湧きあがってきた。ぼくと愛しあうことに、これほど嫌悪感をむきだしにしなくてもいいじゃないか。ぼくはそのへんの男とは違う。一流の愛人なんだぞ。

それに、白い歯まで揃っている。いやはや。

「愛人に面倒見てもらって!」

「いやだ」

「あなたとはいっさい、なにもしたくありません!」

「ほほう、それはおもしろい」ホークはわざと間延びした口調で話し、頭のなかで考えを整理した。「冴えないネズミは殉教者のごとく横たわり、ぼくの攻撃にじっと耐えていた。だが美女になったとたん、妻の務めを放棄するというのか?」

フランシスは黙っていた。見通しが甘かった。わたしの新しい外見を見れば、彼がいっそう肉欲に駆られるはずだと、予測がついたはずなのに。彼はどうするつもりだろう? まえと同じように――ときおりぶっきらぼうに指示をだすだけで、あとは黙りこくったまま、手早く性急にことを終わらせるつもりかしら?

「さあ、どうかしら」そう応じた彼女は、初めて肩を落とした。

勝った。そう思い、ホークはにんまりとした。好きなところで彼女を抱いてやる。いますぐ彼女を二階に連れてあがり、服を脱がせ、ベッドに押し倒したい。全身、あますところなくキスをし、それから……。

「今夜まで考える時間をあげよう、フランシス」そう言うと、ホークは考え込んでいるような口調で続けた。「これまでぼくには、妻というものがいなかった。丸々ひと晩、きみと眠るのも悪くなさそうだ。ぼくに愛されながら、目を覚ますっていうのはどうだい？　それとも――」

「いい加減にして！　これ以上聞く気はないわ、そんな……むごいこと！」

「むごい？　妻を愛する、それのどこがむごいんだ？」

「愛するですって？」と、彼女が叫ぶように言った。「愛するとは、おそれいったわ。まえみたいに、わたしのことを蔑まないの？　わたしに触れたら、病気がうつると思わないの？　閣下、あなたはね、卑劣なけだものよ！」

「まあ、そう言うのも無理はない。ただ、最後の侮辱だけは許さん」

彼が立ちあがろうとした瞬間、フランシスはすばやく身を引いた。「用事がたくさんあるの。失礼します、閣下。夕食に……お客さまが見えるの。バウチャー夫妻がお越しになるのよ。料理人と打ち合わせをしなくちゃ……」

嘘だ。そう思ったものの、ホークはなにも言わなかった。客間から逃げるようにでていく彼女の後ろ姿を見送りながら、こう考えた。フランシスの次の用事は、〈デズボロー・ホール〉にお越しくださいと、アリシアとジョンに嘆願の手紙を送ることになるのだろう、と。

ホークは夜が待ち遠しかった。さしずめ、不出来な喜劇の第二幕の開演といったところだ。ただ今回ばかりは、せりふがわかっているのはぼくであり、彼女じゃない。

彼は立ちあがり、満面の笑みをたたえ、部屋をでた。

16

ハツカネズミと人間のこのうえない企ても、思いどおりには運ばない。

——ロバート・バーンズ

「あんまりだわ、アリシア！　どうして戻ってきちゃったの？　クリスマスまでは帰宅しないと思ってたのに！　山ほど計画があったのに、これでおじゃんよ！」

「フランシス、落ち着いて」と、フランシスの腕を撫でながら、アリシアがなだめた。「あなたがまた引きこもらなくてよかった——だって、こんなにきれいなんですもの。青いシルクに瞳の色が映えてるわ。何色と特定できないような美しさよ。あなたに嫉妬しそう。ジョンときたら、おいしそうなデザートでも見るように、あなたのことを見つめるんだもの」

「ホークもそうなんでしょうね」その声には落胆の気持ちがにじみでていた。フランシスが鏡台にこぶしを打ちつけると、ヘアブラシが飛び跳ね、絨毯に落ちた。「罪の意識に駆られて帰ってきたなんて言うのよ。よくもまあ、ぬけぬけと！」

そりゃホークは、あなたのことを美しいと思ったからよ。そう、アリシアは考えた。おもしろい展開になってきたわ。罪の意識に駆られたと、あのホークが口にするなんて。これは興味津々。「いらっしゃい、フランシス。そろそろ下に行かなくちゃ。男性陣がお待ちかねよ。ホークがここに上がってきて、あなたを引きずっていくような事態は避けたいでしょ？」

「あの人ならやりかねない。もう、アリシアったら、笑わないで！　おもしろくもなんともないんだから。わかった、わかったわよ、殿方のところに行きますってば」

細身で、やや近視の青年、ジョン・バウチャーが炉棚の横に立ち、自分の領地について例の整然とした口調で話していた。ジョンは、フランシスの変貌ぶりについてはひと言も感想を述べていなかった。なんといっても、彼は紳士なのだから。とはいえ、フランシスとホークが並ぶところを見たくてうずうずしていた。

ジョンが北部の耕地の水はけの問題について長々と話していると、ホークは旧友にじれったさを隠そうともせず、またシェリー酒をあおった。

「こんばんは、お待たせいたしました」と、アリシアがすっと客間に足を踏みいれ、明るい声で言った。フランシスがうしろにいるはずだ。「ねえ、ジョン、フランシスとわたしにもシェリー酒をいただける？」

「よろこんで」ホークの顔を見ないようにしながら、ジョンが応じた。

フランシスのまばゆいほどの美しさに、ホークは太陽を直視しているような気分になった。

身体の奥深くでなにかが張りつめるのがわかったが、気づかないふりをした。そして二カ所、ニキビができている頬と、警戒するような怒りの色を帯びた瞳に目をとめた。彼女の瞳は灰色ではなく、これほど青かっただろうか？　ホークの視線が胸元へと下がった。「きれいだよ、愛しいひと」ホークは、蜂蜜のようになめらかな声でそう言うと、しぶしぶと視線を胸から顔に戻した。フランシスがこくんとうなずき、彼に手をもたせ、手首に軽いキスをさせた。彼が手をもったまま離さないでいると、じろりとにらみつけられた。殺傷力のある視線だ。

「心奪われる美しさ」そう言うと、ジョンが両方の淑女に会釈した。

「ほんとうに、フランシスにはかなわないわ」と、アリシアがホークに向かって目を輝かせ、挑発するように言った。

「まったく、だれも彼女にはかなわない」と、ホークがだれにともなく言った。

フランシスは両のてのひらが汗ばんでいることに気づき、スカートでぬぐった。顔を上げると、ホークが物知り顔でこちらを見ていたので、こぶしで叩きたくなった。

「ああ、オーティス！」ライオンの群れから救出されたキリスト教徒のように、フランシスが全身から安堵感を放出させ、執事を見やった。

「お食事の準備ができました、奥さま」

ホークは妻に腕を差しだした。蛇でも見るかのように、フランシスがその腕を見た。「フランシス」そう言うホークの声は静かだったが、それが警告であることがわかった。フランシスはおとなしく従い、顎先をつんと上げ、彼の腕に軽く手を添えた。

「愛しい妻は」と、彼女を椅子に座らせるとホークが言った。「ぼくの好物で献立を考えてくれたようだ。夫の帰宅が、うれしくて仕方ないとみえる」

室内に重い沈黙が広がった。オーティスはテーブルのそばから離れず、三人の従僕も顔色ひとつ変えない。オーティスから重々、注意されていたのだ。とりわけ今夜は、なにがあっても無表情を続けるように、と。

「だろう、愛しいひと？」フランシスが頑として口をひらかないので、ホークがつけくわえた。「ぼくに会えて感極《かんきわ》まっているのかな」

「スープをお願いできる、オーティス？」と、フランシスがホークを無視して言った。「ジュリエンヌ（千切り野菜のコンソメスープ）よ」従僕が給仕を始めると、フランシスがつけくわえた。

「好物だ」と、ホークが愛想よく言った。「よく気のつく妻だ」

「これはね、ジョンの好物なの」と、フランシス。

「ええ、そうね」そう言うと、アリシアはあわててスープをスプーンですくい、笑いを押し殺した。フランシスったら、言うじゃない！

沈黙が続き、スプーンがスープをすくう音しか聞こえなかった。

ホークが口をひらいた。「どうやら愛しき妻は、使用人たちを全員、虜《とりこ》にしたらしい。心から崇敬の念を表するよ」

フランシスのスプーンが器にあたり、おいしいジュリエンヌが白いテーブルクロスに飛び散った。

従僕があわてて前進し、フランシスの椅子につまずき、よろけた。

オーティスが火かき棒のように全身を硬直させた。

「大丈夫よ」と、フランシスがすばやく言った。「被害はないわ」

「耕地の水はけに問題があると、ジョンから話を聞いた」と、ホークが口をひらいた。

「あなたにとっては、最大の関心事ですものねえ」と、フランシスが、スープさえ辛《から》くなりそうなほど辛辣な口調で言った。

「そうなんだ」と、ホークが温和な口調で応じた。「ぼくはつねに、ありとあらゆる問題に関心をもっている。どんな問題にも、たいてい、さまざまな解決策がある。肝心なのは、もっとも適切な解決策を選ぶことだ。そうだろう、フランシス？」

彼、わたしを手なずけているつもりね。そう考えたフランシスは、唇をきつく結んだ。こんな会話、これ以上続けさせるものですか。そこでさっと顔を上げ、真っ向からホークの目をとらえ、甘い声で断言した。「おっしゃるとおりよ。その点に関しては、わたし、実感しているの。とくに領地の管理に関しては」ここでフランシスは、いっそう甘えるような声をだした。「マーカスがほんとうに頼りになるの！　まだ若いのに、洞察力が深くって」

ホークが思わず顔をゆがめ、凍りついた。しまった、と思ったものの、もう手遅れだった。

とっさに、アリシアが口をはさんだ。「うちの家令も同じぐらい有能よ。ジョンにも話したの——」そこではたと口を閉ざし、タラとヒメジのフライを給仕しているオーティスに思いやりのある視線を向けた。

「ベアトリスはお元気、ホーク？」と、アリシアが話題を変えた。「婚約者のチャーマーズ卿もお元気かしら？」

「姉さんはあいかわらずさ。いや、いつも以上に元気かな」ホークがくだけた口調で応じ、フォークを静かに置くと、妻のほうを向いた。「エドマンド・レイシーは、結婚したあとも、姉さんをうまくさばくだろう。夫の務めは、妻が自分の意をちゃんと汲みとり、安心して暮らしていけるようにすることだ。そうだろう、フランシス？」

フランシスが空いたワイングラスをもちあげると、オーティスがすかさずおかわりをついだ。

「フランシス？」と、ホークがやさしく、馴れ馴れしいともいえる口調で言った。

「わたしは」と、フランシスがこわばった、事務的な口調で切りだした。「夫というものは、ふだんから——」そこで言葉をとめた。使用人たちと、ジョンとアリシアのまえでは、せめて口を慎まなくては。

「ふだんから、なんだい？」

「夫というものは、夫なのよ」

「ほお、それは告発なのか、世辞なのか」

ジョンは、従僕たちが耳をそばだてていることをよく承知しており、話題をそつなく排水溝の問題に戻した。

オーティスが従僕たちに指示し、羊肉のカツレツ、リッソール（パイ皮に魚や肉を詰めて揚げたもの）、ローストビーフ、仔牛《ヴィール》のネックのベシャメルソース、色とりどりの野菜料理の給仕をさせた。すべての給仕が終わると、もう下がってよろしいと、ホークがうなずいてみせた。

オーティスが確認するようにフランシスのほうをうかがったので、ホークは顎をこわばらせた。「ありがとう、オーティス」フランシスが、夫の表情を見逃すことなく、穏やかな口調で言った。「あとは、わたしたちでしますから」夫がどうでるか、フランシスにはわからなかった。椅子から飛びあがり、大声でわめきたて、みんなにばつの悪い思いをさせるかしら？

「うまいね」と、ホークは仔牛肉をもぐもぐと食べながら言った。「スコットランドではヴィール《仔牛》を食べるのかい、フランシス？」

「クリスマスのときだけです、閣下」と、フランシス。「それも、ごく少量を」

「妙ね」と、アリシアが口をはさんだ。「スコットランドではヴィールが育たないの？」

ジョンが笑った。「都会育ちはこれだから」と言い、妻の手をとんとんと叩いた。「ヴィールはね、ジャガイモのたぐいじゃない。仔牛のことさ、アリシア」

アリシアが目を輝かせた。「そうなの、あなた？」

「ほら、夫というものは物知りだろう、フランシス？」と、ホークが言った。「夫がこのうえなく役に立つときもあるんだよ。いろいろな面でね」

わたしが牛肉だと思って食べていたものは、もしかするとバターで炒めたジャガイモだったのかしら。フランシスは一刻も早く席を立ちたかったが、ポートワインを呑みはじめた男性陣を置き去りにするわけにはいかない。ここで席を立とうものなら、ホークが飛びあがり、テーブルのこちら側まで手を伸ばし、わたしの首を絞めるだろう。もう、アリシアったら、ずいぶん楽しそうにしてるわね！

フランシスは厳しく躾を受けてきた。十二歳のときから、アデレイドに礼儀作法を叩き込まれてきたのだ。でも、この状況では、思いきって攻撃にでるしかない。このままホークがあてこすりを続けるのを、黙って見ているわけにはいかない。あっちが紳士らしい態度をとらないんだもの、わたしだって淑女らしくふるまってなどいられない。

「ロンドンには、いろいろと楽しいことがあるんですってね」と、テーブルの面々に向かって言った。「ご一緒させていただけたら、どんなに楽しいでしょう、閣下」

ホークがこわい顔をしたので、フランシスはエンドウ豆のバター炒めを眺めながらほくそ笑んだ。

「舞踏会や夜会や大夜会のことを想像すると、わくわくして——すばらしいんでしょうね、閣下？」

「ああ」と、ホークが応じた。このでしゃばりめ！　一発逆転を狙っているな。

「お義父さまが、ロンドンのタウンハウスのことをいろいろ教えてくださったんです。タウンハウスを改装して、もっと使用人を雇って、社交界のシーズンが終わるまでロンドンで暮らせたらどんなにいいでしょう。それに、もちろん、閣下のお友だちにも、ひとり残らず、お目にかかりたいし」

「ライオネルが、よろしくと言っていたよ」と、ホークが応じた。

「素敵な紳士よね」と、アリシアが言った。「あなたがロンドンに発たれた直後に、彼がこちらに遊びにいらしたと、フランシスからうかがったわ」

「どうやら」と、ホークが言った。「ライオネルは、ぼくなどよりずっと目利《めき》きらしい。フランシスを紹介したときには、そりゃあ驚き、どうしてこんな変装をしているのだろうと、ふしぎに思ったらしいからね」

「彼は紳士ですもの。そんなこと、おくびにもださないはずよ」と、フランシスが反論した。

「ああ、たしかに言わなかった。それから、きみをロンドンに連れていく件だが……きみの、その……健康状態では無理だろう」

下を向き、食事に専念していたジョンが、ぱっと顔を上げた。「フランシス、そうなのかい、体調が悪いとは知らなかった！」

「わたしはいたって元気よ、ジョン」そう言いながら、フランシスは夫のほうを用心して眺めた。

ホークが、いかにも相手の身を案じているようなやさしい声で言った。「愛しいひと、朝のうちはあまり気分がよくないんだろう？」

アリシアがはしゃいで歓声をあげた。「フランシス、どうして教えてくれなかったの！おめでとう！」

フランシスが歯嚙みをした。「わたし、妊娠なんかしてないわ、アリシア。夫はただ、わたしがときどきかかる……スコットランド熱のことを言っているだけ」

「おや、そうなのか？　子どもはまだなのかい、愛しいひと？　そりゃ残念。だってほら、夫には山ほどの務めと責任があるからさ」

ジョンは妻に苦悶の視線を向けた。おそろしく居心地が悪い。さっさと失礼したい。あとはふたりで思う存分、やりあってくれてかまわない。アリシアはずっと、この夕食会を楽しみにし、はしゃいでいた。だが、さすがの妻も、いまは不安そうな顔をしている。ジョンはふと想像した。フランシスが椅子から飛びあがり、夫の顔にパンチを浴びせるところを。

フランシスはといえば、もう辟易《へきえき》していた。「アリシア、もう失礼しましょうか？　レモンのプディングとルバーブのタルトがあるの。お好きでしょう？　でも、そいつは自分の好物だと、閣下ならおっしゃるでしょうけれど。では、お先に失礼いたします」

椅子を引いてくれる従僕やオーティスはいない。と、ジョンがさっと立ちあがり、妻の椅子を引いた。ホークはテーブルの向こうから、ただじっとフランシスをにらみつけている。その顔には、報復してやるからな、と書いてあった。だがフランシスは胸を張り、威風堂々と食堂をでていった。

「奥さま！」外にでると、オーティスが目を丸くしてこちらを見た。

フランシスは盟友につくり笑いを浮かべてみせた。「あとはお願いね、オーティス。わたしはレディ・アリシアと一緒に、客間にいますから」

「見た？」と、アリシアが尋ねた。「ホークがめずらしく動揺していたわ」

「あの人はね、最低のろくでなしよ」フランシスはすっかり頭に血がのぼり、ばらばらになった考えをまとめることができなかった。

「あなたは彼をだましたのよ、フランシス」アリシアがおずおずと声をかけた。

すさまじい剣幕で、フランシスが言った。「あんな人、プディングを喉に詰まらせ、窒息すればいい」

「夜会服姿の彼、すごく素敵だった。そう思わない？」

「アリシア」と、フランシスがいらいらと言った。「あなたの話を聞いてると、頭が痛くなる」

アリシアはかまわず続けた。「髪は豊かでつややか。それに、あの美しい緑色の瞳」彼女は楽しげに身を震わせ、フランシスの冷たい顔を横目で見た。「それに彼……すごくたくましくて、男らしい」

「いい加減にしないと、首を絞めるわよ、アリシア！」

「彼はあなたの夫なのよ」と、アリシアが落ち着いた口調で言った。「わたし、ルバーブのタルト、大好き」と、つけくわえた。

「もう、アリシアったら！　どっちの味方なの？」

「スコットランド民謡でも演奏しようかしら。そうしましょ、フランシス。聴いているうちに、あなたも癇癪《かんしやく》が……いいえ、気持ちが落ち着くでしょうから」

ひと息つく暇もなく、ふたりの紳士も合流した。ホークは、ひとりで座っているフランシスのほうへのしのし歩いてくると、背後に立った。肩に彼の手を感じ、フランシスは凍りついた。彼の指が巻き毛をもてあそぶ。

「放っておいて」と、絞りだすような声で言った。

「そうはいかない、愛しいひと。ぼくが飽きるまでは」

ジョンとアリシアは逃げだした。そうとしか言いようがないと考えながら、フランシスはホークと一緒に、正面玄関までふたりを見送った。アリシアはフランシスをさっと抱きしめた。オーティスがついてきたのが、ホークには不満だった。ホークはフランシスの手を握り、客間に連れ戻した。ドアをしっかりと閉め、もたれかかる。

「さて」と、にやりと笑った。「ようやく、ふたりきりになれた」

「だから?」

「きみは、美しい絵画のようだ。ぜひ、とっくり拝見させてもらおうか……細部まで」

ホークはいたって落ち着いた口調で話していたが、その意味するところはすぐにわかった。

フランシスは呆気にとられ、目を大きく見ひらき、彼を見つめた。

「あなたなんか、大、大、大、大、大嫌い」と、フランシスが言った。

ホークは黒い眉をつりあげたが、なにも言わなかった。

「あなたなんて、紳士じゃないわ!」

「きみもだよ、愛しいひと。伯爵の娘だというのに、淑女のかけらも感じられない。せいぜいが、はねっ返りだ」

「もうやすみます!」フランシスは肩を怒らせ、決然と彼のほうに歩いていった。

「ぼくも、そうしようと思っていたところだ」と、ホーク。「おいで、愛しいひと。フランシス・ホークスベリーの真実の姿を知る勉強を始めたいんだよ」

どうしよう? 彼はドアに立ちはだかるように立っている。演技をしよう、と彼女は考えた。そうよ、演技をすればいい。そこで、いかにも恥ずかしそうな、おびえているような声をだした。「わたし……その……ええ、わかったわ、閣下」

「フィリップだ」ホークは訂正し、妻に微笑みかけた。自分でもぎょっとするほどの欲望の波に襲われるのがわかった。彼女は、ぼくの、このぼくの妻だ。彼女はぼくのものだ。そしていま、ぼくに従っている。彼は、フランシスが通れるよう、わずかに横にどいた。「すぐに合流するから、先に二階に上がっていてくれ、フランシス」

「ええ、わかったわ、かっ……フィリップ」彼女はさきほどと同様、恥ずかしそうに小声で言うと、羞恥心《しゅうちしん》を帯びた視線で彼をちらりと見た。

「フランシス」ホークは指先で軽く彼女の肩に触れた。彼女が身をこわばらせるのがわかり、あわてて安心させた。「今夜は、以前のような真似はしない。約束する」

フランシスはうつむき、なにも言わず立ちつくしている。ホークは身をかがめ、そっと唇を重ねた。

ホークは顔を上げ、彼女の顔をじっくりと観察した。「すごくきれいだ」と、ぼんやりと言った。「一緒にいられて、うれしいよ」

フランシスはなにも答えなかった。ホークは、彼女をでていかせた。

「すぐに行くからね、フランシス」と、背後からやさしく呼びかけた。

ホークは玄関ホールで、彼女が階段を上がっていくようすを見守った。あの長い脚が自分の腰にまわされるところを想像し、思わず唾を呑み込んだ。まったくもって、ぼくの目は節穴だった。そう思い、やれやれとかぶりを振った。新婚初夜のあのとき、いまのようにやさしく誘惑していたら、フランシスは美しい姿を見せてくれていただろうか？　わからない。

ああ、アマリー、とホークは甘い思いに駆られた。こんどばかりは、きみに言われたとおりにやってみるよ。フランシスが腕のなかで悦びに身をよじらせ、あえぎ声を漏らす光景を思い描き、ふたたび欲望に身を震わせた。

ホークはブランデーを呑みおえると、あわてて寝室に向かった。ホークの寝室には、グランニョンの姿があった。ホークには見えないなにかをさがし、あたふたしている。「自分のベッドでさがしたらどうだ」と、ホークが辛辣に言った。

グランニョンが続き部屋のドアにちらりと目を走らせた。いかにも心配そうなその眼差しを、ホークは見逃さなかった。どいつもこいつも、主人への忠誠心ってものがないのか？

「もう休め」と、命じた。

「はい、閣下」グランニョンはかたつむりのごとく、のろのろとドアのほうに前進していった。振り返り、主人の決然とした冷酷な表情を見ると身を縮め、かぶりを振りながらでていった。

ドアがしっかりと閉められたとたん、ホークは服を脱ぎ、ガウンを羽織り、そっと続き部屋のドアをノックした。ドアノブを握る手がわずかに震える。この好き者め、と自分につぶやいた。

ホークはドアをあけた。鏡台の上に、ろうそくが一本だけ灯っており、ちらちらと揺れている。いいぞ、と彼は思った。彼女の一糸まとわぬ裸体を見たい。見たくてどうにかなりそうだ。「フランシス？」ホークはベッドのほうを向き、笑みを浮かべた。ベッドカバーにもぐり込んでいるのだろう。おびえ、恥ずかしがっているに違いない。彼女をなだめ、ぼくに慣れさせてやろう。変装していたことを許してやってもいい。

「フランシス」もういちど、やさしく声をかけ、彼女の横に腰を下ろした。そして彼女の肩があるあたりに手をかけ、ぎょっとした。

怒号をあげた。カバーを引きはがし、例の長枕をにらみつける。

「フランシス！」

はじかれたようにベッドから飛びだし、ドアに向かいかけた。と、急に立ちどまり、顔をしかめ、身をかがめ、ベッドの下をのぞき込んだ。なにもない。埃のかたまりすらない。

ホークは、ずたずたになった自制心をかき集めた。わめきながら、屋敷じゅうを駆けまわり、フランシスをさがすわけにはいかない。そんな真似をすれば、使用人たちを残らず起こしてしまうことになる。そのあとは、上へ下への大騒ぎだ。

「殺してやる、フランシス」こみあげる怒りに、声がいちだんと低くなった。フランシスのやつ、いったいどこに隠れている？　上等じゃないか。すべての部屋という部屋をさがしてやる。ああそうだ。見つけた日には……。

ホークはろうそくを引っつかみ、彼女の寝室をでた。そして無人の部屋にはいってはでるたびに、怒りをつのらせた。

とうとう、〈デズボロー・ホール〉の正面玄関に面した廊下を曲がったところにある小部屋に向かった。ドアをあけ、ろうそくを高く掲げ、なかをのぞき込んだ。

と、彼女の姿があった。さまざまな生地を積みあげた山のなかに身を埋めている。そばに織機が一台あり、テーブルもいくつかある。裁縫室に隠れていたとは！　あのときも、ここに隠れていたのか？

ろうそくの明かりがフランシスの顔を照らしだした。彼女は、じっとこちらを見つめていた。

17

万策尽きはてた。

――ロイヤル・タイラー

「こんどばかりは、やりすぎだぞ、フランシス。もう許さん」

「厩舎に行けばよかった」そう言う彼女のようすに、ホークはぎくりとした。彼女がだれにともなくつぶやいていたからだ。

「ああ」と、ホークが言った。「そうすべきだったな」

「わたし、馬鹿ね」

彼はその見解に思わず微笑み、ほんのわずかではあるが、気持ちをなごませた。もしかすると、このぼくにそれを示してほしかったのかもしれない。すると、彼女が口をひらいた。

「でていって、閣下!」その力強い、確信のこもった声に、ホークの馬鹿げた思い込みは瞬時にして消えうせた。

「断る」ホークが勢いよく近づいていくと、フランシスは跳ね起き、生地の山のうしろへとあわてて走り、壁に背中を押しつけた。ホークは立ちどまった。

「ベッドに戻れ、フランシス。いますぐ」

フランシスが首を振った。美しい巻き髪が渦を巻き、その青白い顔にはらりとかかる。

「いや」囁くような声で言った。「いや」そう繰り返す声は、もっと力強く、断固としていた。

「きみの行為は度を越している。またわがままを言い、ぼくに従わないつもりか？」

「度を越した覚えはないわ。どんな程度であれ」と、フランシスが応じた。とにかく、どうにかして落ち着かなくちゃ。どうにかして考えださなくちゃ……なにを？　彼女はテーブルにいくつもハサミが置いてあるのを眺め、痛々しい笑みを浮かべた。ゆらめくろうそくの明かりのなか、彼と目をあわせ、唇を湿らせた。

「あのときもここに隠れていたんだな？　それがわがままだとも、度を越した行為だとも思わないのか？」

「わたし、わがままじゃありません」

「つまり、わがままではないが、ぼくには従わないと？」

フランシスは姿勢を正した。彼はわたしをいたぶり、よろこんでいる。「あなたの要求には応じられないわ。だから、放っておいて。あす、〈デズボロー・ホール〉を発ち、ロンドンへ、愛人のところへ、戻って」

「だが、きみはまだ妊娠してない、妻よ」と、ホークが低い声で言った。

「その要求にだけは、ぜったいに応じられないわ！」彼女の声は叫びに近く、ホークがあわてて振り返り、ドアを閉めた。「声を落せ、さもないと口をふさぐぞ。使用人たちのあいだに噂が広がるのはまっぴらだ。わかったな？」

「でてって！」

なにやら考え込むような表情を浮かべ、テーブルの上の細長い布地を眺めているホークを見ながら、彼女は声を低め、繰り返した。「お願いだから、でていって」

「ほう。少しはしおらしくなったたか。さあ、行くぞ」そう言い、彼は手を差しだした。

彼女はぴくりとも動かなかった。大きく見ひらいた目にはおびえの色が宿っている。さすがに、ちらりと良心が痛んだが、たいした痛みではなかった。こうなったら、強気でいくしかない。ホークは冷たく言い放った。「フランシス、言うことをきかないと容赦しないぞ」

「けだもの！」

「つまりきみは、けだものと同盟を結ぶという不運に見舞われたわけだ。運の尽きだな」

それでも、彼女は動かなかった。ホークはろうそくをテーブルに置くと、ゆっくりと近づいていった。フランシスが身をかわし、逃げようとしたものの、ホークは動きを読んでおり、すばやく彼女をつかまえた。強く抱き寄せると、胸にこぶしを叩きつけられた。ホークは彼女の頭を激しく揺さぶった。「やめろ！」彼女への怒りを鎮めようとしたが、さすがにむずかしかった。「猿ぐつわを嚙まされたいか？」

フランシスが彼の肩に頭をもたせかけるようにして、首を横に振った。

彼はひと息でろうそくを吹き消し、フランシスを肩にかつぎ、裁縫室をでると、自分の寝室に連れていった。

彼女はぶるぶると震えていた。不安？　それとも怒りか？

それ以上なにも言わず、彼は寝室のドアを足で閉め、彼女をベッドに運んだ。仰向けに寝かせる。彼女はまだあの美しい青いドレスを着ていた。

「服を脱いで」と、彼女を見おろしながら言った。「さあ」

フランシスがためらったので、彼は冷たくつけくわえた。「言うことを聞かないのなら、引き裂いてもいいんだぞ」

だが長いボタンの列をすべて外すのに、フランシスは手間取った。と、ホークに引っ張られ、床に立たされた。くるりと身体を回転させられると、彼の指が器用にボタンを外していった。彼女はあっという間にドレスを脱がされ、そのまま、胸の上まで引っ張りあげられた。

「お願い」と、フランシスが口をひらいた。「ろうそくを消してくださる？」

「ぼくはきみが見たいんだ」と、ホークがそっけなく言った。「あとは自分で脱げるだろう」

そう言うと、彼女から離れ、身を引いた。

こんな恰好、恥ずかしくて耐えられない。襟ぐりの深いシュミーズは、ほとんど乳房を隠していない。おまけに透けている。フランシスは、舐めるように見られていることがわかった。あわててドレスを身体のまえにあて、さっとろうそくを吹き消した。室内が真っ暗になると、続き部屋のドアのほうへ一目散に走りだした。

ホークは三歩で彼女に追いついた。「わかったよ」あらゆる感情のなかから、怒りが湧きあがってくるのがわかった。「きみの願いを聞きいれよう」

ホークは彼女をベッドのところに引っ張り、片腕で彼女を抱いたまま、すばやく下着を脱がせた。そのまま全裸になった彼女を抱きあげ、ベッドにどさりと放り投げる。

このままじゃ、彼女の裸体が見られない。ホークは荒い息をつきながら考えた。だが、ろうそくを灯したら、また逃げだそうとするだろう。ホークは肩をすくめた。そしてガウンを脱ぎ、彼女に覆いかぶさった。

身体の下になめらかでやわらかい肉体を感じ、欲望で頭が真っ白になった。彼女の胸が上下し、ホークの胸板に触れる。豊満でやわらかい乳房。

もう逃げられない、とフランシスは観念した。わたしが馬鹿だった。とことん、馬鹿だった。彼がひょいと肩をすくめ、わたしのことを忘れてくれるとでも思った？　間抜け、それがわたし。フランシスは言った。「じっとしているわ。だから、好きにして。そして、さっさと終わらせて」

そして、その言葉どおり、身じろぎもせずに横たわっていた。

ホークの頭に血がのぼった。彼女はホークの下で力なく横たわり、呼吸をととのえようとまでしている。「よろしい」そう言うと、ホークは彼女の脚を乱暴にひらいた。

だが、このまま彼女のなかにはいったら、また痛い思いをさせてしまう。まあ、当然の報いだが！　そう思いはしたものの、やはりそんな乱暴を働く気にはなれなかった。彼は闇のなかで顔をしかめ、例のクリームの瓶をどこに置いただろうと、懸命に思いだそうとした。

ホークは立ちあがり、やさしく声をかけた。「そのまま、動かないで」

フランシスは動かなかった。しばらくして、ベッドに彼の重みを感じたときも、歯を食いしばり、そのまま横たわっていた。

「こんどはなかにいれるよ、フランシス」彼がそう言ったとたん、ふたたび脚を広げられるのがわかった。と、彼の指がはいってきたので、思わず背をのけぞらせた。クリームですべりやすくなった彼の指が、あそこにはいってくる。ホークがあえぐ声が聞こえた。

ホークは、ゆっくりとやさしく、指をだしたりいれたりした。

彼女がはっと息を呑むのも、身を震わせるのもわかったが、それは快感を覚えたからではなかった。

ホークは毒づき、彼女の上で身を起こすと、彼女のなかにはいった。

フランシスは、身体の奥深くで彼を感じた。痛くはなかった。だが、ひどくきつく、彼にあわせるように、自分のあそこが広がっていくのがわかった。それでも、痛みはない。彼女は身じろぎもせず、横たわっていた。じきに、終わるだろう。これまで何度かこれをされたけれど、彼はいつも数分ほどで終わらせていたもの。

彼の荒い息づかいが聞こえた。深く突いたかと思うと、身を引き、また深く突いてくる。やがて喉の奥からうめき声をあげ、一瞬、動きをとめた。そして、ふいに、ホークが激しく腰を動かしはじめた。と、濡れた感触があり、彼女の身体の奥深くで精が放たれたのがわかった。

ホークはすぐに寝返りを打ち、彼女から身を離し、仰向けになった。欲情は消え失せ、と同時に、激しい怒りも消えていた。もはや、なにも感じない。

「部屋に戻っていいぞ、フランシス」と、疲れきったようなけだるい声が聞こえた。

フランシスがはじかれたようにベッドを飛びだした。ホークの耳に、続き部屋のドアのほうに駆けていく彼女の足音が届いた。彼女はドアを乱暴に閉めるどころか、そっと閉めていった。

「くそっ」と、ホークは暗い室内で声をあげた。ああ、アマリー、ぼくは盛りのついた最低の男だ。

ホークは罪の意識を覚えた。それが気にいらなかったし、それについて考えるだけで居心地が悪くなった。自分自身に、自分の行動に、疑問を覚えるからだ。彼は黙ったまま、怒りをつのらせた。だが、あれは彼女のあやまちでもあった。嘘をつき、変装し、ぼくをこけにした。ぼくがいま、なにをしたにせよ、それは彼女にとって当然の報いだ。それでも……彼女の小さなあそこに突いたときの感覚がよみがえり、理性がとろとろと溶けていった。情欲と怒りに駆られ、ホークはまた我慢ならなくなった。

フランシスは、あそこがヒリヒリするまで洗いつづけた。そして、頭からネグリジェを着て、ベッドにもぐり込んだ。やっぱり、眼鏡も、あの不恰好な帽子も、ずん胴のドレスも、肌身離さず身につけていればよかった。そうすれば彼も同情を覚え、もう少し思いやりを示してくれたかもしれない。もしかすると、あれも思いやりの範疇《はんちゅう》にはいるのだろうか。恩着せがましい態度と、嫌悪感と、辟易した気分がいりまじった思いやり。

膝を抱え、やわらかい枕に顔を埋めた。彼はわたしの本質には触れていない。そう、わたしの本質には。だから、わたしはまだ、どこもそこなわれていない。でも、彼がどうしても種を撒《ま》きちらしたいと思ったら、もう打つ手はない。逃げようと思ったわたしが馬鹿だった。これまでに何度かそうしてきたように、ただ、彼を受けいれるしかないのよ。フランシスには、自分のふるまいが彼を激昂させたことがわかっていた。論理的に考えれば、彼がなにをするかは予測できた。それに、わたしに痛い思いをさせなかった。クリームをとってきてくれたんだもの。そこまで考えて、フランシスはまた身を震わせ、膝をいっそう強く胸に押しつけた。彼、わたしのなかに指をいれたわ。なぜ、あんなことをしたのだろう？　わたしが逃げようとしたから、辱《はずかし》めようとしたの？

フランシスは枕に頭を預けたまま、首を横に振った。彼は男。そして男は、いつも自分の好きなようにする。パパだって、いつもそうだった。パパもソフィアにあんなことをするのかしら。ソフィアは黙ったまま、じっと耐えているのかしら。そう考えると、ひどくどぎまぎし、まごついた。パパがそんなことをするはずない。だって、さすがに年だもの。すでに息子がひとりいるのだから、あんな気持ちの悪い行為を続ける理由などない。

フランシスは、夫のことを頭から閉めだした。なにか、手を打たなくちゃ。そうよ、なにか手を考えよう。彼女は努力のすえ、ごくかすかに笑い声をあげてみせた。そして横になったまま、枕に向かって声を発した。「わたしに触れるまえに、目に物見せてやる」彼女は目をすがめた。「もう二度と」と、低い声で続けた。「もう二度と、わたしに触れさせはしない」

翌朝、ホークは朝食室に足を踏みいれたとたん、足をとめた。フランシスがテーブルにつき、ゆったりと朝食を食べながら、《ガゼット》の記事を目で追っている。

なんと美しいのだろう。ホークは感嘆し、客観的に彼女を眺めた。淡い緑のモスリンのドレス姿で、調和した色のリボンを髪に編みこんでいる。ホークは意外に思った。もう、あの野暮ったい女はいなくなったのか？　いや、と彼はわずかに顔をしかめた。じつは、またどこかに雲隠れし、なにがあろうと夫とは顔があわないようにするはずだと思っていたのだ。ふいに彼女への欲情の波に襲われ、ホークは自分に腹を立てた。情けない。夫たるもの、妻に欲望など覚えてはならない。まったく、朝っぱらから……。

「ああ、おはようございます、閣下」と、新聞をたたみながら、フランシスが微笑みかけてきた。

まるでこの世に心配事などないような微笑み！　ホークは、そのあどけない顔を不審そうに眺めた。こんどは、なんのゲームを仕掛けてきている？

「おはよう」そう言って、ホークはテーブルの上席についた。朝食のメイドのロージーがてきぱきと料理を並べはじめた。自分が食べたい料理が揃うと、ホークはロージーに退室をうながした。ところが、ロージーは部屋をでていこうとはせず、フランシスに笑顔を向け、こう尋ねた。「奥さま、ほかにご用はありませんか？」

「ありがとう、ロージー、もうけっこうよ。どうぞ、下がって」

ホークは、ロージーが膝を折ってお辞儀をし、ようやく朝食室からでていくのを眺めた。なるほど。フランシスがいかにも妻らしく、あたたかい態度をとっているのは、ロージーがそばにいたからか。ホークは勝手にそう納得したものの、それが間違いであったことがすぐにわかった。

「サーロインはお口にあいまして、閣下？」

おいおい、やけに陽気な口調じゃないか！　「まだひと口も食べてない」

「ああ、それでしたら、お喋りは控えますわね」フランシスは《ガゼット》をもちあげ、ひらいたページで顔を隠した。

「使用人たちは、きみを女主人と認めたようだ。よかったな」神経にこたえる沈黙が続いたあと、ホークが口をひらいた。

「ええ、ありがたく思っています」と応じたものの、フランシスは新聞から顔をだそうとはしなかった。

「そんなにおもしろい記事があるのか？」

その問いかけに、フランシスはぎょっとした。じつのところ、なにも読んでいなかったのだ。彼に愛想よく無関心を示すというむずかしい演技をこなすのに必死だったのだ。ほんとうは、分厚いサーロインを彼の顔めがけて放り投げられれば、よほどせいせいしたのだが。

フランシスは、愛くるしい声でやさしく笑った。「決まってるでしょう、上流階級のゴシップを読んでいたんです！　おもしろいったらないんですもの。ほら、ここには、レディ・H、公園でR卿と談笑、って書いてある。レディ・Hのご主人が、すぐそばにいたんですって！　わくわくしちゃう」

ホークが不快そうに言った。「レディ・Hなるご夫人には心当たりがないな」

フランシスにも、心当たりはなかった。だって、たったいま、即興で考えだした記事なのだから。「あら、あなたは上流階級のかた全員とお知り合いなの？　博識でいらっしゃるのねえ、閣下？」

　ホークがおもむろに、注意深くフォークを下ろした。「フランシス」と、声をだした。「もう、閣下と呼ぶのはやめてくれ。ぼくの名前はフィリップ、もしくはホークだ。好きなほうを選んでくれてかまわないが、閣下はなしだ」

「お望みのままに」そう言うと、彼女は肩をすくめた。新聞を置き、食器棚の上の時計に目をやり、こう言った。「いけない！　時間って、あっという間ね。もうすぐ八時！　失礼していいかしら？」

「どこに行く？」

「用事が山積しているの。〈デズボロー・ホール〉は、放っておけば勝手にまわるわけじゃありませんから」

「これまでは、まわっていた」

「まさか」と、彼女が上位者ぶった笑みを浮かべた。「どうにかこうにか、もちこたえていただけです」それだけ言うと、フランシスは立ち去った。

　数分後、ホークは朝食室をでるときに、彼女がほとんど料理に手をつけていなかったことに気づいた。

　なにもすることがなかった。乗馬にでかけ、不機嫌を追っ払おうかと思ったが、考えなおした。領地関係の書類にでも目を通しておくか。執務室に歩いていくと、ドアがあいていた。彼は室内に足を踏みいれ、ぴたりと立ちどまった。

またもや、フランシスの姿があった。彼の机に座り、マーカス・カラザーズを横に座らせている。

「どうかしらね、マーカス」フランシスが考え込むように眉間に皺を寄せた。「たしかにジョンのやり方は、ここでもうまくいくかもしれない。でも、あそこの林をすべて切り倒すには、費用が――」

「林がなんだって?」と、ホークが鋭い声で言った。

フランシスは身を固くしたが、それも一瞬のことだった。顔を上げたときには、無邪気な笑みを浮かべていた。「どうぞ、おはいりになって」と、穏やかに言う。「マーカスとふたりで、柵が必要だと話していたところよ。でも、ご存じでしょうけれど、いま、材木価格が高騰しているの。それで、領地の東側にある広い林に目をつけて、あそこを利用すれば――」

「いかなる木も、伐採するつもりはない」

「――あなたが伐採に反対なさるのなら」と、フランシスがうららかな調子で続けた。「もちろん、伐採してはならない。あのね、マーカス、とくにご用がないなら、わたし、ほかにも用事があるの」

マーカスは、ひと言も発していなかった。彼とて鈍感ではない。閣下がひどくご立腹なことは、重々、承知していた。レディ・フランシスと一緒に逃げだしたい。彼女は夫の横を通りすぎるとき、にっこりとつくり笑いをし、執務室をでていった。閣下と同じ部屋に、自分ひとりを残して。マーカスは襟を引っ張り、机の書類を整理し、仕事に精をだしているふうを装った。

閣下がぶっきらぼうに「そのまま続けてくれ」と言い、部屋をでていくと、マーカスは心底、ほっとした。だが、部屋の外から「フランシス！」という怒声が聞こえ、ふたたび身を縮めた。

マーカスは眉の汗をぬぐいながら考えた。父は、あの穏やかで、高貴なる紳士の父は、母に不機嫌な態度で接したことがあっただろうか。マーカスは、自分が大渦巻に呑み込まれてしまったような気がした。何週間かデズボローを留守にし、両親のもとを訪ね、相談するほうがいいかもしれない。

フランシスの姿はどこにもなかった。ホークは、厨房の地下の一隅にオーティスの姿を認めた。「閣下」と、オーティスが儀式ばってお辞儀をした。すぐさま、厨房の使用人が用心深く、「閣下」と、一家の主人が厨房にいることに、使用人たちが仰天している。すぐさま、厨房の使用人が用心深く、気をつけの姿勢をとった。

「従僕たちが新しい仕着せを着ているようだが」と、ホークが言った。「いつ、どうして変えたのか、教えてもらおうか」

「わたくしでよければ、閣下」と、まるでホークがまだイートン校の生徒であるかのように、オーティスがていねいに説明を始めた。「奥さまが、使用人たちの身なりを改善すべきだとお考えになりまして。奥さまは、わざわざわたくしとヨークまで足を運ばれ、問題に対処してくださいました。ご納得いただけましたでしょうか、閣下?」

　ホークはうなり声をあげた。

「女性の仕着せも、改善されました」と、オーティスがつけくわえた。「これに関しては、ミセス・ジェーキンズが奥さまに同行し、ヨークに参りました」

「ほかにも、彼女が改善したがっているものがあるのか?」

「改善の進捗《しんちょく》状況につきましては、ミセス・ジェーキンズにお尋ねください」オーティスの声は、その顔立ちと同じぐらい穏やかだった。

「どいつもこいつも!」ホークはそう言うと、厨房をでていった。

「……それに、当然のことながら、閣下、新しいフォークやスプーン、陶磁器類、それにリネン類。まあ、以前のリネンときたら、それはもうぼろぼろで——」

「ありがとう、ミセス・ジェーキンズ」ホークが口元をひきつらせ、話をさえぎった。

　ところが、おくるみにくるまれていたころからフィリップ卿のことを知っているミセス・ジェーキンズは、ひるむことなく先を続けた。「奥さまはとても気のつく、有能なご婦人でいらっしゃいます、閣下。〈デズボロー・ホール〉に、それはもう関心をおもちで……」そう言う口調には、そろそろだれかが切りだす頃合いだという思いが見え隠れしていた。

「……それに、使用人たちにも、このうえなくやさしく、気持ちよく接してくださいます、閣下。とはいえ、当然のことですが、怠けることはお許しになりません。それは、してはならないことですから」

ホークは彼女の好きなように話させた。そして、ほんのつかの間、彼女が口をつぐんだ瞬間を逃さず、さきほどよりもっと穏やかな口調で話をさえぎった。そんな口調で話すには、並々ならぬ努力が必要だったが。「ありがとう、ミセス・ジェーキンズ。彼女が……徹底的にやったことがよくわかったよ」

ミセス・ジェーキンズがにこやかに微笑み、彼のせいいっぱいの嫌味《いやみ》も、その白髪まじりの頭の上を涼やかに流れていった。

ホークは髪をかきあげ、客間のなかを見まわした。

「ほかにもご用がおありですか、閣下？」彼女がしげしげとホークの顔を仰ぎ見た。

「いや、けっこう」と、ぼんやりと応じた。「ああ、そういえば、奥さまがどこにいるか、わかるかい？」

「厩舎ではないかと。奥さまは朝のこの時間、たいてい厩舎においでです。働きすぎではと心配申しあげているのですが、とにかく、ベルヴィスさんと力をあわせて、なんとしても厩舎を立て直し、競走馬の調教を――」ところが、思いもよらないことに、伯爵が急に叫び声をあげたので、彼女は言葉をとめた。

「どこにいるって?」

「厩舎です、閣下」ミセス・ジェーキンズが辛抱強く繰り返した。「ベルヴィスさんと一緒に。午前中はいつも厩舎でおすごしになります。ときには午後も——」

「懲《こ》りないやつだ!」と、ホークは小声でののしった。いますぐ、フランシスの可愛らしい首をこの手でへし折ってやりたい。こんどはいったい、なにを企んでる?

ホークは足早に客間をあとにし、呆気にとられたミセス・ジェーキンズがその後ろ姿を見送った。彼は屋敷の正面玄関の階段を駆けおり、厩舎に向かった。雨が降りだしており、ホークは愚かにも、フランシスの身体を気づかった。馬鹿なやつだ、気をつけないと風邪をひくぞ。

馬鹿はどっちだ。気をつけないといけないのは、おまえのほうだよ。

「フランシス!」

ホークの罵声《ばせい》に、四人の馬丁が大砲で撃たれたような顔をした。

「奥さまはどこだ?」

最年長のダンが、ぶるぶると声を震わせながら応じた。「あの、奥さまは、ベルヴィスさんと一緒に、調教場においでかと、閣下」

調教場は厩舎から離れた東の放牧場のそばにあった。雨は本降りになっており、ようやく小屋の軒下《のきした》にはいったころには、首に雨がしたたり落ちていた。

小屋のドアは半開きになっており、ホークは勢いよくなかに踏み込んだ。革、亜麻仁、各種軟膏が混然一体となった香りが、彼の鼻孔をくすぐる。

「ベルヴィス！　いったい、どういうことだ？　辞めたんじゃなかったのか？」

決着をつけなければ。フランシスは緊張をおもてにだすまいとしながら考えた。彼に話しておくべきだった。朝食の席で、彼の口にサーロインがはいっているときにでも。

「閣下」フランシスは彼の怒りをやわらげようと明るい口調で言ったものの、無駄な努力であることはわかっていた。「な……なにかご用？」

ホークはベルヴィスをにらみつけた。小柄で細身だが、じつに屈強な男だ。頭髪はきれいになくなり、陽気な顔をしているが、長年、戸外で働いてきたせいで顔には深い皺が刻まれている。ホークの記憶より若々しく見えた。

「ああ、用がある、フランシス」と、怒りを抑えて言い、笑みさえ浮かべてみせた。「よければ、きみと話がしたい。馬具庫にきてくれ」

行きたくない！

「仰せのとおりに、閣下。あとで戻るわ、ベルヴィス。そのまま続けてくださる？」

なにを続けるんだ？　問いただしたかったが、ホークはなにも言わなかった。

馬具庫は、様変《さまが》わりしていた。とにかく、目を見張るほどきれいに片づけられていた。馬具、馬勒《ばろく》、鞍。どれもきちんと磨かれて光沢を放ち、然るべき場所におさまっている。

ホークは古ぼけた椅子を指さした。「座れ」ぶっきらぼうに言った。

フランシスが座った。

「さて、マダム、いったいここでなにが起こっているのか、教えてもらおうか」そう言うと、ホークは胸のまえで腕を組み、両脚をひらき、彼女を睥睨《へいげい》した。闘志満々というわけね、とフランシスは考えた。

「フランシス？」と、ホークがおもねるように言った。

18

いざ、開戦。

――ミルトン

　広々とした野原にぽつんと立つ自分に向かって、敵陣が銃剣を構え、突撃してくるような気がした。当然、退却はできない。フランシスは、冷静沈着な口調で話せる自分に安堵しつつ、説明を始めた。「〈デズボロー・ホール〉は競走馬の厩舎として名を馳せているんです、閣下……いえ、ホーク。だから、ご覧のとおり、ベルヴィスを説きふせ、戻ってきてもらったの。おかげさまで、お兄さまが亡くなられるまえの状態に、厩舎を戻すことができた」

「カラザーズは、きみのこの野心あふれる計画に支出を認めたのか？」

　フランシスは、ほっと胸を撫でおろした。それはあきらかに質疑であり、口調はあくまでも穏やかだった。彼が銃剣をもちだすだなんて、悪く考えすぎよ。

「いいえ、もちろん違います」と、フランシスは彼を安心させた。「それでは筋違いですし、マーカスだって、そんなこと、認めるはずがありません」慎重に彼の顔色をうかがってから、思い切って告白した。「お義父さまからお金を拝借したんです」

「なんだと？」

冷静沈着もここまで。フランシスは観念し、明言した。「あなたのお父さまが、わたしに――わたしたちに――お金を貸してくださったの」

罵声を浴びせたかったが、どうにか喉の奥で怒りをとどめ、ホークが得意の冷笑を浮かべた。「わが愛しの父上が、屋敷のほうの経費もすべて用立てたのか？　陶磁器も？　リネンも？　仕着せも？　勘弁してくれ、父さんにいくら借金をしたんだ？」

「屋敷のほうの経費は、お義父さまからいっさい拝借してません！　だってマーカスにも確認したけれど、屋敷内の支出の決定権は、わたしにあるんですもの。家事全般をとりしきる責任は、すべてわたしにある」

「ここまで厩舎を改修するのに、父からいくら借りた？」あたりを指し示しながら、ホークが尋ねた。

フランシスは大きく息を吸い込んだ。自分の手を見おろし、馬勒や馬具に目をやる。「五千ポンド」と、床に視線を落しながら答えた。

ホークの口から、よどみなく悪態が吐きだされた。ひと息つくと、こんどはあてこすりを言いだした。「競走馬も厩舎も、すべて偉大なる奥さまの統治下にあると、そういうわけだな？」

それを聞いて、フランシスがわずかに頬を染めた。「いえ、そんなふうには思っていません、かっ……フィリップ、わたし――」

「どっちにするか、決めていただきたいね。〝フィリップ〟か〝ホーク〟か」

「いますぐ、でていってほしいから、〝ホーク〟にするわ！」そう口走ったとたん、フランシスは後悔した。ホークの顔が憤怒の形相となったからだ。

彼女はあわてて言葉を継いだ。「すべてが朽《く》ちはてていくのを、ただ呆然と見ていられなかったのよ」

ホークは顎を撫でた。ようやっと自制心を取り戻し、口をひらいた。「ぼくがなにもかも売っ払おうとしていたことは、マーカスから聞いたはずだ。知っていただろう、きみからの手紙にそう書いてあった」

「ええ、でも……あなたが本気で売るつもりだとは――」

「ぼくの意向が、どうしてきみにわかる……？」

フランシスは、ずんぐりした散歩靴のつま先をじっと見つめた。

「なにもかも、ひとりで背負いすぎた、フランシス」

「だれかがしなくちゃならないことよ」そう応じたものの、フランシスはまだ彼と目をあわすことができなかった。

「じゃあ、ベルヴィスに引導を渡す責任を引き受けてもらおう。これ以上、ここに奉公する必要はない、と」

フランシスがぼそぼそとつぶやいた。「もう五千ポンド、つぎ込んだのよ」

「なににつぎ込んだ？　馬に新しい仕着せでも着せたのか？　際限なく食べるやつらに飼い葉桶でも買ったのか？　うかがいますがね、きみに——女の分際《ぶんざい》で——なにがわかるんだ？」

はじかれたようにフランシスが立ちあがり、こぶしを突きだした。「あなたなんかより、よほどわかってるわ！　相続した大切な財産も時間も、ロンドンでのお楽しみに、すべて浪費しているあなたなんかに言われたくない。わたしはね、ここのことを、ここの人たちのことを、心から気にかけているのよ！」

「愛人のところに戻れと、そう言いたいのか？」

「ご明察——とっとと、ロンドンに帰ってちょうだい！」

ホークの視線が、彼女の上下する胸に落ちた。フランシスも、その視線に気づいた。あとずさりをしたものの、運悪く、修繕中の鞍につまずいた。彼女はひっくり返り、スカートの裾が大きくめくれあがった。

「フランシス」あわてて駆けよったものの、とくに怪我《けが》がないようだったので、次に続く言葉を呑み込んだ。そして足をとめ、わざと流し目を送った。「ずいぶん、なまめかしい恰好じゃないか。ここでぼくを誘惑しようって腹か？　夜まで待てないとあれば、相手になるぞ」

足元にハチでもいるように、フランシスが大慌てでスカートの裾を下ろした。膝をつき、立ちあがる。ホークとのあいだには、修繕中の鞍がある。このままじゃ対抗できない。戦法を変えなければ。そこで、ありったけの忍耐力をかき集め、懇願した。「お願い、ホ……フィリップ、わたしにはとても大切なことなの。デズボローは、かならず名厩舎として復活させる。あなたに関心がないのなら、それでかまわない。だから、わたしに続けさせて。稼いでみせる、ぜったいに。お義父さまもそう信じ、わたしにまかせてくださったの。お願い……お願いだから、売却しないで」

「稼ぐだと？　言わせてもらうがね、フランシス、きみがしてきたのは、ただ金を使うことだけだ。ただの浪費だよ」

「浪費なんかしていません！　むしろ、投資と考えるべきよ。家政への出費に関しては、すべてがあまりにもボロボロで、どうにかしなくちゃならなかったの！」

「厩舎の買取りに名乗りをあげているのが、ぼくの姉と婚約者のチャーマーズ卿なんだよ。それは知っていたのか？」

「いいえ、初耳よ。だからなんだっていうの？」

だからなんなのか、自分でもわからず、ホークは口をつぐんだ。そして、親指で顎を揉みつづけた。と、おもむろに質問をし、フランシスを驚かせた。「きみには馬の知識があるのかな？」

　彼女がぱっと顔を輝かせた。その瞳には隠しきれない興奮の色が宿っている。「わたし、馬と一緒に育ったの。なんて言えばいいのかしら……わたし、馬にはとくべつな親近感をもっているのよ。馬に具合が悪いところがあれば、生まれついての直観ですぐにわかる。それに、治療法だって知ってる。わたし、馬鹿じゃないのよ、ホーク」

　ホークはなにも答えなかった。ホーク、とまた呼ばれたな。そう呼びつづけていれば、ぼくがこの場から飛び去るとでも思っているんだろうか？

「五千ポンドはなにに使った？」

「三人の新しい調教師、新しい備品、ベルヴィス、放牧地の修理——」

「わかった」と、ホークは話をさえぎった。彼女に背を向け、鞍をしげしげと眺めているふりをする。「知っているだろうが」と、考え込むように言った。「女性は狩りをしてはならない」

　フランシスは顔をしかめ、男の側のくだらない決めつけに異議を唱えようとした。

「横鞍ではコントロールがきかない」と、彼が先を続けた。「女性の脚では無理なんだよ。自分を御することはできても、馬まで御することはできない。実際、危険きわまる」

「わたしは狩りをするし、横鞍なんて使ったこともない。父が頑として許してくれなかったから」

ホークは顔を上げ、かすかに彼女に微笑んだ。「妙だな、そう聞いても、もう驚かないよ。少なくとも、いまはもう、きみの正体がわかっているからね」

「ホーク、どうするつもり？」

どうやら旗色が悪くなってきたと見える、と、彼はぼんやりと考えた。だが、あの懇願するような口調が気にいらない。「姉のベアトリスは、その昔、見事に馬を操り、乗馬を楽しんでいた。ところが狩りの最中に馬が暴れ、落馬してからは、断固として横鞍の使用を拒否し、馬にまたがるようになった。横鞍の危険性をぼくに指摘してくれたのは、姉だよ。当時、ぼくは十歳にもなっていなかった」

「ホーク――」

「もちろん、父は古い世代だから一悶着《ひともんちゃく》あったが、ネヴィルに説得された」

「ホークってば――」

ホークが真正面から彼女の顔を見た。「よろしい、さっきの話に戻ろう。なにをぐずぐずしている？　ベルヴィスと話をつけてこいと言っただろう？　もう奉公してもらう必要はないと伝えるんだ」

どうにかしてホークをなだめようという気持ちがきれいさっぱり消えうせ、フランシスは怒りを爆発させた。「この……ろくでなし！」そう叫ぶと、修繕中の鞍をもちあげ、ホークめがけて投げつけた。鞍は、彼女のすぐまえに落ち、ホークはじっと鞍を見つめたあと、妻に視線を戻した。

彼が哄笑した。「女性が軍への入隊を認められていなくてよかったよ。きみが砲撃されたら、敵軍はシャンパンで祝杯をあげるだろう」

なにか、ほかに投げられるものはないかしら。フランシスは必死であたりを見まわした。

「だが、きみなら、自軍の城の防護壁もめちゃくちゃに破壊しかねない。まあ、その鞍をきみのサイズにあわせて調整したいのなら、手間をはぶいてやろう」そう言うと、緑色の瞳を輝かせ、ホークがつかつかと近づいてきた。彼女はあわてて身をかわそうとしたが、両腕をつかまれ、抱き寄せられた。

「さて」と、彼女をしっかりと押さえ込み、ホークが言った。「ベルヴィスをここに置いてやり、きみの計画をおじゃんにしないでやったら、そのお返しになにをもらえるのかな?」

彼に怒鳴り返そうと口をあけたとたん、ホークがその唇を覆った。彼女の唇にキスをするのは初めてだ。ホークの全身に戦慄《せんりつ》が走った。唇はやわらかく、わずかにひらいている。息が甘く、あたたかい。彼女が激しく身をよじらせるのがわかったが、離したくなかった。唇を押しつける力を弱め、彼女の下唇にそっと舌を這わせた。そして、口のなかに舌を差しいれたとたん、あわてて引っ込めた。彼女が嚙みつこうとしたのだ。

あやうく、舌を嚙み切られるところだった。そう思いはしたものの、彼女への欲望はあまりにも切迫していた。そのままキスを続けていると、とうとう、彼女が抵抗をやめた。ホークはようやく唇を離し、彼女の顔を見おろした。「キスをしたことは、フランシス？」と、小声で尋ねた。

「ないわよ！　気にいらないわ。べとべとして、気持ち悪い。下劣よ――」

　ホークはまたキスをし、いったん身を引き、彼女の後頭部に手を添え、自分の肩へと頬を抱き寄せた。そのままじっと彼女を抱きしめ、荒い息づかいに耳を傾ける。ようやく手を離すと、フランシスはうしろに飛びのき、手の甲でごしごしと口をぬぐった。

「ベルヴィスと話さなくていいのかい？」と、ホークが尋ねた。

　フランシスが手を下ろした。「いやよ！　だって、さっき――」

「それからね、フランシス、ぼくのキスにはだんだん慣れるさ。今夜は、きみの身体のすみずみにまでキスするつもりだからね」

　フランシスは呆気にとられて彼を見つめた。厩舎のことなど、すっかり頭から消し飛んだ。

「嘘でしょ。まさか……冗談はやめて！」

「いいや、冗談で言ってるわけじゃない。かならず、そうする」

「それだけは勘弁して！　ホーク、誓うわ、もう二度と抵抗したり……隠れたりしないから。ベッドにおとなしく横たわり、あなたの……その、したいようにさせてあげるから」

「だからさっさと終わらせろと？　暗闇のなかで？　きみに触れることも、愛撫することもせず？」

「どうして、そんなことしたいの？　あなたは大切な跡取り息子が欲しいだけでしょ！　どうしてわたしをこんなに苦しめるの？　わたしが罠にはめて結婚させたんじゃないのよ、閣下！　わたしはあなたと、なんの関係ももちたくなかったのに」

「その気持ちはいまも変わらない？」

「それは——そうよ、あなたなんか、まっぴら！」

「例のクリームはもう必要ないというわけか」確信したように、低い声でホークが言った。

膝のあたりが真っ赤になりはじめたことを、フランシスは自覚した。その火照りは、一気に髪の生え際まで上昇した。

「僕の指がきみのなかにはいり、まさぐり、愛撫し、きみのあそこを——」

「やめて！　あなたって最低。吐き気がする——」

ホークが笑った。「これからはクリームが不要になる理由を知りたいだろう、フランシス？」

だが、彼女は馬具庫のドアめがけて一目散に走りだした。

ホークのほうが速かった。彼女の頭上で、ドアがばたんと閉まった。彼女の手がドアノブをむなしく握る。「だからね、フランシス、あのいまいましいクリームはもう不要なんだよ。なぜかって？　そう尋ねたいだろうね。いいかい、ぼくがきみのなかにはいるころには、きみの準備が充分にととのっているからさ——濡れそぼり、熱くなり、ぼくが欲しくてどうにかなりそうになってる」

「胸が悪い」声を震わせながら、フランシスがつぶやいた。

ホークは手を離し、身を引いた。「じきにわかるよ、フランシス。今夜は、食後の紅茶は省略だ」フランシスが乱暴にドアをあけるようすを、彼は眺めた。「フランシス」と、背後から呼びかけた。「もう、ご近所さんを夕食に招待するのはやめてくれよ」

「メルチャーご夫妻が五時にお見えになるわ！」

「あの教区牧師か、フランシス？　いますぐ伝言を送れ。仮病でもなんでも使うがいい。もし、夫妻がやってきたら、こう言ってやる。美しい妻と新婚夫婦の契《ちぎ》りを一刻も早く再開したいので失礼します、とね。本気だぞ、フランシス」

フランシスが逃げだしていった。ホークはゆっくりと戸口に向かい、雨のなか、彼女が屋敷のほうに駆けていくようすを眺めた。ぼくは支配権を取り戻した。そして、あの小さな魔女にもそれがわかり、頭にきている。それにしても、とホークはわずかに顔をしかめた。あのキスには驚いたな。

午後になると雨があがり、ホークはひとりでジョンとアリシアに会いにでかけた。このまま〈デズボロー・ホール〉にいたら、客間の床に妻を押し倒しそうな気がしたからだ。

バウチャー家では、ジョンが誇らしげにシェリー酒のグラスを掲げ、「アリシアに！」と乾杯の音頭をとった。アリシアが懐妊したのだ。ホークは、なにか深くてすばらしいものに内臓をつかまれたような気がした。

「ホーク！」と、ほんのり頰を染めたアリシアが叫んだ。「いやねえ、にやついて。あなたの子どもじゃないのよ！」

ホークは〈デズボロー・ホール〉へ戻る道中も、ずっとにこにこしていた。

グランニョンに手伝ってもらい、夜会服を着ているときも、まだ鼻歌を歌っていた。

「じつに、励みになります」と、グランニョンがスカーフを渡しながら言った。

「なにがだ？」

「レディ・フランシスがなさった、さまざまな改革です」

ホークはスカーフを巻く作業に集中しながら、うなり声をあげた。

「三人の調教師たちも、いい連中です。未熟ですが、熱意にあふれ、研究熱心」

ホークはなにも答えず、口元をこわばらせた。

「ほんとうに、よかったです」と、グランニョンが能天気につづけた。「〈デズボロー・ホール〉には、そろそろ女のご主人さまが必要だったんです。あれこれと気のつくおかたが。ミスター・カラザーズからうかがったんですが、いや、じつに優秀な若者ですな——」

「優秀な若者とやらの言うことなんぞ、だれが信用するか！」

「おや、閣下」と、グランニョンが動じるようすもなく言った。「爪にやすりをかけなければ。ぎざぎざになっていますぞ」

ホークは左手の薬指の爪を見やり、思わずまばたきをした。昨夜も、この爪はぎざぎざだったのだろうか。クリームを塗り、妻のなかに差し込んだ指だ。フランシスは痛い思いをしただろうか？「やすりをもってきてくれ」と、ホークは命じた。

一階に下りると、ホークは足取りも軽く客間にはいっていった。期待に胸が高まる。ところが、そこにはだれもいなかった。

「オーティス！」

ほどなく、オーティスがすべるように客間にはいってきた。まったく影みたいに歩くやつだ、とホークは考えた。

「レディ・フランシスはどこだ？」

オーティスは不吉な前兆を覚え、思わず身をすくませた。すぐに客間から退散し、まっすぐに自分の部屋に戻り、ドアに鍵をかけてしまいたい。「はい、閣下、奥さまは夕方、ヨークにおでかけになりました。ご用事があるとかで、アグネスと――当然、アグネスと従僕を従えられ――おでかけになりました。今夜は、あちらにお泊まりになるかと。ご帰宅はあすになります、閣下……当然、ご存じでしょうが、閣下」

女主人が逃げだしたことが、オーティスにはわかっていた。ああ、自分が従僕のかわりに同行していたかった。愚かにも、奥さまは閣下に外泊することを伝えていると思い込んでしまったのだ。伯爵は残忍な表情を浮かべているが、妙なことに、筋肉ひとつ動かさない。オーティスはじっと立ったまま、その理由を考えあぐねた。

ホークが落ち着いた愛想のいい声で尋ねた。「妻の宿はどこだ、オーティス?」

羽目板の裏に隠れてしまいたい。そう思いながら、オーティスは深々と息を吸い込んだ。

「存じません、閣下」

「ヨークにはいくつ宿がある? 知ってるか、オーティス?」

「なんとも申しあげられません、閣下。非常に多く、でしょう」

「だろうな」と、ホークがすまして言った。「マーカスを呼んできてくれ、オーティス。ぜひ、一緒に夕食をとりたい。もちろん、妻の小旅行に同行していなければの話だが」

「はい、閣下、ミスター・カラザーズはここにおいでです。閣下と食事をご一緒させていただきたいと思っていらしたようで」

「レディ・フランシスの差し金か?」

「かと存じます、閣下」

いっぽうマーカス・カラザーズは、伯爵と食事などとりたくなかった。〈デズボロー・ホール〉から即刻でていけと命令されるのではないかとあやぶんでいたのだ。ところが心底驚いたことに、そして安堵したことに、伯爵は彼を愛想よく迎え、食卓につくと、穏やかにこう告げた。「今夜、フランシスに用事があったのは、なんとも残念だ」

「はい、閣下」と、マーカスは応じた。従僕がバーミセリ・スープをよそうと、マーカスはスプーンを手にとった。

「今夜は」と、ホークが家令の震える手を眺めながら言った。「仔牛肉のフーカデン（ひき肉を使ったオーブン料理）とロブスターのカツレツにありつけるぞ」

「光栄です、閣下」そう言いながら、マーカスは胸のうちで祈った。どうか、おいしいスープの味をちゃんと味わえますように。スープは、ずるずるとすべるように、マーカスの喉を落ちていった。

ホークはワイングラスの脚をもち、長い指で回転させながら、興味津々といった口調で言った。「フランシスがきみたちの計画を洗いざらい話してくれたよ、マーカス。父は五千ポンドの出資金に利子をつけ、ぼくに請求する気か？」

スープが急に誤った方向に流れ込み、マーカスは咳込んだ。「いえ、閣下、わたしの知る限り、そんなことはありません。お父上は、その、たいへん熱意をもっておいででした」

「ほほう」と、ホークがあいかわらずワイングラスを回転させながら、その深紅の液体に見いっているような表情で答えた。「なにに支出したのか、すべて聞かせてもらったよ――放牧地の修繕、新しい調教師……ええと、あとはなんだったかな」

どうやら、とっちめられることはなさそうだ。そう考えたマーカスは、ほっと胸を撫でおろした。そして支出の項目をひとつずつ、ゆっくりと正確に挙げていった。ひと息つくと、伯爵が先を続けるよう、黙ってうなずいた。「それに、もちろん、レディ・フランシスは種馬の広告を掲載することになさいまして——」

ワイングラスの脚がこなごなになった。「なんだと？」

「《ガゼット》や地方紙に掲載なさったわけではありません、閣下」マーカスはそう言いながら、血のような色の赤ワインがこぼれ、純白のテーブルクロスに染みを広げていくようすを呆然と眺めた。従僕があわてて進みでたが、伯爵の形相を見るなり、ぴたりと足をとめた。

「《競馬暦》や《競馬——」

「嘘だろ、信じられん！」ホークのあまりの剣幕に、従僕が一歩、後退した。「あの女、ぼくを……〈デズボロー・ホール〉を……商人ふぜいに貶《おとし》めるつもりか？」こぶしをテーブルに叩きつけると、肉料理のソースが皿から跳ねあがった。

ホークは罵声をあげ、立ちあがり、あやうく椅子を倒しかけた。が、使用人がいることを思いだし、われに返った。荒い息をつきながら、低い声で悪態をつき、オーティスの姿を認めると、火かき棒のように身を固くした。

「オーティス」と、ホークは愛想よく言った。「おまえと従僕は下がってくれ。用があれば呼び鈴を鳴らす」

「かしこまりました、閣下」オーティスはそう答えると、哀れなマーカス・カラザーズに同情の視線を送った。

従僕がオーティスと競うかのように、われ先にドアに向かった。

「さて」と、ホークは身を乗りだし、両のてのひらをテーブルに置いた。「そんな馬鹿な真似はやめるよう、きみは彼女の説得にあたったんだろうな？」

マーカスは唇を舐めた。急に、腹に刺すような痛みを感じた。

「じつは、閣下」と、どうにかこうにか、パンをひとつ手にとり、マーカスが答えた。「あす、ダンバーズ卿が牝馬を連れていらっしゃる予定です。ジェントルマン・ダンと交尾させたいというご希望で。種付け料は二百ポンドです、閣下」と、マーカスは藁にもすがる思いでつけくわえた。「ダンバーズ卿は、デズボローが種馬飼育場を再開すると耳にするやいなや、レディ・フランシスにお手紙をくださったのです。とてもよろこんでおいででした。この二週間で、レディ・フランシスのところに、種付けの件で、ほかにも問いあわせがあったそうです」

「ほほう」と、ホークが言った。そしてしばらくなにも言わず、ぼんやりと宙を眺めた。が、だしぬけに、瞑想に耽るような口調でぽつりと言った。「彼女を殺したら、ぼくは絞首台行きかな？」

「閣下！」

「なんだ、マーカス？」

「レディ・フランシスは下々《しもじも》にやさしく接してくださる、すばらしいご婦人です。親身になって考え、楽しまれ……その、閣下――」

「もういい、マーカス」と、マーカスの感情の発露をホークはさえぎった。「きみが淑女に足かせをはめられるような目にあわないことを願うよ。さて」と、さきほどと同じように、深く考え込むような口調でホークは続けた。「紅茶に毒をいれるかな。いや、スコーンにしよう。スコーンは彼女の好物だからね」

「閣下！　冗談にも――」

「冗談で言ってるわけじゃない。絞殺しておいて、落馬したように見せかけるという手もある。いや、それでは喉にあざが残っちまう。まずいな。やれやれ、慎重をきわめないと」

本気かもしれない。マーカスは不安になった。そして伯爵の目に決意の光が宿るのを見ると、自分が伯爵夫人ではないことに心底、感謝した。

「よし」と、間を置いてホークが言った。「彼女はあす、戻ってくる。それから考えるとしよう」

19

だれが冷笑に反駁できよう。

——ウィリアム・ペイリー師

「やあ、おはよう、フランシス。元気そうだね。ヨークへの小旅行はうまくいったかい？」

フランシスの手が、フライング・デイヴィーのすべすべした鼻に静かに落ちた。種馬が頭を振りあげると、例の魔法をかけるような声でベルヴィスが囁きかけた。「よしよし、わかった、いい子にするんだ。奥さまへの礼儀がなっとらんぞ」

フランシスはゆっくりと夫のほうを見た。朝の十時。彼女は八時にはヨークから帰宅していた。すばやく着替え、朝食をすませ、すぐに放牧地にやってきたのだ。

ホークは乗馬用のシカ革のズボンと、もみ革の上着を着ていた。ヘシアンブーツが朝の陽射しにきらめいている。落ち着き払っているように見えたが、その声には好奇心が少しにじんでいた。

「はい、閣下」わずかに頭を上げ、フランシスが応じた。「このうえなく、うまくいきました」

フライング・デイヴィーが鼻を鳴らし、ベルヴィスが低い声で笑った。「こいつは少々、やきもち焼きでして、閣下」と、ホークに言った。「レディ・フランシスの注意を一身に浴びるのにすっかり慣れちまってるんでさ」

「わたしのほうを見さえすれば、惜しげもなく餌をくれるとわかっているからよ」と、フランシスが微笑んだ。

「心配いりやせん」と、ベルヴィスが請けあった。「あっしが餌の量を減らしてやすから。こいつは太りすぎだ。体重を落とせば、一カ月後にはえらく速くなってる。じきに、うちで最速の競走馬になる。閣下はニューマーケットのレースで鼻高々だ」

ニューマーケットだと！　ホークはベルヴィスから妻へと視線を移した。「ヨークでの成果について聞かせてもらおうか」

フランシスは大きく息を吸い込んだ。「じつはね、ある話を――ベルヴィスから――聞いたんです。ヨークのある鍛冶《かじ》屋さんが、名案を思いついたそうなの。ベルヴィスもよくこぼしていたけれど、競走馬をニューマーケットやアスコット、ドンカスターの競馬場まで連れていくのは、すごくたいへんなんですって。片道、何日もかかるから、到着したころには、馬はへとへとになっている。そうしたら、その鍛冶屋さんがね、車輪のついた箱型の馬房のようなものを組み立てることを思いついたの。そうすれば、競走馬は延々と歩かずにすむでしょう？　車輪付き馬房は、ほかの馬が交替で引っ張ればいい」

「じつに名案です、閣下」と、ベルヴィスがつけくわえた。「そいつは――クリックスという男ですが――設計図をレディ・フランシスに送ってきやしてね。よければ、ひとつお目にかけやしょうか？」

「ああ、ぜひ見せてくれ」と、ホークは応じ、フランシスに向かって目を丸くしてみせた。「ひとつ尋ねるが、この経費も五千ポンドに含まれてるのか？」

「え、ええ」と答えたものの、ほのかに紅潮した頰が、それが嘘であることを物語っていた。しかし夫がそれ以上追及してこなかったので、彼女は胸を撫でおろした。

「ところで、ベルヴィス」と、ホークが言った。「ダンバーズ卿が、きょう、牝馬を連れてくるそうだな」

「そうなんでさ、閣下。おわかりでしょうが、ジェントルマン・ダンの準備は、ばっちりでさ」

「だろうな。ベルヴィス、フライング・デイヴィー、悪いが奥さまを少々拝借するよ」そう言うと、ホークはやさしくフランシスの腕をとり、放牧地をあとにした。

フランシスは、夫が怒りを爆発させるだろうと覚悟していた。ところが、ホークは小馬鹿にしたように、こちらを横目で眺めるだけだ。こんなふうに見られて、なんて言えばいいの。

彼女はそわそわしながらスカートの裾を引っ張った。「認めてくださるでしょう、ホーク？二百ポンドも種付け料をもらえるのよ。厩舎の支出にあてられるわ」

「ああ。ジェントルマン・ダンには、大いに楽しんでもらおう」ホークの瞳が内側に火が灯ったように輝き、フランシスはまばたきをした。「いい機会だ、フランシス」と、ホークが続けた。フランシスの敏感な耳は、その声に、悪意にみちた嘲笑を聞きとった。「きみは種付けの現場を見学すべきだ。勉強になるぜ。大切なことを学べるよ」

信じられないといったフランシスの表情に、ホークはなおもあざけりの言葉を吐いた。

「種馬が牝馬に覆いかぶさっているところ、見たことあるかい、フランシス？」

フランシスは無言で首を横に振った。そんなことはあってはならない。考えたこともなかったし、思いつきもしなかった。そんな……。

「きみも立ちあえ、フランシス」

「いやよ、わかってるでしょ！　そんなこと、マナー違反よ。立ちあうのは、男の人だけだって決まって――」

「おや、意外だな、フランシス。きみはこの事業のあらゆる面に強い関心をもっているのだとばかり思っていたが。種馬が牝馬に乗っかるのを、男だけが眺めていてもいいのか？　男も種馬も、無神経なけだものなんだろ？　暗闇で牝馬に覆いかぶされと、種馬に命令できるかもしれないぜ。ただし、そんな真似をすれば、哀れな牝馬の感受性はずたずたになるかもしれないが」

「やめて、ホーク！」

ホークの声がいっそう残忍さを帯びた。「立ちあうんだ、フランシス。ぼくが横に立っていてあげよう。質問があれば、よろこんで答えるぞ。たとえば、種馬が牝馬を受胎させる一《いち》物《もつ》がわからなければ、種馬の見事な授かりものを指さして教えてやる。どことなく類似点があることに気づくかもしれないぜ」

彼女の顔から血の気が引いた。そんなことありえない。男の人たちと並んで、そんな光景を眺めるなんて。それがどんな行為か承知のうえで……。「無理です」そう言うと、彼女はきっと顎先を上げた。「そんなこと、しません」

ホークが急に猫撫で声で話しかけた。「どうしても拒むのなら、きみを縛りあげて、ここに連れてくるぞ。そうしたら、男たちはどう思うだろうね？」

「わたしへのお仕置きというわけね」フランシスは放牧地を見ながら、ぽつりと言った。

「そう、見せしめだ。われらが牝馬は、その、例の経験をしに、いつやってくるんだ？」

「じきに」と、フランシスは答えた。「もうすぐ。もちろん、ダンバーズ卿は今夜、お泊まりになる。牝馬はここに置いていくそうよ、牝馬が……」フランシスの声が、断崖絶壁から転がり落ちた石のように消えていった。

「妊娠するまで。そりゃそうだ。牝馬は受胎したがるだろうさ。いや、望むと望まざるにかかわらず、種馬を受けいれざるをえない。しっかりと押さえつけられているから、種馬は安全に牝馬に乗ることができる。それに男たちは、牝馬を押さえつけるだけじゃなく、いわゆる……誘導をするからね」

もう逃れられない。フランシスは覚悟を決めた。交尾の現場に淑女が同席したら、ダンバーズ卿はどう思われるだろう？　そう考えるだけで屈辱を覚えた。ダンバーズ卿は異議を申したてるかもしれない。もしかすると、奥さまにはご退場願いたいと、ホークに言ってくださるかもしれない。いいえ、やっぱり無理だろう。

「ふつう、牝馬は……いや、とにかく、実際に見学するしかない。そうだろう？」彼は答えを求めてはいなかった。そして腕を離すと、フランシスがさっと飛びのいた。

「フランシス、こっちを向け」

フランシスは不承不承、顔を向けた。

「きみは立ちあう。逃げようものなら、後悔することになる。わかったな？」

「わかりました」そう言うと、小声でつけくわえた。「ほんとうに厚顔無恥な男ね！」

ホークは声をあげて笑った。「心配するな。もちろん、きみの教育現場にダンバーズ卿は同席しない。彼が〈デズボロー・ホール〉をお発ちになるまで待つさ」

おかげで、少し気が楽になった。ほんの少しだったが。

ダンバーズ卿のご一行は、それから一時間もたたずに到着した。ダンバーズ卿は、飾り気のない気さくな五十がらみの男性だった。フランシスとうれしそうに挨拶すると、すぐにホークのほうを向いた。「閣下、厩舎を再開なさり、これほどうれしいことはありません。うちのミス・マーガレットは準備万端でね。正直なところ、わたしはずっと、ジェントルマン・ダンの子どもが欲しいと思っていたんですよ。そりゃもう、信頼できる馬だと噂は耳にしてますから！　精力絶倫で――」そこまで言うと、そばに淑女がいることに気づき、わずかに顔を紅潮させた。

「ええ、おっしゃるとおりです」と、ホークは如才なく言った。「オーティスに部屋を案内させましょう、閣下」少し間をおいて、彼はつけくわえた。「そのあと、昼食をご用意してあります。おたくの牝馬は、きょうの午後から始めても大丈夫ですか？」

「いつでも準備万端」と、ダンバーズ卿が低いながらも、よくとおる声で答えた。

オーティスがダンバーズ卿を連れ、客間をでていくと、ホークは妻に声をかけた。「ちょっと、屋根裏部屋まで行ってこよう」

彼女がにらみつけてきた。

「あしたの準備だよ。行くぞ、フランシス。女性の恰好で立ちあうのは認められない。わかるだろう。たしか、ネヴィルとぼくの子ども時代の服がトランクに残っているはずだ。きみには男装してもらう。帽子も必須だ」と、彼女の髪をしげしげと見ながら、ホークは言った。

フランシスは、義父と一緒にすでに屋根裏部屋に行き、少年用の服を見つけていたことは話さなかった。残念なことに、屋根裏部屋にはまだ少年用の衣服がたくさん残っている。

昼食の席で、フランシスはほとんど口をきかず、ほとんどなにも口にしなかった。そして、男たちが興じる交配や競馬や狩猟の話に耳を傾けていた。これでもせいいっぱい、愛想よくしてるのよ！

午後はずっと屋敷にいた。客間で火事が起こっても、逃げだしはしなかっただろう。夕食には、メルチャー夫妻が訪れた。教区牧師のネイサンは、肩幅の狭い、まじめな男性で、妻のロザリーは豊満な胸に恵まれた女性で、いきいきとしたユーモアの持ち主でもあり、六人の子どもを授かっていた。彼女は恥じらうことなく、ダンバーズ卿に媚《こび》を売った。

フランシスは食事のあいだずっと夫の視線を感じていた。今夜は逃げ場がなさそうね。料理人特製のキャビネットプディングを少し口にしながら、フランシスは考えた。馬の交尾をことこまかに説明し、わたしを侮辱したくて仕方ないのよ。人を馬鹿にして悦にいるなんて、最低！

フランシスはロザリーに好感をもった。母親然としていながら、こんなに色気を振りまく女性には会ったことがなかった。食事を終えたフランシスが立ちあがると、ロザリーは紳士の面々に満面の笑みを向けてから、一緒に退室した。

紳士がたはしばらく食卓で談笑を続けていた。ジェントルマン・ダンの武勇伝について、あれこれ冷かしてるんだわ、とフランシスは考えた。談笑を終えたホークは、ダンバーズ卿と並んで広い玄関ホールを抜け、客間へと歩きはじめた。競馬界での詐欺やごまかしについて、ああだこうだと話していると、ふいにピアノの音色が聞こえてきた。おや、とホークは首をかしげた。モーツァルトのソナタが美しく奏《かな》でられている。いやいや、とホークはひとり、かぶりを振った。もちろん、教区牧師夫人が演奏しているのだろう。だが、ロザリーの指は相当、ずんぐりしていたぞ。よくあんな指で優雅に鍵盤を叩けるものだ。

だが当然のことながら、それはロザリーではなかった。客間に足を踏みいれたホークは、ピアノのまえに優雅に腰を掛けている妻を目にし、啞然とした。美しい栗色の髪が、ピアノの横に置かれた燭台の灯りに照らされ、赤や金色に輝いている。白いうなじは長く、気品にあふれている。宝飾類はいっさい身につけていない。ホークは襟元にキスを浴びせ、その場で絞め殺したくなった。

フランシスは演奏を終えても、すぐには顔を上げなかった。曲の最後で指をすばやく動かすので、いつも興奮をおさめるのに少し時間がかかるのだ。と、大きな拍手が聞こえてきた。あわてて顔を上げたせいで、首の骨が折れそうになった。夫と目があった。そのとき初めて、キルブラッケンでとんでもない演奏を披露したことを思いだした。うっかりしたわ！

「すばらしいわ、レディ・フランシス」と、ロザリーが称賛した。「たいへんな才能の持ち主ね！ ご自慢の奥さまでいらっしゃいますわね、閣下」

「ええ、ありがとうございます」と、ホークがこのうえなく人当たりのやわらかい口調で応じた。「スコットランドの彼女の実家で初めて演奏を聴いたときには、感心しましたよ。なんと聴く者の胸を揺さぶる演奏だろう、と」

「それにピアノのまえに座っていらっしゃると、一幅《いっぷく》の絵のようですわ」ロザリーが媚びることなく、母親のように慈愛あふれる口調で言った。

「まさしく」と、ダンバーズ卿も同意した。「閣下はじつに幸運なおかただ」年長の男性がフランシスの白い肩に目をとめていることに気づいたホークは、ふいに怒りに駆られ、われながら驚いた。

「ところで」と、ロザリー・メルチャーを見つめたまま、ホークは言った。「妻はもう歌いましたか？　信じられないほどの美声ですよ。フランシス、お客さまに歓迎の意を表し、もう一曲頼むよ」

挑むような、そして命令するような彼の表情を見たフランシスは観念した。彼はあの夜、わたしが歌ったことをよく覚えているのだ。あの夜のことを思いだすたび、いまでも彼女は身震いしていた。ホークは、わたしの歌声で炉棚の上の水晶にひび割れをつくることができると本気で信じていたのかしら？　ありうるわ。

「承知しました、閣下」そう応じると、フランシスは甘い笑みを顔に浮かべた。「みなさまがほんとうにご所望のようでしたら――」

同意を示す歓声があがった。

フランシスはしばし頭を下げ、鍵盤に広げた自分の指を見つめた。わたしはスコットランド人よ。そう、自分につぶやいた。彼女の指が長音階を軽やかに奏ではじめた。その声は深みのあるアルトで、抑制がきいており、レッスンのあとがうかがえた。

ああ、わたしの愛は赤い、赤い薔薇のように
　六月にほころぶ花よ
ああ、わたしの愛は美しい調べのように
　甘く調和する
そなたは一幅の絵画のよう、愛しいひと
　わたしは深くあなたを愛する
変わらずなんじを愛しつづける
　海が涸れはてるまで

ホークは静かに彼女の顔を眺めていた。やさしい歌声と美しい歌詞が身体のなかに流れ込む。客人のあいだから拍手が起こると、びくりとした。なんて美しい声だろう。そう口走りそうになり、あわてて舌を引っ込めた。と同時に記憶がよみがえり、怒りが込みあげた。
「ずいぶん順応したようだな」ホークは小声で言った。「まるでカメレオンじゃないか。変幻

自在、次は蛇になって、ぼくに不意打ちを喰らわす気か？」

けしかけるような彼の言葉を聞いたのは、フランシスだけだった。ほかの客たちは会話に興じたり、もう一曲歌ってくださいとアンコールをせがんだりしている。フランシスはのろのろと鍵盤から手を離し、膝に置いた。顔を上げ、夫を見ると、つぶやいた。「わたしは蛇じゃない。でも、そうだとしたら、強烈な毒蛇になってやる」

ホークが目を輝かせ、にっこりと微笑み、片手を差しだした。「ぼくのどこに嚙みつくのかな、フランシス？」

それには答えず、フランシスは黙って立ちあがり、彼の手をとった。なんて素敵なカップルかしらと、ロザリーがこちらにあたたかい視線を向けているのがわかる。みんな、なんにもわかってないんだから。人って、見たいものしか見ないのね。こうあるべきという光景を見せられると、それ以上、疑わないのよ。

「ひょっとすると」と、ホークが彼女のてのひらを指でなぞった。「ぼくのいちばん傷つきやすいところを嚙むんじゃないか？　きみの上品な唇に含まれるならけっこうだが、嚙まれるのはちょっとなあ」

彼女はさっとてのひらを返し、彼の親指をつねった。

ホークの笑みがわずかに翳った。

「どうです、閣下、そろそろカードでも？」ダンバーズ卿のよく響く声に、ふたりは自分たちの立場を思いだした。「ピケットがお得意だと耳にしましたよ。勝負といきましょう。種付け料を取り戻させてもらいます」

「夫は腕がいいんですの、閣下」フランシスがすばやく口をはさんだ。まるで霧のなかに一条の光を見たような気がした。「いい勝負になりそうですわね。どうぞ、ごゆっくり」

教区牧師夫妻は、紅茶を飲むと、帰宅していった。

ダンバーズ卿が鮮やかにホークを罠にかけた。いい気味だ。そう思い、フランシスはこみあげる笑いを懸命にこらえ、会釈をし、先に失礼した。

床についたフランシスは、石のように身を固くして横になっていたが、ようやく眠りに落ちた。夢には、鼻を鳴らす牡馬、いななく牝馬、夫の顔がでてきた。

夜中の一時近く、ホークはそっと妻の寝室にすべり込んだ。ベッドに近づき、ろうそくを掲げ、彼女の寝顔を眺めた。手を伸ばしかけたが、ゆっくりと引っ込めた。まだだ。今夜はやめておこう。待つだけの価値はある。間違いなく。

ホークはにやけた。

翌日、ダンバーズ卿は朝食のあと、いとまを告げた。カードではご主人に一杯喰わされましたよ。そうこぼしながらも、ダンバーズ卿は上機嫌だった。

「たいへんな詐欺師ですよ、まったく、やられました！」

フランシスはにっこりと微笑んだ。「わたしもときおり、同じようなことを感じますわ」

ホークとフランシスは正面階段に立ち、立ち去るダンバーズ卿に手を振りつづけた。フランシスは夫に話しかけた。「ロンドンでの長逗留《ながとうりゅう》でも、さぞ稼いでいるんでしょうね。お気の毒に、いったい、いくら巻きあげたの？」

「五百ポンド」と、心ここにあらずといったようすで、ホークが答えた。フランシスは、自分がしげしげと眺められていることに気づき、思わず身を引いた。ホークが口をひらいた。「眠っているときのきみは、じつにあどけなく、無邪気だ。男なら、従順で魅力的な娘だと思うだろう――口さえ閉じていれば」

フランシスは売り言葉に反応しないよう努力したものの、こらえきれず、つい口走った。「まさか、わたしに触れたりしなかったでしょうね！」

ホークがゆっくりとかぶりを振った。「いや。失望させてすまない、フランシス。だが、ほら、ぼくもだいぶ疲れていたからね。待つことにした」

「失望なんかしてません！」

「きみには、失望のなんたるかがわかっていない」と、ホークが肩をすくめた。「フランシス、きょうは午後二時きっかりに、厩舎にこい」フランシスが反論しようと口をひらいたので、つけくわえた。「スコットランドでは、男みたいにのしのし歩きまわっていたじゃないか。お姉さんや妹さんと一緒に馬車に乗っていたとき、きみを見かけたよ。きょうだって男物の服を着れば、いかにもそれらしく歩けるはずだ」

「わかった」と、フランシスは応じた。

二時ぎりぎりになるまで、フランシスは迷っていた。厩舎にこいと夫から言われていたので、続き部屋のドアがノックされても、とくに驚きはしなかった。少し間を置き、ホークがドアをあけ、彼女の寝室にはいってきた。彼は足をとめ、こちらをじろじろと見た。「いいできだ」と、ホーク。「ほら、帽子をかぶってくれ」

妻が髪を三つ編みにゆい、きつく頭の上でまとめ、ピンでとめるようすを眺めた。彼はウールの帽子をとり、彼女の耳までしっかりとかぶせた。

「上出来だ。男らしくふるまってくれよ。さもないと、ぼくが男色家だという噂が広まりかねない」

「それ、どういう意味?」

「ご婦人より、少年を好む男のことさ」

「まあ！　気持ち悪い！」

「ぼくもつねづね、そう思っていたよ」ホークはうしろに下がり、彼女をじっくりと観察した。ズボンは少々、大きめだったが、ありがたいことに、彼女の長くほっそりとした脚のかたちはうかがえた。シャツの上に、やはり大きめの上着を着ている。よほど近くで観察しない限り、美しく、きわめて女らしいその顔に、だれも気づかないだろう。

ホークはにやりと笑った。「さて、フランシス、授業を受ける心の準備はできたかな？」

フランシスはなにも答えなかった。舌の感覚が麻痺している。彼は最後にもういちど、彼女の帽子を眉毛のあたりまで引っ張りおろした。

「お見事。黙ってさえいれば、正体にはだれも気づくまい。万が一、怪しんだとしても、それを口にだしはしないさ」

20

二頭の馬のどちらが辛抱強いか……

——シェイクスピア

フランシスは固唾《かたず》を呑んで見ていた。ふたりの調教師、ヘンリーとタリーが、牝馬のミス・マーガレットの端綱《はづな》をしっかりつかんで押さえつけている。牝馬はいななき、鼻を鳴らし、脇腹を震わせ、美しい鹿毛を汗に濡らしている。かたやジェントルマン・ダンはといえば、興奮し、ほとんど抑制がきかない。牝馬を見ると目をむき、男たちが四人がかりでなんとか言うことを聞かせようとしていた。

種馬が牝馬の背後に連れていかれるあいだ、ホークはじっとフランシスの顔を見ていた。ベルヴィスが大声で指示をだしている。ここが腕を試される正念場だ。牝馬が傷つくおそれがあるため、徹底的に防止策がほどこされていた。種馬の蹄《ひづめ》に分厚い白い毛織物が巻かれている。牝馬の姿を目にし、その匂いを嗅ぎ、すっかり興奮したジェントルマン・ダンが鼻を鳴らし、その美しい頭を振りあげる。いまにも男たちを振りほどき、逃げだすのではないかと心配になり、フランシスは息を詰めた。突然、種馬が牝馬の背後から伸しかかることを許された。彼女は、はっと息を呑んだ。

「種馬の見事な授かり物に、目を見張ってるな」と、彼女の大きく見ひらいた目の先を追いながら、ホークが言った。

「牝馬を傷つけてしまうわ」フランシスが囁いた。

「かもしれない。が、そうならないよう、われわれは細心の注意を払っている」

牝馬の首に嚙みつこうと、種馬が首をせいいっぱい伸ばしながら、背後から突きあげた。牝馬は必死で男たちの手から逃れようと、臀部《でんぶ》を震わせている。

「さあ、よく見ておけ」彼女が目をつぶっているのに気づき、ホークは乱暴に彼女の腕を揺さぶった。「見るんだ、フランシス」

目をあけると、種馬が荒々しく牝馬を突いていた。どちらの馬も、この世のものとは思えないいななきをあげている。想像もしたことがない光景。種馬は巨体だった。それでも牝馬は首を伸ばし、半狂乱で鼻を鳴らしながら、種馬を押し返そうとしている。たとえ、こうした光景を想像してきたとしても、フランシスはもう目を閉じることができなかった。二頭の馬はわれを忘れ、逆上している。種馬は自分の望みどおりに、突いたり引いたりしている。あまりに巨大なその姿に、フランシスは嫌悪感を覚えた。心底、ぞっとした。ところが、牝馬がいきなり後ろ肢を蹴りあげた。すると種馬が激しくいななき、深く突きいれた。牝馬が悲鳴をあげた瞬間、フランシスは心の奥底で察した。それが悦楽の悲鳴であることを。気がつくと、てのひらが汗でびっしょりと濡れ、息づかいが激しくなっていた。

男たちはジェントルマン・ダンを励ましていたが、そこにはいやらしさもなければ、茶化す雰囲気もなかった。この途方もない光景に反応しているのは、わたしひとりなんだわ。フランシスはぼんやりと考えた。身体の奥深くでなにかが目覚めたような気がした。でも、それがなんだかわからない。下腹部でどんどん緊張が高まる……いいえ、違う。もっと下のほう、脚のあいだだ。

フランシスは、ホークにじっと顔を見つめられていることに気づかなかった。彼女の喉が脈打っている光景に、彼の目がきらりと光った。

彼女はホークに手を握られたことにも、自分の指がときおりぶるぶると震えていることにも気づかなかった。ジェントルマン・ダンが荒々しく鳴き、身を震わせ、牝馬の背で体をこわばらせると、フランシスは震えながら、大きく息を吸った。

突然、ホークに手を引かれ、その場から連れだされた。頭がくらくらする。フランシスはまさに茫然自失となっていた。恥ずかしいことに、身体の奥底から湧きあがる興奮の波を抑えることができない。フランシスはホークのあとを追い、彼のほうを見ないようにしながら歩きつづけた。彼はようやく馬具庫に着き、室内にはいり、ドアを閉めた。

「フランシス」ホークが、とてもやさしく呼びかけた。

フランシスはぼんやりとした目を上げ、彼の顔を見た。ホークがゆっくりと彼女にうしろを向かせた。彼女の背中が、彼の胸にあたる。ふいに、ホークが彼女の下腹部をまさぐり、このうえなくやさしく愛撫を始めた。男物のズボン越しに、彼のあそこが感じられる。思わず抵抗しようとしたが、身体が言うことをきかない。

彼の手がさっと下腹部を撫でおろし、あそこを包み込んだ。フランシスはびくりとし、思わず悲鳴をあげた。彼のもういっぽうの手が乳房を押さえ、しっかりと抱き寄せられた。フランシスはなにがなんだかわからず、すすり泣くような声をあげた。彼のてのひらが、彼女を強く包み込む。自分が濡れ、熱くなっているのがわかる。このままじゃ、どうにかなりそう。

耳元で、ホークの荒い息づかいが聞こえた。彼の指が乳房をまさぐり、ぴんと立った乳首をさぐりあて、なぶりはじめる。

やがて、彼の指が激しく、リズミカルに動きだし、フランシスはあえぎ、思わず身を乗りだした。「いいよ」ホークの声が頬になまなましく、低く響いた。「そう、ぼくの指にあたるように動いて」

牝馬は種馬を押し返すように動いていたわ。そう考えたフランシスは、腰を彼に押しつけた。と、彼の指もそれにあわせて動いた。頭に血がのぼり、どくどくと脈打つ。自分が解き放たれていると同時に、緊張しているような気がした。彼の指の動きが速まり、彼女は悲鳴をあげた。もっと欲しい、もっと、もっと……。

「閣下！　ベルヴィスが、ご意見をうかがいたいそうで。閣下？」

馬具庫のドアを叩く音、そして馬丁の声に、フランシスはわれに返り、意識が急降下するのがわかった。ホークの指が離れる。彼の荒い息づかいと、荒々しく毒づく声が聞こえた。

ホークは、まるでふたりを落ち着かせようとでもするように、両手で二の腕をやさしくさすった。

「ちょっと待ってくれ」と、ホークが声をあげた。

「フランシス」と、ホークがやさしく声をかけた。フランシスを向きなおらせると、ショックで呆然としている彼女の瞳を認め、そっと抱き寄せた。大きな手で彼女の背中を撫で、張りつめた筋肉をさすった。「大丈夫だ」と、彼女の左の耳元で囁いた。「邪魔がはいって、すまなかった。あともう少しだったのに」

あともう少し？

ホークは彼女から静かに身を離した。「大丈夫？」

突如、フランシスの全身を羞恥心の波が襲った。彼を、彼の目を、見ることができない。やっとのことでうなずき、顔を伏せた。

ホークがまた毒づいた。

「行かないと」と、ホークがぴりぴりした声で言った。「しばらくここにいるといい……その……もう少し落ち着くまで」

いずれにせよ、フランシスは動けなかった。彼は戸口のあたりでいちど立ちどまり、こちらを振り返ると、やれやれとかぶりを振り、すばやく馬具庫をでていった。

彼女はのろのろと床に座り込み、目を閉じた。わたし、どうしちゃったの？　どうしてあんなふうに反応したの？　彼の指にまさぐられる感触を思いだし、身を震わせた。あのまま、彼に続けてほしかった。あの奇妙な、ふしぎな感覚が自分のなかに高まっていく気分を、もっと味わいたかった。おそるおそる、フランシスは手を下腹部へと下ろし、あそこに触れてみた。濡れている。それに、熱く脈打っている。彼女はあわてて手を引っ込めた。自分でも意識しないうちに、あえぎ声を漏らした。自分がすっかり弱々しくなったように思え、と同時に、弓の弦《つる》のように張りつめているようにも思えた。

「わたし、どうしちゃったの？」と、フランシスはだれもいない部屋に問いかけた。

そのまま身を丸め、膝を抱え、呼吸が落ち着くのを待った。彼女はしばらく動かなかった。

フランシスは夕食の席で夫と顔をあわせた。ひどく具合が悪いのでと仮病を使わないようにするには、意志という意志をかき集めなければならなかった。ホークからは「夕食に下りてこないのなら、彼女の部屋で一緒に夕食をとる」という、思いやりのかけらも感じられない伝言が届いていた。

フランシスは夕食に下りていった。夫は、また意地悪なあてこすりを言ってくるに違いない。わざと怒らせるようなことも言ってくるかもしれない。彼女はそう覚悟していたものの、ホークはなにも言わなかった。

「クリンプド・サーモンをどう、フランシス?」ホークが、蜂蜜のようになめらかな声で言った。

フランシスは首を横に振った。切れ目をいれてあろうが、あぶってあろうが、焼いてあろうが、生であろうが、なにも食べたくない。

「茹で鶏は?」

「いただくわ」仕方なく、フランシスは答えた。いずれにしろ、自分の皿に載っている野菜に、なにかくわえなければならない。従僕がすばやく歩みでて、料理をとりわけた。そういうことなのね、と彼女はひとりごちた。ふたりきりになるまで、わたしをいじめるわけにはいかないもの。

ところが、夫は使用人たちを下がらせなかった。オーティスまでずっとそばにいる。

メルチャー夫妻とは長いつきあいでねと、ホークがあたりさわりのない話を始めた。フランシスはしまいに飽きてしまった。

ようやくプラム・プディングを食べ終えると、ホークは椅子をうしろに押しながら立ちあがり、じっと彼女を見つめた。「ポートワインは不要だろう。客間へ行くかい、フランシス？」

断るわけにはいかなかった。彼の寝室に直行しなくてすむのが、せめてもの救いだった。オーティスが椅子を引いてくれた。小さな声でありがとうと言い、フランシスは夫と並び、客間へ向かった。

フランシスは暖炉のそばに腰を下ろした。暖炉の炎は勢いを弱め、ちらちらと燃えている。彼女は膝の上で手を組み、オレンジ色の炎を眺めた。

「気分はどう？」と、だしぬけにホークが尋ねた。

その言葉に、フランシスはびくりとした。落ち着きなさい、お馬鹿さん！　彼女はどうにかこうにか、冷静な声をだした。「いい気分です、閣下。自分を取り戻しました」

「残念だ」と、ホークが穏やかな口調で応じた。

彼女と目があった。その瞳には、皮肉めいた光が宿っていたが、ほかにもなにか、正体のわからないものが潜んでいた。

「ピアノを弾いてくれないか、フランシス？」

逃げ場をつくってくれるなんて！　フランシスは飛びあがるようにして立ちあがった。

「ええ、よろこんで」そう答えた彼女の声には、哀れなほどに不安がにじみでていたので、ホークはこみあげる笑いをこらえるのがやっとだった。

フランシスはいきなりハイドンのむずかしいソナタを弾きはじめたが、指が思うように動かなかった。何小節もひどい旋律を奏でたあげく、顔をしかめ、鍵盤から指を離した。

ホークがやさしく声をかけた。「もっと静かな曲のほうがいいな。スコットランド民謡でもどう?」

ホークが背後に立っていた。頭上に、彼のあたたかい息を感じる。

「弾けるかどうか、自信ないわ」うっかり口をすべらせてしまった。あまりのきまりの悪さに、彼女は悲鳴をあげ、同時に泣きたくなった。

ホークは彼女を見おろし、痛々しい笑みを浮かべた。白い肩を見ていると、触れたくてたまらない。愛撫し、両手を肩から豊満な乳房へとすべらせたい。

きょうの午後は、あと一歩というところまで近づいた。もう少しだった。彼はふっと目を閉じ、彼女の官能的な反応を思いだし、思わずこぶしを握りしめた。あの瞬間、彼は理解した。アマリーの指摘が正しかったことを。妻も官能の世界にいざなわれ、愛人のように悦楽に耽ることができるのだ。ホークは、自分が長いこと黙り込んでいたことに気づき、あわてて声をだした。「それなら、ピケットをしようか? きみ、トランプは好きかい?」

ピケット! フランシスはピケットが得意だった。十歳のとき、父親からルールと戦法を頭に叩き込まれたからだ。とはいえ、ちょっぴり不安になった。キングとジャックの違いはなんだったかしら。

「大好きよ」と、フランシスは答えた。「お手合わせ願いたいわ」そう言いながら、心配になった。ホークったら、どうしてこんなにやさしいの？　なぜ嫌味も言わなければ、脅すようなことも言わないの？

フランシスは、従僕がカードテーブルを運んでくるようすを黙って見ていた。そのうしろから、オーティスが新品のトランプ二組をもってきた。

フランシスが席に着くと、ホークは使用人たちを下がらせた。「もう休んでくれ、オーティス。ここのろうそくは全部消しておくから」

「かしこまりました、閣下」そう言うと、オーティスは足をとめ、フランシスのほうを見やった。奥さまは今夜、ひどくようすがおかしい。口数が少ないし、ほとんど召しあがらない。そのうえ、顔色もよくない。オーティスが、穏やかな声で問いかけた。「奥さま？」

そのひと言には、山ほどの疑問が詰まっていたが、フランシスはただ微笑んでみせた。

「わたしは大丈夫。おやすみなさい、オーティス」

オーティスはお辞儀をし、客間から退室した。

「カードを切って、配ってくれるかい、フランシス」と、ホークが言った。「ぼくは、ふたり分、ブランデーをもってくるよ」

とにかく、わたしがカードをめちゃくちゃに切るようすを、立っている彼に観察されずにはすむわけね。ホークが彼女の肘のあたりにブランデーグラスを置くころには、フランシスはどうにかこうにか、正しい枚数のトランプを配り終えていた。

ホークは自分のカードを手にとり、順番に並べた。「ブランデーでいいかな、フランシス？　それとも、ほかの飲み物のほうがいい？」

「い、いいえ、これでけっこう」フランシスはグラスを掲げ、ひと口飲んだ。あたたかい液体が喉をすべり落ち、からっぽに近い胃袋に直接、落ちた。

フランシスは自分のカードを順番に並べ、ぼんやりと眺めた。ホークの言葉は半分くらいしか頭にはいってこない。「これでも軍隊では、腕利きのギャンブラーとして鳴らしたものさ。軍隊では案外、なにもせず無為にすごす時間が長いんだよ。兵士たちの訓練を終えてしまうと、士官にはすることがないからね。ギャンブルとはいっても、賭けないことのほうが多かったが。賭け事は揉め事のタネになるんだよ。ただし賭けたときには、大きく勝つこともあれば、大きく負けることもあった」

そこまで言うと、ホークは顔を上げ、彼女に微笑み、「四枚」と言った。

フランシスは、ようやくのことで頭を回転させ、自分の持ち手について考えた。「何点？」

「四十一点」

「同じ《イコール》」

「クォート（同じ組札の四枚続き）」と、ホーク。

「あなたの勝ち」と、フランシス。

「ティエルス（同じ組札の三枚続き）もいい手だ、愛しいひと。それにエースが三枚」

ゲームは続いた。ホークは彼女の腕に感心したが、続けるうちに、彼女は徐々に冴えを失っていった。

どうやらだいぶ酔いがまわってきたらしい。ホークは目を光らせながら考えた。

「もっとブランデーをどう？」

フランシスはぼんやりとした頭を振り、カードを一枚選んだ。ハートの十。すると、その上にホークがハートのクイーンをそっと置いた。「得点を数えてなかったな」と、ホーク。

ゲームの終わりに、ホークが得点を計算しながら軽口を叩いた。「賭けときゃよかった。きみは惨憺たる結果だ、フランシス」ホークは鉛筆を放りだし、椅子に深く身を預けた。

「長い一日だったな」

「ええ」フランシスがスペードの八のカードをいじりながら答えた。

「もう、くたくただよ」

奇跡のように、フランシスの頭がふいに冴えわたった。「わたしもよ」と、すばやく応じた。

「急に頭がしゃんとしたようだね、愛しいひと」

彼女は肩をすくめた。認めざるをえない。

「もう部屋に引きあげようか、フランシス？」

フランシスの顔に無数の表情が浮かぶのを、ホークは眺めた。最後に残ったのは、警戒心だった。「どうなさるの？」

「風呂にしよう」と、ホークが穏やかな口調で言った。

「ええ、はいりたいわ！」

「残念ながら、ふたり一緒にはいれるほど、浴槽が広くないんだよ」

フランシスは口を半開きにしたまま、呆気にとられて彼を見つめた。

ホークはそれ以上なにも言わず、立ちあがり、大きく伸びをした。不本意なことに、気づいたときには、彼女はホークを観察していた。すばらしい肉体の持ち主。そして、本人もそれを自覚している。彼女は視線を手元に落としたが、脳裡に、彼の裸体がありありとよみがえった。たくましい身体から水をしたたらせ、湖から颯爽とでてくるところが。

フランシスは大きく息をついた。彼はわたしの夫。夫から逃げだすことなどできない。我慢するしかないのだ。「わたしのところにくるつもり？」

その言葉にホークはびくりとし、まばたきをした。これほどあからさまに攻撃を仕掛けてこようとは。そう考え、思わず笑みを浮かべた。ひょっとすると、きょうの午後の経験の余波が、まだ身体の芯に残っているのかもしれない。ブランデーで酔いもまわったことだし、ひょっとすると……。

「あとで検討するよ、フランシス」そう言うと、ホークは彼女に会釈し、部屋をでていった。

欲望で全身がうずき、あのまま客間に残っていたら、彼女を床に押し倒し、凌辱しかねなかった。

フランシスは暖炉の残り火を見つめた。頭がぼんやりするものの、気持ちは落ち着いていた。全身がだるい。立ちあがり、もってあがる一本を残して灯火を消した。

アグネスがすでに風呂の準備をしており、フランシスが寝室にはいると、蒸気と、いい香りのする熱がフランシスの鼻をくすぐった。「奥さまはお風呂にはいられるだろうと、閣下がおっしゃいまして」と、アグネスが淡々と言った。

「おやさしいのね」と、フランシスが上の空で言った。

じきにアグネスは、女主人がほろ酔い機嫌であることに気がつき、今夜は楽しまれることだろうと笑みを浮かべた。伯爵が風呂の用意を命じたとき、その瞳がきらりと光っていたことを思いだし、アグネスは楽しげに小さく身震いした。ところが、フランシスが浴槽のなかでうとうとしかけたので、顔をしかめた。

「奥さま」アグネスはそっと声をかけ、女主人の肩をやさしく揺すった。

「わたし、もうふやけちゃった？」フランシスが靄《もや》のかかったような目でメイドを見あげ、にっこりと笑った。

「ふやける寸前です。さあ、おあがりください。身体をお拭きいたしますから」

フランシスは融通のきく性質だったが、髪を三つ編みに結うのをアグネスが拒むと、くすくすと笑った。「わたし、ピケットで負けちゃったの」

「でしょうね」と、アグネスが堅苦しい口調で言った。

「いつもどおりにゲームができなかったの」そう言うと、フランシスは素足のつま先を眺めながら顔をしかめた。

「でしょうね、奥さま」と、アグネスが言った。「さあ、ベッドまでお連れしましょう」

ようやくベッドにたどり着いたところで、フランシスは足をとめ、くるりと身をひるがえした。「お腹すいちゃった、アグネス」

アグネスは天を仰いだ。

「そうだ」空腹感をつのらせ、フランシスが考え込むようにして言った。「厨房に行こうかな。なにか、お料理が残ってるかも」

アグネスは助けを求めるように、続き部屋のドアを見た。「それでしたら、なにかお部屋にもってこさせます、奥さま」

「それは駄目」フランシスが上靴をさがしながら、断言した。「自分で厨房をうろうろしたいんだってば」

続き部屋のドアが軽くノックされ、アグネスは胸を撫でおろした。あわててドアに駆けより、ドアをあけ、伯爵を見るなり言った。「奥さまがご空腹だそうで」

ホークは妻の姿を見ると、にんまりと笑った。必死になって、右足用の上靴に左足を押し込もうとしている。ホークは、アグネスに下がっていいとうなずいた。「あとはまかせろ」

そう言うと、アグネスが寝室のドアを閉めるまでじっとしていた。

「アグネスに聞いたよ、愛しいひと、お腹がすいたんだって？」近づきながら、そう声をかけた。

「この上靴ったら、言うことを聞かないのよ」

彼女が床に座り込んで脚を投げだし、手に負えない上靴を履こうとしているようすを、ホークは眺めた。「ほうら、履けた」と、彼女が勝ち誇ったように言った。「でも妙ね。つま先がそっぽを向いてる」

ホークは声をあげて笑いたかったが、すぐに思いとどまった。自分の息づかいが荒くなっていたからだ。ネグリジェの裾がふんわりと広がり、見事な髪がゆるりと背中に垂れている。

彼は、ほっそりとした足首と、そっぽを向いた足先を見つめた。

「手伝わせてくれ」そう言うと、ホークは彼女の脇にしゃがみ込んだ。

「ありがとう」と、フランシスが真剣な面持ちで言った。

ホークは上靴を脱がせ、うしろに放りなげた。それから彼女の足をもちあげ、指先に順にキスをしていった。

フランシスがまごついて彼を見つめた。やおら、くすくすと笑いだす。彼の顔のまえでつま先をくねくねと動かし、さらに大きな声でころころと笑った。

ホークは彼女の小さなつま先を噛んだ。

フランシスがばたんと床に寝そべり、うれしそうに笑いながら、自分の両脇を抱きしめた。ホークはしばらく彼女を見つめたあと、やれやれと苦笑した。仕方がない。ブランデーを勧めたのは、この自分なのだから。ホークはそのまま彼女の脚に指を這わせた。

「くすぐったい！」フランシスが声をあげ、彼から脚を引きはなそうとした。

ホークはしっかりと彼女の脚を押さえ、もういっぽうの手でネグリジェの裾をまくりあげた。ふいに目のまえに、白く長い二本の脚があらわれた。ほっそりとした足首とふくらはぎ、そして美しい太腿。それに膝だって、なんて可愛らしいんだ。と、酔っ払いのくすくす笑いを続けたまま、フランシスが反対の足で彼の胸を蹴った。不意打ちを喰らい、ホークは彼女の足首をつかんだまま、尻もちをついた。

彼はもう片方の足首もつかみ、彼女を自分のほうに引き寄せた。引き寄せるほどに、ネグリジェの裾がまくれあがる。我慢できない。彼女の脚をひらいた。フランシスが身をよじるたびに、いっそう脚があらわになる。

ネグリジェが腰のあたりで丸まっている。理性をかなぐり捨てそうな気がしたものの、ホークはぐっとこらえた。

「フランシス」と、切羽詰まった口調で言う。

彼女が身を起こそうとしたので、ホークは足首を離した。両のてのひらを床につき、身を支えると、フランシスが目を丸くしてこちらを見た。脚を大きくひらき、ネグリジェの裾を腰のあたりまでまくりあげたまま。

「あなた、くすぐったがり屋？」いたずらっぽく目を輝かせ、フランシスが尋ねた。

「ぼくは……いや、その――」

それ以上言えなかった。フランシスが膝をついたかと思うと、そのまま胸に飛び込んできた。彼を押し倒し、啞然とした彼の顔を見おろすと、彼の脇腹を指でくすぐりはじめた。

ホークはくすぐったがり屋だった。あっという間にフランシスが弱いところをさがしあてた。彼は大声で笑い、一瞬、痛みをともなうほどの激しい欲望がやわらいだ。やっとのことで彼女の手をつかみ、身体から引きはがした。

自分のひらいた脚のあいだに、フランシスの姿があった。自分のガウンは大きくはだけ、彼女の腰から下はむきだしだ。ホークは、彼女の笑顔を見あげた。

「フランシス」ホークはやさしく声をかけ、彼女の腕をつかみ、そっと顔を引きおろした。

「キスして」そう言うと、彼女の後頭部に両手をまわし、引き寄せた。

「いいわ」フランシスが機嫌よく応じ、唇を閉じた。

「いや、そうじゃない」どうにかなりそうな身体の高ぶりとは裏腹に、彼は微笑んでみせた。片手を下ろし、指先でやさしく彼女の唇をひらく。「口はそのまま、あけておいて。でも、喋らないで。キスは、こうやってするものなんだよ」

彼女がおとなしく従った。彼女の唇に触れた瞬間、自分の魂が空に飛んでいくような気がした。ホークはしっかりと彼女を抱きしめ、強く胸に押しつけた。

ふいに彼女が顔を上げ、まじめくさった顔で言った。「次は、どうするの？　キスをするところまでは、簡単だったわ」

「そうだね」ホークは、自分の顔に落ちる彼女の長い巻き毛をもてあそびながら言った。「キス以外のこと、してみたい？」

フランシスの表情が一変した。あの馬具庫での出来事を思いだしているのだろう。彼女の瞳孔が翳りを帯びた。ああ、自分もそうなっているに違いない。理性が口をだす暇もなく、彼は思わず腰を突きあげた。彼女が、硬くなった彼自身を感じているのがわかる。下腹部に、膨らんではちきれそうになっているものがあたっている。

「ホーク」と、フランシスが急に不安そうな声をだした。

「なんだい？」

「わたし……なんだか妙な感じなの」

「ちっとも妙なんかじゃない、誓うよ。さあ、ベッドに行こう、フランシス」

彼女は困ったような、自信のなさそうな目でホークを見た。それでも、顔には笑みが浮かんでいる。ブランデーの恩恵だ。ホークは彼女を抱いたまま、くるりと寝返りを打った。そのまま腕をとり、彼女を立たせた。フランシスが自力ではまっすぐ立てなかったので、彼はまたにっこりと笑った。彼女を肩にかつぎあげ、てのひらで彼女の尻を軽く叩いた。

ベッドにたどり着き、仰向けに寝かせると、彼女がこのうえなく心細そうな声で言った。

「クリームはどこ?」

ホークはまばたきし、彼女を見おろした。「今夜は、クリームは必要ないと思うよ」

「そう」と、フランシスが困ったようにまた考え込んだ。「きっとあなたの言うとおりなんでしょうね。わたし、すごく妙な感じがするの。ほら……」そう言うと、フランシスが腰をくねらせた。

「フランシス!」ホークは息を呑み、つぶやいた。

21

酒を呑むと本性があらわれる。

——ラテン語のことわざ

めまいがする。フランシスは頭をはっきりさせようと、首を前後に振った。

「フランシス」と、ホークがやさしく言った。「じっとしていて」すばやくガウンを脱ぎ、彼女の上に覆いかぶさった。

「あなたのが、見えたの」しっかりした声でそう言うと、フランシスは彼の美しい顔を見あげた。「あなたのは……ジェントルマン・ダンのほど、壮大じゃなかった」

「それは、きみにとっては幸いなことだろう？」ホークが彼女の鼻先をつまんだ。

「でもね」フランシスが続けたが、スコットランド訛りがきつく、ホークにはほとんど聞きとれなかった。「でもね、あなたのを見ていたら、なんだか……うっとりしちゃった」

「ありがとう。さて、きみさえよければ、この邪魔なネグリジェを脱いでもらいたいんだが」

「いいわよ」そう言うと、彼女は両腕を上げ、彼が脱がせやすいようにした。途中で、薄手のローン地が彼の顔を覆うと、またくすくす笑いだした。「あなた、ずいぶんまじめくさった顔をしているのね、ホーク。そのサロメみたいなベール越しでもわかるわ」

きみのことが欲しすぎて、きまりが悪いのを隠してるんだよ！

「じゃあ、ついにぼくのことを〝ホーク〟と呼ぶことにしたの？」ホークは彼女のネグリジェを床に放り投げ、尋ねた。

「鷹《ホーク》って、とっても素敵な鳥かもしれないって、思いはじめたところ」そう言うと、彼女はさっと身を起こし、唖然としたホークの顔を両手ではさみ、音をたててキスをした。

「あなたを見てもいい、ホーク？」

ホークは目をしばたたいた。この新たなフランシスの出現に呆気にとられ、なにも返事ができない。

「ねえ、横になって」

ホークは従い、神妙な気持ちになった。彼女をリラックスさせ、愛撫し、耳元でいろいろと囁き、安心させてあげるつもりだったのに。ホークは仰向けになった。するとフランシスが膝をつき、身を乗りだし、彼の眉毛からつま先まで、じっくりと観察しはじめた。

彼もまた、フランシスの全身に目を這わせた。その灰色の瞳に宿る真剣な表情、ぴんと立った濃紅色の乳首、ほっそりとした体型には似合わないほど豊満な乳房、しなやかな腰。太腿と栗色の巻き毛が密集した部分に目をやると、われを失いそうになった。彼はあわてて彼女の顔に視線を戻した。フランシスは、屹立《きつりつ》した彼自身をじっと見つめている。と、ひらりと動かした手をゆっくりと下ろし、彼自身にわずかに触れた。

「ああ」と、目をぱちくりさせながら、フランシスが声をあげた。「意外だわ。やわらかくて、絹みたいな感じがする。でも、すごく硬くて、いきいきしていて、脈打っているのね……どくどくと」

「フランシス」食いしばった歯のあいだから絞りだすようにして声をだした。「お願いだ」

「またキスしてほしい？」

ああ、そのとおりだ。キスしてほしい。だが、彼自身を口に含むことなど、彼女の頭には浮かびもしないだろう。「そうだ」と、かすれた声で言った。信じられない。スコットランドの小娘が、このぼくを誘惑しているとは！

ホークはさっと身を起こし、目にもとまらぬ早業で、彼女を仰向けにした。顔からやさしく髪を払う。太腿に、自分の太腿を重ね、目を閉じた。彼女のなめらかな肌が脚にあたる。欲望のあまり破裂しそうだ。そう思ったが、そのとき、彼女がまたくすくすと笑いはじめた。仕方なく、彼も自分を笑った。

なんとかして、自制心を取り戻さなければ。そこで慎重に手を動かし、彼女自身を包み込んだ。「きょうの午後のこと、覚えてる？ ぼくがこんなふうに手を動かしたとき、どんな感じがした？」てのひらをそっと押しつけると、彼女は困惑したような表情を浮かべた。

「ええ」と、彼女が応じた。「覚えてる」

「じゃあ、ちょっと手を貸して」フランシスは動かず、まごついた顔で、彼を見あげている。ホークは彼女の手をとり、下腹部にいざなうと、あそこにあて、その上に自分の手を重ねた。彼女の指を、そっと押しあてる。「濡れているのがわかる？　熱くなってるだろう？　きみの大切なところが、膨らんでいるのがわかる？」

真剣そのものの顔で、彼女がうなずいた。

「いままで、こんなふうに感じたことある？」

表情を変えず、フランシスが首を横に振った。

「初めてに決まってるでしょ」と、彼女が応じた。「あなたがこんなふうにしてくれたの、これが初めてだもの」

「そうだね」と、ホークはかすかに微笑んだ。ああ、欲望がつのり、痛いほどだ。ふと、イートン校のとある教師が、こう言っていたことを思いだした。〝偉大なる男はゆっくりと動く〟。あの教師、ベッドのなかのことを指していたんだろうか？　ホークは彼女の手を離し、自分の手でやさしく愛撫しはじめた。やがて、しばし手をとめ、効果のほどを確認した。

「ホーク」と、フランシスがベッドから腰を浮かせ、懇願した。「お願い、やめないで。お願いだから続けて」

たしているよ。

「大丈夫、続けるよ」ホークは心のこもった声で言った。アマリー、ようやく夫の務めをはたしているよ。

ホークが指に力をこめると、フランシスが悲鳴をあげた。「ああ……なんだか、なにも考えられない！」

「なにも考えるな、ただ、感じればいい、フランシス。どんな感じがする？」

「ああ……爆発しそう」フランシスが頭をのけぞらせ、囁いた。

ぼくもだ。欲望の歯止めがきかず、ホークは下唇を噛んだ。彼女には快楽の鉱脈があるようだ。このまま、この美しい白い肌に溺れてしまいたい。彼女の脚をさっと広げると、下腹部に唇を這わせた。

フランシスはもう、ちっとも妙だとは思っていなかった。悲鳴をあげたい。欲しくてたまらない……でも、いったいなにが欲しいの？　フランシスは夢中で彼の頭に手を伸ばし、髪をぐいと引っ張った。

ホークのあたたかい口が、彼女の敏感な部分を覆った。フランシスははじかれたように腰を浮かし、ベッドから落ちそうになった。「ホーク！」

「黙って、フランシス」彼女のあそこにホークの息が滝のように吹きかかる。フランシスは身をよじった。

ホークは彼女を味わい、やわらかく膨れた彼女自身に舌を這わせながら、ぼんやりと考えた。なんということだ。彼女は完ぺきだ。このうえなく、完ぺきだ。と、彼女が脚をこわばらせるのがわかった。絶頂に達する彼女の表情を見たい。彼はそっと彼女のなかに指を差しいれ、顔を上げた。

フランシスは途方に暮れて彼を見た。ふいに、喉から悲鳴が漏れた。「ホーク？」

「ああ、フランシス」

彼女が悲鳴をあげた。全身がこわばる。目がうつろになり、困惑したような色が浮かぶ。そして、目を閉じた。それは、生まれてこのかた、彼が見た光景のなかで至高のものだった。フランシスが歯を食いしばり、下唇を噛む。背中が弓なりになり、両手がだらんと垂れる。恍惚《こうこつ》となり、彼女が全身を震わせるのがわかった。ホークの息が荒くなり、全身が脈打った。彼はフランシスに覆いかぶさり、根元まで一気に突いた。

絶頂に達した余韻のなか、彼女のあそこが痙攣していた。その小刻みな振動を味わっていると、彼女が両腕で抱き寄せてきた。唇を重ねると、かすかな悲鳴がこぼれ、彼は深く舌を突きさした。熱いほどのぬくもりに包まれる。まるで、彼女に包み込まれているようだ。

「ああ」どうにかなりそうになり、彼は声を漏らした。全身が震える。そのまま、これまでに感じたことがない強烈な快楽に身をゆだねた。

フランシスは彼の背中にしっかり腕をからめた。彼の男性自身が彼女のなかで激しく脈打つように、彼のうめき声が身体の芯に突き刺さる。ほどなく、彼が最後にいちど身を震わせ、彼女の奥深くに精を放つのがわかった。

全身が汗で濡れている。あまりにも激しい鼓動で、心臓が身体から飛びだすような気がした。「フランシス、すごかったよ」ホークは荒い息をつき、彼女の上にくずおれ、彼女の頭の横に自分の頭を落とした。

「あなたの言うとおりだった」と、フランシスがつぶやいた。「クリームなんて要《い》らなかった」彼女は目を閉じたかと思うと、すやすやと眠りに落ちた。

その瞬間、彼女が自分から離れていったことがわかった。汗ばむ身体をのろのろと彼女から離し、横向きに寝ころんだ。「ああ、フランシス」彼女の額から汗に濡れた髪をやさしく払い、囁いた。「毎晩、食事のときにはブランデーを飲ませようかな」

ホークは呆けたように笑みを浮かべ、考えた。アマリー、きみの言うとおりだったよ。そりゃ、フランシスは酔っぱらっていた。酒は自制心をはぎとるからな。ホークはさっと起きあがり、灯火を消し、全裸のまま手足を伸ばして眠っている妻を見やった。それから大きく微笑み、ベッドに戻ると、彼女の隣に身を横たえた。上掛けを引っ張りあげ、ふたりの身体を覆った。

深い眠りに落ちる寸前、ホークは考えた。あした、彼女にまたジェントルマン・ダンの交配を見せようか、それともやめておこうか、と。

アグネスはひと言も発しなかった。女主人の寝室にはいるべきではないことは承知していたものの、正直なところ、彼女は詮索好きだった。ベッドのなかの男女が身体を寄せあっている光景を、ちらりと視野におさめた。レディ・フランシスが夫の肩のくぼみに頭を埋めている。彼女はそっと部屋をでた。その心得顔の笑みに、階下のゴシップ好きの使用人たちは真実を見てとった。

「まあ、なんてこと」フランシスは、はっと目覚め、あわてて身を起こした。「なんてこと」まだ眠っている夫を見おろし、繰り返した。彼の頬は無精ひげで黒ずみ、黒髪は乱れ、言葉を失うほど素敵だった。思わず手を伸ばし、顔に触れようとして、低くうめいた。頭がずきずきする。ワインの大桶のなかで溺れたような気分。違う、ワインじゃない。ブランデーよ。そう、すぐに訂正した。そのとき、太腿のあいだがべとべとしていることに気づき、頬を染めた。

「なんてこと」三度繰り返したが、こんどは、彼に聞こえないように声をひそめた。

だが、もちろん、彼は聞いていた。

「おはよう、妻よ」ホークは声をかけ、ばつの悪そうな彼女の顔を見ると、にっこりと笑った。「気分はどう？」

「頭痛がひどいの」

「そりゃそうだろう。グランニョンに特製の水薬をつくらせよう。霊験《れいげん》あらたかだぞ。きみの胸、とってもきれいだ」

フランシスはあわてて上掛けを引っ張り、胸を隠した。急に動いたせいで、めまいがした。

「残念ながら」と、ホークが穏やかな口調で続けた。「昨夜は時間がなくて、きみの胸をちゃんと愛撫してあげられなかった。きみがえらく急かすからだよ、愛しいひと」そう言うと、考え込むような表情を浮かべ、つけくわえた。「きみのほかの部分と同じぐらい、胸も敏感なのかな」

「静かにして」と、フランシスは言った。この輝くような、うつろいやすい朝に、二日酔いなど残っていないふうを装った。

許しがたいほどうれしそうに、夫がにやにやと笑った。

「わたしのことを野暮ったい女だと思っていたときは、そんなこと、気にもかけなかったくせに！」

「おやおや」と、ホークがあざけるように言った。ブランデーを呑んだ翌日の二日酔いのことならわかっている。「それほど知性がないぼくにも、きみの言いたいことはよくわかるよ」

「あなたは男で――」

「そう、ぼくは男だ。でも昨夜のきみは、そんなことまるで気にしてなかった」

「ええ」と、遠くのほうの壁にしかめ面を向け、フランシスが言った。「気にしてなかったわ。正気じゃなかったから」

「そうすると、ぼくはこれからも、あの黄金の組み合わせを続けなければならないのか。馬の交尾とブランデー。まあ、いずれにしろ、ピケットできみに負けはしないさ。そうだ、昨夜の得点の合計を計算しないと」

「いますぐ、でていって」と、フランシスが言った。

「どうして？　気持ちのいい朝の会話を楽しんでいたのに」

「頭が割れそうなの」

「なら、きみがいくら喧嘩を吹っかけてこようが、ぼくの勝ちだ」

フランシスは上掛けをぎゅっと胸に押しつけた。大声でわめきたい。彼のすました顔に一発お見舞いしたい。そう思ったものの、ひと言だけ口にした。「もう、あんなこと、しないで」

「どうして？」興味津々といったようすで、彼女の白く美しい背中に見とれたまま、ホークが尋ねた。髪は乱れてからまり、腰のあたりまで垂れている。手を伸ばし、その髪をとかすと、彼女は身をこわばらせた。

「わたし、ああいうことに慣れてないの」

「そうだろうね。でも、すぐに慣れる。約束するよ」

ホークは仰向けに寝ころがり、両腕を組み、頭を載せた。彼女がベッドから抜けだしたいと思いつつも、生まれたままの姿で彼の目のまえを行進していくのが恥ずかしいと思っていることは、よく承知していた。

彼女が意固地になって黙っているので、やおら、ホークはけだるそうに言った。「もういちどレッスンを受けてみないか、フランシス？　朝、愛しあうのもいいものだぜ」

そのくだらない提案に、フランシスは大慌てでベッドから抜けだした。上掛けを身にまとい、ずるずると引きずる。振り返ると、全裸の夫がにやにやと笑っていた。仰向けのまま、脚をわずかにひらいている。

思わず、彼をまじまじと見つめた。が、自分が見つめられていることを、彼が承知していることに気がついた。「いやだ」間抜けな声をあげると、フランシスはミイラのように身体に上掛けを巻きつけ、衝立《ついたて》の陰に隠れた。

「なにか手伝おうか、フランシス？」ホークが肘をつき、呼びかけた。

「放っておいて！　グランニョンにその水薬とやらをつくってもらって！」

ホークは深々とため息をついた。「わかった」そう言い、立ちあがった。「大丈夫だよ、慣れるから。約束する」

ホークは期待をこめて衝立のほうを見たが、ふたたび吐息を漏らし、自室に引きあげた。

それから十分もしないうちに、アグネスが例の水薬をもってきた。「グランニョンさんから、ことづかってまいりました。奥さまがご所望だろうとのことで」

フランシスはグラスの中身を一気に飲みほした。「ひどい味」腰を下ろし、椅子の背に頭をもたせ、目を閉じた。

それから一時間もしないうちに、フランシスは空腹を覚え、食堂に下りていった。悔しいことに、テーブルではホークが料理をまえに《ガゼット》を読んでいた。もうとっくに朝食をすませている頃合いでしょうに。気のきかない人ね。

逡巡している彼女の姿を見ると、ホークがにっこりと微笑み、悠長に新聞をたたんだ。

「気分はよくなった?」

「ええ」定めなき運命に降参し、彼女は席についた。「この世のものとは思えない味がしたけれど、おかげさまで、少し落ち着いたわ」

ラズベリージャムをたっぷりと載せたトーストを、彼はひと口食べた。彼女と目があうと、口の端についたジャムを舐めた。「きみの胸も、ほかの部分と同じくらいおいしいのかなあ」

フランシスは両の瞳が中央に寄るような気がした。

「心配無用だ、愛しいひと。いまは、ふたりきりだから」と、なだめるようにホークが言った。「なにか食べものをとってあげよう。お腹がぺこぺこだろう?」

フランシスはその愛想のいいせりふを無視し、のろのろと自分で料理を皿にとった。彼女がスクランブルエッグを口にいれるのを待ってから、ホークが言った。「きみはこのうえなくかぐわしい。独特の香りがする。それに、きみの味にはかきたてられる。そんな特製ジャムなんぞ目じゃないほど、くるおしい気持ちにさせられる」

「黙って」スクランブルエッグを口にいれたまま、もぐもぐとフランシスが言った。

「なんだって、愛しいひと？　なにか言った？」

フランシスはタマゴを嚙み、飲み込むと、よくとおる声で一言一句、明確に放った。「黙って、と言ったの」

「ずいぶんじゃないか。つれないなあ。最高の恋人というものは、翌朝、甘い言葉や、悦楽の吐息を期待するものなんだぜ」

フランシスは、無言の非難をありったけこめて彼をにらみつけると、ベーコンに全神経を集中させた。

ホークは、フランシスが報復するかのように料理を攻撃するようすを眺めた。ナイフで突いたり刺したりしながら、ベーコンをぼくに見立てているのかな。そう考え、ホークは胸のうちで笑った。

「これから、マーカスと会う」と、立ちあがりながら言った。「きみの白い手から、この家の手綱をもぎとるには、少々、時間がかかりそうだからね」

意外なことに、その冗談にフランシスが悲しそうな顔をした。ホークは目をすがめ、言い放った。「フランシス、まさかぼくに一介の愛玩犬になれと言うんじゃないだろうな」

フランシスは、すべてをとりあげられ、ひとりぼっちになったところを想像した。なんの価値もない自分。思わず、吐息をついた。

「ここはぼくの領地だ、わかっているね」

「どうしてロンドンに帰らないの？」と、フランシスが淡々と言った。「昨夜のせいで、わたし、きっと妊娠してるわ」

「女性が快楽のおたけびをあげるのが受胎のしるしなら、きみは最低、双子は身ごもってるな」

大きな音をたて、フランシスのフォークが皿にあたった。彼女は立ちあがり、両手を腰にあて、彼をにらみつけた。ホークは下心もあらわに、彼女の上下する胸に目をやった。

「待ちきれないよ、愛しいひと。きみの胸を愛撫するのが。だって、ぼくはいま、おそろしくそそられている。ぼくのこと、誘惑してるのかい？　そんなポーズをとって？」

フランシスは空《から》のティーカップを彼に投げつけた。ホークはひょいと頭を下げ、笑い声をあげた。そして心得たような顔で、彼女に流し目を送った。フランシスは皿を手にとったものの、オーティスがはいってきたので、テーブルに戻した。

ホークは、ひどく機嫌のいい口調で執事に話しかけた。「やあ、なにか用かい？　ふたりで朝の会話を楽しみ、一日の活力を得ていたところだ」

「お手紙が届きました、閣下」と、オーティスが言った。「ロンドンから転送されてきたようで。お父上からです」

「失礼するわ」それだけ言うと、フランシスが部屋をでていった。

ホークは考えた。今夜まで時間をやろう。それまでに、しっかりと二日酔いを治しておくことだ。

「やあ、フランシス、なにしてるんだい？」

顔を上げると、夫が馬屋のドアに寄りかかっていた。フランシスは鹿毛の種馬の球節にやさしく包帯を巻くと、ゆっくりと立ちあがった。「ご覧のとおり、クランシーズ・プライドの手当てをしてるの。走っているときに切り傷をつくっちゃったのよ。あってはならないことだけれど。反対側の肢を自分で蹴ったらしいわ。この子、つま先を外に向けて走る癖があるから、全速力で走っていたときに蹴っちゃったのね。ベルヴィスに相談しないと」そう言うと、夫がいらいらとこちらを見ながら、眉を釣りあげていることに気づいた。「ご用はなんでしょう、閣下？」

ホークは、その形式ばった問いかけを無視した。じつのところ、狼狽していたのだ。彼は封筒をもちあげてみせた。「父から手紙が――」

「お義父さまはお元気なんでしょ？」と、彼女が話をさえぎった。

「わが父上は、ぼくらが鬼籍にいっても、ぴんぴんしてるさ」と、ホークが辛辣な口調で言った。「じつはね、ぼくがこの手紙をロンドンで読むと、父は思っていたらしい。ずいぶん興味深いことが書いてあるぜ。一刻も早く屋敷に戻れというのさ。おまえの妻と家令が不適切なほど親密になっているという噂を耳にした、と」

「なんですって？　わたしが、だれと？」

フランシスの顔がショックにゆがみ、灰色の瞳が翳った。この手紙が自分を〈デズボロー・ホール〉に戻らせるための策略であることを、ホークはとっくに察していた。彼女を少々、脅かしすぎたかな。

「さあ、なんと申し開きをするんだ、奥さん？　そういえば、ぼくがここに帰ってきたときも、マーカスはきみに身体を寄せていたっけなあ」

朝食のお皿を一枚、もってくればよかった、とフランシスは歯噛みをした。頭に投げつけてやるのに。よくもまあ、そんな噂話を鵜呑みにできるものだ！……とそのとき、ホークの目が愉快そうに輝いていることに気がついた。なるほど。お義父さまが一計を案じたわけね。ホークは手紙の内容が嘘だとわかっている。そのうえで、わたしをいたぶって楽しんでいるのだ。彼女はうつむき、身体のまえで手を揉みはじめた。

「フランシス？」

フランシスはいっそう深くうつむいた。彼の不安そうな、おずおずとした声を聞くと、笑いをこらえるのに難儀した。なんて意地の悪い、人を馬鹿にする男だろう！　フランシスはうしろめたそうな声で、つっかえつっかえ、話しだした。「いやだ、お義父さまったら、どうしておわかりになったのかしら！　もちろん、そんなつもりはなかったの……でも、マーカスはすごくやさしくしてくれたし、ハンサムだから――」

クランシーズ・プライドが鼻を鳴らしたので、フランシスはあわてて馬房から外にでた。

「なんだと」

憤怒をにじませた彼の声を聞き、フランシスは我慢できなくなり、ついに顎を震わせた。それでもなんとか、後悔と恥辱の念に駆られているような声をだした。「まさか、あんなことになるとは思わなかったの。ほんとうよ。でも、わたし、ひとりぼっちで寂しくて――」

ホークが彼女の肩をつかみ、揺さぶった。「そりゃ、なんの話だ？」

「だから、あなたの家令と不義に及んだ話よ、閣下」

ホークがぎらりと目を光らせた。ようやく、彼女が自分をかついでいることに気づいたのだ。

フランシスはまつげをしばたたかせ、甘い思い出に浸るかのように言った。「許されないことだって、わかってたの。でも――」

「いい加減にしないと、ぶつぞ」と、また彼女を揺さぶりながら、ホークが言った。

フランシスは我慢できなくなり、大声をあげて笑いはじめた。それがあまりにも人を馬鹿にした笑い方だったため、ホークの顔が怒りで真っ赤になった。

「フランシス」と、喉の奥でうなるように言った。「笑うのをやめろ、くそっ、絞め殺すぞ！」

彼女はすばやく命令に従った。そして、あっという間に身を振りほどき、外に向かって走りだした。振り返ると、クランシーズ・プライドの馬房の横に立ち、ホークがいまにも怒りを爆発させそうな形相で、両脇でこぶしを握りしめている。

「ええ、そうなの、マーカスって最高の愛人よ……とっても思いやりがあって――」

ホークが一歩踏みだすと、彼女はまた走りはじめた。笑い声だけが風に乗り、彼のもとに届いた。

その午後早く、〈デズボロー・ホール〉に侯爵がお見えになった。すると、目に涙を浮かべたフランシスに出迎えられた。彼女は侯爵に駆け寄ると、その腕に飛び込み、めそめそと泣きながら訴えた。「ああ、閣下、どうしてあんな手紙をお書きになったんです？ ホークに知らせるなんて、あんまりじゃありませんか。わたし、マーカスとのことは、ぜったいに秘密にしておける自信があったんです。なのに、閣下があんな手紙を――」

そのときちょうど、ホークが玄関からでてきた。そして階段の上から、妻の真に迫った演技に目をやった。父親は、最初、呆気にとられたような顔をしていたが、やがてそこに罪の意識が浮かびあがった。そしてようやく、自分が寸劇の一員となっていることに気づいたような表情を浮かべた。

ホークは拍手を送った。「ブラボー！」そう叫び、さらに大きく手を打ち鳴らした。

侯爵は、抱きついているフランシスの腕を引きはがし、「もう勘弁してくれ、フランシス！」と怒鳴るように言った。

フランシスが発作を起こしたかのように、ころころと笑いはじめた。侯爵は息子のほうに目をやった。ホークの顔には、凶暴といえるほどの辛辣な表情が浮かんでいる。

侯爵は思わず顔をしかめた。もう、くたくただった。ホークがロンドンにおらず、手紙が北部に転送されたと聞き、とる物もとりあえず、〈シャンドス・チェイス〉から馬を飛ばしてきたのだから。「どうやら」と、のろのろと言った。「勘違いだったたと見える」

「閣下」と、フランシスが口をひらいた。「あんな手を使って人をかつぐなんて、あんまりですわ！　さあ、おはいりになってください。お疲れになったことでしょう。お部屋の準備ができております」

「わたしがくることを、予想していた。そういうことかな？」

「当然です」フランシスが彼の腕に手を置き、茶目っ気たっぷりに囁いた。「家令のマーカスが、閣下のお越しを首を長くして待っておりましてよ」

「フランシス！」

血は争えないものね、とフランシスは思った。その声は、息子の声とそっくりだった。

22

女の強さは舌にあり。

——十七世紀のことわざ

フランシスは椅子に深々と腰かけ、黙りこくるふたりの男たちを眺めていた。「どうやら」と、愉快で仕方ないといった口調で言った。「おふたりとも、自分の愚かさを思い知ったようですわね」

「フランシス」と、いまにも堪忍袋の緒が切れそうな口調で、ホークが言った。「少しは黙っていられないのか？」

彼女は心から驚いたような表情を浮かべ、ぱちぱちとまばたきをした。「でも、閣下、怒ったふりをして馬小屋までやってきて、わたしに喰ってかかったのはあなたよ」そう言うと、満足そうに笑った。「妻を寝取られた男。熱演だったわ、閣下！」

「フランシス、静かにしなさい」と、侯爵が言った。

「料理人が閣下の好物を用意いたしましたの」と、フランシスは平然と、義父に向かって続けた。「羊肉のカツレツ、お好きでしたわね？　ああ、それにスービーズソース（タマネギを使ったソース）も……おいしいですわ。マッシュドポテトもふわふわですの。秘訣はできたての生クリームを――」

「フランシス」と、ホークが声をあげた。「父に皮肉を言うのをやめないと、二階に引きずっていき、猿ぐつわを嚙ませるぞ」

ふたりの紳士、父と息子が、一致団結したというわけね。きっと、何カ月ぶりかのはず。そう思い、フランシスは艶然と微笑み、羊肉をひと切れ口に運んだ。

「ダンバーズ卿の牝の優勝馬が、種付けのためにここにきたそうだな」しばらく平穏な沈黙が続いたあと、侯爵が切りだした。「バルブ種で、ミス・マーガレットという名前だそうだが」

「ええ、そのとおりです」と、ホークが応じた。「ジェントルマン・ダンは昇天し、種馬の天国に召された気分を味わったはずですよ。もちろん、牝馬だって至福に酔いしれたはずですが」そう言うと、彼はフランシスに流し目を送った。

侯爵は、この皮肉な物言いの意味をよく嚙みしめてから、口をひらいた。「フランシスが手紙で知らせてくれたんだが、ベルヴィスはフライング・デイヴィーに、とくに期待をかけているとか。まだ四歳馬だが、ニューマーケットでは向かうところ敵なしだろうと」

「フランシスが手紙を？」と、ホークが聞き返した。

聞こえなかったことにしよう。侯爵は知らん顔をして、ダンプリングを自分でとりわけた。

「ベルヴィスに、フライング・デイヴィーの調教を手伝ってもらってるんです」と、フランシスが言った。

「きみが馬に乗っているところを、まだ見たことがない」と、ホーク。

「わたしはいつも、馬にまたがって乗っているのよ」と、フランシスが誇らしそうに顎をつんと上げた。「そのほうがずっと安全ですもの、おわかりでしょう」

「ああ。そういえば、そんな話をしたね」

ズボン姿の妻が馬にまたがっているところを想像し、ホークは股間が硬くなるのがわかった。今夜はどうやって妻を誘惑しよう？　昨夜、初めて官能の世界を旅したあと、フランシスの態度が軟化したのは間違いない。とはいえ、自分がまごついていることも自覚していた。これまでは快楽を堪能させてやれば、女性は自分の虜《とりこ》になったのに。自分にまたがるフランシスの姿を想像し、ホークの頬が赤黒くなった。種馬が牝馬にするように、背後から彼女を突くところを思い浮かべると、いっそう頬が紅潮した。

「愛しいマーカスは、今夜、どうしてるんだ？」と、ホークが尋ねた。

フランシスはにっこりと笑った。「クローリス・メルチャーに熱をあげてるんじゃないかしら」

「教区牧師の長女と？」と、侯爵が尋ねた。「黄色い髪で、えくぼのある小娘だろう？」

「そのお嬢さんです」と、フランシスが答えた。

「つまり、きみの力では、やつをつなぎとめられなかったというわけか、フランシス？」と、ホークが皮肉たっぷりに言った。

その手には乗らないわ。フランシスは芝居じみた吐息を漏らし、低い声で言った。「わたしなんか、もう年増《としま》だもの。マーカスにそう言われちゃった。もちろん、礼儀正しい人だから、これまではっきりとは言わなかったけれど――」

ホークがうめいた。「ぼくが話題を振ったせいです。失礼をお許しください、父上」そう言うと、フランシスの満足そうな顔を見て、つけくわえた。「昨夜から、妻がぼくへの愛に目覚め、すっかりおとなしくなるはずだと期待していたんですが」

フランシスが顔色を変えたので、またなにか投げつけてくるのではないかと、ホークは身構えた。

侯爵は、ワイングラスを眺めながらにこやかに微笑んだ。いい雰囲気じゃないか。ふたりは意気投合したようだ。ふたりとも鼻っ柱が強いが、息子はようやく、ほんとうの意味で妻を抱き、愛を捧げたのだろう。

「じきに、フランシスがいいご報告をするはずです。ふたりとも、そう期待しています」と、ホークが告げた。

フランシスが冬のように冷たい声で言った。「ええ、閣下。そうすれば息子さんは、本来の居場所であるロンドンに戻れますもの！　週末までデズボローで我慢できるかどうか、怪しいものですわ」

「週末まで、あとたったの二日だろう？」と、椅子にゆったりと背を預け、ホークが言い返した。「あんまりじゃないか、フランシス。ひどい言い草だ」

「これでも手加減してさしあげてるのよ、閣下！」

「ホーク、だ」と、彼が穏やかな口調で訂正した。

犬も食わない夫婦喧嘩を聞かされるには、もう、年をとりすぎた。そう考え、侯爵は苦笑した。「オーティス、先に失礼するよ。おいしい夕食だったと、料理人に礼を伝えてくれ」

椅子がていねいに引かれ、侯爵が立ちあがった。「おやすみ、子どもたち」

ホークが礼儀正しく立ち、ドアのところまで父親を見送った。

「ピケットで勝負しないか、フランシス？」食堂に戻ってきたホークが、椅子に座っている妻の横に立った。

「いいわよ」と、フランシスが首を伸ばし、彼を見あげた。

「それとも、ベッドでの勝負のほうがいいかな？」

「そんな勝負なんか、しません！」

「またクリームに頼るしかないのかなあ」と、ホークが無念そうな声をだした。フランシスは、むきだしの肩に彼のあたたかい手が軽く触れたのを感じた。身をよじったものの、指で強く押さえつけられた。

「ホーク」と、か細い声で言った。

「なんだい、愛しいひと?」ホークの指が、心を奪われる胸のふくらみへとさまよっていく。ふいに、太腿のあいだにとてもあたたかいものが湧きだし、フランシスは思わず身じろぎをした。

「おいで、フランシス」と、ホークがこのうえなくやさしい声で言った。

彼女は首を横に振った。「まだジンジャー・クリームを食べてないわ」

「食べたりないのなら、ぼくが満足させてあげるよ」

いつもはよくまわる舌が、思うように動かない。でも、ここで引きさがるものですか。フランシスはようやっと「けっこうです」とだけ答えた。

「じつのところ、きみに選択肢はない」彼女の椅子を引きながら、ホークが言った。「肩にかつぎあげられ、二階に連れていかれるのはいやだろう? そんな光景を見なくたって、使用人たちにはゴシップの種が充分にあるんだから」

「わたし、ピケットがしたいの」

「ベッドのなかで、なんだってできるさ」

「ブランデーが欲しいわ!」

「ブランデーがなくたって、ぼくの身体を襲うことも、くすぐることもできるんだぜ。しらふの妻を相手にする利点はほかにもある。きみの二日酔いを心配せずに、あしたは朝からいちゃいちゃできるだろう?」

フランシスは大きく息を吸った。胸を張り、できる限り威厳を見せながら立ちあがり、振り返った。「一緒に行きます。でも、だからって変な気を起こさないで、閣下。本気よ!」

自信ありげに、ホークがにやりと笑った。「あしたになったら、きみはぼくにもうめろめろになっていて、すっかりおとなしくなってるぜ」

「まさか! あなたのことがいっそう嫌いになって、鼻っ柱が強くなってるわ!」

フランシスは、もったいぶって食堂をでていった。背後から、ホークの穏やかな声が聞こえた。「ぼくもすぐに行くからね、愛しいひと。この屋敷で、またかくれんぼさせられるのはご免だからな。頼むから、どこにも隠れないでくれよ」

フランシスは、妙な含み笑いを浮かべているアグネスを下がらせ、自分の寝室のなかをのろのろと歩きまわった。続き部屋のドアから目を離すことができない。なんて意地の悪い人だろう。不安のあまりどうにかなりそうだ。と、ついにドアがひらき、夫が悠々とこちらにやってきた。

「きれいだよ」そう言うと、ホークが立ちどまり、彼女をしげしげと眺めた。

なんて素敵なのかしら。ホークの姿を見たフランシスも、思わず感嘆した。紺青色のガウンの下は、全裸に違いない。うっとりしてしまった自分を否定するかのように、彼女はあわてて夫を冷たくにらみつけた。「クリームをお忘れじゃないでしょうね？」

「少しは信用してくれたっていいじゃないか、フランシス」

虚勢を張ってはいるものの、彼女が不安でたまらず、どこかおびえていることを、ホークは感じとった。夫が、自分自身が、そして夫への自分の反応が、こわいのかもしれない。彼は大きな袖椅子のほうに歩いていき、腰を下ろした。「おいで、フランシス。一緒に……話そう」

ホークが自分の太腿を軽く叩いた。

フランシスは一歩、足を踏みだしたものの、途中でわれに返ったように、二歩、後退した。彼女の顔に視線を据えたまま、ホークがふたたび、太腿をぽんぽんと叩いた。

「もう、わかったってば！」

フランシスは彼の太腿にちょこんと座り、板のように身をしゃちほこばらせた。

「父は、きみのことが大好きだよ」

「わたしも、お義父さまのこと、大好き。いたずら好きの紳士だわ。あんな手紙を書いて、あなたをだまそうとするなんて！」

ホークは、フランシスの腰に両腕を巻きつけ、背中を自分の胸に引き寄せた。徐々に、彼女の全身から力が抜けていくのが伝わってくる。

「ホーク？」

「なんだい？」

「男の人って、これを毎晩したがるものなの？」

「最低、毎晩はね。きみはあまりにも艶っぽいから、ぼくは一日じゅう、そそられてしまうかもしれない。精も根も尽きはてるまで、一日に何度もきみと愛しあうかも」

「まあ」

「ほんの少し、協力してくれれば、それでいいんだよ、フランシス」

「まえは、わたしに協力なんて求めなかったのに」

「そりゃそうだよ。だって、あれは夫の務めであって、なんの悦びもなかったからね」

彼の声は、フライング・デイヴィーの絹のような首のようになめらかだった。彼の手に髪をもちあげられた。うなじをそっと撫でられる。しばらくすると、ホークの低い声が聞こえた。「初めての晩のときはすまなかった。心から詫《わ》びるよ。そのあとも何度か、ひどい真似をしたね」

「つまり」一歩も譲りたくないと思いながら、彼女は言った。「わたしが……反応しないと、あなたはほとんど悦びを得られないのね」

ホークの片手が腰を離れ、彼女の左の乳房をそっと包み込んだ。フランシスは息を呑み、身を引こうとした。「駄目だ、動かないで、フランシス。ぼくの肩に頭を預けて。そう、それでいい。さあ、少しは夫を信頼して」

彼女に顔を見られずにすみ、助かった。そうホークは安堵していた。痛いほどに切羽詰まった欲情で、顔が紅潮しているのを自覚していたからだ。「きみはかぐわしい」彼女の額に向かって囁く。彼女のガウンのリボンをほどき、まえをはだけた。彼女の素肌に触れると、ふたりともびくりとした。

「恥ずかしいわ」フランシスが、ひとり言のようにつぶやいた。

「大丈夫だよ」ホークはそう言うと、彼女のガウンとネグリジェを脱がせ、上半身をあらわにした。彼女の背中を支えながら、乳房にじっと視線をそそぐ。「ただ、感じてほしい、フランシス」乳房を両の手で包み込み、たわわな胸をもちあげると、そっと撫ではじめた。

フランシスは、雷に打たれたような気がした。強烈な感覚の矢が乳房から下腹へと突き刺さる。昨夜の荒々しい感覚はまだしっかりと記憶に残っている。また、もういちど、あれを感じたい。彼にキスをし、彼に触れたい。彼に唇を押しつけてほしい、わたしの……。

彼女が腕のなかで身をのけぞらせると、ホークはうれしさのあまり、息がとまりそうになった。

そのまま彼女の背を弓なりにさせ、頭を下げ、乳房に唇をつけた。彼女がぶるっと身を震わせるのがわかった。彼女の息づかいが速まり、胸が大きく上下する。ホークは両の乳房のあいだに頬を寄せた。フランシスがまたもや身をよじらせ、ホークは切ない表情で微笑んだ。

「おいで」われながら、なまなましい声で言った。彼女を膝から立たせ、一緒にベッドに向かった。

「フランシス」ホークは彼女をやさしく立ちどまらせ、自分の目のまえに立たせた。ゆっくりとネグリジェを脱がせ、あとずさりをし、彼女の全裸に目を這わせた。豊かな髪が白い背中に流れている。細い腰、豊かな腰。思わず大きな息をつくと、両手を伸ばし、彼女の腰を引き寄せた。「フランシス」耳元で、熱い吐息を吹きかける。

フランシスは、彼に抱かれた。下腹部のあちこちを彼の手が愛撫する。フランシスの脳裏に、交尾を目撃した晩、彼に抱かれたときの光景がよみがえった。彼に背を向けたまま、指でまさぐられた。彼が欲しくてどうにかなりそうになり、あそこがびっしょり濡れて……そう思いだしていると、彼にやさしくキスをされ、喉を、肩を、甘噛みされた。種馬みたい、とぼんやりと思った。と、彼の指が下のほうに動き、彼女の大切な部分をさぐりあてた。フランシスはたまらず声をあげた。

ホークは、自分が彼女の欲情に火をつけていることを自覚しており、彼女が頭のなかでどんな光景を想像しているかもわかっていた。濡れそぼり、膨らんでいる女性自身のあたたかい感触を指先で楽しみながら、もういっぽうの手で乳房をまさぐりはじめた。彼女がいまにも達しそうになっているのが伝わってくる。フランシスはもう自分を抑えられないだろう。そう考え、ホークは彼女をしっかりと抱きしめた。彼女が頭をぎゅっと押しつけてきたかと思うと、両脚をこわばらせ、腰を突きあげてきた。

　ホークは指で愛撫を続けながら、彼女の身体の向きを変え、唇に深く舌を差しいれ、彼女の悲鳴を封じた。これまでに体験のない、未知の興奮を味わい、ホークは自分がとてつもなく屹立していることに気づいた。いますぐ、彼女を突きたい。彼女のなかで自分が満ちるのを感じたい。とはいえ、自分自身が満ちるのではなく、自分の男性自身がその役をはたすとは重々、承知していたのだが。

　彼女の唇に、鼻に、まぶたにキスの雨を降らせ、背中を両手でさすり、彼女を落ち着かせた。そして彼女の尻に両手をまわし、そのまま抱えあげた。

　フランシスが彼を見あげた。目には霞《かすみ》がかかり、唇がわずかにひらいている。彼女に名を囁かれた次の瞬間、ホークは彼女を押し倒し、その白い脚をひらき、彼女のなかに突き刺した。

「ぼくに足をからめて、フランシス」彼女の太腿に両脇を締めつけられると、ホークは歓喜の吐息を漏らした。

　ホークは彼女を見おろした。また名前を囁かれ、両の手で臀部をさすられると、われを忘れた。深く突き、うめき声をあげる。彼女の両脚が腰にこすりつけられる。あまりにも強烈な快楽に、自分の深いところでなにかが切羽詰まるのがわかった。目を閉じ、自分が爆発し、粉みじんになるのがわかった。このまま、やめたくない。

「フランシス」そう囁くと、まだ彼女のなかにはいったまま、彼女の上にくずおれた。

フランシスは彼の体重を受けとめた。頭がぼんやりする。彼の心臓の鼓動が伝わってくるし、荒い息づかいを頬に感じる。身体に力がはいらない。なのに、身も心も満たされている。たとえいまベッドが炎に包まれても、わたし、動けないだろう。

愛しあうって妙なものね、と鈍い頭で考えた。罠でとらえるみたい。というより、ふたり一緒にひとつの罠にかけるみたい。彼のたくましい背中をそっと撫でながら、フランシスは考えた。彼の言ったことが正しいのなら、もうわたしはすっかりおとなしくなっている。彼への愛に目覚め、弱々しい女になっているのかもしれない——それこそ、彼がずっと望んでいたことなのだ。

彼は完ぺきなやり方で、わたしを誘惑してみせた。そして想像したこともない感覚をわたしのなかに呼び起こした。ふいに、彼女はくすりと笑った。こんなことを、毎晩続けていたら、受胎するのにどのくらいかかるだろう？　たちまち妊娠しちゃうかも。彼女は吐息をつき、彼をきつく抱きしめ、眠りに落ちた。

いっぽう、ホークはわれに返り、唖然としていた。自分ともあろう者が、まったく自制心を失ったあげく、いっそう面食らうことに、自分自身をも見失ってしまった。フランシスは眠っている。このまま、彼女に覆いかぶさって寝ていたら、さぞ重たいだろう。悔しいことに、身体をずらした拍子に、彼女のなかで自分がまた硬くなるのがわかった。こんなことは二度と起こらない、とホークは自分に言い聞かせた。彼女は妻。それだけのこと。自分の子どもを宿すためだけの存在。愛人を抱くときのように、妻に繰り返し発情することなどありえない。だが、と彼は苦々しく考えた。ことの発端は自分にある。彼女を官能の世界に導いたのは自分だ。そして、彼女が性の悦びに目覚めたせいで、なにもかもが変わってしまった。気にいらない。事態は一変した。彼女は毒舌をふるい、なんでも仕切りたがった。すぐに人を怒らせ、容赦なく人をあざけり、悦びを全身で……ああ、彼女はこの世のものと思えないほど美しく、感じやすい。

もういちど、彼女を抱きたい。切ないほどに、彼女が欲しい。そう思った自分に腹を立て、ホークは彼女からゆっくりと身を離した。長いあいだ、じっと彼女を見つめる。このままベッドにいたら、また彼女を愛したくなってしまう。意志の力を振りしぼり、ホークは彼女に上掛けをかけ、灯火を消し、寝室をあとにした。

自分のベッドが冷たく、からっぽに感じられ、ホークは思わず顔をしかめた。これまで、こんなふうに感じたことはなかった。女を抱いたあとは、自分が自由であることを胸の奥でありがたく思いつつ、のびのびと身体を伸ばし、ベッドを占領して寝ていたのだが。

フランシスは目を覚ました。まばゆい朝の陽射しが室内にあふれている。わずかに口元をほころばせ、ホークに手を伸ばした。が、そこにあったのは枕だけだった。彼女はさっと身を起こし、寝室を見まわした。彼の姿はない。

ベッドは乱れていたが、ふたりが一緒に眠った形跡はなかった。わたしが眠りに落ちたあと、彼は去っていったのだ。どうしてなの？　どういうわけか、彼女は深い失望を覚えた。そのうえ、傷ついてもいた。

昨夜、悦びの余韻に浸りながら、自分が考えていたことを思いだした。わたしはきょうから、おとなしくなるかもしれない。そう思ったっけ。彼を愛することで、すっかり女らしくなるのかもしれない。彼の言うとおりだったのかもしれない、と。

「この鈍感男」と、続き部屋のドアに向かって毒づいた。そして、アグネスに頼み、熱い湯を用意させた。浴槽にはいり、ごしごしと身体を洗いつづけた。お湯がすっかりぬるくなり、身体が冷えはじめると、ようやく立ちあがった。

青いシルクの日中用ドレスの背中にずらりと並ぶボタンをアグネスに留めてもらっていると、自分がなにをしたいのかがわかってきた。

朝食室に足を踏みいれたとき、彼女の口元には大きな笑みが広がっていた。ところが残念なことに、テーブルには侯爵だけが着席していた。

「おはよう、フランシス」彼女の顔をしげしげと見ながら、侯爵が声をかけた。

彼女は会釈し、前口上なしで切りだした。「ホークはどちらに？」

「グランニョンの話じゃ、夜明けとともに起きだしてきたそうだ。乗馬服に身を包んでね」

フランシスはロージーに会釈し、腰を下ろした。意地悪な人ね。そう考えながら、フランシスはナイフを手にとった。わたしから逃げられると思ったら大間違いよ。この世の終わりまで、せいぜい乗馬を楽しんでいらっしゃい。わたしから逃れることはできないのだから。

「ホークとはもう仲直りしたのかい、フランシス？」と、侯爵が尋ねた。

フランシスは、ぎょっとして義父の顔を見たが、すぐに問いかけの意味を理解した。そこで、「なんとも申しあげられません」と応じた。「厩舎の改修に五千ポンドかかると話したら、かんかんになってしまって。でも、ジェントルマン・ダンを種馬に使うことは許してくれましたし、フライング・デイヴィーを調教することについては、なにもおっしゃいませんでした」

「たいしたものだ、フランシス、きみは強い女性だ」しばらく物思いに耽ったあと、侯爵がそう言った。「ホークがデズボローに戻ったと聞いたときは、ほっとしたよ。正直なところ、わたしもさんざん迷ったあげく、あんな策略を講じたわけだからね。マーカスときたら、とんだとばっちりを喰ったな！　うちの息子に殺される寸前だったことなど、あの若者は知るよしもないのだろう？」

「ええ。マーカスはなんの邪心もなく、自分の恋愛に夢中になっています」

「いったいどうして、ホークは戻ってきたんだろうね？」と、侯爵が尋ねた。「理由をあれこれ考えてみたんだが、さっぱり見当がつかん」

「罪悪感です」と、フランシスが断罪した。

「嘘いつわりのないきみの姿を見たとき、息子の罪悪感はまったくべつのものにかたちを変えたらしい」

「おっしゃるとおりです」と、彼女がきっぱりと言った。「大声でわめきたてなくなったと思ったら、こんどはわたしを絞め殺したくなったんですから」

「すばらしい。うちの色男は、すぐに変心すると思っていたよ」

愛情のこもったその物言いに、フランシスは思わずフォークを落とし、義父の顔をまじまじと見た。「色男ですって？　やめてください、お義父さま。ホークはまだちっちゃな男の子です。意地っ張りで、うぬぼれが強くて、横柄で――」

「わかった、わかった」と、勢いよく喋りだしたフランシスを、侯爵がとどめた。「うちのちっちゃな女の子も、すっかり様変《さまが》わりしてうれしいよ」

「閣下こそ」と、フランシスは必死で自分を抑えようとしながら言い返した。「狡猾で、強気で、手段を選ばない――」

「愛されることは、よきことかな」そう言うと、侯爵が立ちあがり、フランシスのほうに歩いてくると、頰に軽くキスをし、朝食室をでていった。

「親子ともども、強烈だわ」部屋にひとり残され、フランシスがぽつりとつぶやいた。

23

しろうとは口をだすな。

――ギリシアのことわざ

ぼくが知っていることといえば、戦争を仕掛けること、女たちを愛すること、そしてギャンブルで勝つことだけだ。ホークは、エボニーに柵を飛び越えさせながら、そう考えた。種馬が優雅に柵の向こう側に着地すると、ホークは手綱を締めた。ここは気に入りの場所のひとつだ――ウーズ川のほとりのオークの木陰。そういえば子どものころ、枯れているとは知らずに大枝によじのぼり、ぶらさがろうとして川に落っこちたことがあったな。あのころはいつだって、うしろからベアトリスがついてきた。姉さんは木の枝から甲高い声をあげて飛びおり、着地した拍子にぼくをまた川に突き落しそうになったっけ。あのとき、ネヴィルはどこにいたんだろう？　妙だな、いまじゃもう兄さんの顔さえはっきりとは思いだせない。ホークはため息をついた。ネヴィルがぼくらと一緒にいなかったのは、すでに馬に夢中で、日がな一日を厩舎ですごし、馬の調教法や馬のよしあしの見分け方を学んだり、有名な競走馬の名前、血統、記録、距離を頭に叩き込んだりしていたからだ。立派な長男だった。そう考えたホークは身をかがめ、丸い小石を選ぶと、穏やかな川面に投げ、水切りをした。

弟のほうは陸軍に入隊し、戦場では大いに力を発揮できることを立証した。とはいえ、ホークは馬を愛していた。厩舎の匂いも、長い肢のサラブレッドが見事な脚力を披露する光景を見るのも好きだった。だが、デズボロー厩舎が自分のものにはならないこと、自分が厩舎の仕事には関われないことを悟ったとき、意識してデズボローには近寄らないことにした。つまり、デズボローとの関係を断とうとしたのである。厩舎はネヴィルの生得権であり、馬の仕事はネヴィルの職業と決めつけていたのだ。

それなら、これから学べばいいじゃないか、とホークは考えた。ちょうどいま、フランシスが学んでいるように。

フランシス——やれやれ、彼女とどう接すればいいのだろう？

まったく、ぼくは間抜けだった。フランシスのほんとうの姿がまったく見えていなかった。あの野暮ったいネズミが、アレクサンダー・キルブラッケンの娘とは思えないほどの美女であることが、まるでわかっていなかった。そのうえ、ベッドのなかで歓喜にあえぐ彼女ときたら。そう想像したとたん、股間が硬くなるのがわかり、自分に呆れ、うめき声を漏らした。

彼女のやわらかさ、指の下で彼女が官能に目覚めるようすを思いだし、思わず両のこぶしを握りしめる。

「彼女と一緒にいると、頭がおかしくなっちまう」と、声にだして馬に語りかけた。「ロンドンに戻ろう。いますぐに。彼女を楽しませる役割は、父さんにまかせればいい。あの毒舌にも、なんでもかんでも仕切りたがる性格にも、父さんにお相手願うさ」

だが、デズボローは……厩舎はどうする？

彼は両手をズボンで拭き、頭のなかからフランシスとデズボローを断固として振り払い、ふたたびエボニーにまたがった。

「閣下はどこ、ベルヴィス？」調教師の事務室に足を踏みいれると、フランシスは尋ねた。

彼女は、この狭い部屋の亜麻仁油と年代物の革の匂いが大好きだった。

「ご用事があるとかで、ヨークへいらっしゃるそうで」と、ベルヴィスが応じた。彼女がなにも言わなかったので、ベルヴィスが先を続けた。「きょうの午後、また二頭、牝馬が交尾にやってきやす。バーリー卿はエボニーをご指名で、閣下もこの件については承知なさっていやすから、じきにお帰りになりやすよ」

フランシスは無理やり明るい笑みを浮かべた。「それなら、することがたくさんあるわね。八月にはニューマーケットに行くことだし、フライング・デイヴィーとクランシーズ・プライドの書類を見つけておかなくちゃ」

「タメルランもいい対抗馬になる」と、ベルヴィス。「先代は、馬関係の書類を執務室に保管なさってたはずですよ。カラザーズさんに訊いてみちゃどうです？」

フランシスは東の放牧地で立ちどまった。タリーがサラブレッドの馬の足並みを試している。フライング・デイヴィーはがっしりとした美しい肩、長い肢、強健な分厚い胸の持ち主だ。それに、勝利にたいする強い意志をもっている。いま、毛並はつややかで、ゆるやかな駆け足で走りながらも、じれったそうに鼻を鳴らしたり、頭を振りあげたりするようすから、思いっきり駆けまわりたいと思っているのが伝わってくる。彼女は、フライング・デイヴィーの額の中央にある鮮やかな白い星形の毛並を撫でるのが大好きだった。それはとてもめずらしい模様であり、当の馬もそれを自覚しているように思えた。この壮麗な勝ち馬は、早く競馬界に打ってでて、称賛されたくてうずうずしているのだ。「おまえなら、勝てる」と、フランシスは胸のうちでやさしく話しかけた。

タリーが顔を上げ、フランシスに手を振った。彼女も手を振ると放牧地に背を向け、屋敷に向かって歩きだした。

午後は競走馬の血統書をさがし、箱のなかの書類を引っかきまわした。ついに血統書を見つけたときには、あたりはもう暗くなり、彼女は疲れきっていた。ホークはまだ帰宅しておらず、夕食の時間が迫っていた。それでもフランシスは厩舎に戻り、ベルヴィスに戦利品を見せた。

「また無口なネズミに逆戻りかね、愛しいフランシス？」侯爵は、物思いに沈む嫁の顔をしげしげと見ながら尋ねた。彼女と息子がかわす激しい言葉の応酬でさえなつかしく思えた。家令のマーカスはといえば、ここのところ、牧師館でメルチャー一家と夕食をとってばかりいる。

侯爵の問いかけに、フランシスは微笑み、かぶりを振った。「いいえ、考え事で頭がいっぱいなだけです。もう少し、ハムの蒸し煮をいかがです、閣下？」

「いや、仔牛のレバーでもう満腹だ」と、侯爵。「まったく、ホークのやつ、ヨークでなにをしているのやら。さしずめ、ギャンブルで大損しているんだろう」

「そんな馬鹿な」フランシスはぴしゃりと否定したあと、自分の無礼な物言いに赤面した。「申し訳ありません、閣下。でも、ホークがそんな愚かな真似をしないことは、閣下もよくご存じのはずです。彼には……」

「彼には、なんだね？」

「いろいろな面がありますけれど、浪費家じゃありません」

「息子のことをよくわかっているようだね、フランシス」

フランシスは、目のまえの芽キャベツをじっと見つめた。これ、苦手だわ。そう、ぼんやりと考えた。料理人に言っておかなくちゃ。「いいえ、サー」と、応じた。「彼のこと、わかってなんかいません。じきにデズボローを発ち、またロンドンに戻るんじゃないでしょうか」

「そうなったら、種馬飼育場と競走馬の厩舎はどうするつもりなんだ？」

「さあ。わたしにはなにも打ち明けてくれませんから」

「そうだな。息子はただ、きみに向かってわめきたて、嚙みつくばかりだ。しまいには、息子の頭をぼこぼこにしたいと、きみが思うわけだ」

フランシスは笑ったものの、その表情は冴えなかった。ええそうよ、そのとおり。ほんとうに頭にくる人。それなのに、彼を乱れさせ、われを忘れさせ、彼を食べ尽くしたい気持ちにさせる……。

「息子はじきにデズボローを発つと、どうしてそう思うのかね、フランシス？」

「彼は……わたしのことが好きじゃないからです」

「きょう息子が逃げだしたのは、自分の気持ちを見つめるためだろう。男というものは、簡単に混乱する生き物でね、フランシス」

「あのう、閣下は、生前の奥さまに怒鳴ったことがありましたか？」

「ほとんどなかった。躾がなってないと思われるような真似を極力しないよう、妻は努力していたんだろう。妻は公爵の娘で、自分の価値をよく理解していた」

「わたし、結婚したいと思ったことが、いちどもなかったんです」と、フランシスが言った。「男性との交流といえば、もっぱら父でした。わたし、父のことが、ほんとうに好きなんです。誤解しないでいただきたいんですが、キルブラッケンを統治しているのは、父だけです。かわいそうに、後添《のちぞ》いのソフィアが自分の好きなようにできるのは、ごくささやかなことだけで」

「ほとんどの女性は、同じような立場にあるだろうね」

「人生は短い。ですから、わたし、そんな立場に甘んじていたくないんです」

「きみのお継母《かあ》さまは不幸だと、そういうことかね？」

「いいえ、そうじゃありません。ソフィアは父と、とてもうまくやっています。妙なことに、父が立腹すると、ソフィアは誇りに思うみたいなんです」そう言うと、フランシスがにっこりと微笑んだ。「実際、ソフィアは父をとてもうまく操っています。父が激怒し、わめきたてると、ソフィアはこう言ってなだめるんです。『ええ、わかるわ、おっしゃるとおりよ、愛しいひと』。それで結局は、自分の思うようにことを運ぶ」

「じつに聡明な女性のようだね」

「ええ、わたしとは違って」

「ふうむ」侯爵はそう言うと、オーティスが食堂にすべるようにはいってきたことに気づき、すばやく言った。「続きは客間で話すとしよう。それにしても、今夜のきみは、あまり餌を食べなかったね」

　フランシスが微笑んだ。「わたし、馬じゃありません」

「そりゃそうだ」と、侯爵が微笑んだ。「まだ仔馬にもなってない」

侯爵はゆったりとした足取りで暖炉に歩いていくと、炉棚に肩をもたせかけた。「それでだ、フランシス、きみは自分のことを聡明ではないと思っている」

「すばらしい記憶力ですわ、サー！　よく覚えていらっしゃること。聞いたことを忘れないのは、面倒くさい息子さんとおんなじです！」

「このまえの晩、きみは少しばかり呑みすぎたようだね、フランシス」

フランシスがあわてて侯爵の顔を見た。その頬が真っ赤に染まる。

「息子はいつだって、そうした愉快な状況を利用するからね。息子に呑まされたんだろう、フランシス？」

「彼には……とっととでていってほしいと思ってます。いますぐに！」

侯爵が、ホークそっくりの笑い方で哄笑した。物知り顔で緑色の瞳をきらめかせている。

「酔ってしまったのは、蒸留酒に慣れていなかったからです！」

「今夜のきみには、またべつの悩みがあるようだが」侯爵がふいに話題を変えたので、フランシスは呆気にとられた。

彼女はしばらく間を置き、カシミアのショールのフリンジを指でいじった。もちろん、悩みはたくさんある。でもいまは、ホークに会いたくて仕方がない自分にとまどっている。

とはいえ、ほかにも悩みは多々あったので、フランシスはそのなかから慎重にひとつを選び、打ち明けた。「実家が恋しいんです」

「お父上とその怒りの爆発が？」

「ええ。わたし、父とは馬があうんです。ですから、ソフィアとは違うやり方で父とつきあってきました。父に怒鳴られたら、言い返すんです。わたしにとっては、最高の父親です」

「言い返すとは、すばらしい調教法だ」

「とんでもない」と、フランシスは淡々と応じた。と、玄関ホールのほうから足音が聞こえ、彼女は身を固くした。ホークが帰ってきたのだ！

「お帰り、息子よ」部屋にはいってきたホークに、侯爵が声をかけた。まだ乗馬服を着ており、ヘシアンブーツが汚れている。彼はとても疲れたようすをしていた。

「サー」ホークが口をひらき、ちらりとフランシスを見やった。「汚い恰好で、申し訳ありません」

「なにか召しあがったら？」と、フランシスがつとめて自然な口調で尋ねた。

ホークが首を左右に振った。「やすませてもらいます」そう言うと、フランシスに会釈をし、部屋をでていった。

フランシスの全身が、怒りの波に包まれた。あの恥知らず！　ヨークで女に会ってきたのかしら？　彼女は急に立ちあがり、無理やり口元に笑みを浮かべ、義父に声をかけた。「わたしも失礼させていただきます、閣下。あしたになったら、もっとしゃんとしています」

侯爵は、彼女が肩を怒らせ、顎をつんと上げ、客間をでていくようすを見守った。なかなかいい具合に進行しているようじゃないか。そう判断し、侯爵はブランデーを呑もうと呼び鈴を鳴らした。ただし、いまこの瞬間だけは、息子の立場になりたくはないが。

フランシスは湯気の立つ風呂に長々と浸かったあと、おとなしく座り、アグネスに髪を何度も梳いてもらった。それから、彼女に下がってもらい、ベッドにもぐり込んだ。今夜、きっと、彼はくるはず。そう思い、覚悟を決めたものの、なにごともなく一時間が経過した。わたしのこと、放っておいてくれたんだから、うれしく思わなくちゃ。でも、ホークがどこか具合でも悪かったらどうしよう？　それに、なにか問題が起こり、父親のまえでは話をしたくなかったのかもしれない。だいいち、わたしには彼に話したいことが山ほどある。

フランシスはやきもきし、自問自答を繰り返し、廊下の時計が真夜中を告げると、ついにベッドを抜けだし、ガウンを羽織り、続き部屋のドアのほうに歩いていった。ノックしようと上げた手を下ろした。ホークは眠っているはず。そう考え、そっとドアをあけ、室内にすべり込んだ。暖炉にはちろちろと火が残っているが、明かりの役割しかはたしていない。ベッドに目をやると、彼の姿はなかった。彼女は眉をひそめ、暖炉のほうに近づいた。背もたれの高い椅子が、暖炉と向かいあうようにして置かれている。

と、彼の姿を認め、フランシスは喉の奥で息を呑んだ。ホークが全裸で椅子に座っている。頬づえをつき、渦を巻くようにして立ちのぼる炎をじっと見つめている。彼女の脳裏に、ローモンド湖からでてきたときの彼の姿がよみがえった。いまのように、一糸まとわぬあの姿を。でもいまは、壮麗な肉体に陰影が踊り、肌を褐色に彩っている。彼に触れたい。少し痩せたんじゃないかしら。よくよく見ると、以前よりずっと身体が締まったように見える。そのとき、彼が深々とため息を漏らし、長い脚をまえに伸ばした。フランシスの視線は、彼の胸から下腹部へ、そして、そのもっと下、股間の黒い茂みへと移っていった。男性自身は萎えている。男の人の身体って、すごい速さで変貌を遂げるものなんだわ。フランシスはあらためて感嘆した。

身体のなかから欲望があふれだすのがわかった。彼に教えてもらったから、自分でもわかるようになったのだ。そんなつもりはなかったのに、気づいたときには彼のほうに手を伸ばしていた。と、ホークが彼女の存在に気づいた。

彼は身じろぎもせずに、ただ、こう言った。「やあ、フランシス」

自分が全裸でいることに、あわてているようすはまったくない。彼女はごくりと唾を呑み、答えた。「こんばんは」

「なにか用かい？」

「話がしたかったの。あなたがくると思ってたのに、こなかったから」

「ああ」まだぼんやりしたようすで、彼が言った。「そうだな、行かなかった」

ホークはフランシスのほうを見ようともしない。いやになる！　くるんじゃなかった！

彼のことなんか、放っておけばよかったのに。

「で、なんの話がしたいの？」穏やかな表情を保ったまま、ホークが尋ねた。

フランシスが暖炉のほうに歩いていき、ガウンの裾をふわりと広げ、優雅に膝をつき、座り込んだ。ホークの指がむずむずした。彼女に触れたい。彼女を愛撫したい……ああ、彼女を心ゆくまで味わいたい……。

「で？」ホークの低い声がどこか上の空であることに、フランシスは気づいた。

フランシスは深く息を吸い、彼のほうを見ないようにしながら口をひらいた。「きょう、馬の血統書を見つけたわ。ニューマーケットのレースで必要になるって、ベルヴィスから聞いたの」

「すると」と、こんどは皮肉っぽい口調でホークが言った。「こんどは競馬に出走させると決めたわけか。きみは自分の立場を忘れているぞ。厩舎を売るかどうか、ぼくはまだ決めかねているんだから」

「お願い」フランシスは忍耐力の限りを尽くし、懇願した。「お願いだから、少しだけ話を聞いて。すごく妙なことに気がついたの」

ホークがこちらに注意を向けた。そこでフランシスは、彼の目をしっかりと見て話しはじめた。「わたし、その血統書をベルヴィスのところにもっていったの。彼は血統書に目を通し、間違いがあると教えてくれたわ。フライング・デイヴィーの牡親と牝親の名前を読みあげ、いつものように顎をさすったの。ベルヴィスが、歴史上の競走馬の血統や名前を、ほぼ全部覚えていることは、あなたもご存じでしょう？」

「で、その間違いってのはなんだったんだ？」

「血統書には、フライング・デイヴィーの牝親はベルソン厩舎のパンドラだと書かれていた。でもベルヴィスが言うには、パンドラは、フライング・デイヴィーを産んだとされる一年以上まえに、処分されているそうなの」

ホークの口調が本気になった。「なんだって？」

「だから、フライング・デイヴィーの牝親は――」

ホークが手を振り、彼女を黙らせた。「そんなの、ただの書き間違いだろ」

「フライング・デイヴィーが〈デズボロー・ホール〉に連れてこられたとき、ベルヴィスは血統書を見たくてうずうずしていたの。牡親と牝親がわかれば、血統上の長所と短所がわかるから。なのにネヴィルは、フライング・デイヴィーやほかの数頭の仔馬の血統書を、どうしても見せてくれなかったそうよ」

「妙だな」と、ホークが言った。「奇妙きてれつ。血統書を見せないなんて、おかしな話だ」

「ベルヴィスも、この件については相当、不審に思ったそうよ」そう言ったとき、はたと気づいた。こんなにまじめな話をしてるのに、彼ったら全裸だわ。奇妙きてれつとはこのことよ。そう考え、フランシスはオレンジ色の残り火に目をやった。

「この件については、あとでベルヴィスから話を聞くよ」しばらく間を置いたあと、ホークが言った。そして立ちあがり、伸びをした。フランシスは強い意志をもって抗《あらが》おうとしたものの、彼の肉体から視線をそらすことができず、一挙一動を目で追った。「ベッドでやすむよ」そう言うと、彼女の濡れた唇にホークが目をとめた。「きみも一緒にどう、フランシス？」

フランシスは、彼の自信たっぷりの間延びした口調に身をこわばらせた。「旅の疲れで、へとへとなんでしょう、閣下」

「全然」と、ホークが応じた。「たとえ疲れていても、きみに跡継ぎを産んでもらいたいことに変わりはない。義務ははたさなければ」

身を刺すような痛みを覚え、フランシスはしばらく口をきけなかった。「義務をはたしたら、またでていくのね」

ホークが片眉を釣りあげてみせた。「それほど、ぼくに滞在してほしいと思っているとは、知らなかった」いくらうんざりしたような口調で辛辣な言葉を吐いたところで、彼は自分自身が硬くなるのを自覚した。全裸だから、彼女が欲しくてたまらないという事実を隠す手立てはない。彼女はどうしてこうも美しく、男をそそらせる？「ぼくを誘惑しにきたんだろう、フランシス？」

フランシスが、よろめくようにして立ちあがった。「まさか！　わたし……その、あなたに話があったの。でも、もうすんだから――」

「もう手遅れだ、愛しいひと」ホークはそう言うと、彼女をさっと抱き寄せた。「チャンスがあるうちに、小鳥は飛びたつべきだった。もう手遅れだ」

両手で彼女の顔を包み、唇を重ねた。「しばらくでいいから」と、キスのあいまに囁く。

「口やかましく、あれこれ指図しないでくれ」

「わたし、そんな――」

彼の舌がそっと口のなかにはいってきた。彼を味わう。料理人特製のあのジャム入りロールケーキよりずっとおいしい。フランシスはぼんやりと考えた。彼の背中に腕をまわし、つま先立ちになり、彼に身体をもっと密着させようとして、ようやく気がついた。ほんとうに、もう、これじゃあ手遅れだわ。彼の手を肩に感じたかと思うと、ガウンをするりと落とされた。足元のビロードのガウンが水たまりのように広がっても、彼女は文句を言わなかった。彼の指がネグリジェの細い肩ひもの下にすべり込んだかと思うと、やわらかいシルクがするすると身体を伝い、ガウンの上に落ちた。硬くなった彼自身が下腹部にあたり、切羽詰まった感覚が伝わってきた。

「そうよ」言葉が喉の奥で低くかすれた。「わたし、あなたを誘惑しにきたの。昨夜はわたしのこと、放っておいたでしょ」

彼が両手で彼女の尻を包み込み、抱えあげた。

「ああ」と、ホークが囁いた。「そうだ、放っておいた。でも、今夜は放っておくものか、フランシス」彼が低い声でなにか悪態をついたような気がしたが、その言葉は頭のなかでぼんやりと霞んだ。

ホークは彼女を床から抱えあげた。「脚をぼくの腰に巻きつけて。そうだ。いいよ、力を抜いて、ぼくに……」彼女を切ないまでに求めるあまり、声が震え、もうその先を続けることができなかった。

フランシスは、わけがわからないまま、とにかく彼の言うことを聞いた。が、それも一瞬のことだった。指で下腹部をあちこち撫でられ、まさぐられたかと思うと、次の瞬間、彼自身がゆっくりとはいってきた。フランシスはあえぎ、彼の腕のなかで背を弓なりにそらせた。

その呆然とした顔を見ると、ホークがにやりと笑い、彼女をきつく抱きしめた。彼女の瞳は大きく見ひらき、霞んでいる。

「ホーク」彼の肩に指を喰い込ませながら、フランシスが肩に力なく囁いた。

「なんだい、愛しいひと？　これが好き？」彼は両手でお尻を撫でながら、自分のほうにしっかりと抱きよせた。

「わ……わからない」

「きっと好きになる、でも……」ふいに喉の奥で声が詰まり、頭のなかで咆哮が響きわたった。股間が激しく張りつめる。彼は荒々しく悪態をつき、うめき声をあげた。「フランシス、動くな！」

フランシスは彼にしがみつき、肩に顔を埋めた。

「このままじゃ、きみを感じさせてあげられない」ホークは、まるでヨークから〈デズボロー・ホール〉までずっと走りつづけてきたかのように息を荒らげ、心臓をばくばくさせていた。

「動くなって！」

ホークは早足でベッドに向かって歩きながら、早口で言った。「しっかりつかまって」

フランシスが首に抱きつくと、彼はベッドカバーと毛布を引きさげた。

「さあ」大きく息を吐きながら、ホークが言った。「着いた」

ホークはベッドの端に立つと、彼女のなかにいれたまま、彼女を仰向けに寝かせた。「誘惑されたかったんだろう、フランシス。じきに望みがかなうぞ」

こんなの、どこか間違ってる。フランシスはぼんやりと考えた。彼、わたしに怒ってるみたい、まるで……と、そのとき、ふいに彼自身を引き抜いたかと思うと、ホークが彼女の下腹部に顔を埋めた。

「ホーク！」

「静かに」彼はそう言うと、彼女自身をさぐりあてた。「きみが望んだことだろう、フランシス。失望させはしないよ」

彼女の小さな悲鳴や身の震えに、ホークはわれを忘れた。指で髪をかきみだされ、彼女が大きく背をそらすと、あまりの愉悦でこのまま息絶えてしまうような気がした。彼女が大きなあえぎ声を漏らすと、ホークはとてつもなくうれしかった。彼女が絶頂に達するのがわかると、恍惚感を覚えたが、まだ彼女のなかにはいらなかった。いや、まだだ。彼女もぼくも、もっと感じたい。もっともっと、めくるめく官能を味わいたい。

フランシスは頭がぼんやりし、自分が埃だらけの服のようにぐんなりしているような気がした。すると、あの爆発するような感覚がまた始まるのがわかり、自分の反応の激しさに驚いた。

「ただ、感じてくれ」と、彼がつぶやくのが聞こえた。あそこをまさぐられ、なかに指がはいる。と、彼の唇があそこに触れた。

フランシスはふたたび快感に身を震わせた。そして、最後に小さな痙攣を感じると、ホークは彼女のなかに突いた。深く、根本まで。フランシスは彼を強く抱きしめた。

彼は目を閉じ、歯を食いしばり、すぐにわれを忘れた。彼女の快楽は強力な媚薬《びやく》さながらであり、彼の想像をはるかに超えていた。ホークはどうしようもない欲望に負け、夢中になって突きつづけたが、フランシスも一緒になって腰を動かし、彼を愛撫した。絶頂に達する寸前、ホークはこう考えた。駄目だ、ぼくとしたことが、完全に正気を失っている。彼女に夢中だ。

「わたし、動けない」と、フランシスがつぶやいた。

「ぼくもだ」と、ホーク。「だが動かないと、床の上で寝るはめになる」

フランシスは夢見心地であり、充分に満たされていた。それに、さざ波のように疲労感が押し寄せ、すべてを洗い流してくれた。「わたしを置いていかないで、ホーク」そう言うと、彼が抱き寄せてくれたような気がした。そして、上掛けをふたりの上に引っ張りあげてくれたのがわかった。

「きみには驚かされたよ、フランシス」と、ホークは口をひらいた。彼女を抱きよせ、彼女のやわらかさを、力の抜けた身体が自分の身体にぴったりと寄り添う感触を感じた。そして彼女が信頼してくれていることも感じた。

ああ、アマリー、きみのいまいましいアドバイスのおかげで、ぼくは正真正銘の間抜けになっちまった。そう考え、ホークは妻の額にキスをすると、満ちたりた深い眠りに落ちていった。

24

いっぽうだけに落ち度がある喧嘩は、長くは続かない。
——ラ・ロシュフコー

侯爵はまず、苦虫を嚙みつぶしたような顔をしている息子に目をやり、それから同じように苦い顔をしている嫁のほうを見やった。朝食の席にはぴりぴりとした緊張が張りつめ、トーストまで苦く感じられるような気がした。

「それにしても」と、侯爵は明るく話しかけた。「きょうは、気持ちのいい天気だ」

ホークがうなるように相槌を打った。

フランシスは卵料理にフォークを突き刺した。怒り心頭に発するとはこのことよ！　首を絞めて、こてんぱんに叩きのめしてやりたい——ホークを！　二時間ほどまえに目覚めたときの記憶がありありとよみがえる。わたしったら馬鹿みたいに、いかにも女らしく微笑みながら、目を覚ました。そうしたら、ネグリジェを着て、自分のベッドで、ひとりぼっちで寝ていることに気づいたのだ。ほんとうに、頭にくる。昨夜のせいで、すっかりやさしい気持ちになり、甘い気分に浸っていたのに。

二度と、気を許すもんですか。

それにホークときたら、なにも感じていなかったんだわ。そうに決まっている。さもなければ、わざわざわたしを抱きあげ、寝室まで運んだりしないはず。しかも、ネグリジェまで着せて……わたしが眠っているのをいいことに、きっと、裸体をじろじろ見たんだわ。そのあいだ、わたしときたら、いかにも愚かな女が見そうな夢を見ていたのよ。なんて馬鹿だったんだろう。

「いつ、でていくの?」紅茶さえ凍りつきそうなほど冷たい声で、フランシスは夫に尋ねた。

ホークがトーストをかじった。

「でていくだと?」侯爵が仰天したように言った。「なんの話だ、フランシス?」

皿の横に置かれたクリーム色のバターがはいった容器をじっと見つめているホークのほうを見ながら、フランシスが答えた。「だって、ロンドンに戻らなくちゃ、おかしいですもの。彼は〈デズボロー・ホール〉にも、厩舎にも、競走馬にも……ここのことには、なにひとつ、関心がないんですから!」

「父さん」ホークがトーストを静かに皿に置いた。「秘書のコンヨンに五千ポンドの小切手を送りました。今後は二度と、父さんもぼくも、このような浪費をすることはないはずです」

もうたくさん。フランシスは椅子を押しながら立ちあがり、ほとんど手をつけないまま残っている料理の皿に白いナプキンを放りなげた。「これぞ、男の特権」きびきびとした口調で皮肉を口にする。「自分の快楽のことしか考えない――」

「おっしゃるとおり、とは言えないような気がするね」ホークが穏やかに言い、意味ありげな視線をからかうように彼女に投げかけた。フランシスは恥ずかしさからではなく、怒りで顔を真っ赤に紅潮させた。

「自分のことしか考えてないでしょ！　さっさと厩舎を売って、ロンドンに帰りなさいよ！もう、どうだっていい！」

「ぼくとしては、まず、この謎をベルヴィスと調査すべきだと思うね」と、あいかわらず落ち着いた口調でホークが言った。

「謎とは、なんのことだ？」侯爵が口をはさんだ。

「血統書に記録されているフライング・デイヴィーの牝親は、実際には、デイヴィーを産んだ時期よりまえに死んでいるのです」と、ホークが説明した。「売渡証をさがしてみますよ」そう言うと、首を横に振った。「山ほどの責任、山ほどの義務がある……それに山ほどの時間と……エネルギーを割かねばならない」

「あなたはベッドで死ぬ価値もないわ、閣下！　鞭で打たれて――」

「きみの手でかい、愛しい妻よ？」

「夢中になって延々と、鞭で打ってあげるわ」

「頼むから、おふたりさん、少しばかり言い争いをやめてくれんか」と、侯爵が言った。「ああ、ロージー、紅茶のおかわりを頼むよ」

耳をそばだてたロージーがしぶしぶ朝食室をでていくまで、だれも口をきかなかった。

「なにか、単純な手違いでもあったんだろう」と、侯爵が続けた。「ベルヴィスはなんと言ってる？」

「わけがわからない、と」フランシスは逆立った気持ちをどうにか抑え、答えた。「ベルヴィスは動揺しています」

「売渡証が見つかれば、一件落着さ」ホークはそう言い、話を切りあげた。

数時間後、一件落着どころではないことを、ホークは思い知った。売渡証は見つからなかった。ホークはマーカスと一緒に、考えられるあらゆる場所をさがした。タメルランとクランシーズ・プライドの売渡証もでてこなかった。おかしい。そう考えたものの、ホークはその考えを振り払った。ネヴィルが書類をどうしたのか、心当たりはなかったが、かならずどこかに保管してあるはずなのだから。

彼は気分転換にぶらりと放牧地に散歩にでかけた。フランシスがフライング・デイヴィーにまたがり、見事な手綱さばきを披露している。彼女がすぐれた女性騎手であることに疑いはない。たしかに彼女には、馬を扱う生来の能力がある。フライング・デイヴィーは、じつにうれしそうに彼女の指示に従っている。乗馬服――そう呼んでいい代物かどうかわからないが――に身を包んだフランシスは、いきいきとした表情を浮かべている。茶色のウールのスカートは、半ズボンよろしく、真ん中のあたりで分かれているのだから。

次に見たときには、フランシスは全身、泥だらけだった。汗と馬の匂いを混じらせ、湿った髪が巻き毛となり顔に垂れている。落馬でもしたのだろうか。そう考え、ホークは一瞬、不安に駆られた。ところが彼女は汚れた封筒を掲げ、もういっぽうの手で便箋をひらひらさせながら、客間に駆け込んできた。

「父とソフィアからよ」と、興奮に目を輝かせながら、フランシスが叫んだ。見さげはてた夫の顔など見たくもないし、話したくもないと思っていることなど、すっかり忘れているらしい。

「で？」と、まったくの無関心を装いながら、ホークが面倒くさそうに尋ねた。

「みんな元気ですって。それでね、ソフィアが、姉さんや妹をここに寄こしたいって言うの。もちろん、そのためには新しいドレスが必要だから、用立てていただけませんかって。たぶん、今月末には――」

ホークは彼女をにらみつけ、吠えるように言った。「きみとは仕方なく結婚したんだ、フランシス。必要があるから、やむをえず、きみにはここにいてもらわねばならない。だが、きみの姉妹にまでまとわりつかれ、臑《すね》をかじられるいわれはない！　それにだね、奥さま、これ以上、ぼくの金を無駄遣いさせるつもりもない！　きみの父親に金をださせるんだな」

フランシスは彼の言葉に凍りつき、口をつぐんだ。

「それにソフィアは、ぼくがきみたち三姉妹をロンドンに連れていき、舞踏会やなにかできみたちを披露してみせると踏んでいるんだろう。図々しいにもほどがある。好きなだけ、胸算用するがいい！」

怒りのあまり、フランシスは身体が膨れあがるような気がした。「あなたって、最低！」と、ホークに向かって叫んだ。ひらいたドアの向こうの玄関ホールで、オーティスやミセス・ジェーキンズが身じろぎもせずに耳をそばだてていようが、知ったことではない。

「なんてさもしいの。ケチでひとりよがりの偽善者！　こんなに性根の腐った人だとは思わなかったわ！」

あふれる怒りを抑えることができず、彼女がもじどおり地団太を踏むようすを、ホークは眺めた。やがて勢いよく背を向け、部屋をでていった。あとに馬の匂いだけを残して。

すぐにでもロンドンに発つほうがよさそうだ、とホークは考えた。とうとう、軽蔑されるようなせりふを吐いてしまったのだから。

フランシスはぷりぷりしながら執務室のなかを歩きまわり、父が怒ったときにわめきちらしていた威勢のいい罵詈雑言《ばりぞうごん》を思いつく限り並べたてた。

「どうどう。なにごとかな？」と、侯爵が声をかけた。「忠実なる僕《しもべ》をもつうえで欠かせないのは、ちょっとしたおもしろい情報をひとつ残らず教えてくれる執事に恵まれることだ。

「あなたの放蕩息子ときたら！」と、フランシスが振り向きざまにわめいた。

「息子が？」と、その先をうながすように言った。

「わたしの姉妹のために、大切なお金をびた一文、使うつもりはないんですって！　うちの姉妹がここにくるのも、ロンドンに行くのも、なにをするのも、ぜったいにお断りなんですって！　あんな男、足の先が腐ってとれちゃえばいい。あの石頭を勢いよくぶつければいいのよ……」そうまくしたてたものの、石頭をぶつけるにふさわしい物体が思い浮かばず、口をつぐんだ。

「わたしはよろこんで、きみのご姉妹に用立てさせてもらうよ、フランシス。それに、倹約とは縁のない遠縁のいとこがいてね。やつなら、よろこんで後見人も務めてくれるだろう。だから、ほら、機嫌をなおしなさい。そんなに……心配することはないんだよ」

その言葉に、フランシスは足をとめた。そして、わっと泣きだし、侯爵をあわてさせた。

「よしよし」

取り乱しているところを見られたくない。フランシスはしばらく侯爵に背を向けていたが、ようやく落ち着きを取り戻した。

「それに」と、少し間を置いたあと、侯爵は先を続けた。「ロンドンの〈ホークスベリー・ハウス〉は、わたしの家だ。ホークは向こうにいるあいだ、あそこを利用しているにすぎない。だから、あそこにだれが滞在しようと、ホークに文句は言えないんだよ、フランシス」

「なんておやさしいんでしょう、サー」まだこわばった口調で、フランシスが言った。そして姿勢を正し、いまは黒味を帯びている灰色の瞳を決然と輝かせた。「でも、そこまで閣下に甘えることはできません。わたしの姉妹の面倒を見るのは、ホークの責務です。ですから、彼に務めをはたしてもらいます！」

「どうやって？」と、侯爵が尋ねた。

「それは……まだ決めていません。ロンドンの愛人の名前をさぐりだして、恐喝でもしようかしら」

「それはやりすぎというものだ」と、侯爵が口早に言った。「いいかい、フランシス、わたしは非常に裕福な男だ。資金を提供させてほしいんだよ、遠慮することは――」

「いいえ、サー」と、フランシスはきっぱりと言った。「そうはいきません。ありがたくは思いますが、それは正しいことではありませんし、寛大なご厚意に甘えるわけにはいきません。もうすでに、充分、ご厚意に甘えてきたんですもの」

「そういうことなら」そう応じたものの、次にとる行動を、侯爵はすでに決めていた。そして嫁の紅潮した頬を軽くさすると、部屋をでていった。

侯爵は、〈喫煙室〉で息子を見つけた。親の仇《あだ》でも討つように、ビリヤートの球を次から次へと穴に沈めている。ホークは全力をこめて球を突いており、ビリヤード台の黒いフェルトにいつ穴があいてもおかしくなかった。

「やあ」と、侯爵は声をかけた。「言わせてもらうが、息子よ、まだテクニックが足りないようだな」

ホークが不審そうに目を細め、父親を一瞥した。

「いいか」侯爵は、あくまでも穏やかな口調で話し、すぐに息子の注意を引きつけた。「妻の姉妹にはよろこんで用立ててやるのが、夫の務めだ。フランシスに失礼な物言いをしたことも詫びなさい」

ホークがビリヤード台に慎重にキューを置いた。だが、返事はない。

「どうやらフランシスは、悪気はないのに、おまえから身を隠したくなるようなことをしたようだな。息子よ、なぜ、彼女を追いつめるような真似をする？」

「それで、彼女は父さんのところへ逃げ込んだわけですか？」

「いや、わたしではない。オーティスだ。フランシスはオーティスのところに逃げ込んだのだよ」

使用人のぶんざいで反逆するつもりか。ホークがぶつぶつと文句を並べるあいだ、侯爵はただにやにやしていた。

「彼女をさがしだし、ことの次第を聞き、支援を申しでた。だが、断られたよ」

「でしょうね」と、ホークがため息をついた。

「じつに誇り高き女性だ」

「始末に負えない女ですよ！」

「なぜだ、息子よ？　なぜ、そうも彼女を傷つける？」

まったく鋭いじいさんだな。そう歯噛みをしながらも、ホークはわれながら冷静な声で応じた。「ぼくは近いうちに〈デズボロー・ホール〉をまたでていきます。ロンドンまで三人娘についてこられたら、たまったもんじゃない」

「いい加減、自分の行動に責任をもったらどうだ、ホーク」

「もう、うんざりだ！」ホークはそう言うと、小さなテーブルにこぶしを叩きつけた。テーブルは瞬時に崩壊した。彼はぼんやりとその残骸を見つめた。「彼女に謝罪しますよ。あの愚かな姉妹に援助もしましょう。だが、ロンドンに三人娘を連れていくのだけは御免です！　あの彼女が連れていきたいと言うのなら、ヨークやハロゲートに荷車で連れていくがいい。あのあたりなら、くだらない集まりがごまんとある」

「忠告しておく。彼女に早く謝罪しろ。彼女、おまえを脅迫するとかなんとか言っていたぞ」

「ぼくを脅迫する？　馬鹿馬鹿しい」

「おまえ、愛人がいるんじゃないのか、ホーク？」

「がみがみと口うるさい女だ」

「愛人がいるんだろう？」

「いいえ、フランシスのことを言っているんです」と、ホークが否定した。

「たしかに彼女は手に負えない。だが、口うるさいわけじゃない。おまえは大げさに言いすぎる。自分を守ろうという算段か？」

ホークは盛大に悪態をつき、大きく足を踏み鳴らし、部屋をでていった。

侯爵はおもむろにキューを手に取り、見事な腕前で球を突きはじめた。

ホークはロンドンに戻ることをすっかり忘れた。少なくとも、当面は。その夜、フライング・デイヴィーが急に体調を崩したのである。フランシスは心配のあまり真っ青になり、やつれた顔をして夜明けまで馬房にいた。さすがのホークも知らん顔をするわけにはいかなかった。結局のところ、彼はきちんと躾を受けて育った男なのだ。ホークは彼女がサラブレッドの看病をするようすを眺めた。馬は心から彼女を信頼し、彼女に触れられ、世話をされるあいだ、ずっと静かにしていた。

「やつは快復しますよ」ベルヴィスが背中を伸ばしながら、ホークに話しかけた。「レディ・フランシスには、天与の才があるんですな。まさか、女性にあんな……いやはや、あっしのこれまでの思い込みが、見事、くつがえされやしたよ。とにかく、どうして急にこれほど具合が悪くなったのか、理由がわかればいいんですが。レディ・フランシスは、なにかよくないものを食べたのだろうとおっしゃっていやすが、餌の管理には慎重を期してやす。いや、どうにも、わけがわからない」ベルヴィスは弱りきったようにかぶりを振り、かすかに笑みを浮かべ、つけくわえた。「閣下はじつに幸運なおかただ」

なんと応じたものか。ホーク自身も疲労困憊していた。

フランシスは頑としてフライング・デイヴィーのそばを離れようとはしなかったが、ついに馬房のなかでうとうとしはじめた。

「おいで、フランシス」ホークは声をかけ、腕をとり、彼女を立たせた。「もうフライング・デイヴィーのほうが、きみよりずっと元気だぞ。こんどは、きみが休む番だ」

フランシスは疲労のあまり頭が朦朧《もうろう》としたが、同時に、自分を誇らしく思っていた。「彼は生き延びるわ」満足そうに言うと、まばゆいばかりの笑みを浮かべた。

彼女の目の下には泥が付着し、髪はぼさぼさ、ドレスは皺くちゃで汚れている。それなのに、ホークは自分の奥深くで強烈なものが湧きあがるのを感じた。

「朝食をとるといい」ぎこちない声で、そう言った。「それからベッドで休むんだ。じきに、朝の九時になる」

「お腹はすいてないわ。ただ、くたくたなの」

ホークは彼女にあわせて歩幅を狭めた。並んで屋敷に歩いていると、彼女が少しふらつき、彼はそっと腕をつかみ、身体を支えた。そして、だしぬけに口をひらいた。「さんざんこきおろして、すまなかった。お姉さんたちがここにきてくださったら、歓迎する。新しいドレスやらなにやかやのお金も、よろこんでださせてもらうよ」よし、言ったぞ。これで、フランシスがまたまぶしいほどの笑顔を見せてくれるに違いない。そう期待したものの、残念なことに、堅苦しい返事が返ってきた。「けっこうです、閣下」と、彼女が一本調子で応じた。「姉と妹の新しいドレス代は、わたしが自分で支払います。もちろん、宿無し娘ふたりを、あなたのお屋敷に泊めていただけるお許しを得られればの話ですけれど」

「きみに支払える金なんぞないだろう、フランシス。ふたりに一着ずつ、ドレスを買うだけの金もないだろうに」

フランシスがひらひらと手を振ってみせた。「この指輪、価値があるんでしょ？　これを売るわ。きょうの午後、ヨークに行ってきます」

ホークの形相が一変した。

「そんな真似は許さん！」

「あら、この指輪はわたしのものでしょ？」

「先祖伝来の家宝だぞ。値段などつけられない逸品《いっぴん》だ。売ることは断じて許さん、フランシス！」

彼女はふいに立ちどまり、彼から身を離し、早口で言いたてた。「自分勝手な人ね。ロンドンで好き放題すればいいじゃないの。きょうは、旅行にはうってつけの天気よ。さっさとでかけたらどう？」

「きみがもう少し元気だったら、首を絞めあげてやるところだぞ。ぼくを怒らせるな、フランシス」

「あら、騎士道精神を発揮してくださったわけ、閣下？　相手が殴りかえせるようになるまで、回復を待ってくださるなんて」

「ホークだろう！　騎士道精神なんぞあるものか。きみは指輪を売らない、話は以上だ」

フランシスはきつく口を結び、長いあいだ彼をにらみつけた。

「フランシス」頑として譲らない彼女の気性がわかってきたホークは、懸命に話しかけた。

ホークを無視し、彼女がさっさと歩きはじめた。だが、私道を走っている泥だらけの二台の馬車が屋敷の正面でとまったので、急に立ちどまった。

「連絡もなしに、いったいだれが――」と、ホークが言いかけた。

フランシスは、こざっぱりした装いの紳士が一台めの馬車から降り、振り向くと、淑女に手を差しのべるようすを眺めた。

「嘘だろ」と、ホークが声を漏らした。「あれはエドマンドだ。チャーマーズ卿と姉のベアトリスだよ！」

ホークは大股で前進し、手を振りあげた。「どうしたんだ、こんなに朝早く。よくぞ、ベアトリスを――」

ベアトリスがさえぎるように、尊大な口調で言った。「お久しぶり、フィリップ。なにひとつ変わっていないようね。エドマンドとふたりで、あなたに会いにきたのよ。あら、お父さまもいらっしゃるのね？　それに、そちらは？」

姉が指している先のほうを見やると、そこにはフランシスの姿があった。少し離れたところに、薄汚い身なりの使用人の娘のように立っている。

彼は深く息を吸い、答えた。「フランシス、おいで、愛しいひと。こちらは、ぼくの妻だ」と、つけくわえた。

「厩舎に寝泊まりしてるの？　変わってるのねえ。でも、あの恰好を見れば、想像もつくけれど。それにしたって――」

「妻は、病気の馬の世話をしていたんです」と、姉の言葉をさえぎり、ホークが手短に説明した。

「変わってるのねえ」と、ベアトリスが繰り返した。

「きみも、相当、お疲れと見える」と、エドマンドが口をひらいた。「馬はもちこたえそうか？」

「ああ。フランシスには、動物を治療する才能があってね」と、彼は横にいるフランシスのほうを見た。

それぞれの紹介をすませると、フランシスがわずかに微笑んだ。「わたしにはどうか近寄らないでください。いまは、とてもご挨拶させていただける状態じゃありませんから」

「風呂と睡眠で治せないものはない」と、エドマンドが気さくに言った。

侯爵が出迎えに姿を見せた。だがベアトリスが父親の頬に非常にそっけないキスをしたので、呆気にとられた。

ベアトリスは肖像画よりもずっときれいだわ、とフランシスは思った。深みのあるワイン色のビロードの旅行着に身を包んだ彼女は壮麗だったが、顔の表情からはまったくぬくもりが感じられなかった。いっぽうエドマンドは、このうえなく洗練された、やさしそうな紳士に見えた。茶目っ気のある目を輝かせながら、侯爵に敬意をこめて挨拶をした。

「朝食室でしばらく休憩としようか？」と、ホークが言った。「ベッドで休むまえに、なにか少し口にいれろと、フランシスを説得していたんだよ」

「お紅茶をいただくわ」と、ベアトリスが宣言した。「もちろん、少しこざっぱりしてからね。ガートルード、わたしの宝石箱、大切に扱いなさいよ！」

フランシスは年配のメイドに目をとめた。そして階段からこちらを眺めているオーティスのほうに目をやった。「オーティス」と、声をかけた。「ガートルードとチャーマーズ卿の従者を手伝ってくださる？」

「かしこまりました、奥さま」と、オーティスが応じた。

「でしゃばり」と、ベアトリスが小馬鹿にしたように言った。

「オーティス？」と、フランシスが驚きをにじませた声をあげた。

　ベアトリスは新しい義妹にちらりと目をやったが、そのひどい恰好に思わず身を震わせた。

「オーティスはいつも野良猫にやさしいのよね」そう遠回しに言うと、婚約者の腕をとり、胸を張って正面階段を上がり、屋敷にご入場あそばした。

「ああいう人なんだ」と、ホークがフランシスに言った。「姉のことは気にしないでくれ。年をとれば少しは丸くなると思っていたんだが、間違いだった」

「エドマンドがうまく御するさ」と、侯爵が言った。

　関わらないに越したことないわ。そうフランシスは考え、すぐに自分の寝室に戻り、風呂の支度をさせた。アグネスがひな鳥のようにとめどなくお喋りを続けるのを聞いていると、だんだん気分がよくなった。そのまま、浴槽のなかでうとうとした。

「フランシス」

　肩を揺さぶられ、ぼんやりと目をあけた。肩にかかっているのはアグネスの手ではなく、夫の手だった。「あなたなの」そう言い、身をよじって逃れようとした。

「ぼくだ」と、ホーク。「丸めて捨てられたスカーフみたいに、ふやけて皺くちゃになっちゃうぞ」彼が分厚いタオルを差しだした。呆れたような、同時に興奮しているようなアグネスの顔を、目の端でとらえた。浴槽からでると、夫にタオルでくるまれた。彼がもう一枚タオルをとり、髪を拭きはじめた。

「お姉さまとチャーマーズ卿は？」と、消えいるような声で尋ねた。とんでもなく恥ずかしく、身の置き場がないように思えた。まだ真っ昼間であり、おまけに、メイドがすぐそばに立っているのだから。

「ベアトリスは休んでいる。エドマンドは馬を見にいってるよ」そう言うと、ホークが彼女を鏡台に連れていった。彼女は鏡台のまえに座るしかなかった。「アグネス」と、ホークが呼んだ。「奥さまがまた眠りこけるまえに、髪をとかしてやってくれ」彼はフランシスの頬を軽く叩き、部屋をでていった。

「睡蓮《すいれん》の葉をなくしたカエルみたいに驚きましたよ」と、女主人の長い髪のもつれをほぐしながら、メイドが言った。「閣下が足音をしのばせてはいっていらして、奥さまが浴槽に浸かっておいでなのをご覧になったら……その――」

「ええ、わかったわ」と、フランシスは応じた。

「ミセス・ジェーキンズがオーティスさんに愚痴《ぐち》をこぼしてましたよ。レディ・ベアトリスときたら、自分が女主人だと言わんばかりに、あれこれ指図なさるって」

フランシスはため息をついた。「仕方ないわ。長年、ここに暮らしていらしたんですもの」

「そのわりに、ミセス・ジェーキンズはちっとも再会をよろこんでいらっしゃいませんよ」と、アグネスが口をとがらせた。「それにあの不機嫌な顔のメイド――ガートルードなんて、けったいな名前じゃありませんか――まで厨房にやってきて、いますぐ薬湯を用意しろと指図し、料理人の手をわずらわせてるんですから」

「そうなの」と、フランシス。「早く髪を乾かしてちょうだい、アグネス。ミセス・ジェーキンズに会いにいって、料理人をなだめなきゃ。それに――」

「それはいけません、奥さま。髪が乾いたら、すぐに奥さまをベッドで休ませるようにとの閣下のお達しですから」

フランシスはあまりにも疲れており、夫からの最新の命令に逆らう気も起きなかった。ところが、しばらくすると眠気は消えうせた。デズボローの馬を丸ごと買いたがっているのはエドマンドだ。それが目的で、わざわざいらしたのだろうか？　フランシスは吐息をつき、上掛けの下で気持ちよく横になった。これでホークも当分、ロンドンに行く気を起こすことはないだろう。

しばらくすると、ホークが部屋に戻ってきた。彼女の寝顔を見ると、にっこりと微笑んだ。見事な巻き毛を手にとり、自分の頬にあてる。「さあて、きみをどうしてやろう？」と、低い声で囁いた。

夕方、フランシスが目覚めると、アグネスが立っていた。その横には、憤慨のあまり胸を激しく上下させているミセス・ジェーキンズの姿があった。

25

そなたがなによりも愛おしい、驚いただろうが。

――シェイクスピア

スープ・ア・ラ・レーヌをスプーンで口に運びながら、ホークはじっと妻を見つめた。なんと美しいのだろう。燦然《さんぜん》たる髪が頭の上でまとめられ、豊かな巻き毛が白い肩を撫でている。淡いピンク色のサテンのドレスの下、やはり抜けるように白い胸が、やわらかく、そしてたわわに、彼に触れられるのを待っている。

ぼくはもう、仔犬のようにくんくんと鳴きながら、無条件降伏したも同然だ。そう思いながら、あらためて、うっとりと、彼女の観察を続けた。浴槽の横に立ち、彼女の寝顔を見ていたら、すっかり息の根をとめられてしまったのだ。彼女を見つめれば見つめるほど、衝動はつのるばかりだった。いますぐ、彼女を肩にかつぎあげ、ベッドに放り投げ、ぼくも、彼女も、感覚が麻痺するまで激しく愛しあいたい。ああ、わかったよ、きみの姉妹の面倒を見るよ、必要とあらばロンドンにだって連れていこう。

放蕩の限りを尽くした独身男は、いまや息絶え、ぼんやりとした影のような存在になっている。そのあとに登場したのが、所帯持ちという立場に満悦している妻帯者というわけだ。

彼はあわててスープをたいらげた。そのまま、この驚くべき発見についてぼんやりと考えていると、エドマンドの声が聞こえ、現実に引きもどされた。「ホーク、どうかしたかい？次のカードに全財産を賭けたような顔をしてるぞ」

ホークは痛々しい笑顔を見せた。「いや、大丈夫だ。それより、フランシス、パンをいじるのはやめなさい。ポークカツレツを少しどう？　おいしいよ」

フランシスはおとなしくうなずき、従僕のジェームズにカツレツを給仕させた。

「料理人の腕は、まずまずといったところね」と、ベアトリスが弟に言った。

生のカブと冷めたジャガイモがでてでてくるとでも思ってたの？　フランシスは義姉に問いただしたかった。が、もちろんなにも言わなかった。そして夕食の席の会話には、ほとんど参加しなかった。ミセス・ジェーキンズの激昂が忘れられず、まだ身が震えるような気がしていたのだ。

「ベアトリスさまが、こともあろうに、シーツは清潔なんでしょうねと、こうおっしゃるんですよ！」

あのミセス・ジェーキンズが、黒い喪服地のドレスから胸が飛びださんばかりの勢いでまくしたてたのだ。

「おまけに、あのメイド、あの癪《しゃく》にさわるガートルードときたら、鏡台に埃が残っているといちゃもんをつけるんです！　厚かましいにもほどがあります！」

アグネスは、事態の収拾にあたろうとはしなかった。それどころか一緒に呆れてみせ、ミセス・ジェーキンズの怒りの炎に油をそそいだ。

「まるでここの女主人気取りで、使用人たちに指図するんですから！　自分の肖像画がひどいありさまだから修復しろと騒ぎたてたり。言わせてもらいますがね、修復が必要なのは肖像画じゃなく、ご本人のほうですよ！」

「でもね」ミセス・ジェーキンズの痛烈なこきおろしに、フランシスはようやく口をはさんだ。「レディ・ベアトリスは、じきにお発ちになるはずよ。田舎の生活は苦手なようだし。なんとかして乗り越えましょう、ミセス・ジェーキンズ。とにかく、わたしから」――大きく息を吸った――「いちど、話してみます」

だが、ミセス・ジェーキンズの視線はあますところなく物語っていた――レディ・ベアトリスはあなたをバリバリと噛みくだき、食べ残しと一緒にぺっと吐きだしてしまいますよ、と。

「そろそろ、夕食のために着替えないと」そう言うと、フランシスは実家を恋しく思った。スコットランドに戻り、パパの小気味のいい悪態を聞ければいいのに。

　夕食の席で身を縮ませながら、フランシスは不安でたまらなかった。〈デズボロー・ホール〉の使用人たちは、一揆《いっき》を起こすべく、階下で武装してるんじゃないかしら。そのときまたベアトリスが、仔牛肉の胸腺のおかわりをもってくるよう甲高い声で命じる声が聞こえた。フランシスはオーティスに向かって微笑み、うなずいた。オーティスは顔の表情を変えていなかったが、耳がわずかに紅潮しているように見えた。フランシスは使用人たちの忠誠心と、女主人である自分を守ろうとするやさしさに心から感謝した。もしかすると、とフランシスは考えた。たとえレディ・ベアトリスが聖人のような性格でも、みんな、いちいちわたしにおうかがいを立ててくれるのかも。

「ねえ、フランシス」仔牛肉の胸腺のおかわりをおいしそうに口にすると、ベアトリスが声をかけてきた。「あなた、さぞ、居心地の悪い思いをしているでしょうね。イングランドの紳士淑女は、地元のスコットランドで身近にいた人たちとは、なにもかもが、まったくの別格でしょ」

「そんなこと、ありません」と、フランシスは穏やかに答えた。

「まあ、このヨークシャーみたいな田舎じゃ、高尚な隣人には恵まれないけれど――」

「バウチャーご夫妻はとても素敵なご夫婦です」と、フランシスが言った。

「しかも、じつに高尚だ」と、ホークも言った。

「ああ、あの哀れなアリシアね」そう言って、ベアトリスは含みのある視線を弟に送った。

「フィリップを罠にかけようと、それは躍起になっていたのよねえ。でも、弟はまるで相手にしなかった。だってあの娘は、准男爵の娘にすぎないもの」

「メルチャーご夫妻も、思いやりのあるかたたちです」

「教区牧師とその妻ね」おおいやだ、というようにベアトリスが身震いをしてみせた。

「上流気取りはよしなさい、娘よ」と、侯爵がいさめた。

「人にはもって生まれた身分というものがあるのよ、お父さま。かわいそうに、フィリップがはるばるスコットランドくんだりまででかけていって、どこの馬の——」

「おやおや」婚約者がそれ以上不作法なことを口走らないよう、エドマンド・レイシーがさえぎった。「少々口がすぎるぞ、愛しいひと」

あなたがミセス・ジェーキンズになにを言ったか、使用人たちはあっという間に広めるわよ。ベアトリスの会話を聞きながら、フランシスはそう考えた。そうしたら、わたしが先頭に立って一揆を起こすわ。オーティスが義姉を砲撃する光景を思い浮かべ、フランシスは思わずにやりとした。

「あら、わたしはただ、弟の胸中を思うとしのびなくて——」

「姉さん、マカロニをどう?」と、ホークが強い口調で言った。「アーティチョークのお尻も残ってる」

フランシスはワインにむせそうになった。いさめるように夫を見ると、ホークがにっこりと微笑んだ。親密な、いたずらっ子のような微笑み。フランシスの全身が、突然、火照った。彼女は目をぱちくりさせた。わたし、いったい、どうしちゃったのかしら？　それに、彼、こんどはなにを企んでるの？

侯爵が話題を変えた。「ベルヴィスから聞いたよ、フランシス。フライング・デイヴィーの命を救ってくれたそうだね。なにか口にしたもののせいで具合が悪くなったとかで、ベルヴィスのやつ、えらくあわてていた」

「調教師の目を盗んで、雑草でもぱくついたんでしょう」と、エドマンドが言った。

「毒キノコじゃない？」と、ベアトリスが言った。

「いずれにしろ、いまはベルヴィスが目を鷹のように光らせているでしょうから」と、フランシスは言った。

「これでデズボローの鷹が二羽になった」と、ホークが合いの手をいれた。

「ああ、あなたのあのくだらないニックネームのことね」と、きれいに整えられた眉を片方釣りあげ、ベアトリスが苦々しげな口調で言った。

「フランシスの大のお気に入りでね」と、ホークが平然と応じた。

「好みが変わってるのねえ」まるで異国から輸入されたばかりの珍奇な品でも見るかのように、ベアトリスがフランシスを見た。

もう、たくさん。フランシスは客人に微笑み、オーティスにうなずいてみせると、椅子を引いてもらい、立ちあがった。「ベアトリス、紳士がたにはポートワインと談笑をお楽しみいただきましょう」

「義理の妹を迎えることになろうとは思わなかったわ」客間にゆったりと腰を下ろすと、ベアトリスが口をひらいた。

「わたしも、新たにお姉さまができるなんて、思いもしませんでした」と、フランシス。

「フィリップはいつだって自由気ままで、結婚生活には向いていなかったのよ」

「いまでも――自由気ままに変わりはありません」

ベアトリスはその言葉に逡巡したものの、先を続けた。「弟がまるで知らない人と……スコットランド出身の人と結婚したという記事を読んだときは、それは驚いたわ。わたし、エドマンドに言ったのよ。これは、父が裏で糸を引いてるに違いないって。まったく、老いぼれのくせにお節介なんだから！」

ということは、とフランシスは考えた。ベアトリスでさえ、あのいまわしい誓いのことは知らなかったのだ。どうしてホークはロンドン滞在中に、結婚のいきさつをお姉さんに話さなかったのかしら。「じつは」と、フランシスが言った。「弟さんがローモンド湖で水浴びをしていらっしゃるところに、わたし、たまたま居合わせたんです。そのとき、心に決めました。この人が欲しいって」

「弟の裸を見たの？」

「スカーフをつけたまま水浴びはしませんから」

ベアトリスがわざとらしく咳払いをした。

フランシスは長いあいだ義姉を見つめると、おもむろに切りだした。「あの、ベアトリス、使用人たちへの指図を控えていただけると、ありがたいんですが」

「使用人たちには指図する人間が必要なのよ！　さもないと、埃や汚れは……」

「ベアトリス、あなたはわが家のお客さまです。そして、わたしの義理のお姉さまでもあります。でも、〈デズボロー・ホール〉の女主人ではありません」

「そういうこと」と、ベアトリスが目をぎらつかせた。「だから、うちのうぶな弟は、あなたなんかと結婚したのね」

フランシスは呆気にとられた。「いま、なんて？」

「あなた、全裸の弟を見て、我慢できなくなった。それで弟を誘惑し、首尾よく孕《はら》んだってわけなんでしょ」

フランシスは思わず声をあげて笑った。「そんなに首尾よく妊娠できるなんて、知りませんでした」

「うちの弟は紳士よ。言いたいことは、よくわかってるわね！　あなたの無礼な物言いときたら。礼儀というものを知らないの？」

フランシスは目元をぬぐい、きついスコットランド訛りで言った。「そろそろ、ピアノでも弾くとすっか。なにかお好きな曲はおありかのう?」

答えを待たず、フランシスはピアノのほうに歩いていき、椅子に腰を下ろした。延々と演奏を続け、しまいに腕が痛くなった。いちどだけ、ちらりと視線を外すと、ベアトリスがあくびをしているのが見えた。かまわず、モーツァルトのソナタを弾きはじめた。ようやく演奏を終えると、拍手喝采が聞こえ、ぎょっとした。

スツールに座ったまま、うしろを振り返った。「紳士がたがお越しだとは存じませんでしたわ。とんだお耳汚しで」

「とんでもない、フランシス」と、エドマンドが応じた。「ほれぼれするような演奏だった」

「なにをやらせても、ほれぼれするぜ」と、ホークが言った。

「意外だったわ」と、ベアトリスが言った。「スコットランド育ちにしては、上出来よ」

姉貴には口輪をかけるべきだ、とホークは歯嚙みをした。いばりくさってフランシスを攻撃している。それに、今回の訪問の目的は明白だ。エドマンドは明言を避けているが、デズボローの馬をすべて買い取りたくてやってきたのだ。話を切りだすのは、時間の問題だろう。だが、侯爵が同席しているあいだは、おくびにもださない。エドマンドとて、そこまで馬鹿ではない。侯爵が口をはさんでくるであろうことは、さすがに承知している。

若い者同士、四人でピケットでもどうだ?　そう話しかける侯爵の声が聞こえた。

「どうする、フランシス?」ホークがあの親密な笑みを浮かべたので、フランシスの首から汗が噴きだした。「お相手願うかい？　忠告しておくが、ふたりとも相当の腕だぞ」

「ぜひ、お願いしたいわ」と、フランシスは答えた。

侯爵が彼女の頬にキスをし、囁いた。「立派にやっているじゃないか、フランシス。誇りに思うよ。ベアトリスの一斉攻撃に負けるなよ。娘の口達者は生まれつきだ」

父親らしからぬせりふを発すると、侯爵は寝室へと引きあげていった。

みんな真剣そのものね。数分後、フランシスは自分の手札を確かめながら考えた。世紀の大勝負に臨んでいるような気がした。夫はあれこれ口出ししてきたが、フランシスは気にとめなかった。ぜったいに勝ちたいという衝動が、ふいに湧きあがってきたからだ。集中し、次の一手を練る。彼女がすばやく頭を回転させ、冴えた技を見せたため、エドマンドがついに降参し、最後のカードを放り投げた。「やれやれ、ベア、たいへんな好敵手だったね！　ふたりとも見事な腕前だ。紳士クラブの〈ホワイツ〉にフランシスを連れていけないのが残念だよ、ホーク」

「それで、居並ぶ面々の男の面子《めんつ》を潰して帰るというわけか？　御免こうむるよ、エドマンド。彼女とその才能はここにとどめておくさ、ぼくのそばにね」

フランシスは眉をひそめた。こんどはいったい、どういう風の吹きまわし？　なにを目論《もくろ》んでいるの？　あいまいな表現で、ロンドンに戻るつもりはないことを伝えようとしているのかしら？

紅茶はとっくの昔に用意されており、すでに片づけられていた。そろそろ寝る時刻だったが、フランシスはまったく疲れていなかった。それどころか、期待に胸を高鳴らせていた。と、夫がじっとこちらを見つめていることに気づき、頬を染めた。いますぐ彼にキスして、すました顔にカードを投げつけてやりたい。

ホークがいかにも男らしく、凜《りん》として満足そうに笑った。いいえ、とフランシスは考えなおした。あの喉の奥にカードをねじこんでやるほうがよさそうね。

ホークが立ちあがり、伸びをすると、わざとらしくあくびをした。

「フランシス、愛しいひと、そろそろ休もうか？」

「そうね」と、彼女は応じた。冷静を装ったものの、わずかに声が震えた。

今夜は、彼にきてほしい――そう願っていることを、自分でも認めざるをえなかった。ベッドのなかで辛抱強く待っていると、続き部屋のドアのほうから足音が聞こえた。しばらくすると、彼が寝室にはいってきた。そして足をとめ、遠くから彼女に微笑んだ。

「やあ」と、ホークが声をかけた。両手をガウンのポケットに突っ込んでいる。

強敵に立ち向かわなくちゃ。フランシスは決意を固め、口をひらいた。「ホーク。なにしてるの？」

「妻を愛しにきたんだよ。ぼくに脚をからませ、悲鳴をあげ、全身を火照らせ――」

「そうじゃなくて、あなたがなにを企んでいるのか、訊きたいの。だって、いつもとようすが違うんですもの」

「心配でたまらないのかい、愛しいひと？」

「はぐらかさないで」と、フランシスは顔をしかめた。「ちゃんと事情を説明してもらうまで、そこに立っててもらうわよ」

「せめて、腰を下ろさせてもらっていいかな」

「仕方ないわね」不承不承、そう応じた。だが、彼がベッドに腰を下ろすとは考えていなかた。彼はベッドに座ると、すぐに仰向けになり、彼女の太腿に頭を載せた。

「なにも心配する必要はないだろう、フランシス？　ベアトリスのことはうまくあしらっていたじゃないか。オーティスも顔色がよくなった。もうミセス・ジェーキンズが姉の紅茶に毒を混ぜたりしないだろうと、請けあってくれたよ」

「お義姉さまは、わたしのことが好きじゃないみたい」と、フランシスも話につきあった。

「ああ。だが、じきに気が変わるさ。ぼくのことが心配なんだろう。というか、少しはぼくのことを気にかけてるんだろうな。ぼくがきみにぞっこんだから、さすがの姉さんも――」

「もう、やめて！　ほんとうに、あなたって人は。わたし、ぜったい――」

「ぜったい？」

「脚がしびれてきた」と、彼女はとげとげしく言った。「重いわ」

「それはすまなかった」ホークはそう言うと、優雅にすばやく、彼女の隣で身を起こした。

彼女の鼻に、顎先に、指で触れ、唇を軽くなぞった。

「ホーク――」

「きれいだよ、フランシス」からかうような口ぶりは消えていた。それどころか、声には不安がにじんでいる。

彼が身を寄せてきた。欲望をつのらせ、ふだんより瞳の色が濃くなっていることが、フランシスにはわかった。彼女はあえぐように言った。「あなたもよ」と、率直に言った。

彼がにっこりと微笑んだ。あの親密な、含みのある視線で見つめられる。軽く乳房に触れられ、彼女は大きく目を見ひらいた。

「触れられるだけで、こんなふしぎな気持ちになるなんて」

「ぼくも、すごくふしぎな気分だよ」そう言うと、ホークが目を閉じた。まるでわたしの裸体を覚えておこうとしているみたい。わたしのことを、もっと知りたくて仕方がないのね。

彼が目をあけ、だしぬけに言った。「指輪は売らないでくれ、フランシス」

「わたしは……ただ、あなたの意に添わないことを無理強いしたくないの。あなたに借りをつくりたくないのよ」

「ぼくは、きみの夫だ」と、ホークが断言した。これ以上の議論は勘弁してくれという言外の意味を、フランシスは感じとった。ふだんなら、このまま激しい言葉の応酬を始めるところだけれど、いまはやめておこう。とにかく、いましばらくは。そこまで考えたところで、彼女はもうなにも考えられなくなった。全身に快楽の波が押し寄せる。

「ホーク」フランシスは彼の顔を指先でなぞった。「あなたが欲しい」

切なそうにそう囁かれただけで、ホークはくるおしい思いに駆られた。彼女を強く抱きしめ、なかに突いた。思う存分、乱れさせてあげるよ。彼女の口にそっと手をあて、悲鳴が漏れないようにした。だが、激しい息づかいとあえぎ声を聞いているうちに、われを忘れた。彼女の口から手を離し、唇を重ねる。フランシスは、彼のあたたかい息が口のなかに満ちるのを感じた。そして彼の男性自身も彼女の奥深くを満たした。強く突かれるたびに、全身が溶ける。

「ああ」そう言うと、ホークが長い吐息をつき、彼女の上にくずおれた。「このままじゃ、きみに殺されちまう。三十歳になるまえに」

「わたしなんて、まだ二十歳まえなのに、もう息も絶え絶えよ」

彼女と肌をあわせているうちに、また硬くなるのがわかり、ホークは思わず笑い声をあげた。「きみといると、まるで盛りのついたヤギだ」そう言うと、ふたたび彼女のなかで突きはじめた。

「これ、すごくいい」と、フランシスは正直に気持ちを吐露したものの、そんな表現ではとても荒々しい感覚を伝えることはできなかった。

夜中、うなじのあたりにキスをされていることに気づき、フランシスは目を覚ました。たくましい手が、あそこをまさぐっている。ホークは背中にぴったりと身体を密着させており、彼女のお尻に硬くなったものがあたった。彼女は吐息を漏らし、闇のなかで微笑んだ。

「脚をあげて、フランシス」彼にやさしく囁かれ、フランシスは従った。彼女がお尻を少し突きだすと、彼がはいってくるのがわかった。「ああ」声が漏れる。「いいわ、感じる……ああ！」

彼が自分のなかで爆発するのがわかった。精が放たれてもなお、彼の巧みな指があそこをまさぐりつづけ、フランシスは悦楽のあまり、恍惚となった。

ふたりの身体がまだ離れないうちに、彼女はふたたび眠りに落ちた。


翌朝早く、ホークは目覚めた。いまの自分なら、独力で世界征服できそうな気がした。フランシスは隣で身を丸め、ぐっすり眠っている。起こすにはしのびないが、彼女が欲しい。彼女が欲しくてたまらない。ホークはため息をつくと立ちあがり、自分の寝室に戻った。

ほどなく、ホークは朝食室に下りていった。世界でいちばん幸せな男のような気分。テーブルにはエドマンドの姿しか見えなかったので、よけいにうれしくなった。

「おはよう、ホーク」エドマンドが、例の深みのある声で言った。「女性陣はまだベッドのなかのようだね」

「フランシスは、そうだろう」と、ホークは答えた。「疲れてくたくただろうからね、昨夜の……いや、昨日のせいで。身体を休めないと」自分が満ちたりた男の顔をしていることに、ホークは気づいていなかった。だが当然のことながら、エドマンドは気づいた。

「結婚生活が性にあっていると見える」

「ああ、同感だ。独身生活に別れを告げるまでは、結婚には向いていないと思っていたんだが。姉さんとの式の日取りは、もう決めたのかい？」

「ああ、九月だ。フランシスと一緒にロンドンにきてくれるかい？」

「もちろんだ」ホークはロージーにうなずき、給仕をさせると、あとはいいと下がらせた。

「いま、話しておくよ、エドマンド。厩舎は売らないことにした」

驚きのあまり、エドマンドは言葉を失った。嘘だろ。自分の説得や懇願や甘言に、ホークがこれから耳を傾けてくれるはずだと思い込んでいたのだ。だが、聞こうともせず、最終結論をだすとは。冗談じゃない！

「そうか」時間稼ぎをしようと、エドマンドはあいまいな返事をした。

「厩舎やサラブレッドは、フランシスにとってすごく大切なものなんだ」そう言うと、ホークは燻製ニシンを口にいれ、とくになにを見るでもなく、ぼんやりと顔を上げた。「思うに」と、ひとり言のように言った。「ぼくは厩舎のあとを継ぐ件について考えないようにしてきたんだ。もとは、ネヴィルのものだったからね。兄さんの後釜《あとがま》に座るのは、いけないことのような気がしていた」

「だが気が変わった、と。交渉の余地はないのか？」

「ああ、ない」

「ということは」と、エドマンドがのろのろと言った。「売却の話はなかったことになるわけだ」

「ああ、売却はない。ところで、きみとベアトリスは、しばらくここに滞在するんだろう？」

「そうさせてもらえれば、ありがたい。だが、あまり長居すると、きみの奥さんがベアの髪を引っこ抜こうとするかもしれない」

残念ながら、それは早々と実現した。

ホークは放牧地のほうに散歩にでかけた。すると、タメルランの調教について、ベアトリスがフランシスにあれこれ指図をしている光景が見えてきた。彼は胸のうちでうめき声をあげた。フランシスはいまにも姉の顔に唾を吐きかけそうな顔をしている。ベルヴィスはどことなく愉快そうな顔をしているが、調教師助手のヘンリーは、哀れにもぽかんと口をあけ、ひとりの淑女からもうひとりの淑女へと、やや突きだした青い目を行ったり来たりさせている。

「あなたのやり方、まるでなってない」と、ベアトリスが甲高い声を鳴り響かせた。「さっきも言ったでしょ――」

「おはよう、ご婦人がた、ベルヴィス」ホークはふたりの女のあいだに割ってはいり、タメルランの鼻づらを撫ではじめた。「いかにも勝ち馬という面をしてるじゃないか、そうだろう、ベア？　フランシス、きみは乗馬服を着てないな。十一時までに準備しておくようにと、はっきり言ったはずだ。さあ、着替えておいで」

フランシスは、これ幸いと逃げだした。ベアトリスは立腹していたものの、しぶしぶとではあるが、認めざるをえないことに気づいていた。あの娘、たしかに競走馬のことをよく知っているわ。

三十分もたったころ、ぴったりと仕立てられたダークブルーの乗馬服に身を包み、フランシスは厩舎に戻ってきた。頭には粋な帽子を載せている。するとそこにはひとりで待っているホークの姿があった。フランシスはあわてて立ちどまった。なんだか急に恥ずかしくなったのだ。

だが、ホークはあくまでも落ち着いていた。彼はフランシスを鞍にまたがらせ、自分もさっとエボニーに乗ると、あとについてくるよう合図した。

「仰せのとおりに」フランシスは自分の牝馬、ヴァイオレットにつぶやくと、ゆっくりと走らせた。

ウーズ川のほとりの気にいりの場所につくまで、ホークはなにも言わなかった。ここならだれにも見られずにすむ。彼は馬から降り、エボニーをイチイの低い枝につなぐと、フランシスを牝馬から降ろした。

「やあ」フランシスを抱きおろすと、彼はとてもやさしい声で言った。そして唇を重ね、あますところなくキスの雨を降らせた。

フランシスが倒れないよう、彼は彼女の背中に腕をまわした。そして彼女が息をあえがせ、頬を紅潮させるのを見ると、気持ちが高ぶった。「さあて、この七面倒くさい服を、どうやって脱がせようかな？　このままじゃ、ちょっと物足りないな。そのスカートの裾を少しめくってみるのはどうだろう？　ああ、それがよさそうだ」

「ホークったら！」

ホークがにやりと微笑み、彼女をやさしく抱きあげると、そのまま地面に寝かせた。背中にやわらかい草があたり、野花の甘い香りが鼻をくすぐる。

「腰を上げて、愛しいひと」

彼女は困ったような表情を浮かべながらも、言われたとおりにした。

身体じゅうまさぐられたかと思うと、スカートの裾を胸のあたりまでめくりあげられた。

彼の手があちこちを愛撫したあと、太腿を撫で、あそこに触れた。

「まだ昼間よ」彼が乗馬用ズボンのボタンを外すようすを眺めながら、フランシスはぼんやりと言った。

「ああ」彼の声は低く、蜂蜜のようになめらかだった。「きみが見えるよ、はっきりと。腰から下は、あらわになってる」

彼女は、頭上の枝や葉から降りそそぐ木漏《こも》れ日の光線を見あげた。そこへ、彼が覆いかぶさってきて、彼のほかはなにも見えなくなった。

彼がなかにはいってきた。と同時に、口のなかに舌がすべり込んできた。

「フランシス」ホークがあえぎながら、かすれた声でつぶやいた。

彼女は身をよじり、激しく応じた。

26

牡蠣《かき》とて失恋するやもしれぬ。

――リチャード・シェリダン

フランシスの顔はいま真っ赤に火照り、心臓は激しく鼓動を打っている。ありがたいことに、執務室にひとりで座っているホークをつかまえることができた。

彼はフランシスを見ると微笑み、さっと立ちあがった。「やあ、愛しいひと。どうした――？」

「ホーク」フランシスは息を切らしながら、あわててドアを閉めた。「わたし、ふたりが一緒にいるところを見ちゃったの！」

「ふたりとは？」

「だから、ベアトリスとエドマンドよ！　お姉さまに話があったから、寝室にはいっていったの。もちろん、ノックしたわよ！　そうしたら、ふたりともベッドにいたの。一緒に！」

「ほう」と、ホークがにやりと笑った。

「まだ結婚してないのに！　あってはならないことでしょ。彼がのしかかってたのよ！」

「きみに見られたこと、ふたりは気づいたかな？」

「いいえ、すぐに部屋から抜けだしたから、見られていないはず」

「あのふたりは結婚するんだよ、フランシス」そう穏やかに言うと、夫はゆったりと椅子に背をもたせた。

「そうだけど」憤懣《ふんまん》やるかたないというように、フランシスがぷんぷんとふくれっ面をした。

「あなただって結婚するまえは、わたしの寝室にはいってこなかったでしょ！」

そう言われ、あのぞっとするほど野暮ったい姿を思いだした。「そりゃそうだ」と、ホークは意地の悪い笑みを浮かべた。「じつは、きみと結婚するまえに、グラスゴーで美しい未亡人のお相伴《しょうばん》に預かったことがある」

フランシスは彼をまじまじと見つめた。まさか、わたしの聞き間違いよね。「いま、なんて？」

「名前はジョージーナ、だったかな。まことに見目麗《みめうるわ》しい未亡人だったよ」

「この鈍感男！　あなたって……ほんとに……」

「最低？　ろくでなし？　おや、フランシス、口がきけなくなったのかい？　ふうん……だんまりを決め込むつもり？　まあ、女性の沈黙は場合によっちゃ礼儀にかなうものだからね。

お忘れなら思いださせてあげるが、フランシス、そのころ、ぼくたちは結婚していなかったし、だいいち、お互いに毛嫌いしていたんだぜ」

「いまだって、大嫌いよ！」

「それは嘘だ」と、彼はこれ以上ないと思われるほど一言一句をゆっくりと言った。「きみはぼくに惚れ込んでいる。身も心もぐったりするまで、ぼくに愛されたいと思っている。昨夜だって――あの森で愛しあったあとに！――ぼくをへとへとにさせたじゃないか――」

「大嫌いじゃすまないわ。大、大、大、大、大っ嫌い！」

ホークが机をぐるりとまわり、近づいてきた。瞳の色は黒ずんでいるが、それでも口元には笑みを貼りつけている。「きみが惚れ込んでいるってこと、証明してあげようか、愛しいひと？」

「けっこうよ」そう言うと、彼女はあとずさりをし、ドアに背中を預けた。

ホークはぼんやりと考えた。このまま迫ったら、腹に一発、こぶしを喰らうかもしれないな。フランシスならやりかねない。まったく予測のつかないことをしでかす魔女だ。彼女の握りしめたこぶしを警戒しながら、ホークはゆっくりと彼女を抱き寄せた。「いい香りがするよ、フランシス」

「いま、そんな話をしてるんじゃないわ」と、彼の肩に向かってフランシスが言った。

ホークは大きな手で彼女の背中を上下にさすりつづけた。「姉になんの話があったんだい？」

彼女が身をこわばらせたので、ホークは身を引き、しげしげと顔を眺めた。「ひょっとすると、エドマンドが婚約者と一緒にいると、知ってたな？　わざと、姉の寝室にはいったんだね？」

赤く染まった頰が、彼女の本心を語っていた。自分の妻が、ほかの男女が同じベッドにいるところを見ようとした。そう思うと、愉快でたまらなくなった。「ふたりはぼくらみたいにしてたかい、フランシス？　好奇心を満足させられた？」

「わたしたちがどんなふうにしているかなんて、わからないもの！　そんなつもりじゃなかったの……とにかく、ずっとしたわ。ガートルードの話なんて聞くんじゃなかった――」

「あのキーキーうるさいガートルードが、これとなんの関係がある？」

「エドマンドをさがしていたのに見つからないから、ベアの寝室に行ったら、妙な音が聞こえたって――」

「でも、きみにはその音の正体が、わかったはずだよね？　おや、その言い訳は、きみの作り話だろ」

彼女は反論しかけたが、うなだれた。そして、こくんとうなずいた。「ええ、正体はわかってた。そうよ、ちょっと作り話をしちゃった」

「それで、ぼくのところまでわざわざ走ってきて、怒ったふりをして見せたのか！　ずいぶん可愛いことするんだな、フランシス。きみのなかにも、邪《よこしま》なところがあるとわかってうれしいよ」

「わたしって、ガートルードと同じぐらい、いやな女よね」と、フランシスは認めた。自分が救いようのない愚か者に思えた。ホークったら、いつもわたしのこと、こんなふうに見透かしているのかしら？　そう思うと、どうしていいのかわからなくなった。

「まあ、お仕置きはなしにしておこう。いや、やっぱり……」彼は言葉をとめ、机の上にさっと目をやった。だが残念ながら、そこには書類や本など、こまごましたものが散らかっていた。彼は無念そうに微笑んだ。「仕方ない、お仕置きのかわりに、吉報を教えてあげよう」

フランシスが、疑わしげに彼を見た。

「エドマンドにははっきり言ったよ。きみにも、ほかのだれにも、馬を売る気はないと」

「ホーク！」フランシスがホークの首根っこに抱きつき、窒息させんばかりにして、歓声をあげた。

ホークは彼女の額にキスをした。「これほど狂喜乱舞してくれるとはね、ラブ。きみがよろこんでくれて、ぼくもうれしいよ」

ラブ。そう呼びかけられ、フランシスは急に静かになり、考え込んだ。それって紳士が親愛の情を示す言葉で、さほど意味がないものなのかしら？

「じゃあ、あなた、ロンドンには戻らないの？」そう尋ね、彼女は息を詰めた。

ホークは黒い眉をぴくりと上げ、彼女の表情をうかがった。「ぼくにでていってほしいの？」

「わたしはただ、あなたがそうしたいのかと思って。だって、あなたには愛人が――」

「ああ、たしかに、ぼくには愛人がいる。紳士はたいてい愛人を囲うものだからね。気になるのかな、フランシス？」

フランシスには、彼の声が真剣そのものであるようには聞こえなかった。やっぱり、からかっているんだわ。「気になるわけないでしょ」と、ぴしゃりと言った。「あなたが愛人をあきらめたりしたら、わたしだって……愛人をあきらめなきゃならないもの！」

「それは、おそろしい展開だ」ホークは間延びした口調で、こんどはいかにも小馬鹿にしたように言った。

「あなたがここに残ってるのは、お姉さまとエドマンドが滞在なさってるからでしょ！」

「まあ、それも理由のひとつだ」と、ホーク。

「それに、わたしにまだ飽きてないからよ！」

「フランシス」ホークは彼女の顎をてのひらで包み、顔を上げさせた。そして、とても穏やかな口調で言った。「きみはぼくを激怒させる。きみの首を絞めてやりたいと思わせる。男のプライドをずたずたにする。だが、きみに飽きるなどということは、ありえない」

「わたしを手なずけて――そう言ったのよ、あなたが！――すっかりおとなしくさせて、わたしが愚かな女になるまでは、ここに残るのね？」

「驚嘆すべき記憶力だな、フランシス。で、少しは丸くなったような気がする？　もう弱々しくなり、ただのお馬鹿さんになった？」

「いいえ！　そんなこと、ぜったいにありえない！　わたし――」ドアを押されたのを背中で感じ、フランシスが急に黙り込んだ。

ホークが彼女を引き寄せると、ドアがあき、マーカスがはいってきた。そして、ふたりが一緒にいるところを見ると、顔を真っ赤にした。「あ、失礼しました……その、べつに、あとで――」

「やあ、マーカス」ホークがフランシスから手を離し、愛想よく言った。「紛失した売渡証について、ちょっとばかり相談していたんだよ。なにか見つかったか？」

マーカスは、喉元で襟が締まり、窒息するような気がした。「いいえ、閣下」マーカスは自分のなかにある冷静さをかき集めるようにして答えた。「さがしましたが、ほかの馬の売渡証しか見つかりませんでした。三歳馬や四歳馬のものはひとつもありません」

じつのところ、ホークはこの件にまったく興味がなかった。だが無関心であることを露呈するのは、この屋敷の主としていただけない。ホークは、いくらか落ち着きを取り戻した妻に微笑んでみせ、口をひらいた。「そういえば、さっきチャーマーズ卿が競馬界のよもやま話を聞かせてくれてね。ここのところ、八百長や事故といったものが予想以上に起こっているらしい。デメリー卿の優勝馬がレースまえに毒を盛られたそうだ。犯人は騎手で、大金を手にとんずらした」

「ぞっとするわ」と、フランシス。「どうしてそんなことが起こるのかしら」

「金がからめば、どこでもありうる話さ」と、ホークが淡々と言った。「不正行為はもう浸透しているんだろう」

「騎手といえば」と、平常心を取り戻したフランシスが言った。「わたし、乗馬には慣れてるわ、ホーク。それに体重も軽い。どうかしら、わたしが――」

「駄目だ」と、ホークが断言した。「淑女はそんな真似はしない。ベルヴィスには、きみと同じぐらい小柄な甥っ子がいてね。週末には、ここに到着する予定だ。ベルヴィスの身内の者だから信頼できるはずだ。馬たちに毒を盛るような真似はしないだろう」


その日、昼食の席で、ベアトリスは意気揚々と戦闘を開始した。「あなたってほんとに、競馬のことがわかってないのね、フィリップ。種付けのために牝馬を連れてくるのは、そりゃ簡単よ。でもね、競馬となれば話はべつ！　デヴォンシャー一の厩舎をエドマンドが経営してることは、わかってるでしょ。だいいち、あなた、デズボローのことにはまるで無関心じゃないの」

「どの質問から答えるべきかな、ベア？」と、ホークが穏やかに尋ねた。

「馬を売却しなさい。エドマンドとわたしで、よろこんで購入するから」

ホークは片方の眉を釣りあげ、沈黙で応戦した。

ベアトリスがわずかに表情を曇らせたものの、すぐに先を続けた。「わたしが男に生まれていたら、すべて、わたしのものになっていたのよ。あなたと違い、わたしはデズボローに誇りをもっているわ。伝統を重んじ——」

このとき初めて、侯爵が口をひらき、娘の話を穏やかにさえぎった。「おまえには、切り盛りしなければならんエドマンドの厩舎があるだろう？　ホークはデズボローを守ると決心したんだ。頼むから、そのへんにしておきなさい」

「あの女の差し金ね！」ベアトリスはそう言うと、テーブルの反対側に座っているフランシスをにらみつけた。

「まあ、それもある」と、ホークが正直に言った。

「お里のスコットランドに帰りさいよ！　なんだって、どこの馬の骨とも知れない女を——」

侯爵がスプーンを娘に投げつけた。スプーンが胸にあたって落ち、ベアトリスが呆気にとられた。

「お父さま！」

エドマンドが声をあげて笑いだした。身を乗りだしてベアトリスの手をとり、やさしくさすった。「少しばかり言いすぎたようだね、愛しいひと。いずれ、ホークも気が変わるさ。なにせ、競馬という稼業は手間はかかるし、費用もかかる。たちの悪い連中とも渡りあわなきゃならない。さあ、昼食をすませておしまい。乗馬に繰りだすとしようじゃないか

一時間後、フランシスは物思いに沈み、自分の寝室をぼんやりと見まわしていた。ホークが続き部屋のドアからはいってきた。彼女は顔を上げ、痛々しい笑みを浮かべた。

「ぼくの可愛い馬の骨ちゃん、ご機嫌はいかが？」

「わたしたちが結婚したいきさつ、あなた、お義姉さまに話していなかったのね。意外だった」

「姉さんにちらりとでも漏らそうものなら、一時間後には、上流社会にゴシップが広がってるよ。同情されたり、笑われたり、嘲笑されたりするのはまっぴらだ。まったく、ブランメルがどんな反応を見せるか、想像がつくよ」

「じゃあ、わたしたち以外に、事情を知っている人はいないのね」

彼が顔を赤くしたので、彼女は詰めよった。「だれなの、閣下？」

「ホークだ」と、思わず訂正し、時間を稼いだ。

だが、そんな手が通用する相手ではない。フランシスは食いさがった。「だれなの、ホーク？」

「ぼくの愛人」と、ホークは率直に答えた。

「わたしたちの結婚のいきさつを、愛人に話したっていうの？」

「だってきみは、彼女に感謝すべきなんだぜ、フランシス」ホークは虚勢を張り、悔しさを隠そうとした。「奥さんのことを、わたしと同じようにベッドでかわいがってあげなさいと助言してくれたのは、当のアマリーなんだから」

彼女は目を閉じた。が、夫が絶世の美女にキスをし、愛撫している光景が脳裏に浮かんだ。ありがたいことに、顔はぼやけていたが。フランシスはおもむろに彼から顔をそむけ、ふらふらとドアのほうに歩いていった。どういうわけか、全身に鋭い痛みが走った。

「フランシス、でていくな。いますぐ、そこでとまらないと、オービュソン絨毯の上できみを乱れさせてやるぞ。つんとすました態度には、もう、うんざりだ」

「やれるものなら、やってみなさいよ」そう言うと、彼女はドアノブをつかんだ。

「いいのか」と、いかめしい声でホークが言った。

いけない。けしかけちゃったわ。そう思い、フランシスはまっすぐにホークの目を見た。

「わたし、妊娠していないの。けさ、わかった」

ホークが無念そうにうめいた。

「残念でした！　ヨークの淑女のところにでも行ってらっしゃい！」

「彼女は淑女なんかじゃないさ」

フランシスは床に目を落とした。

「気分が悪いのかい、フランシス？」

「いいえ、そうじゃないの」そう、はねつけるように言ったものの、フランシスは彼の目を見られなかった。

「じゃあどうして、恥ずかしがり屋の小娘みたいにもじもじしてるんだい？」

「いやな人ね」と、彼女はきっぱり言った。「わたし、恥ずかしがり屋でも、小娘でもないわ。ただね、あなたが以前言ってたことが気になって……」

「フランシス、いったい、なんの話だ？」

「淑女は愛しあうことを楽しんだりしないものだって、そう言ってたでしょ」

ホークは長いあいだ彼女を見つめた。そして頭を振りあげ、哄笑した。もちろん自分自身を笑ったのだが、胸にろうそくをぶつけられ、対応を間違えたことに気づいた。

「このうかれぽんち！」

「うかれぽんち？　そりゃいったい、どういう意味だ？」

「もう、うるさいわね、いかれぽんちって言いたかったのよ。どうだっていいでしょ、意地悪！」

「フランシス、ぼくはきみを――」そこまで言いかけ、はっとわれに返った。あやうく、愛を告白するところだった。だが、いまはまだ時期じゃない。やれやれ、とホークは失笑した。まったく正気の沙汰じゃない。

「これから乗馬にでかけるつもりなの」そう言って、フランシスがドアをあけた。「もう、いいかしら？」

「ああ」彼はのろのろと応じた。「失礼するよ」

彼女の寝室のドアが大きな音をたてて閉じられた。ホークは憂い顔でひとりかぶりを振った。

その日の午後、車輪のついた馬房が到着し、厩舎は大騒ぎになった。馬房の前方部分に、鍛冶屋が苦心のすえ御者席をつくり、二頭の馬で引けるようにした。

「よくぞ、思いついたものだ」と、しげしげと馬運車を眺めながら、エドマンドが言った。

「競走馬が怠けちゃうわ」と、ベアトリスが言った。

「フライング・デイヴィーが、乗るのをいやがらなければいいんだけど」と、フランシスが心配そうに言った。

「乗らせてみようじゃないか」と、侯爵。

ベルヴィスがフライング・デイヴィーを馬運車のところに連れてきた。車内に藁を敷き、狭い入り口に板をななめに立てかけた。

「さあ、いい子だ、おまえさんの馬車がお待ちかねだ」と、ベルヴィスが馬に声をかけた。

フライング・デイヴィーは狭苦しい空間を見て、尻込みした。

ホークは、妻が種馬に話しかけるようすを眺めた。おまえはこれまですばらしい扱いを

——皇帝さながらに——受けてきたのよ、ニューマーケットに着いたらゆっくりと休めるから安心しなさい……。フライング・デイヴィーが最後に鼻を鳴らし、おとなしく馬運車に乗るようすを見ても、ホークはさほど驚かなかった。ただ尻尾《しっぽ》を振っているようすから、馬が警戒を解いていないことが伝わってきた。

フランシスは、集まった面々に輝くような笑みを見せた。「フライング・デイヴィーはきっと、視界にはいるすべての馬に勝つわ」

「来週、ヨーク近郊でレースがありやす」と、ベルヴィスが言った。「デイヴィーには、そこで力試しさせるといたしやしょう」

四日後、〈デズボロー・ホール〉の正面に乗りつけた旅行用馬車から降りてきたレディ・コンスタンスの姿を見て、だれよりも驚いたのはエドマンドだった。

「コニー！」ベアトリスが甲高い声をあげ、うれしそうに正面階段を駆けおりた。「いらしてくださって、うれしいわ！　すっごく退屈してたのよ。でも、あなたのおかげでここにも上流社会の香りが流れるわ！」ふたりの女性は抱きあったが、この大仰な出迎えに、レディ・コンスタンスはいくぶん鼻白んでいた。

「どういうことだ！」

エドマンドが振り返ると、ホークが呆気にとられてレディ・コンスタンスを見ていた。

「ぼくも仰天しているところさ、ホーク。さしずめ、ベアの仕業だろう」そう言って、エドマンドが肩をすくめた。

コンスタンスはご機嫌ななめで、ぷりぷりしていた。ベアトリスの殴り書きした緊急の便りを受け、しぶしぶと、だが一縷《いちる》の望みをもち、こうしてヨークシャーくんだりまでやってきたのだ。だが、エドマンドの横に立つフィリップの姿を認めたとき、ここにきたのは大きな間違いだったのかもしれないと思いはじめた。それでも、彼に会いたくて仕方がなかったのも事実だ。彼女はおずおずと彼に手を振ったが、ベアトリスにとめられた。「いらしてくださって、うれしいわ、コニー」ベアトリスが意味ありげに耳元で囁いた。「弟の結婚相手ときたら、どこの馬の骨ともわからない女で、ほんとうに最悪なの。じきにわかるわよ。あんな女を社交界に紹介したら、ロンドンの名士たちに陰で笑われるわ。だから、あなたに再会すれば、弟も目を覚ますんじゃないかと思って」

目を覚ましてどうするのよ？　こんなところまでくるなんて、馬鹿なことしちゃった。コンスタンスは早くも後悔しはじめた。

逃げ場はないと観念したようすで、ホークが出迎えの挨拶をした。父親は雄々しい馬にまたがり、この淑女を魅了した。なんといっても相手は長年の敵、老いぼれラムリーの娘なのだから。

ベアトリスはコンスタンスにまとわりつき、エドマンドに真剣にさとされると、ようやく身を離した。「きみに話がある、愛しいひと。いますぐだ。コンスタンスはしばらくひとりにしてあげよう」

ベアトリスは彼をきっとにらみつけたが、彼のあとを追い、しぶしぶと〈喫煙室〉にはいっていった。

「なんだってこんな真似をしたんだ、ベア？」と、エドマンドが前口上抜きで切りだした。

「あなたが言ったのよ、エドマンド。フィリップがわたしたちに――あなたに――馬を売るのを拒否してるって。その原因は、あの女だって。だから、コニーに弟を誘惑してもらおうと思ったの。そうすれば、弟はあの女を置き去りにして、ロンドンに戻るわ。お遊びで思いついた計画のことなんか、すぐに忘れちゃうわよ」

すると、エドマンドがなにやら考え込んだので、ベアトリスは胸を撫でおろした。「なるほど」と、ようやく彼が口をひらいた。「きみの言うとおりかもしれない、愛しいひと。万全の計画とはいえないが、考え方の筋道は……ああ、筋道はあっている。よくもまあ、うまいことを思いついたものだ。ぼくも少し、考えてみるよ」

しばらくすると、エドマンドとベアトリスは客間で一同に合流した。コンスタンスはすでにフランシス・ホークスベリーと挨拶をすませており、さっさと退散したがっていた。馬たちが疲れきっているから仕方ないけれど。もう、ベアトリスったら、殺してやりたい。

彼女はホークにはきはきと言った。「お邪魔じゃなければよろしいんですけれど、閣下。

エスクリックのジョージ叔父を訪問する道中でしたの。ちょっと寄り道して——ほんとうに軽はずみな思いつきだったんです——あなたと奥さまにご挨拶させていただき、お祝いを申しあげられればと思いまして」

ベアトリスは、まじまじと彼女を見た。コニーは調子っぱずれの軽薄なお嬢さんだとばかり思っていたけれど、なかなか、やるじゃないの。

侯爵は手で口元を隠し、にやりとした。ジョージ叔父とは、よくもまあ抜け抜けと！　やっこさんは、愛人の間男との決闘で撃たれ、とうの昔に墓のなかだ。

ホークはただ黙って微笑んでいた。事情を知らないフランシスは、不意の客人に紅茶とケーキのおかわりを勧めた。

計画がおじゃんになったことを、しぶしぶながら認めたベアトリスは、フランシスに目を向け、愛想よく声をかけた。「ねえ、フランシス、フィリップとコニーは古い仲なのよ。お互いのことは——知り尽くしているんじゃないかしら」

「実際のところは、ほんの八カ月間の知己《ちき》だがね」と、ホーク。

「すごく仲がよかったじゃない！」と、ベアトリスが食いさがった。

「ぼくとも仲はいいぞ」と、エドマンドが急に割ってはいった。「コニー、ロンドンでなにかニュースがあれば教えてくれよ」

「あるわ」と、コニーが口をひらいた。「信じられないでしょうけれど、マロリー卿がレデイ・ロートンと関係をもったらしいの！　あまりの恥ずべき行為に、レディ・マロリーときたら、それはもう大騒ぎよ！」

ホークは安堵し、リラックスすることにした。ひとたびコンスタンスがロンドンの噂話を始めたら、疲れはてるまで休むことなく延々と話しつづけるからだ。

フランシスは黙ったまま目をぱちくりさせ、ぼんやりと考えごとを始めた。レディ・コンスタンスの話にでてくる人のことは、だれひとり知らなかった。と、義父にウィンクされ、とまどった。

夕食の時刻になると、ベアトリスはもう作戦の遂行を断念していた。まあ、やるだけはやってみた。仕方がないわ、と彼女はあきらめた。

続き部屋のドアがノックされたとき、フランシスは夕食のためのドレスに着替えているところだった。

ホークがはいってきた。「きれいだ、愛しいひと」と、妻に声をかけた。「下がっていいぞ、アグネス」

「それはなに？」フランシスは鏡に映る彼に尋ねた。すると、ホークがビロードの細長いケースをあけ、緑色にきらきらと光るエメラルドのネックレスをとりだした。

「きみの瞳に映えるだろう、愛しいひと」

「わたしの目は灰色よ！」

「ふうむ」と、彼が言った。「動かないで」

　うなじに彼のあたたかい手が触れた。するとあの妙な熱い感触が身体の奥底から湧きあがってきた。ここ数日はあまり考えないようにしていた、あの沸きたつような感覚がよみがえる。わたし、どうかしちゃったんだわ。

「どう？」少しうしろに下がり、彼が言った。

彼女は胸の谷間におさまったネックレスを見つめた。「なんて美しいんでしょう。でも、どうしてわたしにつけてくださったの？」

「それは、きみのものだ。以前は、ぼくの母のものだった。そのまえは、祖母のものだった。もし、石をはめ直したいなら……」そこまで言うと、彼が肩をすくめた。

「いいえ、ほんとうに素敵。ありがとう、ホーク」彼女は鏡台の椅子から立ちあがり、不審そうに眉をひそめた。「でも、どうして？」

「どうしてって、なにが？」

「どうして、わたしにくださったの？」

彼の瞳がエメラルドのようにきらきらと輝いた。「緑は嫉妬の色だ」と、応じた。「気前のいい贈り物をすれば、きみがその可愛い胸のなかで育《はぐく》んでいる怒りを摘みとれるんじゃないかと思ってさ」

「わたしのささくれだった気持ちをなだめようとしてくれるのは、レディ・コンスタンスがあなたの……お遊びの相手のひとりだから？」

「ご明察。もちろん、彼女をここに引っ張ってきたのはベアトリスだ。そのせいで、コニーはおそろしく居心地の悪い思いをしているが。コニーに親切にしてやってくれないか、フランシス。すぐに――ジョージ叔父さんとやらのところに向かって――出発するはずだから」

「あなたがわたしと離婚するかもしれないと、ベアトリスは考えたのかしら」

「そこまでは考えていなかっただろう。たぶん、コニーに再会したぼくがきゃんきゃんとはしゃぎ、仔犬みたいに彼女を追いかけ、ロンドンに戻ることを願っていただけさ」

「ベアトリスこそ、帰ってくだされればいいのに」そう言う彼女の期待のこもった声に、ホークは思わずにやりとした。「言っておきますけど、わたし、嫉妬なんかしてませんからね！」

「これっぽっちも？」

「閣下、いくらでも火遊びなされればいいわ。わたしもするから！」

「かわいそうなマーカス」と、ホークがため息をついた。「やっこさん、おろおろしてるじゃないか。片手でミス・メルチャーを、もういっぽうの手で自分を抱いてもらうつもりかい？」

自分が見当違いな不満を並べていることに気づき、フランシスは顔を赤くした。

「おいで、愛しいひと。食事のまえにキスをしておくれ」

ホークはそっと彼女を引きよせ、顎先をもちあげ、軽くキスをした。「ああ、これ以上、もう待てないよ。あしたまで待たなきゃ駄目？」

あまりにも切なそうなその口調に、フランシスは思わず微笑んだ。「指折り数えてたの？」

「一日、一日とね」と、熱っぽく彼が応じた。

「結婚って」と、フランシスが感慨深げに言った。「以前は気にもならなかったようなことが、気になりはじめるのね」

「ということは、きみも指折り数えて待ってた？」

「いいえ」と、正直に答えた。「こう考えるようになったの。わたしたちがしたことは全部……その、わかるでしょ、あの感覚は……頭のなかにあるんだなって。それだけのことよ」

「頭のなかに？　なんでまた、そんな無味乾燥な結論をだした？　また最初からやり直さないと、わからないのかな？」

フランシスがほんのりと頬を染め、彼の肩に顔を埋め、首を振った。

「フランシス、きみがいないと、ぼくのベッドはひたすら、だだっぴろい」彼が深々とため息をついた。「さてと、夕食に下りるとしよう」彼女の頬を軽く叩き、身を引いた。「素敵だよ」

あなただって、すごく素敵よ。そう思いながら、フランシスは彼と並び、階段を下りていった。

27

ジョーカーのないトランプはない。

——十六世紀のことわざ

アマリーはベッドの上に並べたトランプのカードを感慨深そうに眺めた。「モア、ジュ・ル・サヴェ」と、だれもいない寝室でぽつりと言った。「こうなると思ってた。ええ、わかってたことよ」

哲学と迷信はどちらも、ベッドの友には不向きだ。それに気づいた人間は、わたしが最初かも。そんなことを考えながらも、いつかはこうなることをずっと予測していたような気がした。そして占いのカードは、そのとおりであることを立証していた。少なくとも、占いのうえでは。

彼女はのろのろとカードを集め、ベッドの横のテーブルに置いた。「イル・フォ・パンセ、マントゥナン」小声でそう言うと、身を起こし、枕に背を預けた。そうよ、徹底的に考えなくちゃ。だって、現実の証拠はなにもないのだから……。

二週間まえ、予想どおり、ロザミア伯爵から手紙が届いた。どうやら、ホークもついに誠実な夫になる決心がついたらしい。彼は二百ポンドを送ってくれたうえ、この家の賃料も四カ月先まで払ってくれたという。なんて気前がいいのかしら。アマリーは心からホークが恋しかった。とはいえ、彼女にはロベールがいる。ホークのおかげで、充分すぎるほどの持参金もできた。そうよ、とフランス人らしく、アマリーは断固として決意を固めた。持参金なしで女が嫁ぐなんてありえない。

それだけの理由で、アマリーは金離れのいいデンプシー卿を自分の生活に、そして自分のベッドに引きいれていた。デンプシー卿ことチャールズ・ルイストンは相当の権力者であり、とくに競馬界に顔がきいた。そのうえ、ホークの姉ベアトリスの婚約者、チャーマーズ卿の友人でもあった。しかも、酒がはいるとよくしゃべる。アマリーがうんざりするようなことを、だらだらと話すのだ。わたしがロザミア伯爵に囲われていることを、デンプシー卿はまったく知らない。だから、ブランデーを痛飲したあとの彼から、アマリーはホークと関係のありそうな話を聞きだすことにしたのである。「じつはな、われわれの望みのものが、じきに手にはいるんだよ」と、彼はろれつのまわらない口で言った。見たところ、ありがたいことに、ブランデーのおかげでふらつき、身体に力もはいらないらしい。彼は粗野な愛人だが、話を聞きだすために、アマリーは彼と会うことに同意したのだった。

ねた。
「まあ、閣下、じきになにを手中になさるんですの？」感嘆したように、彼女がやさしく尋
「デズボロー厩舎の馬だよ。一頭残らずね。それですべて、片がつく」
なんの片がつくっていうの？　彼が酔いつぶれ、いまにも寝てしまいそうだったので、ア
マリーはあわてて尋ねた。「お見事ですわ、閣下。なんという手腕をおもちなんでしょう。
先代のロザミア伯爵のネヴィルなんか、目じゃないわ。彼のこと、ご存じですわね？」
「あいつはとんだ無礼者だ」と、デンプシー卿が満足げに鼻を鳴らした。「自分勝手な哀れ
な男だよ。面倒を見てやったのに。ああ、そうだとも」
そう言い終えたとたん、彼は大きないびきをかきはじめた。アマリーは彼のせりふを必死
で頭に刻みつけた。そして、心から祈った。目覚めたとき、自分が酔って話したことを、彼
が覚えていませんように、と。
彼女はベッドを抜けだし、鏡台のほうに歩いた。そして便箋を一枚とりだし、皺を伸ばし
てから、羽ペンの先をインク壺に浸した。

フランシスは声が枯れるまで叫びつづけ、フライング・デイヴィーが先頭を切ってゴール
すると、夫の首に抱きついた。
「やった！　やったわ！」

ホークは誇らしげに笑い、妻にキスをした。

ほかの騎手たちがフライング・デイヴィーの背中からティモシーを落そうと乗馬鞭を激しく打ちつけるようすを、フランシスは見ていた。ありがたいことに、フライング・デイヴィーが二位以下と差を広げてくれたおかげで、それ以上、いやがらせを受けずにすんだのだ。まったく、粗暴な荒くれ者たちめ！

このヨークの大会では、五マイルもの長距離を走る過酷なレースがあり、出場した十頭のサラブレッドすべての気概が試された。そして、フライング・デイヴィーが勝利をおさめたのである。

「これでもう、ニューマーケットに挑む準備は万端ですな」ベルヴィスが手を揉みながら言った。「ティモシーにはもう少し、鞭を打つ回数を控えさせなきゃならんが、若造にしてはよくやった。いやはや、上出来でしたよ」

フランシスは二百ポンドもの額を儲けた。フライング・デイヴィーが無名で、オッズが七十倍だったからだ。

「お見事だった」と、エドマンドがホークと握手しながら言った。「タメルランは、あした、走るんだろう？」

「ええ」と、フランシスが誇らしげに顔を輝かせて言った。

「で、フランシス、きみは儲けた金を全部、厩舎の修繕費にまわすつもりかい？」ホークが彼女の左耳にかかる巻き毛をひねりながら尋ねた。

「もう一台、馬運車をつくろうかと思ってるの」

「こんなもの、ちっぽけで、取るに足らないレースよ」と、ベアトリスが手袋の皺を伸ばしながら口をはさんだ。「結果に一喜一憂するのは、どうかと思うわ」

「うちの馬の能力を信用していないのなら、どうして買いたいなんておっしゃるんです？」フランシスが問いただした。

エドマンドが婚約者にやさしく首を振った。そして彼女の腕をとり、ホークとフランシスのあとを追い、優勝馬を囲む輪にくわわった。騎手のティモシーが顔を真っ赤にして笑っている。興奮のあまり、口がきけないありさまだ。

ホークが騎手の勝利をあたたかく祝っていると、ほかの馬主たちがぶつぶつと不満を漏らす声が聞こえてきた。そちらのほうを見やると、こっそりと金を受け渡ししている。大金だ。すると、ひとりの紳士が連れにこう話しかけた。「フライング・デイヴィーか、ふん！　なあ、ジョージ、いったいネヴィルのやつ、あれほどの駿馬《しゅんめ》、どこで見つけてきたんだろうな？　あの妙な色合い、去年、アスコットで見たサラブレッドに似てないか？」

ジョージと呼ばれた男が、眉の汗をぬぐいながら不満そうに言った。「あんな馬がいるとは、ネヴィルはひと言も言ってなかったぜ。ネヴィルときたら――馬を見つけちゃ、自慢せずにはいられなかったよな？　どうして、あの馬に限っちゃ、だんまりを決め込んでいたんだ？」

〈デズボロー・ホール〉に戻ったホークは、アマリーから届いた手紙を読み、いっそう興味をかきたてられた。フランシスが見透かすような視線でこちらを見ていたので、彼はあわてて〈喫煙室〉に向かった。そして、何度も手紙を読みかえしては、そこに記されているデンプシー卿のせりふがなにを意味するのか、思案した。面倒を見てやった……デズボロー厩舎の馬……すべて片がつく……。

水面下でなにが進行しているのだろう？　ホークは自分が嘘をつけない男であることを自覚していた。だから、この手の策略には慣れていない。もちろん軍隊では、嘘もつけばだましもした。ウェリントン将軍が必要とする情報を集めるためなら、手段を選ばなかった。だが、まだ一介の新参者にすぎないこの競馬界で、どんな手を打てばいいのだろう？　そう考えたあげく、軍隊とそれほど差はないはずだという結論に達した。いま、自分は問題に直面している。そして、その問題を解決しなければならない。

東の薔薇の庭園で、散歩を楽しんでいる父親を見つけた。初夏のさわやかな空気に薔薇の甘い芳香が漂う。と、フランシスのことを思いだし、彼はあわててかぶりを振った。

「息子よ」と、侯爵が声をかけた。「残念ながら、フランシスはおらんぞ。放牧地にいるんじゃないか」

「いえ」と、ホークは応じた。「妻をさがしていたわけではありません」そう言いながら、父に歩調をあわせ、ゆっくりと歩いた。「うかがいたいのですが、デンプシー卿はネヴィルの親しい友人でしたか」

「エドワードのところの息子か。たしか、チャールズ、という名前だった」

「そうだと思います。チャールズ・ルイストン」

「父親のほうは、たちの悪い男だった」と、侯爵は記憶を掘り起こすかのように、考え込んだ。「やつの息子が、うしろ暗いところのない、立派な人間になるとは思えん。そういえば、ネヴィルがその息子のことを、話していたような気がする。そうだ、たしかに、ネヴィルの友人だった」

「すると必然的に、エドマンドの友人でもあるわけですね」

「ああ、間違いない。残念ながら、ネヴィルとて、同じ穴のむじなだったが……」

侯爵がその先を言わなかったので、ホークは顔をしかめた。「ネヴィルはソーホーのあばずれと享楽に耽っていたと、以前、おっしゃっていましたね。ぼくにはどうにもわからないのですが、兄さんは、それほど人が変わってしまったんですか?」

「ネヴィルは昔から、卑劣でさもしい男だったじゃないか、忘れたのか? あいつの卑怯《ひきょう》で利己的なやり方を忘れているようだな。子どものころからずるがしこく、弱音を吐いちゃあ、めそめそと泣き真似をしていた。おとなになってからは、下劣な連中とつきあうようになった。溺死するまえの半年ほどは、ほとんど顔も見なかったよ。わたしではなく、ネヴィルのほうが連絡を絶ったのだ」

「父さんから、急を知らせる手紙が届いたのを覚えています。溺れるなんて不注意な真似をするはずがないと、ふしぎでなりませんでした。だってネヴィルは、泳ぎが得意でしたから」

「泥酔し、人事不省におちいっていた」と、侯爵が苦々しい声で言った。

「その説明を、だれから聞いたんです？」

侯爵がしばらくまばたきをした。そして、さぐるような目で息子を見た。「知っているはずだ」と、ようやく口をひらいた。「エドマンドだよ、もちろん。発覚後、ただちに〈シャンドス・チェイス〉にきて、知らせてくれた。エドマンドは紳士だ」だが、その話を聞きながら、ホークは不審に思った。われらがエドマンドから、当時の話をくわしく聞きださなければ。

「デンプシー卿もネヴィルのヨットに乗っていたのでしょうか？」

「さあな、ホーク。どうしていまさら蒸し返す？」

事情を話すべきかと迷い、言葉を濁すことにした。「自分でも、よくわかりません」

考え込んだような息子の顔を見て、侯爵が言った。「エドマンドとベアトリスは、あす、発つそうだ。エドマンドも、ニューマーケットのレースに向け、自分の馬の準備をととのえる必要があるからな」

「ふしぎに思いませんか、父さん？」と、ホークは尋ねた。「デズボローの馬を丸ごと買いたいと、エドマンドはなぜあれほど躍起になっているんでしょう？　提示してきた金額も、太っ腹といえる額でした」

「野心だよ」と、侯爵が答えた。「エドマンドは、ジャージー卿やダービー卿に並ぶ記録を打ちたてたいんだろう。野心があるからと、男を責めることはできない」

「ええ、そうでしょうね」と、ホークは答えた。だが、それにしても解せない。なぜデンプシー卿が、デズボローの馬のことを話していたのだろう？　だいいち〝片がつく〟とはどういう意味だ？

　自分でもはっきり理由を説明できなかったが、どういうわけか、ホークはエドマンドを問いただすような真似はしなかった。ベアトリスとエドマンドが発つまえの最後の夕食はなごやかに進み、レースでの勝利を願っているよというエドマンドの言葉には心がこもっているように思えた。当然のことながら、ベアトリスはそれほど愛想がよくはなかったが、ホークはもともと、姉に愛嬌や愛想など期待してはいなかった。

　フランシスは敏感に夫の機嫌を察し、さんざん悩んだすえ、ふたたび夫の寝室を訪ねることにした。今夜のホークは、生まれたままの姿ではなく、ガウン姿で暖炉のまえに座っていた。肘の先に、ろうそくが一本だけ灯っている。

　左手に紙を一枚、もっているのがわかった。

「それはなに？」彼女は尋ね、彼の背後からまえにまわり、紙を指さした。

「ああ、フランシス」と、彼がにやりと笑った。「きみの部屋に行こうと思ってたところだよ、愛しいひと。なかなかぼくがこないから、心配になったのかい？」

　その手には乗らないわ。「なにか、気がかりなことがあるんでしょう、ホーク？　それはなに？　なんて書いてあるの？」

「夫にも秘密を守る権利はあると思うがね、フランシス」そう言うと、ホークは紙を小さく折りたたんだ。

「ホークったら……」彼女は背筋を伸ばし、喧嘩にそなえた。

「お姉さんと妹さんは、いつこちらにいらっしゃる予定なの？」非難の矛先《ほこさき》をかわそうと、ホークが尋ねた。

「ああ、言ってなかったかしら？　わたしだけの秘密にしておくつもりだったのかも」ホークがなにも言わず、微笑んだ。「わかったわ、閣下。ソフィアはね、秋まで待つつもりなの。リトル・シーズンがどうとか言ってたわ。春の結婚市場に放り込むまえに、ふたりをぴかぴかに磨きあげるんですって」

「あのふたりに付き添うまえに、きみにも、もう少し磨きをかけるほうがよさそうだ」

彼が小さくたたんだ紙を部屋着のポケットにすべり込ませるようすを、フランシスは眺めた。彼が太腿をぽんぽんと叩いた。ちょっとした悪さをするのも、いたしかたないわ。フランシスはそう決意を固めた。そして用心深く彼の膝に腰を下ろしたが、彼に身を寄せるような真似はしなかった。

「ヨークで勝った賞金の二百ポンドを、ソフィアに送ってあげたの」と、挑むような口調で言った。「グラスゴーでも指折りのお針子を頼むと言っていたわ」

「それじゃあ、お姉さまがたは、王室の行進はかくやという装いでお越しになるんじゃないか。だって、ぼくはきみのお父上に三百ポンドを送金済みだから」

その言葉に驚き、フランシスがまぶしいほどの笑みを彼に向けた。ホークはもはや馴染みとなった欲望の波に襲われ、彼女を胸に引きよせた。

「ほんとうに、あなたって予想がつかないわ」そう言いながらも、背中を撫でる彼の大きな手の感触に、フランシスはすっかりとろんとなっていた。彼が少し身をずらしたので、お尻に彼の硬くなったものがあたるのがわかった。

「ぼくは、わかりやすい男さ」と、ホークがにやりとして言った。「妻と愛しあいたいと思っている、それだけの男だ」

その言明に、嘘偽りがないことを、フランシスはそのあとの時間に実感した。翌朝、目覚めたとき、ホークがガウンのポケットにしまった紙のことを思いだした。が、思いだしはしたものの、それはぼんやりとした記憶にすぎなかった。

フランシスは彼のベッドにひとりきりで横たわっていた。そして、自分がいかにも満足そうに微笑んでいることを実感した。ぼくは、きみをあがめているんだ、フランシス。彼はそう囁き、わたしのなかにはいってきた。深く、強く、わたしを満たした。わたしも彼になにか言ったような気がするけれど、なんて言ったのか覚えていない。愛してる、なんて口走ったかしら？　そう思うと、彼女は顔をしかめた。あわてて、ほかのことを考えることにした。

あの紙にはなにが書いてあったのだろう？　どうして、わたしに見せたくなかったの？


二日後、フランシスはいつものように厩舎の見回りにきていた。フライング・デイヴィーを五マイル走らせるのを習慣としており、デズボローの領地の北部に広がる平地をうねる小道をたどり、放牧地に戻ってくるのだ。

「きょうはタメルランを走らせてやってください、レディ・フランシス」と、ベルヴィスが言った。「けさはデイヴィーを放牧地に残らせやす。ティモシーに、防御術の秘策を教えようと思いやしてね」

「ピストルをもたせるべきよ」ティモシーの太腿にライバルの騎手が振りおろした鞭の一撃を思いだし、フランシスは言った。

ベルヴィスがにやりと笑った。「悪くない。いや、冗談ぬきで、そのほうがいいかもしれやせん。ポートランド公爵がレースの規律を正そうと、そりゃ尽力なさってるそうだが、ま、時間がかかるでしょう」

ベルヴィスがフランシスをタメルランの背にひょいと乗せた。「最初の一マイルは充分に気をつけてくださいい」ベルヴィスが、にやにやしながらつけくわえた。「そばに騎手がいるところを想像するといい――悪い輩《やから》がうようよいるところを。蹴とばしてやるこった、奥さま。スコットランド語で悪態の限りを尽くしてやるんです」

フランシスはベルヴィスに敬礼し、タメルランに厩舎の庭を軽快に駆けさせた。夫に手を振り、放牧地を抜け、その向こうの平地へと種馬を走らせる。タメルランが鼻を鳴らすと、彼女はうれしそうに声をあげて笑い、手綱を引っ張った。

「走りたいのよね」と、つややかな首を軽く叩き、フランシスは声をかけた。「いいわよ、おまえの底力を見せておやり」

乗馬帽はしっかり留めてあったのだが、タメルランの手綱をゆるめると、風に引きちぎられそうになった。気分が高揚し、彼女はにっこりと笑った。ときおり横を向き、いかにもたちの悪そうな想像上の騎手に向かって大声を張りあげ、蹴とばしてやった。タメルランはきちんと進路を守っている。

この小道には、ジャンプしなければならないところが一カ所あった。デズボローの領地とバウチャー家の領地の境目に、三フィートほどの低い柵が設けてあるのだ。ジョン・バウチャーと、この柵をとりはらってはどうかと相談してはいたのだが、まだ着工されていなかった。フランシスはジャンプするのが大好きで、柵が近づくとタメルランの首に上半身を密着させた。

タメルランが宙に高く飛翔した瞬間、柵の向こうに、サメの牙のように鋭い鉄の大釘が並ぶ脱穀機が置いてあるのが見えた。フランシスはなにも考えなかった。ただ、反応した。そしてタメルランの歩幅を広げさせ、必死で脱穀機を避けようとした。

あと、もう少しだった。苦悶のいななきが聞こえたかと思うと、彼女の下でタメルランが身をよじらせた。フランシスは、馬の頭を越え、前方に放りだされた。

激しく身体を打ち、しばらく感覚が麻痺していた。ようやっと身を起こすと、タメルランの左の後ろ肢に深く大きな裂傷ができているのが見えた。サラブレッドは胸を激しく上下させながら、静かにじっと立っている。激痛に耐えていることが、フランシスにはわかった。

彼女はぱっと立ちあがり、懸命になって牡馬を落ち着かせると、厩舎に向かって駆けだした。近道をしたので半マイルほど稼げたが、厩舎の庭に駆け込んだときには、脇腹が激しく痛み、ほとんど息ができなかった。

彼女の姿に最初に気づいたのは、ホークだった。「フランシス！　どうした？」

「タメルランが……ジャンプしたら、そこに脱穀機があったの。だれかが地面に置いていったのよ。タメルランは怪我してるの、大怪我よ」

「きみに怪我は？」

「大丈夫。お願い、急いで！」

キルブラッケンからもってきた軟膏や包帯、痛みどめの薬草をかき集めていると、馬運車をもってこいと大声で指示をだすベルヴィスの声が聞こえた。

ホークは自分のまえにフランシスを乗せ、なにも言わず、エボニーの脇腹を踵で蹴り、速度を上げさせた。

タメルランはフランシスが置き去りにしてきたところに立っていた。あの誇り高き頭を垂らしている。深い裂傷を目にしたホークは、喉が詰まるような気がした。

「座らせちゃ駄目よ！」フランシスがきっぱりと言い、種馬をなだめ、鎮静剤を口にいれた。ホークはベルヴィスと一緒に、脱穀機を調べた。一本の大釘の先に、タルメランの血が赤さびのように残っている。

「だれがこんな真似を？」と、ベルヴィスが首を振りながらぼんやりと言った。「まったく、なんのために？」

「フランシスは毎日のようにこの道を走っていた」と、ホークは言った。

タメルランが荒々しく鼻を鳴らすのが聞こえ、ふたりはくるりと振り向いた。フランシスがじょうずに馬をなだめている。彼女は泥だらけで、乗馬用スカートは裂け、髪はからまり、もつれている。それでも、彼女の目にはタメルランしかはいっていないようだった。

フランシスは細心の注意を払いながら傷口を洗い、軟膏を塗り、肢に包帯を巻いた。「できた」そう言うと、深々と吐息をついた。「馬運車に乗せましょう」

「きっとよくなる」ベルヴィスが馬運車のドアを閉め、飛びあがって御者席に乗るようすをホークと並んで眺めながら、フランシスは何度もつぶやいた。

「戻るとしよう、フランシス」と、ホークが言った。

突然、これまでに経験したことのない焼けつくような激痛に襲われた。顔から血の気が引き、彼女はよろめいた。

「フランシス！」

「肩が」と、あえいだ。「ああ、ホーク、すごく痛い！」

ホークはすばやく頭を回転させ、選択肢をいくつか思い浮かべ、それらを天秤《てんびん》にかけると、口をひらいた。「さあ、ちょっと座ってみようか。傷を見てみよう」

彼女の痛みがありありと伝わってきた。悲鳴をあげないよう、ぐっとこらえていることも。地面に座らせると、こう言った。「まず、乗馬用の上着を脱がせてくれ」言うは易《やす》く、おこなうは難《かた》し。痛みは拷問のようで、フランシスはこのまま失神させてくださいと祈った。

どうにかして上着を脱がせると、こんどはブラウスを脱がせにかかった。「できるだけ、響かないようにするから」そう言うと、ずらりと並んだサテンのくるみボタンを外していった。

　さすがのフランシスも、こんどばかりはうめき声をあげた。低く苦しげなその声に、ホークは全身が凍るような気がした。痛みを少しでもやわらげようと、彼はブラウスを引き裂いた。

　痛みの原因はすぐに判明した。肩を脱臼していたのだ。彼は即座に次の行動を決めた。

「フランシス、ぼくがこの場で肩をはめよう。ものすごく痛むだろうが、肩がはまれば、それでおしまいだ。さもなければ、屋敷に戻ってから医者を呼ぶこともできる――」

「ここで、お願い」彼女が歯を食いしばって言った。

　ホークはごくりと唾を呑んだ。軍隊では何度か実践を積んでいたが、相手は大柄で屈強な男たちだった。彼女はか弱く、抜けるように白い肌はやわらかい。彼はかけ声をかけると、フランシスの肩に両手を置き、えいやっと脱臼した骨をもとの位置に戻した。彼女は悲鳴をあげることはおろか、いっさい音をたてなかった。

「よし」安堵のあまり、身体が震えた。「終わったよ、フランシス」

　彼女の頭がうしろにぐらりと傾き、失神したことがわかった。

「きみを誇りに思うよ、ラブ」そう言うと、ホークは地面にある上着の上に彼女をそっと仰向けに寝かせた。

　彼女はすぐに意識を取り戻し、夫を見あげ、まばたきをした。

「すんだよ」ホークはそう言い、やさしく彼女の頬を撫でた。「これで、もう大丈夫だ」

蒼白だった彼女の顔が、わずかに緑色を帯びた。

「吐きたい？」

フランシスがひきつけを抑えようと大きく息を吸い込み、首を横に振った。

「戻したくなるのは当然の症状だから心配無用だ。さあ、愛しいひと、目を閉じて、じっとしていて」ホークは彼女の横に腰を下ろし、オークの木に背を預け、自分の膝に彼女の頭を載せた。そして、痛みから彼女の気をそらそうと、やさしく、ゆっくりと話しはじめた。

「脱臼した肩を初めて治したのは、スペインに駐留していたときだったなあ。兵士が、きみみたいに、馬に放り投げられてね。きみとまったく同じ状態だったが、翌日にはもうけろっとしてた。馬の手当てが終わるまで、自分の痛みに気づかなかったとは、信じられないよ。緊急事態を乗り越えるまで、自分が怪我をしていることにも気づかなかった。そんな話、だれも信じちゃくれないだろう」

「タメルランのことで気が動転してたのよ」と、彼女がか細い声で答えた。

「ああ、そうだ。だから馬の手当てが終わるまで、自分の怪我のことには意識が向かなかったのさ。思いだすよ、ある戦闘の直後、グランニョンがぼくのところにきて、ブーツが血まみれですが、なにかあったんですかと尋ねるんだよ。ぼくは太腿に大怪我をしていたんだが、まったく気づいていなかったんだ」そのときのことを思いだし、ホークは低く笑った。「グランニョンに指摘されたあとは、当然のことながら、想像を絶する痛みに襲われたが」彼は間を置き、尋ねた。「少し、気分はましになったかい？」

「ええ」と、彼女が驚いたように答えた。「もう吐き気もないわ」

「あざが残るかもしれない」

「ホーク、いったいだれが、あんな真似を？」

彼は、はぐらかそうとはしなかった。「わからない」その疑問は、彼の頭のなかでもずっと渦巻いていたのだが、答えはでていなかった。「きみ、だれか愛人を捨てたかい？」そう言うと、彼女の髪をくしゃっとさせた。「やつが、おとなしく引きさがらなかったんじゃないか？」

彼女は声をあげて笑いたかった。だが、くすっとしただけで激痛に襲われた。「デイヴィーに乗っていたら、どうなっていたかしら？」

フライング・デイヴィーに乗っていたら。そのとおりだ、と彼は思案した。そして、問題の新たな可能性について、思いを巡らせた。

「そろそろ、屋敷に戻れそうかい？」彼女の問いかけにはまだ答えたくなかった。

「ええ」と、彼女が答えた。

ホークは上着を脱いだ。そして彼女を抱きあげると、肩に上着をかけた。「よし。このまま動くんじゃないぞ、フランシス」

激痛を味わわせずに、フランシスをエボニーの背に乗せるのは容易なことではなかったが、ホークはなんとかやりおおせた。「よし、ぼくに少し背中を預けて、身体の力を抜いて。ゆっくり帰るとしよう、ラブ」

フランシスは熱い火かき棒を肩に埋め込まれたような気がした。が、歯を食いしばった。痛みに降参なんかするもんですか。「もしかすると」と、口をひらいた。「鞭で叩かれるほうがましかも」

ホークは彼女の頭のてっぺんにキスをした。「こんど、きみに激怒したときには、鞭で叩くことも考慮するよ」と、彼女の頭の上でにやにやしながら言った。

しばらくすると、彼女の意識が遠のいたことがわかり、ホークはほっと胸を撫でおろした。彼はエボニーを全速力で走らせた。

厩舎の庭に着くと、ベルヴィスの安堵したような顔が一変した。

「彼女は大丈夫だ」ホークは手短に言った。「肩を脱臼していたんだが、騒ぎが治まるまで、本人は気づきもしなかった」

「馬丁に医者を呼びにやらせやす」と、ベルヴィスが言った。

「もう脱臼は治したんだが、念のため、シモンズ先生に診《み》てもらいたい。エボニーを頼む、ベルヴィス」

ホークはフランシスを慎重に馬から下ろし、しっかりと抱いて歩きはじめた。とにかく、危機は乗り越えた。そう思いながらも、身体がぶるぶると震えはじめるのがわかった。激しく悪態をついたものの、途方もない無力感と凶暴な怒りを抑えることはできなかった。いったいなにが目的だ？　何者の仕業だ？

フランシスを診察したシモンズ医師は、ホークの手当てがすばらしかったとほめた。「奥さまは二、三日もすれば回復なさいます、閣下。迅速な処置が、延々と続く痛みから奥さまを解放した。いい旦那さまをもたれて幸運ですな、レディ・フランシス」

フランシスはアヘンチンキで頭がぼんやりしていた。おまけに、医師の顔が目のまえでぐるんぐるんと回転している。「ええ」口から言葉がひとりでに飛びだした。「最高の夫です」

ホークは彼女に微笑みかけた。頬をやさしく撫でると、頬を寄せてきた。これまで口にはしなかったものの、彼女を思いやる気持ちが心の底からあふれだしてくるのがわかった。あまりに激しい感情の波に圧倒され、彼はしばし目を閉じた。

目をあけると、父親が感慨深そうにこちらをじっと見つめていた。ホークは感情に逆らうことなく、ただ黙って父親にうなずいた。

「ぐっすりお休み、ラブ」彼はやさしく声をかけ、そっと手を離した。そして彼女の寝息が落ち着くまで、ずっとベッドの横に立っていた。

「父さん」彼は父親のほうを向き、口をひらいた。「ふたりだけで、少し話をしたいのですが」

28

わたしの愛は、あなたにとってどんな意味があるのだろう?

――ゲーテ

「すると、息子よ、さすがに降参したんだな? 武器もしまい、もう丸腰になったんだな? 奥方にもう、めろめろというわけか」

「ええ」と、ホークが応じた。「彼女はぼくの妻です。愛しています。そして、彼女を守らねばならない。それが、よき夫の務めです!」

「おまえの気持ちは伝えたのか?」

「いいえ」そう言うと、ホークは背を向け、ブランデーをついだ。意外そうな表情を浮かべ、侯爵が息子を見た。「なぜ、伝えない?」

「思いを正直に告白したら、彼女がなんと言うか、不安なんです」彼は、ゆっくりと時間をかけてブランデーをひと口呑み、口元を手でぬぐい、ゆがんだ笑みを浮かべた。「口喧嘩の最中には、ロンドンの愛人のところに戻ればいいと怒鳴られました。彼女はぼくのことなんか、なんとも思っていないのかもしれない。結婚まえのつきあいは、お互いにやさしい感情をはぐくめるようなものではありませんでしたから。それに、結婚後も当初は……ひどいものでした。ベッドのなかでも、外でも」

「彼女は、おまえのことを大切に思っとる」と、侯爵が言った。「フランシスの感情はいわば、わかりやすい小説のようなものだ。読み方さえ、きちんとわかっていればいい」

「ぼくにはまだ、序文しか読めていません」そう言ったとたん、ベッドでの彼女を思いだした。あの激しい悦び。ぼくが彼女を悦ばせてあげたいと思うのと同様に、彼女もぼくを悦ばせたいと願っている。あの宝物のような時間に関していえば、たしかに、彼女はわかりやすい小説だった。

父の声が聞こえた。「そろそろ、自宅に戻ろうと思っていたんだが、よもや、こんな事態になろうとは……おそろしいことが起こったものだ。ホーク、わたしは謎が大嫌いでね」

「ぼくもですよ、父さん。考えられる狙いはふたつある。その一、何者かがフランシスを亡き者にしようとした。その二、けさ、彼女はフライング・デイヴィーに乗るはずだった。ゆえに、標的は馬だった」

「ベルヴィスから聞いたんだが、フランシスが機転をきかせていなければ、タメルランは命を落としていてもおかしくなかったそうだ。肢の傷はじきによくなるだろうが、さすがにニューマーケットのレースには間にあわないだろうと」

「フランシスに怪我を負わせたいと思っている人間がいるとは思えません」と、ホークが思案しながら言った。「でも、フライング・デイヴィーとなれば、話はべつです。それにしても、いったい何者だろう？」

「先週、デイヴィーは見事な走りを見せたからな、ホーク。よく思っていない連中は多いはずだ」

「ええ、大金をすった連中が相当いるでしょう」

「フライング・デイヴィーが標的だとするなら、デズボローの人間も、一枚、嚙んでいるはずだ。フランシスが当の馬に乗る習慣があることを知らなければ、罠は仕掛けられない」

「そのとおりです」ホークはさらにブランデーをあおった。「薄汚い裏切り者め」

「まったくだ。もちろん、そいつは何者かから金を受けとっておる。問題は、黒幕はだれかということだ」

ホークはしばらく、その疑問について考えていたが、ふいに声をあげた。「ありうる話ですよ、父さん。ネヴィルは殺されたんだ！」

侯爵はなにも言わず、息子をじっと見つめたが、両脇でこぶしを握りしめているのを、ホークは見逃さなかった。侯爵は冷静な面持ちで、そっけなく言った。「話してみろ」

ホークはアマリーから届いた手紙をとってくると、父親に見せた。

「このアマリーという女性は」と、手紙を読み終えた侯爵が口をひらいた。「どうして、あっぱれなご婦人じゃないか――心からおまえの身の安全を願っている。だが、この手紙の内容が事実なら、彼女の身は安全とは言いがたい」

「ええ、おっしゃるとおりです。ぼくも案じてはいるのです。ですから五千ポンドを送金し、ロンドンを発つように伝えました」

「こう公言するのは親として忸怩《じくじ》たるものがあるが、ネヴィルは、強欲のろくでなしだった。それがわかっていながら、わたしは見て見ぬふりをした。なんと愚かな父親だったことか！」

「父さんに落ち度はありません」と、ホークはなぐさめた。「なにひとつ。男は進むべき道を自分で選ぶ。そうでしょう？　それでも、疑問は残ります。兄さんはなぜ命を落としたのでしょう？」

侯爵はしばらく考え込んだあと、ついに調停人のような口ぶりで言った。「ネヴィルの死の責任がデンプシー卿にあるのだとすれば、必然的に、競馬がらみの策謀があったことになる。そうなると、残念ながら、エドマンドが怪しいと言わざるをえない」

ホークが激しく悪態をついた。

「だがな、息子よ。ベアトリスのことも考えてやらねば」

「厩舎の馬を買うようにエドマンドをけしかけていたのは、ベアトリスだと、これまでは思っていました。でも、そうではなかったのかもしれません」

「さもなければ、最悪、それが事実である可能性もある」

ふたりは顔を見あわせた。ホークはブランデーグラスをそっと置いた。「ベルヴィスと話をしてきます。馬たちを、とりわけフライング・デイヴィーを、守らなければ」

父親がまだアマリーの手紙をもっていることに、ホークは気づいていなかった。

その晩、一緒に夕食をとるため、フランシスの寝室に行くまで、ホークは手紙の件をすっかり忘れていた。

「ドラゴンでも殺しかねない顔をしているぞ、愛しいひと」と、ホークは声をかけた。

「息の根をとめてやりたいドラゴンがいるのよ。このうえなく愚かなドラゴンが」彼女がにこりともせず答えた。

「それはそれは」と、ホークが相槌を打った。「さあ、一緒に夕食をとろう」彼はミセス・ジェーキンズからベッドトレーを受けとり、妻の脚の上に置いた。あれこれと蓋《ふた》をあけ、深々と匂いを吸い込んだ。「うまそうだ」

「すべて、奥さまの好物でございます」と、ミセス・ジェーキンズが言った。

「ほう、なるほど」と、ホーク。「チキンのベシャメルソース添え、クジャク肉のラード焼き、そして大好物の――ティプシーケーキ（生地をワインに浸したスポンジケーキ）」

彼はミセス・ジェーキンズが寝室をでていくのを待ってから、鋭く尋ねた。「それで、肩以外に、なにか問題でもあるのかい？」

「これよ」そう言うと、フランシスがアマリーの手紙を突きだした。

「くそっ」と、ホークがつぶやいた。「父さんめ、殺してやる」

「よくもまあ隠せたものね！　こんな手紙を見せたら、神経の弱いわたしが卒倒するとでも思ったの？　それほど意志が弱い女だとでも？　馬鹿ね、見せてくれればよかったのに、ホーク！」

彼は吐息をつき、ベッドの端に腰を下ろした。「事態は深刻だ、フランシス」

彼がすなおに認めたので、フランシスは驚き、しばらく口がきけなかった。だが、彼の美しい瞳が心配そうに翳っていることに気づき、態度を軟化させた。でも、いいこと、わたしはなよなよした、か弱い女じゃありませんからね！

「もう、わたしを蚊帳《かや》の外に置くのはやめて、ホーク」

「ああ、遅まきながら、そうするよ」と、彼が応じた。「夕食を食べよう」

彼は自分の料理の蓋をあけ、考えごとをしながらマッシュドポテトをひと口食べた。

「ちょっとしょっぱいな」と、ぼんやりと言った。

「ティプシーケーキ、おいしいわ」と、フランシス。

「まだ痛む？」

「いいえ」と、彼女が率直に答えた。「ひりひりするだけ。やっぱり、あざができたわ。ひどい色なの――一面、青と紫で、ぞっとするような黄緑が混じってる」

「きみがかぶってた、あのみすぼらしい帽子みたいじゃないか」彼はそう言うと、片方の口の端を上げ、にやりとした。「食事が終わったら、ぼくにも見せてくれ」

「わたしを誘惑しようっていう魂胆なら、お忘れなさい！」

きみの本心はお見通しさとでも言うように、ホークは彼女を見つめた。「きみの全身をこのうえなく尊重しているよ、愛しいひと。だが本音を言えば、なかでもとりわけ惹《ひ》かれる部分があってね」

「あら、わたしはね、あなたの背骨のいちばん下の部分がとっても可愛らしいと思うわ」

彼が口元を引きつらせた。背中を、彼女のやわらかい唇が這っていくのが感じられそうだ。

「一本とられた」と、応じた。

「わたし、あなたの脚のあいだの毛も好きよ。縮れてて、やわらかくて、すごく……どきどきする」

「降参したと認めただろ、フランシス」

「下腹部を覆う艶っぽい腹筋は言わずもがなよ」

「フランシス！」

彼女はくすくす笑ったものの、すぐに後悔した。そして、彼が手紙を隠していたことを思いだし、真剣な顔をした。怠慢の罪よ。「言っておきますけど、あなたはまだドラゴンなんですからね」

「でも、ぼくのドラゴンの尻尾がどれほど魅力的かは、言ってくれなかったじゃないか」そう言うと、彼女に身を寄せた。

「ホーク――」

「夕食をすませるんだ、ラブ、それから相談しよう。よければ父さんにもくわわってもらおう――父さんときみとで、もうこの謎を解明していなければの話だが」

フランシスはため息をついた。「まだよ、残念ながら」

すりつぶしたカブをいじりながら、彼女がぽつりと言った。「どうしてわたしのこと、〝ラブ〟って呼ぶの？」

「〝下種《げす》〟と呼ぶより、よほどいいと思うが」どうしてそんなことを訊く？　ホークはいらだちを覚えた。ぼくに正直な気持ちを吐露させたいんだろうが、こっちはまだ準備ができていないいんだよ。

「お義父さまからうかがったわ。あなたがアマリーにロンドンを発つ費用を送ったって」

「ああ」

「彼女、フランスに戻るの？」

「ああ、結婚するんだよ。相手はロベールという農場主。つけくわえるなら、非常に幸運な男だ」

「この件に、お姉さまがからんでると思う、ホーク？」

「わからないんだ、フランシス。そうでないことを祈るしかない」

「わたし、エドマンドが好きよ。彼、この件についてはなにも知らないんじゃないかしら」

「かもね」

「使用人のだれかが裏切ったのかしら？」

「ベルヴィスが躍起になって調査を始めてるよ」

フランシスはクジャク肉を嚙んでから、口をひらいた。「わたし、ニューマーケットに行くこと、まだあきらめてないの」

彼は即座に断固とした返事をした。「駄目だ、フランシス、馬鹿なことを考えるな。ぜったいに無理だ」

「なら、馬なんてエドマンドに売っちゃえばいいのよ！」

「この件については、異議は認めない！」

「あら」彼女が見事なせせら笑いを披露した。ぼくの得意な冷笑を真似したなと、ホークは考えた。「いばりくさった閣下に逆戻りね、閣下。わたしの番人、傲慢なご主人さまのご登場だわ！」

「これ以上、喧嘩を売るな、フランシス。愛を告白する詩でも詠んでやらないと、気がすまないのかい？」

「指図はご免こうむるわ、ホーク！」

「きみのためを思ってこそだぞ、妻よ。さあ、食べておしまい」

彼女がこちらにトレーを投げつけたくてうずうずしているのを見てとったホークは、あわてて言った。「投げるなよ、フランシス。肩を痛める」

彼女はため息をつき、たわいのない願望を引っ込めた。「おっしゃるとおりよ、ホーク。この件については、とことん話しあいたいわ。理性的に」

「そうしよう」と、彼が愉快そうに言った。「きみにはわからないだろうが、愛しいひと、妻らしく務めをはたしてくれたら、きみをまた快楽の渦に連れていってあげるよ」

「肩が痛いこと、お忘れ？」

彼女の皮肉な物言いに、彼はただにやりとした。「細心の注意を払うから、心配無用さ。だって、きみの美しいお腹から旅を始めて、そこから上にはぜったいに触れないから。どう？」

「あなたって、ほんとに、盛りのついたヤギね！」

「顔が真っ赤だぞ、フランシス」彼は平然と言った。「きみの可愛らしい太腿のあいだに、いますぐ触れたら、あそこはもうとっくに濡れているんじゃないかな？」

フランシスはトレーを放り投げようとしたものの、肩に痛みが走り、落してしまった。鶏の胸肉が膝に落ち、ベシャメルソースが染みとなり、ネグリジェに広がりはじめた。彼女がいらいらと文句を並べた。

ホークは声をあげて笑った。「アグネスを呼ぶのはやめてくれよ、愛しいひと。すごくばつが悪いからね。ほら、じっとして。これ以上、痛い思いをしたくないだろう？」ホークが料理を片づけるあいだ、彼女は身をこわばらせ、横になっていた。そして、彼女の下腹部にベシャメルソースがついているのを見ると、ホークがにっこりと笑った。「でていって」

「きれいにしてあげるよ、愛しいひと。だれにも言わない、誓うよ」

濡れ布巾をもってくると、フランシスが抗議する間もなく、ホークはネグリジェをめくりあげ、腰をあらわにした。

フランシスは甲高く声をあげた。

「これほど絶妙なソースを無駄にするのはもったいない」そう言うと、彼女がまた抵抗の声をあげた。

「動かないで」ホークは濡れ布巾でソースを拭きはじめた。きれいになると、彼は布巾を脇に放り、身をかがめ、お腹にキスをした。フランシスは息を呑んだ。彼の指が腿の内側をなぞり、ゆっくりと上がっていき、ついにあそこに触れると、彼女は吐息を漏らした。「すっかり濡れてるじゃないか」彼のあたたかい息を下腹部に感じる。「ソースよりずっとおいしそうだ」

「こんなことしちゃ駄目よ、ホーク」と、彼女はひどく不安そうな声で言った。「わたし、怪我をしてるのよ」

「怪我はここじゃないだろう？　じっとして、フランシス。目を閉じて、身体の力を抜くんだ。肩のこと、忘れさせてあげるから」

彼はそのとおりにした。彼が舌を深く差しいれてくると、彼女は身を震わせ、あえいだ。声をださないようにこらえたものの、我慢できない。「いいんだよ」そう言うと、彼女の顔を見ようと、顔を上げた。「ああ」彼女が感じていることに満足し、また下腹部に顔を埋める。

彼女が絶頂に達し、歓喜の悲鳴をあげると、ホークは考えた。いま、この世界は完ぺきだ、と。

「おとなしくなったきみも、可愛いよ」彼女のぐったりとした身体をそっと撫でながら、ホークが言った。

「あなたなんて、大嫌い」わたしの声、どこに行ってしまったのかしら。そう考えながら、彼女はかすれた声で囁いた。

彼は返事をせず、彼女のネグリジェを引き裂き、床に放った。「また買ってあげるよ、フランシス。どっちにしろ、ネグリジェなんぞ、邪魔なだけだが」

「上掛けをお願い」と、彼女が口をひらいた。「だって……寒いもの」

「たしかに肩は冷やさないほうがいい」彼の笑顔がしかめ面に変わった。肩のあざがひどい。

「フランシス、ひどいあざじゃないか。肝がつぶれたよ」

「見た目ほど、痛くはないの」彼女は手を上げ、彼の頬をやさしく撫でた。「大丈夫よ」彼がてのひらにキスをし、長いあいだ、ふたりは口をきかなかった。

「寒いだろう」と、ようやく彼が口をひらいた。そっと上掛けを彼女にかけた。そしてアヘンチンキを垂らした紅茶を飲ませた。彼女がうとうとしはじめると、自分も服を脱ぎ、ベッドにもぐり込んだ。

当然、彼女にはもう抵抗することができなかった。ホークは細心の注意を払い、彼女の横に身を横たえた。

「好きでもない女を、あなた、どうして愛せるの？」

暗い部屋のなかで、ホークは目を見ひらいた。ろれつがまわっていないうえ、のろのろとした口調ではあったが、たしかにそう聞こえた。「ありふれた疑問だなあ」ようやく、そう応じた。「もう寝るんだ、フランシス」

「いつだって命令するのね」と、彼女がくぐもった声でぼやいた。これでもう眠ったかと思ったころ、また彼女がつぶやいた。「あなた、今夜は全然、楽しめなかったわね」

「そんなことはないよ、ラブ。きみを愛撫しているとき、あんなに甘い声であえがれたら、ぼくがどんな気持ちになるかわかる？　それにきみにぎゅっと抱きつかれると、大声で叫びたくなる」

「あなただって、わたしに悲鳴をあげさせるわ」と、彼女が言った。「なにもかも忘れてしまうの」

「ぼくのことも？」

「いいえ、あなたはわたしの一部になってるもの」

「もう二度と、きみなしで眠りに落ちることはできないだろう」と、彼は低い声でつぶやいた。「月のものがきていても、ひとりで眠らせはしない」そして、考え込んだようにつけくわえた。「一緒に寝ていても、きみに触れないようにすれば、高潔な精神を身につけられるというものだ。いい鍛錬だと、父さんなら言うかな。きみがぼくの子どもを身ごもったら、フランシス、きみのなかでその子が動くのを、ぼくも一緒に感じるとしよう」

彼女がとうとう眠りに落ち、ゆっくりと穏やかな寝息をたてはじめた。

きょう、ぼくは彼女を失うところだった、永遠に。

突然、甘い思いが頭のなかから消滅した。ちくしょう、とつぶやいた。ぜったいに、犯人をつかまえてやる！

翌日の午後、事態は急変した。調教師助手のひとりのヘンリーが、フライング・デイヴィーの餌に毒を混ぜている現場をベルヴィスが目撃したのだ。ベルヴィスはヘンリーをつかまえ、大声でどやしつけたが、縮みあがったヘンリーは一目散に逃げだした。

ホークは治安判事のエリストン卿のもとを訪ね、事件のあらましを説明し、捜索が開始された。

フランシスはずっとつぶやいていた。「彼を見つけなきゃ、なんとしても！ 何者から見返りを得て、フライング・デイヴィーを殺そうとしたのか、わたしたちに教えられるのは彼だけなんだから！」

ホークはうなるように相槌を打った。疲労困憊し、動くことはおろか、話すことさえままならない。

と、侯爵が思わぬことを言いだし、ホークは腰を抜かした。「これでもう、ニューマーケットへ行けない理由はなくなった」

「おっしゃるとおりです」と、フランシスが加勢した。

「冗談じゃない！」と、ホークは立ちあがり、怒鳴った。「ぜったいに駄目だ！」

「息子よ」と、侯爵がいたわるように言った。「残念ながら、ヘンリーをさがしだせるとは思えん。連中の悪事を明るみにだすには、ニューマーケットに行くしかない」

「フライング・デイヴィーを連れて」と、フランシスが言った。

「護衛をつけましょう」と、マーカスが話に割ってはいった。「なにごとも起きないように」

「揃いも揃って、みんな、頭がいかれたのか？」ホークが声を張りあげた。「フランシスは殺されかけたんだぞ！」

「でも、殺されなかったわ。それに、標的はわたしじゃなかった」

「殺されてもおかしくなかったし、標的はきみだったのかもしれない」と、ホークが言い返した。「フランシス、きみには不満たらたらの愛人が大勢いるんだろ？」

「喧嘩を吹っかけようとしても無駄よ、ホーク」と、フランシスが言った。「その手には乗らないわ」

「頭にくる女だな！　きみのようなたぐいの女から、男は守られるべきだ」

「この石頭！」と、フランシスがわめいた。

「犬も食わぬ喧嘩は、そのへんにしてくれ」息子の憤怒に染まった顔を見ながら、侯爵が目を輝かせた。「降参したほうがいいぞ、息子よ。少しでも礼儀をわきまえているのなら」

「こんなのは不公平だ」と、ホークがこぼした。

「あら、忘れてたわ」と、フランシスが間延びした声で言った。「崇高なるご主人さまのおっしゃることは、なにもかも聞かなくちゃいけないんだった」

「馬はぼくのものだ。それに、きみはぼくの妻だ。そしてマーカス、言わせてもらうがね、きみはぼくの下で働いてるんだぞ！　それに、父さん、あなたは〈シャンドス・チェイス〉に戻り、好きなように指図なされればいい」

「残念ながら、そうなる見込みはなさそうだ、息子よ」と、侯爵が愉快そうに言った。「いやはや、これほど胸躍るのは久しぶりだ——まあ、息子が傷つくのを見るのはしのびないが」

ホークの考えを振り払うかのように、フランシスがひらひらと手を振った。「だってもったいないでしょ、ホーク。底なしに食べる馬の餌代も、調教師の費用も、すべて無駄になるなんて。それに、ほんとうに私の身を案じてくださってるなら、あなたの目の届かないところにはぜったいに行かないって約束する」

「きみは怪我をしてるんだぞ」ホークはぎりぎりのところで踏みとどまり、まだ譲ろうとしなかった。

「一週間もすればよくなるわ」と、フランシス。「フライング・デイヴィーもクランシーズ・プライドも絶好調なのよ。あとに残るタメルランには、しっかり見張りを置いていけばいい」

「たしかクランシーズ・プライドのために、馬運車をもう一台、発注していたね？」

「そうなの。ヨークのレースでわたしが賞金を稼いだこと、覚えてるでしょう？　わたしたちが出発するまえには届くはずよ」だが、実際のところ、フランシスは家計のなかからその金額を借りるしかなかった。賞金の二百ポンドを実家の姉たちに送ってしまったこと、ホークが忘れているといいのだけれど。

ホークは、フランシスにつかみかかり、悲鳴をあげさせるまで揺さぶってやりたかった。

だが、思いとどまるしかなかった。そこでリヴェン伯爵の祖先について失礼なことを口走ったあげく、どしどしと足を踏みならし、部屋をでていった。

「あの若造も、いずれ、気持ちを変えるさ」と、満足そうに侯爵が言った。

「あの若造は」と、フランシスが皮肉っぽく言った。「蹴ってやったほうがよろしいのでは……向こう脛を」

「そりゃいい、フランシス。名案だ」

するとと、だしぬけにマーカスが言った。「ミス・メルチャーと結婚することにしました!」

「そんな」と、フランシスは悲嘆に暮れるふりをした。「いとしい愛人に捨てられたなと、旦那さまにさんざんからかわれちゃう!」


三日後、調教師助手のヘンリーの死体がヨークの路地裏で発見された。刺殺だった。

ホークは猛《たけ》りたった。

フランシスは治安判事のエリストン卿にもう一杯、紅茶を勧めた。エリストン卿は年配の紳士で、フランシスには虚弱なご老体のように見えたが、それも熱い情熱を帯びた黒い瞳を見るまでのことだった。

エリストン卿は、ホークが客間をうろうろと歩きまわるのを眺めた。見ているだけで、こちらまで疲れてしまう。紅茶のカップを下ろし、レディ・フランシスに目をやった。なんとている。可憐で美しいご婦人だろう。だがいま、夫の動きを目で追っている彼女の唇はきつく結ばれている。

「言い争いが原因とは思えません、閣下」と、エリストン卿はしばらくして口をひらいた。「傷はひとつ、心臓をひと突き。いわば、鮮やかな仕事でした」

「他殺に間違いないようですね」と、ホークが言った。

「お紅茶をいかが、閣下？」と、フランシスが夫に声をかけた。

彼がいらいらと首を振った。「だれかがなにかを目撃しているはずだ」少し間を置き、ホークが続けた。「ロンドンから探偵を呼び寄せるとしよう」

「それがいいわ」と、フランシス。「敵はべつの男を雇い、またよからぬことをさせるかもしれない」

「なにか、心当たりがおありでは、閣下」と、エリストン卿が尋ねた。「この事件の黒幕の正体に？」

「心当たりはあります」と、ホークが答えた。「だが、証拠がない」

「それは、だれです？」

「デンプシー卿です」と、ホークが答えた。

エリストン卿は、驚いた表情さえ浮かべなかった。「あの男には、いろいろな評判がありましてね。じつは、閣下と同様、わたしも競走馬の厩舎をもっております。もちろん、ささやかな厩舎ではありますが、業界の噂はいろいろ耳にはいってくる。エグレモント、つまりダービー伯爵から数カ月まえに聞いたところによると、相当の数の紳士がレースでは不正に手を染めているそうで。無念ですな」彼は立ちあがった。「ロンドンから探偵を呼び寄せるのがよろしいかと思います、閣下。ポートランド公爵に相談なさるといいでしょう。ポートランド公爵もニューマーケットのレースにお見えになるはずですから。レースについて、いつもこうおっしゃっているのは、ご存じでしょうな。『運、技量、不正、そのいずれかが勝利の決め手となる』」

「くそっ」と、ホークが言った。「フランシス、もうベッドで休みなさい。かなり疲れた顔をしているよ。マーカス、一緒にきてくれ。きょうのうちにロンドン警察に知らせを送ろう」

29

あの血まみれの男はだれだ？

――シェイクスピア

「このど阿呆！　ちくしょう、自分がなにをしでかしたのか、わかってるのか？」

エドマンド・レイシー、すなわちチャーマーズ卿は、デンプシー卿の顔をにらみながら、怒りに身を震わせた。「あの女がロザミア伯爵の愛人だと知らなかったと言うのか！　この大馬鹿野郎！」

デンプシー卿は、たいしたことではないようなふりをした。「あの女はもうロザミア伯爵に囲われてはいない――わたしが話したことをふしぎに思ったとしても、それを気にかけるわけがないだろう？　だいいち、自堕落な女の言うことなど、だれが真に受ける？」

「じゃあ、訊くがね」と、エドマンドがおそろしく低い声で言った。「アマリー・コルローはなぜ荷物をまとめて、行方をくらましたんだ？　ああそうだ、彼女は消えちまったんだよ。

おれが調べたのさ。ホークは四カ月先まで家賃を前払いしていたのに。おまえの逆襲をおそれていないのなら、でていく理由などないだろう？　おれはね、怪しいとにらんでいる。おまえがぺらぺら喋ったことを、あの女が、ホークに知らせていたんじゃないかと」

デンプシー卿が立ちあがり、自分でポートワインをつぐようすを、エドマンドはじっと見ていた。このあほんだら！　こいつに好意をもったことはいちどもない。それどころか、酒がはいるとなにを喋るかわかったものじゃないと、いつも冷や冷やさせられたものだ。それがよりにもよって――ホークの愛人に漏らしてしまうとは！　チャールズ・ルイストン、つまりデンプシー卿とネヴィルはいつもうまくいっていた。ネヴィルが臆病風に吹かれ、弱気になるまでは。くそっ、どうすればいい？　いま、ホークがこの自分を疑っているのは間違いない。それも相当、怪しいと踏んでいるはずだ。

うすのろヘンリーは、ありがたいことにヨークで死んでくれた。こちらへつながる痕跡はいっさい残さずに。デンプシーは嬉々としてやつを殺し、エドマンドに自慢さえしたのだった。「あの野郎、命乞いしてきたんだぜ。だから一息《ひといき》に始末してやったよ」

「連中を殺《や》っちまおう」と、デンプシー卿が唐突に言った。

エドマンドはじっと彼を見つめた。デンプシーの水色の瞳に平然とした冷酷さを見とめ、悟った。これ以上、この男を追い詰めようものなら、こちらが殺されかねないことを。「連中とはだれのことだ？」と、エドマンドは努めて落ち着いた声をだした。「ホークと夫人のふたりか？」

「そうに決まってるだろ。あの愛人がロザミア伯爵の好みなら、報いを受けさせるまえに、奥さんのほうともちょいと楽しませてもらうさ」

「駄目だ」と、エドマンドが断言した。「全イングランドを敵に回すことになるぞ。シャンドス侯爵でさえ、事情はすべて把握しているはずだ。息子夫妻を殺そうものなら、たとえシャンドス侯爵にはなにも立証できなくても、われわれはイングランドから遠く離れた異国に追放される。あの男には権力者の友人がごまんといる。おまけに、ホークは陸軍省にも顔がきく。おれは国外逃亡したいなどとは、露ほども思っちゃいない。捕えたイングランド人ひとりひとりに唾を吐いたナポレオンとは違うんだよ」

「なら、どうするつもりだ？」デンプシーは、自分のグラスにもう一杯ポートワインをつぎながら詰問した。「あんたに言われたとおり、やってきたんじゃないか、チャーマーズ。おかげで、このざまだ」

「フライング・デイヴィーをニューマーケットに行かせるわけにはいかない。あの馬を――もちろん事故で――始末できれば、われわれは安全だ。ロザミア伯爵は疑いをもつだろうが、証拠はない」エドマンドはにやりと笑った。「ほかにも、保険をかけてあるんだよ、デンプシー。おれはレディ・ベアトリスを意のままにできるのさ――」

「彼女の身体は、どのあたりがいいんだ？」デンプシーが尋ねた。その声は視線と同様、いやらしかった。

「黙れ、この間抜け、いいから聞くんだ！　どれほど厄介なことになろうとも、おれは彼女を盾にする」そう言いながら、エドマンドは考えた。いますぐ彼女を説きふせ、結婚できないだろうか。そうすれば、さすがのホークも身を引かざるをえない。侯爵とて同じことだ。

「ほかの競走馬たちはどうする？」

エドマンド・レイシーは椅子の背にもたれ、なにやら深く考えながら、先の尖った指で軽くテーブルを叩いた。「まずフライング・デイヴィーを始末する計画を立てよう。それほどむずかしくはないはずだ……適当な策さえあれば」彼はふいに両のこぶしを握りしめた。

「まったく、いまいましいネヴィルめ！　やつがあれほど腑抜けじゃなければ、こんなことにはならなかったものを！」

「おれは、ネヴィルのことが好きだったがなあ」と、デンプシー卿が言った。エドマンドは呆気にとられ、ただその顔を見ていた。


ホークはフランシスの額から湿った髪をやさしくかきあげた。彼女の息がまだ乱れている。上下する胸、まだぴんと立ち、じらすように彼の胸毛に触れる濃いピンク色の乳首を、愛おしい思いで見つめる。肩にはまだあざが薄《うつす》らと残っているが、もう激しい痛みはなく、ひりひりする程度だという。

「あなたがなかにいる感じ、好きよ」もっと深く彼を受けいれようと、彼女が背を弓なりにそらした。ホークは頭を下げ、彼女の唇にさっとキスをした。濡れていて、甘い。「五十年後もまだきみのなかにいてほしいと思うかい？」

「まだわたしのなかにいるのね」彼女の言葉に、痙攣を起こしたように動いた。「あなたが

「なんだい、ラブ？」

「ホーク？」

彼女が答えた。「五十年後？」と尋ねてくる。「たったそれだけ？」

彼は笑い声をあげ、身を引き、彼女の隣に横たわった。彼女が唇をとがらせる。ホークは、フランシスの無垢な仕草にふたたび欲望を刺激され、驚いた。肘をつき、彼女の隣で身体を伸ばした。

とがらせた唇を指でつまむ。「どこでこんな仕草を覚えたんだ？」

彼女の瞳が、愉快そうにきらきらと輝いた。「ヴァイオラが鏡のまえでさんざん練習していたの。近所の男の子たちは、いちころだったわ」

「唇をとがらせてみせるのは、ぼくだけにしてくれない？」

「考えておくわ。いまのが心からのお願いであって、お得意の命令じゃなければね」

「主の命令、これすなわち神の命令なり」

フランシスがにっこりと笑い、いたずらっぽく言った。「愛しあっている最中も、そのあとも、あなたには飽きないわ」

「アマリーに明言されたんだよ。女というものは、快楽を味わったあと、いびきをかいてぐーぐー寝るだけじゃなく、会話を楽しむものだと」

フランシスが彼の胸をげんこつでぶった。

「ぼくは、きみと七歳しか違わないが」と、彼はふしぎそうに言った。「きみはぼくに追いつけない……年齢の点から見ればね。だが、ほかの点に関していえば……」彼はにやりと笑い、彼女の下腹部にてのひらを置き、彼女が震えると、笑みを広げた。「まあ、ほかの点に関していえば、あのクリームの瓶は安心して窓から放り投げられるというものだ」

たしかに、もうクリームは要らないわ。そう考え、彼女は言った。「それはあなたが男のなかの男だから――偉大な男だからこそ、女性を感じさせることができるって言いたいんでしょ」

「それに、もって生まれた知性と、天与の男らしさも兼ね備えている」

「馬の疝痛薬、こんどは、あなたの紅茶に垂らすわよ！」

ところが、彼が言い返してこなかったので、フランシスは驚いた。しばらくすると、ようやく彼が口をひらいた。「ぼくは、しっかりときみを見るべきだった。結婚するまえというよりは、結婚したあとにね」

「見てたじゃない！　わたしを見るたびに、いつも顔色が悪くなってたわ。さしこみにでも襲われたみたいに」

「いや、きみのことを、ちゃんと見てはいなかった。きみが寝室用便器に覆いかぶさり、青白い顔をしていたときにも、ろくに見ようとしなかった。あのときは、あの眼鏡も、あのご大層な帽子も、身につけていなかったよね」

「気分が悪くて、それどころじゃなかったの」フランシスは、その記憶に顔をしかめた。「あの晩、わたしを抱くつもりだったんでしょう？」

「そのつもりだった」ホークが手を広げ、そっと胸を愛撫した。かすかな震えが伝わってくる。彼は微笑んだ。

「どうしてもわたしの顔が気にいらなかったら、どうしてた？」

「そのときは、きみの美しい肉体に集中したさ」それだけ言うと、彼は指をすばやく下のほうに動かした。彼女はすっかり濡れており、指にまとわりつく。どうしても彼女が欲しい。切くるおしいほどに。もはや、フランシスへの強烈な欲求を否定する気持ちは消えていた。切ないほどに彼女を求める自分をすっかり受けいれ、そのよろこびに耽っていた。妻。ぼくの妻。

「ああ」フランシスは思わず彼のほうに腕を伸ばし、刺すような痛みに声を漏らした。

「気をつけて、ラブ。もっと感じたい？　もっと感じて、乱れに乱れたい？」

彼女はうなずいた。彼が欲しい。彼のすべてが欲しい。

「あなたはわたしのもの」そう言うと、彼の指先で巻き起こされた官能の嵐に、身をくねらせた。

「ああ。ぼくはきみのものだ。絶頂に達して、そのまま昇天するまでは。さて、いまはどのあたりかな？」

ホークは彼女の太腿のあいだに身を沈め、脚を大きくひらかせた。彼女は息を呑んだ。あそこをまじまじと見つめられ、恥ずかしくてどうにかなりそうだ。だが、彼は微笑んだまま、黙ってかぶりを振った。その瞳は激しい欲望で翳っている。指で彼女のあそこをまさぐりながら、じっと観察している。「すごくきれいだ」

フランシスが一瞬、身をこわばらせ、それから力を抜いた。「わたしがどれほどあなたを欲しがっているか、わかる、ホーク？」

「ああ」彼は満足そうに深々と吐息をついた。「わかるよ、ラブ」

「なのに、どうしてこんなにじらすの？」

「じらす？　うーむ。じつを言うと、ほんとうにきみが丸くなり、弱々しくなり、愚かになっているかどうか確かめてから、ご褒美をあげようと思ってさ」

「いじわる！」フランシスはそう言うと、大きくあえぎ、目を霞ませた。「ホーク！」悲鳴をあげ、彼を迎えいれた。

しばらくしてから、フランシスが彼の腕のなかで眠りに落ちると、ホークは目下、直面している問題の検討を再開した。あすはニューマーケットに向けて出発する予定になっている。だが、彼はおそれていた。それは、自分でも認めるしかない。それに、事前に予防措置をいろいろ講じてはいるものの、心配でならなかった。そのとき、ロンドンから呼び寄せた探偵のサミュエル・アックリーのことを思いだし、暗闇のなかでにやりと笑った。ミスター・アックリーはなんとも冴えない男で、さしずめ、鷲鼻《わしばな》を授かった白イタチといった風情《ふぜい》なのだ。

「気にいりませんな、閣下」ミスター・アックリーは左耳を引っ張りながら言ったものだ。「友人のミスター・ホーレス・バマーに、捜査に協力してもらいましょう。ホーレスにはここに残り、聞き込みにあたってもらう。わたしはニューマーケットに同行するということで」

それで話は決まった。いずれにしろ、異論を唱えるつもりはなかった。ミスター・バマーが残ってくれれば、〈デズボロー・ホール〉の警備は強化される。

と、フランシスに胸毛をいじられるのを感じた。肩に彼女のあたたかい息を感じる。絶頂に達したとき、彼女はある言葉を口にした。あすの朝になっても、彼女はそのことを覚えているだろうか。「ほんとうに、きみはぼくのこと、愛してるの、フランシス？」ホークが小声で尋ねた。彼女はなにやら寝言をつぶやき、彼は幸福感に包まれた。それでも、不安はつきまとった。どうすれば、彼女の身の安全を守ることができる？　おそろしい状況を想像すればするほど、全身が緊張した。事件について知っていることをミスター・アックリーにすべて話していたとき、ふと、ネヴィルが所有していたヨット、キーマーク号の船長のことを思いだしたのだ。あの船長、なんという名前だったかな。そう考えて、はっとした。そういえばネヴィルの――いまは自分の物となった――ヨットを、いちどもこの目で見たことがない。それにミスター・アックリーに指摘されたように、ほんとうに船上で犯罪行為があったのなら、船長は知っていたはずであり、それはとりもなおさず、船長が見て見ぬふりをして賄賂《わいろ》を受けとっていたことを意味する。そこでホークは、サウサンプトンに停泊中のキーマーク号に手紙を送り、ニューマーケットにくるよう船長に命じたのだ。そうすれば、とにかく疑問にたいする答えがわかるだろう。

するとフランシスがはっきりした声で寝言を言った。「アリシア、赤ちゃんがお腹にいるあいだは気分がすぐれなかった？」

やれやれ、とホークは考えた。残念ながら、アリシアはここにおらず、フランシスの質問に答えてはくれなかった。

眠りに落ちる直前まで、ホークの頭には数々の疑問がよどみなく浮かんだが、どの疑問にも答えは得られなかった。なぜ、エドマンドたちはデズボロー厩舎の馬を欲しがっているのだろう？　なぜ、フライング・デイヴィーに死を望む者がいるのだろう？　ああ、エドマンド、きみはこの悪事に一枚嚙んでいるのだろうか？　神よ、どうかベアトリスが悪事に関わっていませんように。姉が実際に関わっていると想像するだけで耐えられない。

それに、フランシスはほんとうに妊娠しているのだろうか？


翌日の午後六時、デズボロー厩舎の一行は、〈泥鴨亭〉という宿の中庭に到着した。ドンカスター競馬場にほど近いこの宿は、広々とした馬屋、総勢十五名の一行が宿泊できるだけの数の部屋、個室を備えた食堂を売りにしていた。

あたたかい一日を息苦しい馬車のなかでずっとすごしたフランシスは、うんざりしていた。アグネスとずっと一緒に馬車に揺られていると、辟易してくるのだ。アグネスときたら、通りすぎる村について、あれこれ説明したがる。売り文句はどうあれ、どこもいたって平凡な村だというのに。それもこれも、イングランドに初めてやってきたおのぼりさんである女主人に教養を深めてもらおうという趣旨があってのことだった。馬車から降りるころには、アグネスを絞め殺したくなっていた。なにもかも、石頭の夫のせいよ。

「まだ肩が痛いのに、馬に乗っちゃ駄目だ」そう言い、フランシスがどんなに甘え、嘆願し、叫び、ののしろうと、ホークは耳を貸してくれなかった。ほんとうに頭にくる！

「馬が興奮し、きみがまた肩を痛めるようなことになったら困るだろう」

「なによ、いばりくさった傲慢な――」

「なにかおっしゃいましたか、奥さま？」

「いいえ、なんでもないわ、アグネス！　ただじっと座ってるのに飽きただけ。いいお天気だし、それほど暑くもない。なのに、馬車のなかときたら息苦しくて……。口うるさいったらないいんだから……」

フランシスは〈泥鴨亭〉にも経営者のスミス氏にも、まったく文句はなかった。ロザミア夫妻は丁重にもてなされ、スミス夫人が腕によりをかけた夕食を堪能した。

夕食を終えると、ホークは立ちあがり、フランシスにキスをした。「きみはもう休むほうがいい、愛しいひと」

「あなたは、ホーク？」

「ぼくはきみの勇壮たる騎士だ。槍を手に、きみの寝室の外に立つといたそう」

「それよりも、寝室のなかにいるほうが望ましいぞ。そなたの槍は――」

「フランシス！　言うなあ！」

「あなたの話し方を真似しただけよ、旦那さま」彼女はそう言うと、濃いまつげのあいだから彼を見あげた。

当然のことながら、また激しい欲望の波に襲われ、強い意志の力で彼女を寝室に送っていった。そしてキスをするだけで満足することにしたが、呼吸は荒くなっていた。

ホークは馬屋のそばで、ミスター・アックリーの盛大ないびきを聞きながら眠った。翌朝は、無事、早朝に出発することができた。その日の目的地はグランサムの〈ジョージ王亭〉

だった。

ホークは軍隊時代にイベリア半島で覚えた技を駆使し、鞍の上でうとうとした。鞍ずれしたマーカスは、フランシスと一緒に馬車に乗った。

その晩、ホークはフランシスを宿で寝かせると、また馬屋の見張りに向かった。睡魔に襲われ、まぶたが重くなったとき、あたりの気配が変わったことを察した。なにかがおかしい。ベルヴィスのいびきが聞こえる。だが、妙な……。

「火事だ！　火事だ！」という叫び声に、はっと目を覚ました。馬屋の屋根から炎があがっている光景を、呆気にとられて眺めた。眠気を振り払おうと、激しくかぶりを振る。

「なんてことだ」そうつぶやき、ベルヴィスを乱暴に揺さぶった。

馬たちのいななきが聞こえ、ホークははじかれたように立ちあがった。

だが、身体が思うように動かない。男たちが中庭に詰めかけ、馬屋の屋根にバケツの水を浴びせかけ、なかにいる馬たちを勇猛に助けようとした。

突如、天候が変わり、土砂降りとなった。激しい雨で鎮火し、あとにはただ陰鬱な煙がたなびいていった。

煤《すす》で顔を黒ずませたホークはベルヴィスを見やった。「脇が甘かったよ。してやられた」

「一服盛られた、と？」マーカスが尋ねた。

「わたしの責任です」と、穴があればはいりたいという口調でミスター・アックリーが言い、ホークはあわててなだめた。フライング・デイヴィーの端綱《はづな》を握りしめていたのは、マーカスだった。デイヴィーは恐怖に身を震わせ、目をむいていたものの、とにもかくにも無事だった。

「フランシス！」はっとして、ホークは宿のほうを射るように見た。「クランシーズ・プライドを見てやってくれ！」そう叫ぶと、彼は長い脚で一気に駆けだした。

彼女はベッドで寝息を立てていた。薬で眠っているのだ。そこで、彼女がいやいや目をあけるまで、身体を揺さぶりつづけた。

「標的はきみじゃなかったよ、フランシス」彼はゆっくりと言い、彼女の髪を撫でた。「何者かがぼくたちの食事に眠り薬を混入し、馬屋に火をつけた。幸い、天の恵みでことなきを得た。ひどい土砂降りだから、道は水浸しになるだろうが」

「馬たちは？」

「ありがたいことに、無事だった。ベルヴィスが面倒を見ている。マーカスが、フライング・デイヴィーを無傷で助けだしてくれた」

経営者が取調べられたものの、なにもわからなかった。彼はなにも知らず、食事に薬が盛られていたかもしれないと聞き、大いに憤慨した。いいえ、厨房に不審な人間はだれもはいっていやしません、と。取調べはまだ続くだろうが、経営者が悪事に関わっているとは、ホークには思えなかった。

　翌朝、道はぬかるんでいたが、通行できないほどではなかった。ホークはニューマーケットに向かうことにした。その晩、〈女王亭〉に到着したときは夜も十時近くなっており、一行はへとへとに疲れきっていた。すると、宿にはシャンドス侯爵の姿があった。侯爵はうれしそうに顔を輝かせ、一行を出迎えた。

「悪路をよくきてくれたな」そう言うと、侯爵は息子を抱きしめ、つぎにフランシスを抱きしめた。

　ホークが前夜の一件を話して聞かせると、侯爵は怒りを爆発させた。「つけあがりやがって、もう許せん！」とわめく。卒中を起こしてばったりと倒れてしまうのではと心配したフランシスは、侯爵にマデイラ（ポルトガル産の酒精強化ワイン）をついだグラスを差しだした。「ところで、ホーク」興奮がおさまったころ、侯爵が口をひらいた。「キーマーク号のアンダーズ船長に伝言を送り、ニューマークまできてもらえないかと頼んだよ」

　ホークがにやりと笑った。「ぼくもです」と答えた。「ただ、船長の名前はわかりませんでしたが」

「もっと早く、思いつくべきだった」と、自分に腹を立てながら侯爵が言った。「まったく、うかつだった！」

「それ以上ご自分を責めないでください、父さん。さあ、遅めの夕食をとるとしましょう」

ニューマーケットは、これまで通ってきた村や町とはまるで違うわ。翌朝、フランシスは目を見張っていた。宿や店や馬屋が軒を連ねている。いかにも長年、競馬場を中心に栄えてきた町という風情があった。

「ニューマーケット・ヒースは広大な荒地でね、大半はポートランド公爵の所有地だ」と、大通りをフランシスとそぞろ歩きながら、侯爵が説明した。「彼の計画を小耳にはさんだよ。ハリエニシダや低木を伐採し、芝を敷きつめ、調教場にしたいそうだ。むろん、莫大な費用がかかる。調教場の完成までには、何年もかかるだろう」

ホークが自分たちの馬と調教師のために借りた馬屋に着くと、フランシスは大勢の紳士たちが馬運車に群がっているのを見て、にっこりと笑った。

「見事なアイディアですな、閣下」と、ある紳士がホークに声をかけた。「お祝いを申しあげます」

「じつは、妻の発案なんです。ヨークの鍛冶屋で見つけたとかで」フランシスの姿をさがし、見つけると、手招きをした。「発案者の妻です、紳士諸君」

フランシスは、紳士たちの目を見て、悟った。わたしの貢献など、どうでもいいと思っているわね。「おや、閣下」サー・ジョナサン・ルドルが声をあげた。「こちらの馬運車は、一部、焦げていますな。火事でも?」

「ええ、運悪く、道中で……事故にあいまして」

「馬は無事で？」ほかの紳士が尋ねた。

「ええ」と、ホーク。

その紳士は鼻を鳴らした。「またまた、とぼけても駄目ですよ。賭けてもいい、事故であるはずがない！　悪党どもの手から馬を守ろうと、みな、大枚はたいている。アッシュランドの件はお聞きで？」

ニューマーケットには淑女の姿も多く、紳士と同じように、ギャンブルに熱をいれていた。だが、フランシスは考えなおした。淑女がたは、ギャンブル、恋の火遊び、ゴシップにも、同じくらい興味をもっているみたい。フランシス自身は、資金を五十ポンド、もっていた。全額、フライング・デイヴィーに賭けるつもりだった。わたしの火遊びの相手は、夫だけで充分。

その夜、〈黄金のガチョウ亭〉でパーティーが開催された。デラコート卿が宿を貸切にしたのだ。デラコート卿は痛風もちの高齢の紳士で、広い居間の真ん中に鎮座する巨大な椅子に座り、いくつか重ねたクッションに脚を載せ、取り巻きに囲まれていた。いかにも神経質そうで、葦《あし》のように痩せた男が、デラコート卿の横に立ち、指示をつぶやかれたらすぐさま行動を起こそうと身構えている。

「このいまいましい宿を買いとるしかないだろうな」と、デラコート卿がよくとおる声を張りあげ、不平を言った。「経営者のネディに巨万の富を授けてやるとするか。あす、手配をしてくれ。ティモンズ」

「かしこまりました、閣下」と、ティモンズがすばやく応じた。

デラコート卿は宿の買取りについて思案していたようだったが、ほどなく、フランシスに向かって手招きをした。「おいで、お嬢さん！」

「心配するな、フランシス」と、侯爵が耳打ちした。「偏屈者のじいさんだが、嚙みつきはせん――さすがに、あっちのほうはもうあきらめただろう。もう二十歳若かったら、あのじいさんのまえにご婦人はださないが」

フランシスはただ艶然《えんぜん》と微笑んだ。そして、ホークが五、六人の紳士たちに囲まれて会話をしているようすをちらりと見てから、傲慢な老人のほうに歩いていった。

「おや」と、侯爵が急に声をあげた。「ベアトリスじゃないか！」

「エドマンドも？」と、フランシスが小声で尋ねた。

「彼はいないようだ。まずい、どうする？」

「サー、ごく自然にご挨拶なさってください。わたしはデラコート卿のお望みをうかがってきますから」

「そちの名前は、お嬢さん？」デラコート卿のまえでお辞儀をするやいなや、そう質問された。

「ロザミア伯爵夫人、フランシス・ホークスベリーと申します」

「ほう、すると、馬運車を発案したお嬢さんというわけか。よくもまあ、考えついたものだ。こんなうら若き娘っこが」

「ええ、わたしが発案者です、閣下。若い娘だからといって、なにも思いつかないわけじゃありませんわ」

「口が達者なご婦人だ」そう言うと、デラコート卿はふさふさした眉を上げ、目を丸くした。

フランシスはくったくのない微笑みを浮かべた。

「ポートワインをもってこい、ティモンズ」と、即座に卿が命じた。

「お言葉ですが、閣下！」

「四の五の言うな、ティモンズ。あのやぶ医者の言うことなぞ、おとなしく聞いていられるか！」

「では、わたしはパンチをいただこうかしら」と、フランシスは言った。「お相伴にあずかってもかまいませんか？」

デラコート卿が彼女をぎらぎらとした目でにらみつけた。ふさふさの眉毛はいまや目の上で一直線になっている。「きみの指で、わしを包み込んでもらうのはどうかね、お嬢さん？旦那にもそうしてるんだろう？」

フランシスは声をあげて笑った。ホークが自分の誘惑に屈服する光景を想像し、楽しくなった。まあ、楽しいことだけじゃなさそうだけれど。フランシスはひとり、にんまりと微笑んだ。

「ご主人は、善良な人間だと聞いておる」デラコート卿がふしくれだった指でホークを指した。「兄の爵位と領地を継いだあと、競馬も引き継ぐとは思わなかったがね。ああ、ネヴィルか。あいつはなあ！」

あいつは、なんなの？　ミスター・ティモンズからパンチがはいったグラスを受けとると、フランシスは礼を言い、そのグラスをデラコート卿に差しだした。彼はふんと鼻を鳴らし、哀れなミスター・ティモンズに流暢に悪態をついてから、グラスを受けとった。

フランシスは考えごとをしながらアラックという蒸留酒がはいったパンチをひと口飲んだ。甘く、それほど好きな味ではなかった。少し間を置き、つとめて自然に尋ねた。「お義兄さまのこと、ご存じなんですか、閣下？　ネヴィル・ホークスベリーのことを？」

「無論、知っとる」デラコート卿がまた鼻を鳴らした。「死んだ者を悪く言うもんじゃないが、いけ好かない男だったよ！　調教やレースの知識に関しちゃ、イングランドで自分の右にでる者がないといった顔で、いばりくさっていた。ろくにわかっちゃいないくせに」

「そうでしたか」と、フランシスは少々失望して応じた。ネヴィルがいばりくさっていようがどうしようが、そんなことに興味はなかった。「閣下の馬は、あすのレースに出場するんですか？」

　デラコート卿が低い声で不満そうに言った。「五マイルのレースで、わしに勝てると思わんほうがいいぞ、お嬢さん！　うちのパージャンは頑丈で、屈強な馬だ。おたくのサラブレッドはなんという名前だったかな？」

「フライング・デイヴィーです、サー」と、フランシスが答えた。「まだ四歳ですが、見事な走りを見せてくれるでしょう。強靭な馬ですし、なにより、勝ちたいという意欲が強いんです。先日、ヨークのデビュー戦で、勝利をおさめました」

「ひどい名前だ」デラコート卿はそう言うと、パンチの残りを呑みほした。「ひどい酒だ。女しか呑めん」

「お言葉ですが、閣下」と、フランシスは率直に言った。「わたしにも、甘くて呑めたものではありません」

「お義父上は、あんたのことをどう言っているのかね、生意気な娘っこよ」

「崇拝してくださっています」と、フランシスは平然と応じた。

「ごほん」と、デラコート卿がわざとらしく咳払いをした。これを機に失礼しよう、と彼女は考えた。卿はなにかほかのことに気をとられている。だが、うまく退散しおおせるまえに、デラコート卿が考え込んだように口をひらいた。「じつはね、お嬢さん、わしには大切にしていた仔馬がいた――いまごろ、四歳になっていたはずだ。スターファイアという名前でね。孫息子が名づけたんだよ。可愛いやつだった」

「亡くなったんですか？」と、さして興味もなく、フランシスは尋ねた。

「孫息子か？　まさか！　ぴんぴんしとるよ。いまはイートン校に通っておる」

「いえ、サー、その、仔馬のスターファイアのことです」

「死んだわけじゃない。どこぞの悪党に盗まれたんだよ！　馬房から消えていたんだ！　手を尽くしてさがしたが、無駄だった。イングランドから忽然と消えてしまったのだ」

フランシスは胃のあたりが急に冷たくなるのがわかった。まさか、そんな——名前はただの偶然よ。それでも、こう尋ねる自分の声が聞こえた。「スターファイアという名前の仔馬だったとおっしゃいましたね。なにか、星《スター》にまつわる特徴があったんですか？　それとも、たんに、お孫さんの思いつきだったんでしょうか？」

彼女は息を詰め、おそるおそる、答えを待った。返事はすぐに返ってきた。

「すぐにわかるしるしがあった。額に白い星の、球節には白いしぶきのような模様があった。あとは、全身、濃い鹿毛だった」そう言うと、彼が首を振った。「母馬はクロリンダといってね、まったく同じような模様があったよ」

フランシスはどうにか気をとりなおしたが、頭のなかではあらゆる思いが渦巻いていた。

「よろしければ、閣下、夫にお目文字願いたいのですが」

「かまわんよ、お嬢さん」と、デラコート卿がじれったそうに手を振った。「ここに連れてきなさい。ただし、兄と五十歩百歩なら、容赦はせんぞ！」

ああ、なんてことかしら。フランシスはぼんやりと夫のところに歩きながら、考えた。これで話の辻褄《つじつま》があう。おそろしい辻褄が。

30

愛と殺人はかならず露見するものだ。

——ウィリアム・コングリーヴ

「閣下、いけません！　痛風が……夜気《やき》がお身体にさわります！　冷えたらどうなさいます、閣下！」

ミスター・ティモンズが眉をぬぐったが、主人であるデラコート卿はホークとマーカスのあいだを、黙々と馬屋に向かって歩きつづけた。

「じき午前零時です、閣下」と、ミスター・ティモンズが食いさがった。そしてあとずさりを続けながら、ホークの歩みについていこうと、スキップするような恰好をした。「閣下！　せめて、あすの——」

「黙っとれ、ティモンズ！」と、デラコート卿が怒鳴った。「ばあさんみたいにうるさいやつだな。まったく、よくこれまでおまえに我慢してきたものだ。もっと早く水に沈めておけばよかったわ！」

ホークがきつく口を結んでいた。フランシスはなにも言わなかった。急にこわくなったのだ。ベアトリスも同行しており、侯爵が隣に寄り添っている。

「で、おたくのフライング・デイヴィーとやらを見せて、わしをぽっくり死なせようという魂胆なんだな、え、お嬢さん？」

「そうなるかもしれません」と、フランシスが応じた。

「ねえ、お父さま、これ、いったいどういうこと？」ベアトリスが問いつめた。「寒くて風邪をひいちゃう！」

侯爵はなにも言わなかった。そのこと自体がベアトリスには経験のないことであり、ことの重大さを物語っていた。

ベアトリスは、問いかけるように父親の顔をうかがった。だが、侯爵はすさまじい形相をしており、彼女は思わず身を震わせた。それは冷たい外気のせいではなかった。

馬屋の西棟に着いた。馬屋はまるで要塞《ようさい》のようだった。ベルヴィス、三人の馬番、ふたりの調教師、ミスター・アックリーが、ふたつの馬房を囲んでいる。

「隙はないということだな」灯火に明るく照らしだされた馬屋に足を踏みいれながら、デラコート卿がまばたきした。

「ええ、ぬかりはありません、サー」と、ホーク。

フランシスがデラコート卿の腕にそっと手を添えた。「サー、これから審判を下していただきます。フライング・デイヴィーを、目をこらしてご覧になってください。ベルヴィス、いいわ、お願い」

ベルヴィスが馬房のドアをあけ、フライング・デイヴィーを外に引っ張りだした。

完全な沈黙があたりを支配した。全員の目がデイヴィーと痛風もちの老人にそそがれる。

フライング・デイヴィーはおとなしく立ちながらも、闖入者《ちんにゅうしゃ》の一団をいらいらと見ている。

フランシスはデラコート卿のようすを見守った。デラコート卿が目を大きく見ひらき、つぶやいた。「スターファイア」

彼女は奇妙な安堵感に襲われた。と、ホークと目があった。その目は痛々しく、こんな結末を迎えたのは痛恨のきわみだと思っているようすが伝わってきた。

ベアトリスが鋭い声で言った。「わけがわからないわ！　どうして閣下はスターファイアと呼んだの？　ちょっと、フィリップ――」

ホークはおもむろに姉のほうを向いた。「ベア」と、どこまでもやさしい声で言った。「兄さんは馬の窃盗に関わっていたようだ――競走馬の仔馬の」

「なに馬鹿なこと言ってるの！　どうせ、あの女があなたの耳に吹き込んだんでしょ……嘘八百を！」

「残念ながら、嘘八百じゃないようだ、ベア。もっと早く察するべきだった。売渡証はなかったし、ベルヴィスの記憶では、フライング・デイヴィーの母馬とされる牝馬は、デイヴィーの生まれる一年まえには死んでいた。無念だよ、ベア。だが、こうなると、エドマンドもこの件に加担していたとしか思えない。当然、ネヴィルとデンプシー卿もだ。ほかの連中のことはわからないが」

侯爵が口をひらいた。「利口な連中だよ、うまいところに目をつけたものだ。デズボローのような名高い厩舎が、このような悪事に加担していると、だれが思う？」

少し間を置き、侯爵が震えを帯びた声で続けた。「おそらく、おまえたちの兄さんは、共犯者の手にかかったんだろう」

ベアトリスの怒りが恐慌に打って変わった。「違う！　エドマンドじゃないわ！　ぜったいに！」

ベアトリスが失神するのではないかと、フランシスは心配になった。蒼白な顔で、父親の袖口をぎゅっと握っている。

「ホークが馬の売却をエドマンドに断ったあとから、立て続けに事故が起こりはじめた」義姉に心から同情しつつ、フランシスが説明した。「わかるでしょう、ベア？　ホークがデズボローの馬をすべてエドマンドに売ってしまえば、真実が明るみにでることはない。でもフライング・デイヴィーの模様はとても目立つ。だから犯人は、あの馬をアメリカにでも輸出し、相当な金額で売却する心づもりだったんでしょう。共犯者が何者で、あと何人いるかはわからないけれど、馬の本物の所有者に気づかれる心配なく、エドマンドは盗難馬をアメリカのレースで走らせることができたはず」

「きみの話には筋がとおってるよ、フランシス」背後から、低い声が聞こえた。

「エドマンド!」ベアトリスが振り返り、金切り声をあげた。「嘘だって言って、なにもかも——」

「無理だね、愛しいひと。わかるだろ、事実なんだから」エドマンドの銃がベアトリスの胸に向けられた。だれも動かない。彼はホークに向かって淡々と言った。「おまえときたら、どこまで悪運が強いんだ、ホーク。あの朝、フランシスがフライング・デイヴィーではなくタメルランに乗ってでかけたと聞き、どれほど狼狽したか。おまけに、あの馬ときたら、グランサムの火事をも生き延びやがった」

「無駄なあがきはやめろ、エドマンド」と、ホークが声をかけた。

「残念ながら、そのようだ。しかし……丸腰で国外に逃亡するつもりはない。おまえには血気盛んな友人が大勢いるからな、ホーク。連中は、むきになっておれをさがしだそうとするだろう。それだけは御免こうむりたいからね。こっちにくるんだ、愛しいベアトリス。さあ」

「この悪党め!」と、侯爵が叫んだ。「おまえには——」

「黙れ、くそじじい！」

「エドマンド」と、ホークが低い声で言った。「なぜ、ネヴィルを殺した？」

「それはだな、ホーク」エドマンド・レイシーが目をすがめ、話しだした。「おまえの兄さんが強欲ではありながら、とことん腰抜けだったからだ。あの日、おれたちはやつのヨットで計画を練っていた。よくできた計画だったよ。だが、ネヴィルのやつが怖気《おじけ》づいた。手を引こうとしたんだよ。あいつはしこたま呑んでいた。だからデンプシーが、酔ったあいつを――」

「ネヴィルは、間抜けだった」そう言いながら、デンプシー卿が馬屋にはいってきた。その手には銃が握られている。「おれはただ、手すりを越えるのを手伝ってやっただけだ。あいつは泥酔していて、抵抗もしなかったよ」

「見さげはてたやつだ！」侯爵が咆哮し、デンプシーに向かって足を踏みだした。「息子を殺したとは！」

「いけません、父さん」ホークが父の肩に手をかけ、引きとめた。

「ほら、言うことをきけ」と、エドマンドが続けた。「おまえでも役に立つことがあるんだな、ベアトリス」

「卑怯者！」ミスター・アックリーが怒りもあらわにわめき、自制しようと口調をあらためた。「そのご婦人を連れて逃げおおせるのは無理だ。いますぐ、あきらめるのが身のためだ」

「これはこれは、ホークが女を見る目に、やはり狂いはないね」そう言うと、デンプシー卿がフランシスの顔からつま先までねっとりと視線を這わせた。「この女も連れていこう」

「彼女に触れようものなら」と、ホークが静かに言った。「この手で絞め殺してやる。じわじわと時間をかけてね。大いに楽しませてもらおう」

デンプシー卿が哄笑した。「おまえに手出しはできんよ、閣下！　ああ、やってみるがいい、この女の命はないぞ」

フランシスがじりじりと夫に身を寄せた。

「皆殺しにするのは、ちょっと無理そうだな」と、デンプシー卿が無念そうにエドマンドに声をかけた。

「いい加減にしろ」と、エドマンドがはねつけた。「フランシスは放っておけ。ベアトリスがいればことたりる」

「一緒になんか、行くもんですか」ベアトリスがきっぱりと言った。エドマンド・レイシーの顔をひたと見すえ、力をこめて繰り返した。「行くもんですか。あなたの演技にすっかりだまされていたわ、閣下」

「怒る気持ちもわかるがね、おまえに選択肢はないんだよ」エドマンドがそう言い、手のなかの銃を示した。「こっちにこい、ベア、早く」

「あなたはわたしを裏切り、利用したのね」と、ベアトリスが言った。「それに、兄さんを殺した」大きく息を吸う。「一緒になんか行かない。だから、わたしを殺すしかないようね」

エドマンド・レイシーが一瞬、呆気にとられたような顔をした。「まさか、おまえから反撃を喰らうとはね、愛しいひと。デンプシー、銃を侯爵に向けておけ。いいか、だれも動くなよ。じいさんが死ぬことになるぞ」

エドマンドはベアトリスをつかみ、乱暴に抱き寄せ、彼女が振りまわす腕を押さえつけようとした。

ベアトリスがもがき、彼の顔を爪で引っかいた。エドマンドが彼女を殴ろうと手を上げ、一瞬、動きをとめた。そのとき、この世のものとは思えない悲鳴が響きわたった――女の金切り声が。

アマリーがデンプシー卿の背中に飛びのり、両手で顎を締めあげ、頭をうしろにぐいと引いた。

蜂の巣をつついたような大騒ぎになった。

フランシスはあたりの光景に目をぱちくりした。ベアトリスがありったけの力と憎悪をこめた右のこぶしでエドマンドの顎に強烈なパンチを放った。エドマンドがよろめき、ミスター・アックリーに取り押さえられた。

デンプシーは、勇猛果敢な女性の下敷きになり、もがき、毒づき、銃で狙いを定めようとしたが、こんどはホークに押さえつけられ、銃口を上に向けさせられた。引き金が引かれ、運悪く、ミスター・ティモンズの腕に命中した。

ベアトリス、マーカス、ミスター・アックリーがエドマンドを殴りつけ、ひざまずかせた。ホークがデンプシー卿の顎に一発、お見舞いした。デンプシー卿がうめき、藁の敷きつめられた床にどさりと倒れた。

ホークはアマリーを立たせ、ぱたぱたとはたいてやった。彼女の紅潮した誇らしげな顔に向かって、にやりと大きな笑みを向けていると、妻の声が聞こえた。「ありがとうございます、奥さま、おかげさまで助かりました。あの、失礼ですが、どちらさまですか？　いったいぜんたい、どうしてここへ？」

ホークは小声で毒づいた。そして、ようやく落ち着いてきた頭で、アマリーが助っ人として登場したいきさつを推測した。

彼は咳払いをした。「フランシス、愛しいひと、こちらはぼくの親愛なる友人だ。とにかく、まず、ミスター・アックリーに治安判事を呼んできてもらおう。ぼくら三人で気持ちのいい会話を楽しむのは、そのあとだ」

その一時間後、ホーク、フランシス、アマリーの三人は居間に腰を落ち着けた。侯爵はベアトリスに付き添い、寝室に連れていった。デラコート卿は心配そうに気の毒なミスター・ティモンズを介抱し、彼がうめき声をあげるたびに、不運な医者にわめきたてた。

「こちらはアマリーだ」と、ホークが手短に紹介した。

もちろん、フランシスには察しがついていた。フランスの美女をじっと見つめると、ひと言も発することなく歩み寄り、彼女を抱きしめた。「あなたの勇敢な行動に、心から感謝します。そして、あらゆることにも」

ホークはほっと安堵の吐息を漏らし、いかにも男のしでかしそうなへまを犯した。にやりと笑い、ご満悦の体《てい》で、間延びした声でこう言ったのである。「あらゆることって、なんのことだい、フランシス?」

女性ふたりが、同時に彼のほうを見た。

「下品な物言いはやめていただきたいわ、ホーク」と、アマリーが言った。「さもないと、イングランド人の命を救ったこと、後悔しそう」

アマリーがさっとフランシスを見やった。すると、彼女がうなずいた。そして気づいたときには、ホークはアマリーに腕を背中にぐいと引っ張られていた。信じられないという顔を向けたが、アマリーに膝を突かれ、甲高い声をあげて膝をついた。と、こんどはフランシスの右のこぶしがみぞおちに繰りだされた。

フランシスは手をぱんぱんと払うと、満足そうににっこりと笑った。「ベアトリスと同じぐらい、見事なパンチだったでしょ?」

「一発じゃ足りないかも」アマリーが彼の腕を離すと、両手を腰にあて、彼を見おろした。「膝をついている男って、いいものね」と、フランシス。

ホークは動かなかった。そこまで馬鹿ではない。ふたりが容赦しないことはわかっている。彼はふたりを見比べ、両手を上げた。「ご婦人がた、降参だ！」

「ひれ伏してあやまれば、これ以上、屈辱を味わわずにすむよう、見逃してあげてもいいのよ、閣下」と、じつに楽しそうにフランシスが言った。

もうたくさんだ。ホークは勢いよく立ちあがり、妻を引き寄せようとしたが、アマリーに髪の毛をつかまれ、思いっきり引っ張られた。

ホークは歯を食いしばった。目に涙がにじむ。逃げよう。こんなところにとどまっていたら、なにをされるかわかったものじゃない。彼はフランシスから手を離し、アマリーの力強い手を振り払うと、居間から逃げだした。

廊下に走りでると、ふたりの女性がどっと笑う声が聞こえ、足をとめ、顔をゆがめた。

「なにごとだ、息子よ？」

ホークは無念そうな顔で父親を見た。

「いったい、なんの騒ぎだ？　おまえ、まさか、愛人を妻に紹介したりしていないだろうな」

「あやうく殺されるところでした」ホークはみぞおちをさすりながらぼやいた。

啞然とし、侯爵が言った。「ふたりに？」

「猛りくるった女ふたりに襲われたんです。ひざまずかされました。屈服させられたんですよ。男の沽券《こけん》もなにもあったものじゃない」

「当然の報いよ」フランシスが戸口でくすくす笑っていた。隣にはアマリーがいる。

「これはこれは」と、侯爵が言った。「失礼する、息子よ。これに巻き込まれるほど、わたしも馬鹿じゃない！」

「腰抜け！」逃げていく父親の背中に、ホークが叫んだ。

「さあて、閣下」と、フランシスが声をかけた。「アマリーとわたしは話しあう心づもりができたわ。話しかけられない限り黙っていると約束するなら、同席を認めます」

蛮行のあとはお茶会か。ほどなく、いたって礼儀正しく上品に、三人は腰を落ち着け、膝にティーカップを載せた。

アマリーが口をひらいた。「あの卑劣な男がなにをしでかすかわからないのに、フランスに帰国するなんてこと、できなかったのよ」

「なんて勇敢なんでしょう、アマリー」と、フランシスが言った。そして、ホークがこの女性の見本のような極上の美女と愛しあっている光景を想像しないよう、必死でこらえた。

アマリーがただ肩をすくめた。「これでもう安心ね」そう言うと、ホークとフランシスにまばゆいばかりの笑みを見せた。「われらがフランスの劇作家コルネイユはこう言っているの。『戦闘を望む者がいなくなれば、戦闘は終わる』。いまはこの人に満足なさっているんでしょう、奥さま？」

フランシスは夫に艶っぽい視線を浴びせた。「行儀よくさせておくわ、アマリー。約束する」

「鬼嫁め」と、ホークが言った。

「人の心はうつろいやすいものよ」そう言うと、アマリーがティーカップをかかげ、乾杯した。

さようなら、ぼくの文学好きの愛人、とホークは胸のうちでつぶやいた。

「ジュリー・ド・レスピナスの引用でしょう？」と、フランシスが目を輝かせて尋ねた。

「ええ」と、アマリーもまたうれしそうににっこりと笑った。

「家庭教師のアデレイドのお気に入りの言葉だったの」と、フランシス。

生涯、この文学好きの妻とともに、とホークは考えた。そして喉から笑い声を漏らしながら、顔を伏せた。

ふたりの女性はロザミア伯爵を見つめ、それから互いの顔を見ると、目配せをした。アマリーが首を振り、言った。「かなり神経にこたえたようね」

「もし、そうだとしても」と、フランシスが言った。「いかにも君主らしい、太い神経だから大丈夫」

エピローグ

放っておいた問題はいつまでたっても片づかない。

――十八世紀のことわざ

「でかしたぞ、息子よ、よくやった！　本気で肚をくれれば、おまえにはできると思っていたぞ！」侯爵はもったいぶる息子に笑いかけ、勢いよく握手をした。

「なんですって？」と、フランシスが声を張りあげ、抗議した。「息子さんはほとんどなにもしていませんわ、閣下。頑張ったのは、わたしです！」

「だが、なにもかもひとりでしたわけじゃないだろう？」ホークがそう言い返し、身をかがめ、妻の髪をくしゃっと逆立てた。「それに、この子はぼくにそっくりだ、フランシス。これが、はからずも真実を告げている。男や夫のほうがはるかに強く、意志もずっと――」

「おいおい」と、リヴェン伯爵がにやりと笑い、義理の息子に言った。「少し黙っていたらどうだ。女性というのはな、ホーク、妙な考え方をするものなんだよ」

そのとき、チャールズ・フィリップ・デズボロー・ホークスベリー、すなわちリンリー子爵が盛大にわめきはじめた。

「男の人って」と、ソフィアが口をひらいた。「ずいぶん早いうちから我《が》を通すのね」

「おとなになってもわめいてるし」と、フランシスが応じた。だが、夫がなにか不作法なことを言いだしそうな気配を察し、あわててつけくわえた。「おちびさんにおっぱいをあげないと。あとで、下に行くわ」

ホークは妻にキスをすると、父と義父のあとを追い、部屋をでていった。

すると、遠ざかる義父の話し声が聞こえてきた。「ああ、間違いない。孫息子は馬の飼育家としても騎手としても、名を馳せることだろう。あの目を見ればわかる」

ホークが答えた。「でも、あの子の目はフランシスとそっくりですよ、父さん」

「だからだよ」と、侯爵が応じた。「だからこそ、そう言っとるんだ」

夫の顔に浮かぶ表情を想像し、フランシスは首を振った。

ドレスの胸元をはだけてチャールズにおっぱいをあげながら、ソフィアに笑顔を向けた。

「美しい男の子ね、フランシス」

「ええ、ありがとう」

「ホークがお医者さまの耳に張り手を喰らわすんじゃないかと、冷や冷やしたわ。すっかり、頭に血がのぼっていたんだから」

「いつものことよ」と、フランシスが笑った。「クレアから、便りはあった？」

「ミスター・ターナーと一緒に勉強しているんですって。これ以上の名誉はないと思わない？　それにね、信じられないんだけど、旦那さまが心から応援してくださっているんですって」

「ダニエルは、最高の結婚相手だと思うわ。それに、すごく思慮分別のある人よ」と、フランシスが言った。

ソフィアが目をきらきらと輝かせた。「でもね、さすがのダニエルも、包囲攻撃を受けて辟易しているらしいわ。悩みはじめているようなの。ヴァイオラの大勢のボーイフレンドに頭を痛めてるのよ。このままじゃ、ヴァイオラの愛玩犬にどこにいってもつまずくことになるって、ぼやいていたわ。もちろん、ダニエルはボーイフレンドたちのこと、若き紳士たちって呼んでるけれど。それを見ながらアデレイドは、われ関せずって顔でにこやかに微笑んでいるだけ」

「ヴァイオラの愛玩犬たちが悪さをしないよう、アデレイドがしっかり見張っておりますからと、ダニエルに言ってあげなきゃ」フランシスが小さな息子の頭のてっぺんに生えているふわふわした黒い髪を撫でながら言った。「ダニエルなら、ヴァイオラの企みに負けないわ」

ソフィアがやれやれと首を振った。「万が一、ホークがヴァイオラを選んでいたらどうなったかしらって、つい考えてしまうの！　これほど不適当な組み合わせもないでしょうね。

それに、ホークがクレアと結婚していたらと思うと、心底、ぞっとするわ！」

「侯爵さまはね、運命論者なのよ、ソフィア。閣下のありがたいお告げによれば、どんなにわたしが変装して野暮ったい恰好をしても、結局は、ホークはわたしとむすばれただろうとのことよ。ほんとうかしら」

ソフィアがくすくすと笑った。「変装しているあなたを見たときは、絞め殺してやりたいと思ったわ、フランシス！」

「じゃあ、ホークがときどきどんな気持ちになるか、想像がつくでしょ？　オーティスとミセス・ジェーキンズはね、いつだってわたしの肩をもってくれるの。そうすると、ホークったらかんかんに怒るのよ」

「幸せなのね、フランシス？」

「想像を越えるほど、幸せよ」フランシスは幼い息子にもういっぽうの乳を含ませながら、熱い口調で言った。「それにね、小さな坊や、あなたはきっと偉大な飼育家になる。あなたの目は、わたしにそっくりだもの」フランシスは継母の顔を見あげた。「そういえばね、ソフィア、わたしたち、二週間後にアスコットに行くの」期待にいっそう目を輝かせながら、先を続けた。「もちろん、フライング・デイヴィーは出走する。それに、タメルランも」

「デラコート卿が、遅くなったが結婚祝いだとおっしゃって、その競走馬をプレゼントしてくださったんでしょう？　驚いたわ」

「わたしは、驚かなかった」と、フランシスはおどけた口調で言った。「侯爵さまさえ許せば、デラコート卿はホークを養子になさるはずよ。とにかく、最近はよく訪ねていらっしゃるの。当然、かわいそうなミスター・ティモンズさんをうしろに従えてね」

ソフィアがくすりと笑った。「ホークから、あなたがアマリーと文通してるって聞いたわ」

「そうなの。彼女、ロベールと力をあわせ、農場をしっかりと守っているそうよ」フランシスはふと小さなため息を漏らした。「おかしな話だけれど、わたしね、ふだんは一連のおそろしい出来事を思いださないの。エドマンドは自殺して、デンプシー卿はミスター・アックリーから逃げているあいだに射殺されたというのに。ベアトリスが気の毒でならないわ」

「あら、ベアトリスの心配は無用よ。二週間まえに、ロンドンで彼女を見かけたわ。絶世の美女ですもの、引く手あまたよ。それにスキャンダルなんて、すぐに忘れられる。とくにラザフォード伯爵夫人が馬番の長と駆け落ちしたあとだもの！　好奇心を刺激されるゴシップだこと！」

「フランシス、そろそろ下りてこないか？」

顔を上げると、夫が戸口に立ち、お乳を飲んでいる息子をじっと見つめていた。彼女がとっておきの笑顔を彼に向けると、ソフィアがあわてて立ちあがった。

「ソフィアのお相手をしてくださらない、ホーク？　わたし、下に行って殿方をもてなしてくるわ」

「で、フランシス？　この腹ぺこぼうやに、あとどのくらいおっぱいをやるんだ？」そう言うと、ホークが彼女の横にあるソファーに腰を下ろした。

「この子、あなたとそっくりなのよ、閣下」彼女はとりすまして言った。「ソフィアの話によれば、男の人って、どれだけ大きくなっても変わらないんですって。この子も、もっとおっぱいが好きになるんじゃないかしら」

「まあ、そうかもしれないが、その——好みは変わるものさ」と、ホークが応じた。「そういえば、ライオネルが跡継ぎの表敬訪問にきていているよ。大叔母のルシアも一緒だ」

「あなた、ここに逃げてきたのね！」

「まあ、否定はしない」と、彼が強い口調で言った。「あの大叔母さんときたら、いつでもぼくに大砲をぶっぱなす用意ができてるって感じなんだ。おまけにライオネルときたら——いまいましいことに——そそのかすんだぜ」

　チャールズが父親をぼんやりと見あげ、げっぷをした。

「この子の得意技よ」と、フランシスは息子を肩に抱きあげながら言った。

「ぼくだって得意技を大いに発揮したいところなのに、認めてもらえない」と、ホークが悲しそうにため息をついた。

「あいかわらず盛りのついたヤギね、閣下！」

「フランシス」と、夫が傷ついたような声をあげた。「それは大きな勘違いというものだ。

ぼくはただ、きみと乗馬を楽しみたいと思っただけさ」
「乗馬を？」そう言い、フランシスが片方の眉を釣りあげた。
「乗馬も、だ」ホークはそう言い、微笑む彼女にキスをした。

訳者あとがき

コールター、待望の新シリーズの第一弾をお届けします。FBIシリーズ、スター・シリーズ、夜《ナイト》トリロジー、レガシー・シリーズなどで日本でも多くのファンを獲得している人気作家キャサリン・コールターの新シリーズは、その名も「マジック・シリーズ」。恋の魔法《マジック》にかかった主人公たちが、シリーズ三作品でさまざまな恋模様を見せるとあれば、いやが上にも期待が高まるというものです。

シリーズ第一弾である本作は、十九世紀初頭のイングランドで幕をあけます。ロザミア伯爵ことホークは、父親であるシャンドス侯爵が危篤におちいっているという報を受け、父のもとに駆けつけます。すると床に臥せた父親から、いますぐに結婚しろ、花嫁を連れてこい、と急《せ》かされます。命の恩人であるスコットランドの貴族、リヴェン伯爵には三人のお嬢さんがいる、そのなかからひとりを花嫁に選び、自分の命があるうちに、ここに連れてきてくれ、と。

色男であり、ロンドンで独身生活を謳歌しているホークは、見たこともない娘と結婚するなんて冗談じゃないと、胸のうちで父親に反論します。でも、死期が迫っている父親の願いを聞きいれないわけにはいきません。ホークはしぶしぶ、スコットランドへと花嫁選びの旅にでます。

いっぽうスコットランドのリヴェン伯爵が所有する城では、上へ下への大騒ぎが始まります。イングランドから裕福な独身貴族が花嫁選びにやってくると聞き、伯爵の三人の娘たちは三者三様の反応を見せたのです。いっぱしの画家気取りで夢想家の長女クレア、大自然と馬を愛するおてんばの次女フランシシス、おしゃまでまだあどけない三女のヴァイオラは、それぞれの思惑《おもわく》を胸に、はるばるイングランドからやってきたホークを出迎えます。当時の貴族の女性には、裕福な男性との結婚しか、育った家庭をでる術《すべ》はありませんでした。そのうえ、リヴェン伯爵はいわゆる斜陽貴族。娘が裕福な貴族と結婚すれば、悪化するばかりの経済状況を改善することができます。長女のクレアと三女のヴァイオラは、どうにかしてホークの気を惹こうと躍起になりますが、次女のフランシスにはまるで結婚する気がありません。そこでフランシスは、一計を案じます。彼女のこの愉快なわるだくみは、物語の前半を大いに盛りたて、鼻っ柱が強いながらも心やさしいフランシスの魅力が全開となります。読者のみなさんも、気づいたときには、まっすぐで健気《けなげ》なフランシスに心からエールを送っていることでしょう。

いっぽう、ヒーロー役のホークも、じつに魅力的な若者です。本来は侯爵家の次男坊であるため、家のことは長男のネヴィルにまかせ、自分は心おきなく軍隊で活躍していました。ところが、兄ネヴィルが不慮の事故で急死したため、侯爵家の跡取りとなることを余儀なくされます。しかし、亡くなった兄への遠慮もあり、ホークはなかなか領地に腰を据えることができません。こんな背景からも、当時のイギリスの家父長制では、長男に生まれつくか、次男に生まれつくかで、その後の人生が大きく変わっていたことがわかります。もちろん、女性の生き方にも厳しい制約がありました。本作では、こうした社会制度や運命の波に翻弄されながらも、力強く生きていく主人公たちの姿が清々《すがすが》しく描かれています。だからこそ訳者自身、物語の最後でのフランシスの英断と活躍には、思わず「あっぱれ」と拍手を送りたくなりました。男女の官能的で熱いロマンスを描くと同時に、与えられた環境のなかで人生を懸命に切り拓《ひら》いていこうとする女性の姿を描くのを得意とするコールターは、本作でも見事な手腕を発揮しています。

本書の原題は*Midsummer Magic*（ミッドサマー・マジック）。このマジック・シリーズの第二弾*Calypso Magic*（カリプソ・マジック）では、ホークの親友、セイント・リーヴェン卿ことライオネル・アシュトンが主人公を務めます。カリブの大海原での航海、無人島での男女ふたりの生活も描かれます。想像するだけで胸が高鳴りますね！　またシリーズの掉《ちょう》尾《び》を飾る*Moonspun Magic*（ムーンスパン・マジック）では、そのライオネル・アシュトンの友人であり、カリブ海での航海で活躍した元船長のラファエル・カーステアズが、実兄の恋敵《こいがたき》となります。肉親ゆえの憎悪をからめた恋愛模様とくれば、一筋縄《ひとすじなわ》ではいかないはず。手練《てだれ》の作家であるキャサリン・コールター、こんどはどんなロマンスでわたしたちの胸を焦がしてくれるのでしょう。

いずれも二見文庫から刊行予定です。ご期待あれ！

二〇一四年一月

ザ・ミステリ・コレクション

恋《こい》の訪《おとず》れは魔法《まほう》のように

著者　キャサリン・コールター
訳者　栗木《くりき》さつき

発行所　株式会社 二見書房
東京都千代田区三崎町2-18-11
電話 03(3515)2311［営業］
03(3515)2313［編集］
振替 00170-4-2639

印刷　株式会社 堀内印刷所
製本　株式会社 村上製本所

ISBN978-4-576-14003-2
http://www.futami.co.jp/

真珠の涙にくちづけて
キャサリン・コールター
栗木さつき［訳］

衝突しながらも激しく惹かれあう勇み肌の伯爵と気高き〝妃殿下〟。彼らの運命を翻弄する伯爵家の秘宝とは……ヒストリカル三部作、レガシーシリーズ第一弾！

月夜の館でささやく愛
キャサリン・コールター
山田香里［訳］

卑劣な求婚者から逃れるため、故郷を飛び出したキャサリン。彼女を救ったのは、秘密を抱えた独身貴族で⁉ 謎めく館で夜ごと深まる愛を描くレガシーシリーズ第二弾！

永遠《とわ》の誓いは夜風にのせて
キャサリン・コールター
栗木さつき［訳］

淡い恋心を抱き続けるおてんば娘ジェシーとその想いに気づかない年上の色男ジェイムズ。すれ違うふたりに訪れる運命とは――レガシーシリーズここに完結！

夜の炎
キャサリン・コールター
高橋佳奈子［訳］

若き未亡人アリエルはかつて淡い恋心を抱いた伯爵と再会するが、夫との辛い過去から心を開けず…。全米ヒストリカルロマンスファンを魅了した「夜《ナイト》トリロジー」第一弾！

夜の絆
キャサリン・コールター
高橋佳奈子［訳］

クールなプレイボーイの子爵ナイトは、ひょんなことからいとこの美貌の未亡人と三人の子供の面倒を見るハメになるが…。『夜の炎』に続く「夜《ナイト》トリロジー」第二弾！

夜の嵐
キャサリン・コールター
高橋佳奈子［訳］

実家の造船所を立て直そうと奮闘する娘ジェーンは、英国人貴族のアレックに資金援助を求めるが…⁉ 嵐のような展開を見せる「夜トリロジー」待望の第三弾！

黄昏に輝く瞳

キャサリン・コールター

栗木さつき〔訳〕

世間知らずの令嬢ジアナと若き海運王。ローマの娼館で出会った波瀾の愛の行方は……? C・コールターが贈る怒濤のノンストップヒストリカル、スターシリーズ第一弾!

涙の色はうつろいで

キャサリン・コールター

山田香里〔訳〕

父を死に追いやった男への復讐を胸に、ロンドンからはるかサンフランシスコへと旅立ったエリザベス。それは危険でせつない運命の始まりだった……! スターシリーズ第二弾

忘れられない面影

キャサリン・コールター

栗木さつき〔訳〕

街角で出逢って以来忘れられずにいた男、ブレントと船上で思わぬ再会を果たしたバイロニー。大きく動きはじめた運命を前にお互いとまどいを隠せずにいたが…。

ゆれる翡翠の瞳に

キャサリン・コールター

山田香里〔訳〕

処女オークションにかけられたジュールは、医師モリスによって救われるが家族に見捨てられてしまう。そんな彼女を、モリスは妻にする決心をするが…。スター・シリーズ完結篇!

微笑みはいつもそばに

リンゼイ・サンズ

武藤崇恵〔訳〕

〔マディソン姉妹シリーズ〕

不幸な結婚生活を送っていたクリスティアナ。そんな折、夫の伯爵が書斎で謎の死を遂げる。とある事情で伯爵の死を隠すが、その晩の舞踏会に死んだはずの伯爵が現われ!?

いたずらなキスのあとで

リンゼイ・サンズ

武藤崇恵〔訳〕

〔マディソン姉妹シリーズ〕

父の借金返済のため婿探しをするシュゼット。ダニエルという理想の男性に出会うも、彼には秘密が…『微笑みはいつもそばに』に続くマディソン姉妹シリーズ第二弾!

二見文庫 ザ・ミステリ・コレクション

英国レディの恋の作法
キャンディス・キャンプ
山田香里［訳］ 〔ウィローメア・シリーズ〕

一八二四年、ロンドン。両親を亡くし、祖父を訪ねてアメリカからやってきたマリーは泥棒に襲われるも、ある紳士に助けられる。お礼を申し出るマリーに彼が求めたのは彼女の唇で…

英国紳士のキスの魔法
キャンディス・キャンプ
山田香里［訳］ 〔ウィローメア・シリーズ〕

若くして未亡人となったイヴは友人に頼まれ、ある姉妹の付き添い婦人を務めることになるが、雇い主である伯爵の弟に惹かれてしまい……!? 好評シリーズ第二弾！

英国レディの恋のため息
キャンディス・キャンプ
山田香里［訳］ 〔ウィローメア・シリーズ〕

ステュークスベリー伯爵と幼なじみの公爵令嬢ヴィヴィアン。水と油のように正反対の性格で、昔から反発するばかりのふたりだが、じつは互いに気になる存在で…!?

罪つくりな囁《ささや》きを
コートニー・ミラン
横山ルミ子［訳］

貿易商として成功をおさめたアッシュは、かつての恨みをはらそうと、傲慢な老公爵のもとに向かう。しかし、そこで公爵の娘マーガレットに惹かれてしまい……。

その愛はみだらに
コートニー・ミラン
横山ルミ子［訳］

男性の貞節を説いた著書が話題となり、一躍時の人となった哲学者マーク。静かな時間を求めて向かった小さな田舎町で謎めいた未亡人ジェシカと知り合うが……。

密会はお望みのとおりに
クリスティーナ・ブルック
村山美雪［訳］

夫が急死し、若き未亡人となったジェイン。今後は再婚せず、ひっそりと過ごすつもりだった。が、ある事情から、悪名高き貴族に契約結婚を申し出ることになって？